小説 原敬

国《くに》萌《も》ゆる

平谷美樹
Yoshiki Hiraya

実業之日本社

目次

国萌ゆる　小説　原敬

序章　遺書

わたしの命を狙っている者たちがいるというから、万が一のために遺書をしたためておこうと思い立ち、書斎に入って硯箱《すずりばこ》を出し、筆を執った。

文案を思いめぐらすが、ともすれば過去の様々な場面が頭に浮かび、考えがまとまらない。

仕事に走り回ってばかりであったから、いい父、いい夫ではなかったが、それでも凶刃に倒れれば、家族は少しばかり悲しんでくれよう。

いつであったか、後藤新平《ごとうしんぺい》と死について語った。

わたしは、人の死を悲しむのは時間の無駄だと、身も蓋もないことを言ったような気がする。いくら悲しんでも死者は蘇らない。ならば、その人がいなくなった当来（未来）を考え、今どうしなければならないかを考えるべきだろうと。

それに対して後藤がなにか言って、どうしても悲しみの底から這い上がれない者は、周りの者たちが支えてやることが必要だと主張したと記憶している。

いや。政治家は悲しみに浸っているわけにはいかないと、話は平行線になったのだったか――。

いずれにしろ、家族が困らぬよう、死後の指示を残しておく方がよかろう。

昔のことを思い出すと、どうも記憶があやふやな部分がみつかる。そんな時、若い頃から書いている日記を引っ張り出して確かめる。日記とはいっても、毎日書くのではなく、留書（メモ）をしておいてあとから数日分まとめて書いてきたものだ。

あの時はこうだった、この時はこうだったと懐かしく思い出していると、ページを捲《めく》る手が止まらなくなり、遺書を書こうとしているのだということを忘れてしまうのだった。

思い出すのは政治のことではない。人生で出会った人々のことである。世話になった人も、今になっても好きになれない奴もいる。大嫌いな奴は未だに大嫌いであるから、まだまだ仏の境地には遠い。とすれば、もう少しは生き延びることができるのではないかとも思う。

今でも色鮮やかに思い出せるのは、楢山佐渡《ならやまさど》さまの処刑の日のことである。

第一章　柳の若葉

一

あの日、わたしは泣きながら報恩寺《ほうおんじ》の坂を駆け下った。まだ、原健次郎《はらけんじろう》と名乗っていた頃だ。十四歳であったろうか。

明治二年（一八六九）六月二十三日、夕刻。

涙が止めどなく流れ出たが、わたしはせめて嗚咽《おえつ》は漏らすまいと、強く唇を噛みしめた。

南部藩盛岡《なんぶはんもりおか》。空は茜から藍色に移り変わり、先ほどまで喧《かまびす》しく鳴いていた蜩《ひぐらし》の輪唱も疎《まば》らになっている。盛岡城下の北、寺院の堂塔が集まる界隈《かいわい》である。

背後に遠ざかる報恩寺で今、師の命が断たれた。

盛岡藩は会津《あいづ》藩を救うために結成された奥羽越列藩同盟《おううえつれっぱんどうめい》に加盟し、新政府に抗したため、賊軍となった。

そして、同盟を離れ、新政府に与《くみ》した秋田《あきた》藩に同盟復帰を求めたものの決裂。秋田を攻めたが新政府軍の加勢が入り、やむなく降伏した。

その罪を一身に受けて、家老の楢山佐渡さまはしばらくの間、報恩寺に幽閉され、つい先ほど刎首《ふんしゅ》となったのである。

楢山さまは『雄藩、特に薩長《さっちょう》に政を任せれば、百年、二百年の計を誤る』として、新政府を敵と選んだ。

雄藩とは、明治維新を牽引した薩長土肥《どひ》――、薩摩《さつま》、長州《ちょうしゅう》、土佐《とさ》、肥前《ひぜん》の各藩である。

しかし、戊辰《ぼしん》戦争は旧幕府側の敗北。

そして、中心的にそれを推進してきた楢山さまが、旧幕府軍側につき秋田と戦ったすべての責めを負って斬首と決まったのである。

奥羽越列藩同盟に加盟していた藩の家老の多くが東京で処刑されたが、

『楢山佐渡のごとき大罪人は盛岡で処刑し、皆の見せしめとしたい』

と、新政府に申し出た藩主の利恭《としゆき》公の機転によって故郷で死を迎えることとなった。

護送された楢山さまを、大勢の領民が涙で迎えた。影武者の首を差し出して、楢山さまを助けようという計画もあった。

わたしも、幼い頃から薫陶を受けた楢山さまを救おうとその企みに加わったが――。楢山さまは頑として拒み、堂々と処刑の場に向かったのであった。

最期の面会は叶わなかった。だから、報恩寺の外から処刑の座敷に届けと、大きな声で楢山さまに誓った。

必ず、楢山さまが目指した国を作ってみせますと――。

そう誓ったものの、十四歳の少年には、どうすれば楢山さまが目指した国を作れるのか、皆目分からない。

どうすればいい――？

どうすればいいのだ――。

道には、楢山佐渡さまの処刑を聞いて、報恩寺に向かう人々が大勢歩いていた。

楢山さまの死を悼む言葉を囁《ささや》く者。

そして、あからさまに楢山さまに対する恨みを口にする者――。

これから賊軍の国としてどんな過酷な扱いを受けるのかと不安に駆られている人々の声である。

菩提寺が賊の血で穢《けが》されると吐き捨てる不届き者もいた。

なにも分かっていない！

立ち止まって叫びたくなった。

楢山さまを悪し様《あざま》に罵る者たちは、盛岡藩が、どんな思いで秋田に出兵したのかをまるで分かっていない。

新政府のやり方では、百年、二百年の計を誤る。明日のためではなく、これから先を生きていく者たちのために、新政府のやり方に抗しなければならなかったのだ。

しかし、そんなことを叫ぼうとも、明日を生きる不安を抱く者たちは、耳を貸してはくれまい。

どうすればいいのだ――。

わたしはさらに強く唇を噛み、血が滲んだ。

思い悩みながら、夕暮れの町を当《あ》て所《ど》無く歩いていたが、空が濃藍色に染まる頃、報恩寺から十町（約一・一キロ）ほど離れた加賀野《かがの》の、楢山家の下屋敷の門前に立っていた。

屋敷はひっそりと静まりかえっている。家族はすべて、川井《かわい》村にある楢山家の家老澤田弓太《さわだゆみた》の実家に移っていた。

しかし、玄関に明かりがある。

入り口に、楢山さまの妻、菜華《なか》さまが座っていた。凛《りん》としたその姿を、左右の燭台《しょくだい》が照らしている。夫が処刑されたというのに、悲しみの蔭《かげ》さえもうかがえなかった。

なんと声をかけたらいいか分からず、式台の前に片膝をついて頭を下げた。

「報恩寺に行っていたのですか？」

いつもと変わらぬ華やいだ優しい口調に驚いて、思わず顔を上げると、菜華さまは微笑んでいらした。今から、首を落とされた夫の亡骸《なきがら》が運ばれてくるというのに――。

楯山さまと菜華さまにはなかなか男子が授からなかった。聞いた話によれば、菜華さまが楯山家の将来を憂いて『側室をおもらいくださいませ』と懇願したところ、楯山さまは微笑《ほほえ》んで『娘に婿をとればよい。わたしはお前だけでよい』と答えたのだそうだ。

仲のよいお二人の姿は、わたしもよく見ていた。悲しくないはずはない。それなのに、なぜ菜華さまは微笑んでいられるのだ？

鋼のような自制心をお持ちなのか？

わたしは、藩論を決める際、勤王だ佐幕だと、城内が大騒ぎになった、あの時の多くの侍たちの慌てようを思い出し、小さく首を振った。

「はい――。面会は叶いませんでした」

「泣いていたのですか？」

菜華さまに言われて、慌てて顔を掌で擦《こす》った。

幼い頃に飼い犬の死を悲しんで泣いた。『侍の子が犬の死ごときで』と笑われて以来、人前では涙を見せぬように努力して来たのだったが――。

ふと気がついた。菜華さまのお顔に、泣いた様子は見られない。

わたしが怪訝《けげん》そうな顔をしていたのだろう。菜華さまは、

「あなたが幼い頃に泣かぬ誓いをしたことは、ご家族から聞いたことがございます――」

胸の中で舌打ちをした。人の口に戸は立てられぬということは知っていたが、そういうことまでべらべらと喋るかと腹が立った。

菜華さまは続けた。

「わたしはある出来事で、これから先の人の世の旅（人生）では、けっして泣くまいと誓ったのですが、一度だけ、約束を破ったことがありました――。ずっと昔、大切な人が亡くなった時、涙を流せずにいると、悲しみがじわじわと心を錆《さ》びさせて行くと教えてくれた方がございました。大切な人を見送ったならば、身も世もないほどに泣くのがよいそうでございます」

そう言われてほっとしたが、その言葉には返す刀があった。

「けれど、あなたは、己の悲しみに溺れて、友を見捨てたのですか？」

わたしは菜華さまの言葉の意味が分からず困惑した。

菜華さまは相変わらず優しげに微笑を浮かべている。

「それは……、どういう意味でございましょう？」

「源吉《げんきち》さんのことです」

源吉さんとは江釣子《えづりこ》源吉。盛岡藩随一の剣客であった。幼い頃から楢山さまと同じ道場で汗を流した。秋田との戦いでは、楢山さまを助け獅子奮迅《ししふんじん》の戦いを繰り広げた男である。道場ではわたしの兄弟子でもあった。

そして、源吉さんは誰もが嫌がった楢山さまの首斬り役を引き受けた――。

わたしははっとした。

大恩ある人物の命を刎首という形で奪った源吉さんは今、とてつもない苦しみの中にいる。

自分の悲しみなど比ではないほどの悲しみと苦しみが、源吉さんを襲っている――。

そして、夫の亡骸の帰宅を待っているこんな時に、菜華さまは源吉さんの心を慮《おもんぱか》っている。

わたしは驚き、そして小さく呻き声を上げた。

わたしの心は今、己に対する憐憫《れんびん》で満たされていた。なんということだ——。

その思いを知ってか知らずか、菜華さまは微笑を浮かべたまま言った。

「わたしの勤めは、戻ってくる殿さまの体を清めること。あなたの勤めは——」

「源吉さんのそばにいます!」

わたしはさっと立ち上がると踵《きびす》を返した。

源吉さんは、追い腹を斬るやもしれない——。

そのことに気づき、足は速くなった。

報恩寺までの十町を駆け戻った。

松明《たいまつ》が揺れながら山門を出てくるのが見えた。新政府軍の兵たちが、野次馬たちの前に立ち、道を作っている。

沈痛な面もちの盛岡藩士たちが荷車を曳《ひ》いて山門を出た。

荷車の上には筵《むしろ》がかけられている。その下に楢山さまの遺骸があるのだと悟り、胸は強く痛んだ。

官軍の目がなければ、もっと丁重な扱いができただろうが、楢山さまはあくまでも罪人で、斬首の罰を受けたのである。

物心ついた頃からの、楢山さまとの思い出が頭の中一杯に展開した。再び涙が溢れて来る。

わたしは脇によって荷車を見送った。

目の前を通る荷車に、合掌する。

荷車の後に続き、加賀野まで行きたかったが、まずは源吉さんに会わなければならない。

楢山さまを斬った源吉さんに、なんと言葉をかければいいかまったく分からなかったが、涙を拭って山門を潜《くぐ》った。

　本堂の廻廊《かいろう》に手燭の明かりが動いているのが見えた。

「もうし――」

　声をかけると、明かりが止まった。

「これは、原健次郎どのではござらぬか」

　三田善右衛門《みたぜんえもん》の声であった。楢山さまの処刑の介添えの一人である。

「江釣子源吉どのは、まだ御座しますか?」

　問うと、三田は一瞬口ごもって、「奥の座敷に」と答えた。

「ご無事なのですね?」

　問いの意味を解したらしく、手燭に照らされた三田の顔が微笑んだ。

「源吉どのは手練《てだ》れゆえ、差料(刀)はお預かりして、五人ほど若い者をつけております」

　その答えに、わたしは大きく息を吐いた。

「お会いできましょうか?」

「健次郎どのについていていただければ、心強うござる――。こちらへ」

　三田は先に立って廻廊を進んだ。

「楢山さまは、清々《すがすが》しいお顔で刑場にお入りになった」

　三田の声が震えた。

「左様でございますか――」

　そういうわたしの声も震える。

「健次郎どののお声が聞こえたからでござる」

「左様ですか」

さっと顔を上げて三田の背中に目を向けた。

「左様ですか。わたしの言葉は楢山さまに届きましたか」

「健次郎どのの声を聞き、楢山さまは一言仰せられた」

「なんと？　なんと仰せられたのです？」

急ぎ足で三田に並んだ。

「柳は萌《も》えておりますな、と」

「柳は萌えて――。季節が違いますが」

わたしは怪訝な顔をする。

「おそらく、健次郎どのを、柳の若葉に喩《たと》えたのでございましょう」

「わたしを、柳の若葉に――」

「いかにも健次郎どのに相応《ふさわ》しい喩えではありませぬか――。辞世の句はお聞きになられましたか？」

「いえ――。今しばらくは聞きとうありませぬ」

わたしは首を振った。

心のどこかに、楢山さまの死を認めたくない自分がいた。

「左様でございますか」

三田は気の毒そうに言って、以後は黙ったまま廊下を進んだ。

暗い廊下の奥の障子がぼんやりと明るかった。

三田はその障子の前に膝を突き、わたしも倣った。

「江釣子どの。原健次郎どのがいらしています」

言って三田は障子を開けた。

燭台の灯る座敷の中に、五人の若侍と、まだ襷《たすき》鉢巻きを解かぬままの江釣子源吉さんがいた。六尺を超える偉丈夫が、背中を丸めてじっと膝の前の畳を見つめている。

膝の上で強く拳を握り、奥歯を噛みしめているのか頬に筋が浮き出していた。見開いた目はまばたき一つしない。

「源吉さん――」

鼻の奥がつんと痛くなった。

源吉さんの横に座る。

三田がそっと障子を閉める。静かに立ち去る音が続いた。

こういう場合、なんと声をかければいいのだろう――。それを教えてくれそうな先達の顔を思い浮かべ、真っ先に出てきたのが楢山さまの顔であった。

楢山さまならば『ようやった』と仰せられ微笑むだろう。誰もがやりたがらず、しかしやらなければならない勤めを、よくぞ果たしたと褒めるに違いない。

しかし、若輩の自分にはとうていそんな言葉をかけることはできない。

「健次郎どの――」源吉さんは畳を見つめたまま、錆び付いたような声を出した。

「心配めさるな。おれは腹など斬らぬ。追い腹など斬れば、三途《さんず》の川の手前で、楢山さまにひどく叱られるに決まっておる」

口元に笑みが浮かんだが、目は虚ろなままであった。

「昔、おれは剣の腕を上げるために、自ら進んで罪人の処刑に手を貸していたことがあった。しかし、道場の高弟であらせられた楢山さまに酷《ひど》く怒られてな。抵抗もしない者の首を斬ったところで、剣の腕前が上がるわけではないとな……。だが、あの頃の経験が、こんなところで役に立つとは」

源吉さんはさらに笑おうとしたがうまくいかず、唇を震わせた。そして、顔をわたしに向ける。

「貴殿の声、聞こえておったぞ。楢山さまは、たいそう満足げな顔をなされて、おれの前にお座りになった。そして――」

源吉さんは固く握った拳をゆっくりと上げて、自分の目の前で開いた。指が小刻みに震えていた。

「そして、おれはこの手で楢山さまの首を落とした。盛岡藩の標《しるべ》となる灯火を、おれの手が断ち斬ったのだ」

食いしばった歯の間から絞り出すような声であった。

源吉さんの上体がゆらりと揺れて、畳に突っ伏した。そして、獣の雄叫びのような声を上げて慟哭《どうこく》した。

「源吉さん――」

わたしは顔をくしゃくしゃに歪めて源吉さんの大きな背中にしがみついた。

わたしたちの泣き声は座敷に響き渡り、若侍たちは顔を背けて目頭に手拭いを当てた。

二

十六年前、嘉永《かえい》六年（一八五三）に盛岡藩に大きな一揆《いっき》があった。一万人を超える民衆が仙台《せんだい》領に越訴《おっそ》した一揆であった。

仙台藩を間に置いた交渉は、一揆衆の完全勝利に終わった。盛岡藩は四十箇条を超える要求を飲み、一揆の頭人（首謀者）は捕らえられることもなく、郷へ帰還した。藩への処分は、院政を布《し》いていた元藩主利済《としただ》公の隠居ということだけで、穏便に済まされた。

以後、一揆が起こると、盛岡藩の役人たちはすぐに駆けつけて、一揆衆と話し合うことで解決してきた。

一揆衆をおとなしくさせておかなければ、また仙台に越訴し、今度こそ公儀からの厳しい罰がある。だから民百姓におもねっているのだという見方をする者たちもいて、町はもとより城内でも悪口が聞こえてきたが、政に携わっている者たちにはそんなものに耳を貸している暇はなかった。

今までの政に欠けていた『民の声を直接聞く』ということの大切さを知り、大老の遠野侯南部弥六郎《やろくろう》さまと楢山佐渡さまを中心とした者たちは藩政改革に邁進《まいしん》していた。

しかし、よりよい政の道を模索している最中に戊辰戦争が起きた。

薩長土肥がいらぬ戦などを始めるから、せっかくの取り組みが水泡に帰した――。当時のわたしはそう信じて疑わなかった。

＊　＊

わたしの家は、城下から外れた北上《きたかみ》川の川向こう、本宮《もとみや》にあった。

盛岡藩では三百石でも城下の拝領屋敷は六十坪と決まっていたが、原家の屋敷は郊外に私財を投じて建てたものであったから、およそ二百五十坪の大邸宅である。二階建てで一階には藩主一族が訪れた時だけに使う御成座敷まであり、二階は使用人の部屋や家臣たちの休憩所、寄合のための広間などがあった。

祖父直記《なおき》は七十歳になっても加判役を務めた人であったが、城下に拝領屋敷を持たなかったのには理由があった。

原家三代目の頃、宝永《ほうえい》元年（一七〇四）年に、藩主の廃嫡《はいちゃく》運動に関わってお叱りを受け、拝領屋敷、領地ともに没収された。五年後に大赦があって、再び召し抱えられたが、屋敷を拝領できるほどの地位にはつけず、仕方なく本宮に土地を求めて移り住んだのであった。

以後、少しずつ屋敷を大きくしていったが、七代目の直記が大きく増改築を加えて現在の屋敷となったのであった。

*

*

江釣子源吉さんを家まで送り、自宅に帰り着いたときには満天の星空であった。

表門の前に立ち、空を切り取る我が家の大きな影を見ながら、ふと、いつまでこの家に住めるだろうかと思った。

賊軍となった盛岡藩の侍の家である。いつ接収されても不思議ではない――。

そして、苦笑いを浮かべる。

たった今まで楢山佐渡さまの死に打ちひしがれていたというのに、もう自分のこれからの行く末のことを思うか――。

己のいじましさを恥じながら家の表門をくぐった。

玄関に入るとすぐに年寄の小者の吾作が現れて、足を洗う盥《たらい》を持ってきた。

「リツさまがお待ちかねでございます」

吾作はわたしの足を洗いながら短く言った。リツとはわたしの母である。

吾作は陽気な男で、わたしが出かけて帰ってくると一日の様子を聞きたがるのが常であったが、今日は言葉少なである。

「分かった」

わたしも短く答えると、吾作から手燭を受け取って奥まった母の居室へ向かった。

襖の前に座り、

「健次郎、ただ今帰りました」

と座敷の中に声をかけると、

「お入りなさい」

と母の声が言った。

わたしは襖を開けて一礼すると、膝で座敷へ進む。

母はこの年四十六歳。行灯《あんどん》の側に座って繕い物をしていた。

父の直治《なおじ》はわたしが十歳の年に病で亡くなった。その前年に兄の平太郎《へいたろう》が家督を相続していたが、まだ十三歳であった。母は女手一つでわたしたち七人の子供たちを育ててきたのだった。

父が亡くなってすぐは、母が針仕事をしていると家臣たちが『そのようなことは女中におさせなさいませ』と諫《いさ》めた。しかし、母は『いつ何が起きるか分からないご時世ですから』と、女中たちと一緒になって家の仕事を続けたのだった。

「楢山さまは立派なご最期でしたと家の者から聞きました」

「はい。わたしも三田さまと、源吉さんから」

源吉さんの名を聞くと、母の眉間に皺が寄った。

「江釣子さんの様子はいかがでした？」

「見ているのが辛いほどで……」

わたしは声を詰まらせた。

「江釣子さんは立派な武士。きっとご自身で立ち直るでしょうが――。心配なのはあなたです」

母は針仕事の手を止めてまっすぐわたしを見た。

「なぜです？」

わたしは首を傾げる。

「楢山さまの仇《かたき》をとろうとしてはいませんか？」

ぎくりとした。

確かに、源吉さんの家から帰る途中、そのことを考え続けていた。

「仇を討ちたければ、江釣子さんを討てばよかったのです。楢山さまに手を下したのは江釣子さんです」

母は厳しい表情で言った。

「それは違います！」わたしは叫ぶ。

「源吉さんは、やむにやまれず――」

「どのような理由があるにしても、楢山さまのお命を奪ったのは江釣子さんです。まず江釣子さんを討った後、それを命じた薩長土肥の誰かを討つのが順番ではありませんか？」

「いや、それは……」

「盛岡藩は戦に負けたのです。負けた側は潔く勝った者たちに従わなければなりません。そうでなければ戦はいつまでも続き、悲しむ者たちが増えて行きます。それが分かっているからこそ、楢山さまはお命を差し出し、江釣子さんは涙を飲んで楢山さまを斬ったのです」

「しかし、雄藩の理不尽を――」

「戦の勝者が理不尽なのは世の常です。それが嫌ならば、戦に勝てばいいのです」

「だからこそ――」

わたしの言葉を母は遮る。

「もしあなたが、盛岡藩に駐屯する官軍たちを闇討ちしようと考えているのならば、それは戦とは言いません。ただの辻斬りです。あなたが何人の官軍兵を斬ったところで、これからの世を新政府が動かしていくということに変わりはありません。あなたの腕ではせいぜい十人の雑兵を斬ったところで捕らえられ、ただの辻斬りとして首を斬られ、晒されるのがおちでしょう」

「ならば、母上はどうせよと……」

悔しくて涙が溢れそうになった。

「それはあなたが見つけ出さなければならないことです。なにをどう成すべきかが分かるまで雌伏するのです。母が言えるのは、辻斬りの真似事をしても、楢山さまの敵討ちにはならないということと、戦に敗れた事実は変えられないということです」

わたしは母から目を逸らす。

確かに母の言うとおりだ。

薩長土肥には戦で勝たなければならない。

けれど、新政府は賊軍となった藩の牙を抜いて行くだろう。二度と逆らわないように、厳しい沙汰が出る。

武器弾薬、財産を没収し、より小さな藩に転封する——。そうなれば、戦おうにも戦えない。

ならば、戦で勝つことなど無理ではないか。

いや——。

脳裏に閃《ひらめ》くものがあった。

なにも大筒や鉄砲で戦うことだけが戦ではない。別の戦い方をすれば、活路があるやもしれない。

わたしは自分の思いつきに興奮した。

別の戦い方とは――？

そこでつまずいた。

その時のわたしにはまったく見当がつかず、小さく溜息をついて肩から力を抜いた。

「嘉永六年の一揆の頭人の一人、三浦命助《みうらめいすけ》なる男は、幼い頃から四書五経を学び、長じては荷駄商いをして、広く世間を学び、あちこちに潜んでいる一揆衆から一揆の兵略を学んだと聞きます」

嘉永六年の一揆とは、いわゆる三閉伊《さんへい》一揆。盛岡藩沿岸の野田通《のだどおり》、宮古通《みやこどおり》、大槌通《おおつちどおり》の民百姓が大挙して仙台領に越訴した一揆のことである。一揆衆は間に仙台藩を立てることによって、要求のほとんどを盛岡藩に飲ませ、しかも、頭人が捕らえられたり処刑されたりということも防いだ。民百姓が完全勝利した希有《けう》な一揆であった。

「学問ですか――」

わたしは肯《うなず》いた。母に言われずとも、それは十分に理解していた。

「それから、世の中を知ること。あなたは井の中の蛙《かわず》でございましょう」

きっとわたしは不満げな顔をしていたのだろう。母は小さく笑う。

「わたしも人のことは言えませぬが。少なくとも、あなたよりは世間を知っております」

「分かりました」わたしは背筋を伸ばす。

「わたしは楢山さまに、楢山さまが目指した国はわたしが作ってみせると約束いたしました」

そこまで言って母の様子をうかがった。自分の大言壮語を笑われるのではないかと思ったからである。

しかし、母は真剣な顔で問うた。

「その約束を果たすのですね？」

「はい。果たします」

きっぱりと言った。

母はふっと笑った。

やはり笑われた――。わたしは恥ずかしくなった。

「立派な覚悟です。『果たしたいと思います』と答えたならば、叱りつけるつもりでいました」

そういうことか――。

と、ほっとした。

決意というものは、『思います』という言葉で逃げを作ってはならない。わたしがそう感じた初めであった。

「恐れ入ります」

「さぁ、台所に夕餉《ゆうげ》の用意をしておりますから、お腹を満たし、湯で汗を流して、ゆっくりとお休みなさい」

母はそう促すと、また繕い物を手に取った。

「はい。それではお休みなさい」

わたしは母の居室を辞した。

夕餉を食べ、風呂に入って、自室の布団に横になると、急に涙が溢れだした。

わたしは枕に顔を埋めて、夜更けまで泣き通した。

三

紅葉の山々が、薄い茶色をひと掃きしたような微かな枯れ色を帯び始めた頃、わたしは区界《くざかい》の峠を越えて、川井村へ向かった。

楢山家の家老であった澤田弓太の家に身を寄せている楢山佐渡さまの父君、帯刀《たてわき》さまを訪ねるためであった。

意気消沈なさっているであろう帯刀さまにわたしの覚悟をお話しして、少しでも慰めたいという思いであった。

しかし、今から思えば、母から言われて考え続けたが、未だ揺れていた〝自分のやるべきこと〟に対して、なにか助言を頂きたいと思っていたのかもしれない。あるいは――。

帯刀さまからの『息子の仇を討ってくれ』という言葉を期待していたのかもしれない。

山道を歩き、弓太の家に着くと、家主は留守で、応対に出た小者は帯刀さまの住む離れに案内してくれた。

帯刀さまは縁側に座ってのんびりと煙管《キセル》を吹かしていた。

「お久しぶりでございます」

わたしは頭を下げて縁側に歩み寄った。

「おお、これは原健次郎か」帯刀さまは相好《そうごう》を崩し、灰吹きに灰を捨てた。

「茂太《しげた》がおらんですまないのう」

帯刀さまは寂しげに微笑んだ。枯れ野を吹き渡る風のような寂しげな笑みであった。

帯刀さまは佐渡さまを幼名で呼んだ。それが痛々しかった。

〈佐渡〉は以前藩主だった利剛《としひさ》公がつけた名である。処刑された佐渡さまはもはや武士でもなく南部家の家臣でもない。ならばということで、己の子として己がつけた名で呼んでいるのだろう。

そう察したわたしは、なんと答えていいか分からず「いえ」と言って目を伏せた。

「江釣子源吉は息災か?」

「作人館《さくじんかん》で剣術の師範をしています。わたしと話している時はいたって元気でございますが

――」わたしは眉を曇らせる。

「よく悄然《しょうぜん》と中津川原《なかつがわら》を歩いている姿を見かけるという噂も耳にいたしました」

「作人館では皆に心配させぬよう気遣いをし、空元気を出しておるのだ。誰にも見られずに悲しみに沈む場を求めて独り川原に出るのであろうよ。武士の情けだ。ほうっておけよ」

帯刀さまの言葉に『もう武士は存在しない世となりました』という思いが浮かんだ。

それを察したのか帯刀さまは、

「世の中がどう変わろうと、江釣子源吉は侍だ」

と言った。

「左様でございますね」

わたしは肯いた。

「茂太の最期、なにか話は聞いているか？」

あの日帯刀さまは、処刑場である報恩寺への出入りを禁じられていた。

「ここを訪ねてくる者らは、年寄を慮ってか、訊ねても話をはぐらかす」

「わたしもあの場におりませんでしたから、伝聞ではございますが――」

三田善右衛門から聞いた話をした。

帯刀さまは細めた目で遠くを見つめ、唇に笑みを浮かべて、時々肯きながらわたしの話を聞いていた。

そして聞き終えると、

「そうか。茂太はお前を柳の若葉に喩えたか」

帯刀さまはくすくすと笑って、煙管に煙草を詰める。

「なにがおかしいのでございます？」

わたしは少しむっとして口を尖らせた。

「茂太は昔、己を柳の若葉に喩えられて怒ったことがある」

その言葉にわたしは驚いた。

「茂太さまも柳の若葉に喩えられたと？　どなたが喩えたのでございます？」

「昔からつき合いのある遠野の百姓だ。自分を青二才だと揶揄《やゆ》するのかと腹を立てたそうだ――。冬に葉を落としても、次の春には必ず柳は萌える。そして、夏の風にたおやかに揺れるのだ。いい喩えではないか。茂太という葉は散った。だが、原健次郎という新しい葉が萌えた」

帯刀さまは言って、わたしの方へ優しげな顔を向けた。

「茂太の辞世の句は聞いたか？」

「いえ――。正直を申し上げると、あえて耳に入れぬようにしておりました」

「健次郎。存分に泣いたか？」

帯刀さまはゆっくりと煙を吐きながら訊いた。

「はい――。源吉さんと一緒に恥ずかしいほどに」

わたしの頬は熱くなった。

「それが本当ならば結構だ。だが、源吉は泣きが足らなかったようだな」

「どういうことでございます？」

帯刀さまの横顔を見る。

「流しきれなかった涙は、心の中に痼《しこ》りとなって残る。それはいつまでもそこにあって、時々悪さをする。源吉が川原を彷徨《さまよ》うのがそれだ。辞世の句を聞けないでいるということは、お前も涙を出し切ってはおらぬようだな」

「ならば――、茂太さまの辞世の句をお聞かせくださいませ」

「うむ、しからば――」

帯刀さまは煙管の灰を落とし、背筋を伸ばした。そして老人とは思えぬ張りのある声で、佐渡さまの辞世の句を詠じた。

「花は咲く　柳は萌ゆる　春の夜に　うつらぬものは　もののふの道」

それを聞いて、全身に鳥肌が立った。むろん、感動のためである。

ただ聞けば、どのように世の中が変わろうとも、己はもののふの道を歩んでいくという、武張った心を詠《うた》ったもののようにとれるが、わたしはその歌に込められた佐渡さまの気持ちを汲み取った。動乱の数年を佐渡さまの近くで過ごし、そして、幽閉中の佐渡さまをなんとか逃がそうと画策したわたしならばこその解釈であった。

「世の中は変わっていくのに、なぜ武士は変わろうとしないのかという意味でございますね――」

嘆息と共に言うと、突然帯刀さまは笑いだした。

「いかがいたしました？」

わたしは涙を流して笑う帯刀さまを唖然とした顔で見た。

「いやはや、茂太の心を一発で読み解きおったわい。わしは、その真意を読みとれなんだ」帯刀さまは腰に挟んだ手拭いで涙を拭うと、わたしの方を向いて、何度も肯いた。

「いかにも、柳は萌えておるな」

わたしは微笑を返し、小さく肯いた。

感動が収まると、辞世の句の別な意味がわたしの心に涌《わ》き上がって来たからである。

世の中は変わっていくのに、武士は変わらない――。

武力をもって日本を平らげた薩長土肥を中心とする明治政府に対する批判。それを変えるのは、次の柳の葉であるお前の役目だ――。

そう言われているような気がしたのである。

わたしの表情に何かを感じたからであろう、帯刀さまの顔が曇った。

「健次郎。お前は、茂太が望んでいた国を必ず作ると申したが、その決心は変わらぬか?」

「はい」

まっすぐ帯刀さまの目を見て答えた。

「よし」

帯刀さまは縁側の隅に置いてある数本の木剣の中から二本を選ぶと、一本をこちらに突き出した。

「手合わせいたせ」

帯刀さまは木剣を引っさげて庭の中央に出た。

「はい……」

わたしは受け取った木剣を持ち小走りに縁側を離れて庭に立って、それを青眼に構える。

帯刀さまもまた青眼の構えで「いつでも打ち込んで参れ」と言った。

まるで力みのない帯刀さまの構えは、どこからでも打ち込めそうに感じられた。

わたしは構えを大上段へと変化させた。

帯刀さまは腰を落とし、木剣の切っ先を下に向ける。

じりじりと間合いを詰める。

帯刀さまは動かない。

もう少し間合いを詰めれば、こちらの打ち下ろした切っ先は帯刀さまに届く。おそらく帯刀さまはそれを下段から跳ね上げて避ける。

すると、脇に隙ができる――。

勝機を見つけたと思った。

二歩前に進んだわたしはそこから一気に斬り込んだ。

帯刀さまの切っ先が土に刺さった。

そして鋭く跳ね上げる。

木剣の切っ先に弾かれた砂がわたしの顔に向かって飛来した。

「あっ！」

咄嗟《とっさ》に目を閉じた。顔に砂粒が当たる。

木剣がぐいっと引かれた。

慌てて柄を握る手に力を込めたが、掌の中で柄がぐるりと回転し、木剣を引き抜かれた。

首筋に木剣の冷たい感触。

瞬時の出来事であった。

わたしは目を開け、すぐ目の前にある帯刀さまの顔を睨んだ。

「卑怯でございましょう！」

「卑怯？　卑劣な行いは、戊辰の戦で山ほどあったことは知っていよう」

帯刀さまはわたしの喉元から木剣を離し、すっと二、三歩後ずさった。左手にはつい今し方までわたしの手の中にあった木剣が握られていた。

「会津を囮《おとり》にして一旦は奥羽越をまとめさせ、そこから調略して同盟を切り崩す。撤退の時に敵の兵站《へいたん》に使われぬよう、村落を焼き払うことも卑怯無惨な手であるが、戦国の時代には常套《じょうとう》手段であった。そして、どんな手を使おうと戦に勝った者が正義なのだ」

「しかし、武士の道に悖《もと》る行いで――」

憤然と言うわたしの言葉を帯刀さまは遮る。

「武士の世は終わったのであろう？」帯刀さまはにやりと笑った。

「それに、武士道などというものは、泰平の二百六十年で作り上げられた幻だ。人を二、三人斬ってしまえば曲がり、刃こぼれするような華奢《きゃしゃ》な刀を腰に差し、侍でございとでかい面をする。そのようなことは命の危険がない世にしか通用せぬ」

「ですが……」

「真剣の戦いならば、いかに汚いことをしても、生き残った方の勝ち。戦もまたしかり。お前はこれから、そういう汚いことを仕掛けてくる敵を相手にせねばならぬ。正攻法だけではとても勝ち目はない」帯刀さまは言葉を切って溜息をついた。

「わしはそういうことをもっと、茂太に教えるべきであった」

「いえ」わたしは強く首を振る。

「茂太さまは、偉大な方で御座しました！」

「死後に偉業を讃えられようと、意味はない。生きて、さらに理想を突きつめて行かなければならぬのだ。道半ばで死ねば悪し様に言われようと抗弁することも叶わぬ――。茂太は道半ばで命を落としたが、お前という柳の若葉を残した。それがせめてもの慰め」

帯刀さまの目から一筋の涙がこぼれた。

わたしはと胸を突かれた。

「健次郎。道半ばで死んではならぬぞ。汚い権謀術数を薩長土肥に学べ。そして、それを使うことを厭《いと》うな。已の元に力を集め、勝機を摑《つか》んだならば、強引に押し進めよ」

「嫌でございます！」わたしは叫ぶ。

「いかに帯刀さまのご命じであろうと、わたしは権謀術数など使いたくはございません。正々堂々、正攻法で薩長土肥とやり合い、楢山さまの、茂太さまのお考えになった世を作りとうございます！」

わたしは一気にまくし立てると、乱暴に頭を下げ「ごめんつかまつる」と言い捨てて、走り出した。

「もう一つ」

後ろから帯刀さまの声がして、わたしは足を止めた。しかし、振り向かなかった。

「一音《いっとん》のおよぶ所、千界を限らず、抜苦与楽、あまねく皆平等なり。官軍夷虜《いりょ》の死のこと、古来幾多。羽毛鱗介の屠《と》を受くるもの、過現無量なり――。分かるか？」

「いえ」

わたしは帯刀さまに背を向けたまま言った。

「中尊寺落慶供養願文の一部だ。奥州藤原氏初代清衡《きよひら》公が、中尊寺落慶の時に読み上げたものだ。『中尊寺の鐘の音が届く範囲では、生きとし生けるもの、官軍でも賊軍でも、あまねく平等に成仏する』というような意味だ」

「そんな言葉になんの意味がありましょう。官軍は威張り倒し、賊軍はいつまでも虐げられるのです。死んだ者は平等など詭弁《きべん》。負け惜しみでございましょう」

わたしは再び駆け出した。

四

明治三年（一八七〇）、楢山佐渡さまが処刑された次の年の一月、わたしは藩校の作人館修文所に入所した。

このころ、盛岡藩は戊辰戦争敗戦後の混乱がいくぶん落ち着いた状態にあった。

明治元年（一八六八）、藩主南部利恭《としゆき》公は新政府より盛岡藩二十万石から、白石《しろいし》藩十三万石への転封を言い渡され、藩領は松代《まつしろ》藩、松本《まつもと》藩、津軽《つがる》藩の分割取締りとなった。明治二年、分割された旧盛岡藩領は盛岡県、花巻《はなまき》県、三戸《さんのへ》県と呼ばれるようになった。

盛岡藩同様に賊軍として八戸《はちのへ》へ転封となった会津の人々が奥州街道を北上する光景を哀れと思いながら見送ったのだが、ついに自分たちも同じ身の上となる――。

原家も白石へ引っ越しする用意を進めた。

しかし、利恭公の転封に反対した旧盛岡藩の領民たちは一揆を起こし、東京にまで陳情に出かけた。そしてついに新政府に南部家の旧領への帰還を認めさせたのだった。

利恭公は、明治二年に〝転任〟という形で盛岡にお戻りになられた。府藩県三治制によって盛岡県は廃されて改めて盛岡藩と称されることとなり、利恭公は藩知事となった。治める地が狭くなり、盛岡藩は十三万石となる。

原家は引っ越しをせずにすんだのだったが、別の災難がふりかかった。

新政府は南部家の転任の条件として七十万両の献金を命じた。七十万両を出せば本領に戻してやるというのである。

南部家も家臣たちもその卑劣さに歯がみしたが、家財を処分して献金を捻出した。原家も蔵の中の金目の物を随分処分したのだった。

当時、利恭公はまだ十四歳であったから、旧家老の東次郎《ひがしじろう》が大参事、野田玉造が権《ごんの》参事、安宅正路が政務に当たった。藩庁は盛岡城の二の丸に置かれた。

そして同年七月、盛岡藩は廃藩置県が行われる前に盛岡県と名を変えた。

財政難のために、藩を新政府に返上するという策に出たのである。名古屋、鳥取、熊本などの諸藩も同様に廃藩を願い出た。

明治三年は、全国に目を向ければ、六月には小学校、九月には中学校が東京府下に新設された。大坂《おおさか》―神戸間に電信が開通し、平民に名字の使用が許された年であった。

わたしが入所した作人館は、盛岡藩の藩校である。寛永十三年に〈稽古所〉として始まった藩校は、慶応年間に文武教場〈作人館〉として新しく編成された。

しかし、盛岡藩が否応なく戊辰戦争に巻き込まれると、一年余り休校状態となり、昨年やっと再開されたのであった。

作人館の剣術の教官に江釣子源吉さんがいた。

源吉さんは、楢山佐渡さまの処刑から気鬱の病にかかり数カ月の間、酒に溺れ、目を離すと腹を斬ろうとした。しかし、作人館で剣術を教える源吉さんは幾分元気になったようで、わたしはほっとしたのであった。

＊　＊

最初は本宮の自宅から通学したが、七月からは寮に入ることになった。修文所は北寮、中寮、南寮に分かれていて、わたしが入ったのは北寮であった。漢学を授ける寮である。

明日は寮に移るという日、修文所の帰り道であった。

供は勘之助《かんのすけ》というわたしより十歳ほど年上の青年であった。わたしが寺子屋に通っていた幼い頃から送り迎えをしてくれていた。

夕暮れの北上川原を歩きながら、勘之助は少し怒ったような口調で言った。

「藩主さまは、なぜ盛岡藩を返上なさったのでございましょう」

盛岡藩は翌年施行される廃藩置県の前に、廃藩の届けを出したのであった。

「藩主さまではない。藩知事さまだ」

わたし自身もそれを不満に思っていたが、勘之助に言われると、言い負かしてやりたいという気持ちが起こった。

「藩知事はもはや領主ではない。新政府が任じた役人だ。藩全体の収入から一割を俸給としてもらっている。ご一門から卒族までも俸給を減らされた。しかも減封されているから、暮らしが成り立たぬ者たちもいる。白石への転封のおりに、四千人近い家臣に永暇を出したが、それでも盛岡藩の台所は火の車。さらに、利恭さまが白石から盛岡に復帰なされた時、その引き替えに新政府の業突張《ごうつくば》りどもに七十万両を献金という名目でむしり取られ、このところの凶作続きで、火の車はすでに燃え尽きようとしている。ならば、廃藩とした方がよいという苦渋のご決断であろうよ」

「左様でございますか――」

と勘之助は溜息をつき、茜の空を映す川面に目を向けてしばし無言になった。そして、

「今日でこのお勤めも終わりでございますね」

と、寂しそうに言った。

「本当はほっとしているんだろう」にやりと笑って勘之助を振り返った。

「わたしが悪戯ばかりするものだから、その尻拭いが大変だと女中にこぼしていると聞いたぞ」

「まぁ、正直、そういう思いはあります」勘之助は苦笑いした。

「健次郎さまは、外面《そとづら》がようございますから、わたしが『原さまのところの健次郎さまがやらかした』と言って謝りに行っても、信じてもらえないことが多ございました。結局、悪戯はわたしがしたことになった件がどれだけあったか」

「すまないことをした」わたしは笑った。

「けれど、大人の前ではにかみ屋を演じるのは子供の処世術。おとなしい子を演じれば、悪ガキよりも罰を逃れられる公算が大きくなる」

檜山帯刀さまには卑怯な手は使わぬと言ったわたしであったが、実生活ではけっこう卑怯なことをしていたのである。しかし、その頃はそれらをまったく別のものととらえていたのだった。

「そのせいでわたしが大迷惑を被りましたよ」勘之助は言葉を切って溜息をつく。

「けれど健次郎さまが五歳の頃から、太田代《おおたしろ》先生、小山田《おやまだ》先生、寺田《てらだ》先生、工藤《くどう》先生でしょ。ちょっとの間お家で勉学して、それから修文所――。九年近くもお供していたんですから寂しさの方が強うございます」

「うん」しんみりとした気持ちになって小さく肯いた。

「寂しいな」

「まぁ、お休みでお屋敷に戻った時に、お土産話をたくさん聞かせてくださいませ」

勘之助は気を取り直したように明るく言った。

「うん。そうしよう」

わたしは勘之助に合わせたが、幾つか気にかかることがあって気分は重いままだった。

第一が、自分が寮に入ることによる家の出費である。口に出したことはなかったが、態度から察したのか、母は「家のことは心配せず、学業にお励みなさい」と微笑《わら》ったのだが――。

次が家の守りである。

家を継いだ兄の平太郎は、藩主利恭公の弟君である英麿《ひでまろ》さまのお付きとして上京し、林鶴梁《はやしかくりょう》の塾で学んでいた。家にいる男子はわたしのほかに、二歳下の橘五郎、四歳下の六四郎、六歳下の七五郎である。つまり、本宮の原家を守る男子の中で一番の年上はわたしであった。

家臣がいるから心配はないとは思うものの、自分が家を出れば十二歳の橘五郎に家を守らせねばならないという重荷を背負わせてしまうのだと考えると、気の毒だった。

しかし、昨日、弟たちが揃ってわたしの部屋に来て、真剣な顔で座った。

橘五郎が、

「健次郎兄さまが旅立たれる前に、一言、弟らの決意を聞いていただきたく、お邪魔いたしました」

としゃっちょこ張って言った。

わたしもきちんと正座をし、背筋を伸ばした。

「承ろう」

「兄さまから見れば、まだまだ頼りない我らだと思いますが、三人寄れば文殊の知恵とも申しますし、三本の矢の故事もございます。頼りない者でも三人で力を合わせれば、半人前以上にはなりましょう。慣れれば一人前以上の力も出せると信じております。きっと、きっと、母上の力になります。ですから兄さまは憂いなく勉学に励んでください」

橘五郎はわたしの目を真っ直ぐに見た。

おそらく子供なりに、三人頭を寄せて考えた送別の言葉なのだろうと思うと、胸が熱くなった。

しかし、橘五郎の表情には、微かな不安が見え隠れする。本当は不安で不安で仕方がないのであろう。橘五郎は、家長の代理として自分が母と家を守らなければならないと決心している。六四郎と七五郎は、何をどうすればいいのかまるで分かっていないが、ともかく兄と母の力になろうと決意している。

遠い場所へ行くのではない。川向こうの城下である。帰ろうと思えばいつでも帰ってこられる。

しかし、弟たちは次のことを考えているに違いなかった。

学問を究めるならば、東京へ出なければならないと。遠からず来るであろうその日までに、自分たちは家を任せるに足る男になるという決意でもあったろう。

そんな弟たちが愛おしく、涙がこぼれそうになった。

「そうか。よろしく頼む」

頭をさげると、すかさず六四郎が口を開いた。

「わたしからも一言。わたしは、常々、平太郎兄者よりも、健次郎兄者のほうが、ずっとずっとご出世なさると密かに思っております。ですから、藩の、いえ、奥羽越列藩同盟の無念を晴らすために、お努めくださいませ」

平太郎兄者よりも出世すると思っていたというのは世辞であろう。なにをどのようにすれば出世し、どのような手段を用いれば奥羽越列藩同盟の無念を晴らせるのかも考えついてはいないだろう。それはわたしとて同じことであったが――。

六四郎なりの精一杯の励ましの言葉はありがたかった。

「わたしもそう思います！」

七五郎は二人の兄に声の大きさだけは負けじと思ったのだろう。狭い部屋の中に響き渡る大声で言った。

幼さ溢れる三人の決意と励ましの言葉が胸に染み渡った。

ああ。母も、わたしの決意を聞いてこういう思いを感じていたに違いない。

「うむ。頼もしいぞ。わたしは、三人に家を任せることに、なんの憂いも感じておらぬ。お前たち三人が力を合わせて母上を守り原家を守ってくれると信じている」

そう答えて三人の肩を叩いた。

弟たちは引き締めた顔を紅潮させて力強く肯いたのだが、わたしの心配が晴れることはなかった。

母や弟たちが、いや、平太郎兄者やわたしが盛岡に残っていたとしてもどうしようもない、大きな世情のうねりが、もうすぐこの地を引っかき回すに違いないのだから――。

北上川原に蜩の声が響く。

わたしと勘之助は、それぞれの思いを抱きながら、茜の空に聳《そび》える、紫色の巖鷲山《がんじゅさん》（岩手山）の山容を眺めるのだった。

五

八月、中寮で学んでいた藩主利恭公が、知事を辞任して東京に移った。

十月、わたしは御養い――、藩費生となった。藩が学費を負担する特待生である。家に経済的な負担をかけなくてもよくなったと胸を撫で下ろしたのであった。

そんなある日、漢詩の講義が終わった広間で、わたしはじっと腕組みしたまま動かなかった。

隣の席の松岡豊太が風呂敷に教科書を包みながら声をかけてきた。

「どうした、健次郎。部屋に戻らんのか？」

「うむ――」わたしは難しい顔をしたまま、懐から風呂敷を取り出す。

「さっき、はばかりへ行ったついでに南寮をちらりと覗《のぞ》いて来た」

南寮は洋学を学ぶ学舎であった。

「ほぉ。お前、洋学に興味があるのか？」

「徳川と蝦夷《えぞ》共和国はフランスを頼った。薩長はエゲレスを頼った。つまりは、海の向こう側の国は日本よりも優れているということだ。これからは西洋に学び、肩を並べられるようにならなければならん」

「うむ。確かにそうだろうな」

「ところが、だ」わたしは怒った顔を豊太に向ける。

「教官のエゲレス語は訛《なま》っていた」

「お前、外国語が分かるのか？」

豊太は驚いた表情で訊く。

「分からん。分からんが、盛岡訛《なまり》は分かる。あの言葉は、盛岡訛のエゲレス語だった」

「それは……、使えんな」豊太は風呂敷包みを文机の上に置いて溜息をつく。

「しかしお前、洋学に興味をもってきたということは、もう楢山さまの敵討ちや盛岡藩の汚名を返上することは諦めたのか？」

「諦めてはいない」わたしは強く首を振った。

「それに、それらは二の次、三の次だ」

「ああ――。楢山さまに約束したことが第一か」

「そうだ。楢山さまが考えていた国を作る方法は、二百六十年、侍が牛耳っていた国の中にはない。西洋からそれを学ぶためには、西洋の言葉を身につけなければならん」わたしは強く拳を握る。

「しかし、ここにいてはそれを学べない」

「ならば――」

突然、廊下の方から声がし、わたしと豊太は驚いてそちらに顔を向けた。

「東京へ行くしかあるまいな」

立っていたのは、寮長であり上級の教授の小田為綱《おだためつな》であった。この年、三十二歳である。腕組みをしてわたしたちを見つめながら広間に入り、二人の前にあぐらをかいた。

「小田先生……」

わたしはつばを飲み込みながら言う。楢山佐渡さまや盛岡藩の汚名を返上することは二の次、三の次という言葉を聞かれ、叱られると思ったのだった。

というのも、小田は、『明治政府は民を騙し、搾取することしかしない奸賊《かんぞく》である』と、誰に憚《はばか》ることなく主張し、学生たちにも熱く語る男であったからだ。小田に感化された学生たちは、いずれ自分たちは力をつけて、薩長土肥によって上層部を独占された明治政府を打ち倒すのだと、若い血を燃やした。

わたしはといえば、どこか冷めたところがあって、ならばなぜ若者をけしかけるだけで自ら立とうとしないのかと揶揄したい気持ちを小田に抱いていた。今や新政府の軍門に降《くだ》った盛岡藩である。そこの禄を食《は》んでいるということはすなわち新政府の飼い犬であろうがと意地悪な目で見ていたのだった。しかし相手は教師。逆らえばこちらに不利になる。

幼い頃から目上の者に対する処世術は身につけているつもりだったから、まずいことを聞かれたと、唇を嚙む。

「原は、武力を使わず学問で明治政府を倒すつもりなのか？」

小田はわたしの顔を覗き込んだ。

どうやら叱るのではなく、こちらの話を聞いてくれるつもりのようだ――。

そう考えて、背筋を伸ばし、口を開いた。

「どのようにしたら学問で明治政府を倒せるかは分かりませんが、少なくとも武力で相手をねじ伏せようとするのは違うと感じています」

「どのように違う？」

「第一に、今、薩長土肥に反旗を翻しても、ついてくる国はないでしょう。汚名の上塗りをして、盛岡藩は、今度は完膚《かんぷ》無きまでに叩きつぶされます。明治政府はそれを見せしめとするでしょう」

「うん。いい読みだ。しかし、どうやって学問で倒すのかを考えつかぬではどうしようもないな」

小田はからかうように言う。

「わたしは修文所に入ったばかりです。言ってみれば空っぽの丼。これから色々なことを学んで行きます。ここには優秀な先生が大勢御座しますから、丼が満たされる頃には、かならずや道が見えてくるはずでございましょう」

皮肉を込めて返した。

「うむ。盛岡訛のエゲレス語の教官もおるしのう」

小田はくすくすと笑った。

わたしと豊太はつられて笑いそうになったが必死で我慢した。

「ときに、小田先生。東京へ行けば外国の言葉を学べますか？」

「東京には私塾がたくさんある。伴天連《ばてれん》の教会でも外国語を教えていると聞く。横浜の外国人居留地に潜り込めれば、暮らしの中で外国語は学べよう」

「東京の辺りはもう、そのようになっているのですか……」

わたしは絶句した。同時に強い焦りも感じた。

生まれ育った盛岡の地は大好きであったが、中央と比べれば文化の進み具合に天と地ほどの開きがある。

傲慢で、残忍、卑劣な方法で世の中を壊した薩長土肥が、なによりもその恩恵に浴していることは許し難い。

東京へ行かなければ、進んだ学問を修めることはできない。しかし、東京に伝手《つて》はない。

今、英麿さまの供で東京にいる兄の平太郎に頼めばなんとかなるだろうか――。

わたしは、焦りを押さえ込むために強く奥歯を噛んだ。

「盛岡藩も東京に学問所を開く予定だ」

小田は言った。

「本当ですか！」

身を乗り出した。

「共慣義塾《きょうかんぎじゅく》という。英学を学べる学校だ」

「それはいつ開塾するのですか？」

「来年あたり、開塾願書を提出する予定のようだ」

「まだそういう段階ですか……」

「焦るな、焦るな。お前は幾つだ？」

「十五です」

「楢山さまが考えていた国を作るというのであれば、政に参画しなければならん。つまりは、明治政府の一員にならねばならぬということだ」

「明治政府の……」

わたしは目を見開いた。

「なんだ、意外そうな顔をして」

「いや、その……」

報恩寺の外で叫んだ楢山さまへの約束は、高ぶった感情から発せられたものであった。楢山さまを喪《うしな》う悲しさ、悔しさと、官軍への怒りが言わせたもので、どのようにすればそれを達することができるのかという具体的な考えはなにもなかった。武力で明治政府に勝つことはできないから、学問で――。その程度の認識だったのである。

しかし、楢山さまが考えていた国を作るには明治政府の一員にならなければならないと言われ、なるほどそれを覚悟しなければ目的を達することはできないのだということを理解できた。しかしそれは、今の今まで明治政府、薩長土肥は奸賊であり宿敵であると信じ切っていたわたしにとって衝撃であった。

「お前、そこまで考えていなかったのか？」小田は呆れた顔で言う。

「楢山さまは、どんな国を作ろうとしていたのだ？」

「為政者と民百姓が膝をつき合わせて話し合い、よりよい政への道を探る国でございます。新政府は侍による侍のための国を目指していて、民百姓はほったらかし。これでは百年、二百年の計を誤ると」

「戊辰の戦のおりには、民百姓や坊主まで、官軍に志願して戦に出たぞ」

「明治政府はその者らをただの手駒として使い、政に参画させるようなことはしませんでした」

「しかし――」今まで黙っていた豊太が口を開いた。

「嘉永の大一揆の後、盛岡藩は一揆が起きるたびに役人を派遣し、じっくりと一揆勢から話を聞いて、藩政を改革しておりました。薩長土肥らが起こした戦がそれを邪魔したのでございます」

そして豊太は自分の言葉に興奮したのか、顔を紅潮させて膝で小田ににじり寄る。

「小田先生は、日頃から真の王政復古は我らの手でやり直さなければならぬと仰せられているではありませんか。我らもそう思っております。それを、明治政府の一員になれとはどういうことでございますか！」

小田はしかめっ面をして耳の穴に指を突っ込んだ。

「でかい声を出すな。こんなに近いのだから十分に聞こえる」

「これは、失礼いたしました……」

豊太は慌てて元の場所に戻る。

「今、藩庁に残った者たちは、南部家の再興のために必死で働いている。とあるお方を宮家へ輿《こし》入《い》れさせようという動きもあるようだ」

「そんな姑息《こそく》なことを――」豊太は鼻に皺を寄せた。

「媚《こ》びを売って擦り寄るのは好みません」

「愚か者が！」

小田が怒鳴った。

わたしと豊太はびくっと体を震わせた。

「わたしは日頃、今は歯を食いしばって恥辱に耐えて時を待ち、必ずや奸賊を討ち果たすのだと教えておろう！　お前は臥薪嘗胆《がしんしょうたん》の意味も知らぬのか！」

わたしと豊太は体を凍りつかせ、小田の怒りに満ちた顔を見つめる。目を逸らそうにも、その瞬間に鉄拳が飛んでくるのではないかと思い、できなかった。

「お前の言い分は、外から見て語る見物人のそれだ。政のなんたるかも知らず、積極的になにかをするわけでもなく、人がすることを眺めて無責任にいいの悪いのと言う。『ではお前がやってみろ』と言うと、『それはおれの仕事ではない』と逃げる。頭の悪い愚民のすることだ！」

「申しわけございません……」

豊太は小田の剣幕に怯えて平伏した。

「嘉永の一揆、戊辰の戦を潜り抜けてきた者たちは、悔しさを押し殺して明治政府に従っておるのだ。まずは、南部家の汚名をすすぎ、明治政府に堂々ともの申せるようになることが必要と考えてのことだ。そのために、我らや領民のために日々、恥辱に耐えておる。そういう者たちのことを慮れぬとは情けない」小田はすっと目を逸らす。

「お前がそういうことを言うのは、おれの教えがまだまだだということだ。盛岡訛のエゲレス語教官を笑っておられぬな」

「いえ。そのようなことは……。わたしの出来が悪いだけでございます」

豊太はおろおろと、取り繕うように言った。

「南部利剛公は国作りは人づくりと仰せられた。我ら修文所の教官は、国を作るために人をつくらなければならぬというのにな」

「共慣義塾も、南部家再興の前段としての人づくりのためでございますか」

「それだけではない。盛岡藩の者だけを集める学校ではない。諸国の志ある若者を育てるための学校だ」

「つまりは、日本の国のための人づくりでございますか」

「左様。己の懐を暖かくするためではなく、公民のための国を作る前段だ」

「ああ……」わたしは溜息をつく。

「早く共慣義塾で学びとうございます」

＊　　＊

家に帰ってから、わたしは母にどう切り出そうかと悩んだ。東京で学問をするためには金がいる。けれど、我が家にそれほどの余裕はない。

様子がおかしいと思ったのだろう。母は夕食後、わたしを自室に呼んだ。

「なにかわたしに話をしたいのでしょう。遠慮せずにお話しなさい」

母にそう言われて、意を決して、共慣義塾のことを母に話した。

「――ということなのです。けれど……」

「はい……」

「お金の心配をしているのですね」

「お金のことは心配なさいますな。家を売ればいいだけの話です」

母は事もなげに言った。

「しかし……」

「健次郎さん」母は微笑む。

「賢いあなたのこと。東京で勉学に励みたいというのを母は止めはしないと考えたはずです。しかし、あなたと平太郎さんの学費、生活費を余裕を持って出してやるほどの蓄えがないことも分かっていたはず。ならば家を売るほかはない。そこまで考えて話を切りだしたのだから、『しかし』というのはおかしゅうございましょう」

「はぁ……」

「ならば、あなたは『ありがとうございます』と言うだけでいいのです。後のことは、母がなんとでもします。家は、母屋さえ残れば不自由はいたしません。貸家に住んだとしても生きて行けます。憂いを持たずに東京へ行き、家のことは心配せずに勉学にお励みなさい」

自分は未だ海のものとも山のものともつかぬ、田舎の小僧にしかすぎない。世間といえば、盛岡藩のごく一部しか知らない、井の中の蛙である。藩庁でどのような政が行われているかも詳しくは知らない。

まずは、東京に出ても『田舎者は遅れておる』と馬鹿にされぬよう知識を身につけなければならない。

そして、共慣義塾に入り、英学と、どのようにすれば世の中をよくすることができるかを学ぶのだ。

わたしはそう決意して勉学に励んだ。

＊　　＊

その年の十一月十九日。

思いもかけない知らせが届いた。

楢山帯刀さまが亡くなったというのである。

わたしはすぐに帯刀さまが身を寄せていた川井の澤田家へ走った。

険しい峠道を息を切らせて走りながら、胸は後悔で一杯になった。

帯刀さまが言う、志を貫くならば、汚いことも行わなければならないという考え方は、その時のわたしにはどうしても受け入れがたいものであった。

そのせいで、帯刀さまに失礼な態度をとったことに対する悔いである。

わたしは正しいという思いと後悔がせめぎ合いながら、解決のつかないまま、辺りが暗くなる頃、澤田家に辿り着いた。

屋敷の前には篝火《かがりび》が焚かれ、通夜の弔問客らが黒い影となって出入りしていた。

帯刀さまの穏やかな死に顔と対面した時にも、わたしの中のせめぎ合いはそのままだった。

その思いを持て余して、すぐに裏に回り、葬儀の準備の手伝いをした。

そこには、江釣子源吉さんや、楢山菜華さまらの姿もあり、すぐにでも悶々《もんもん》とした自分の思いを打ち明けたいという気持ちが涌き上がったが、それを堪えて法事用の食器類を蔵から出す仕事を黙々とこなした。

＊　＊

翌年、明治四年（一八七一）春。わたしは句読師《くとうし》心得《こころえ》となった。教授の助手である。

七月、明治政府は戸籍法を公布した。今まで寺が司っていた宗門人別帳《しゅうもんにんべつちょう》を廃して、町村に置かれた戸長という役人に、生国や姓名、住所、生年月日などを届け出ることになったのである。わたしは敬《たかし》と改名し、兄の平太郎も恭《ゆたか》と名を改めた。

同月。全国で廃藩置県が行われた。

既に盛岡は廃藩して県となっていたが、今まで岩手、稗貫《ひえぬき》、紫波《しわ》、和賀《わが》を所轄していたものが、閉伊、和賀、稗貫、紫波、岩手、九戸《くのへ》の六つの郡の管轄となった。

その年の秋。

作人館から十二人の生徒が共慣義塾に入塾することが決まった。その中に、わたしと松岡豊太もいた。

東京へ出かける前に、わたしは時間を見つけて親戚や寺子屋の師匠など世話になった人々に挨拶に出かけた。

檜山帯刀さまの墓参にも出かけた。

檜山家の菩提寺である北山の聖壽寺《しょうじゅじ》の急坂を上りながら、心には後悔の念が染みのように広がって行った。

しかし、悔いてはいたが、依然として、わたしの考えは間違っていないとも思っていた。

帯刀さまの墓前に手を合わせながら、

「わたしは、佐渡さまが目指していた世を作る第一歩を踏み出します。権謀術数など使わず、正々堂々、正攻法で薩長土肥とやり合い、その世を作ってみせます」

と宣言した。

六

十二月十日、加久保の茶屋でわたしと豊太の送別会が開かれた。修文所の仲間や家族が集まっての盛大な宴であった。

東京までは遠い。盛岡から仙台までは徒歩。そこから船で東京へ向かう心づもりであった。

奥州街道を南下し、その日は花巻の宿場で一泊。翌十八日には旧仙台領との藩境の御番所を越えた。

仙台まで辿り着いた日に、わたしたちは仙台の知り合いを訪ねた。

今野正三郎という男で、修文所での同窓であったが少し年上である。いち早く東京で勉学を修めたいと盛岡を出ていたのであった。

ところがいつまでも仙台に留まり続けている。友人が今野からもらった手紙では官吏の仕事をしているということであった。

修文所では、よく人を騙して酒を奢《おご》らせたり小遣いをせしめていた狡《こす》っ辛《から》い男だった。だから、口八丁手八丁《くちはっちょうてはっちょう》で明治政府に取り入ったのかと話していたのだったが、品川への船が出る間、泊めてもらおうと思ったのだった。

訪ねたわたしと豊太を、「小さな貸家だが、独り暮らしだから部屋はある」と今野は歓待してくれた。

近所の小料理屋で夕食をとった後、まだ日は高かったが、今野の家に戻って炬燵《こたつ》に足を突っ込み酒盛りをした。

「東京へは兄君を頼って行くのか？」

今野はわたしの湯飲みに通い徳利《とっくり》から酒を注いだ。

「いえ。深川《ふかがわ》に那珂梧楼《なかごろう》先生が塾を開いています。住処《すみか》が決まるまでそこにお世話になることになっています」

那珂梧楼先生とは、かつて作人館で教鞭をとっていた男である。

徳川の時代には本名の江幡《えばた》姓を名乗っていた。勤皇の思想に傾倒し、脱藩。江戸や京などを遊学し、吉田松陰《よしだしょういん》とも交流した。そんな時、医師をしていた兄の春庵が謀叛《むほん》を目論んだという理由で捕らえられ、獄死した。

那珂先生は当時の藩主利済《としただ》公こそ兄の仇と、つけ狙った。しかし利済公は病没し、本懐を遂げることはできなかった。

以後、江戸で隠棲していたところを、盛岡藩に招かれて作人館の教授となった。戊辰戦争の後、指導者の一人として捕らえられ、江戸へ送られたが後に解放され、深川に塾を開いたのであった。

「そうか——。兄君も書生だから、君たちの面倒をみるのは大変だろうからな」

「はい。母から兄の分の学費も預かって来ました」

「それじゃあ、君の懐には旅費と兄君の学費が入っているというわけだ。スリにやられないように気をつけたまえよ」

小一時間ほどして、今野が突然、「東京行きの船を調べて来てやる」と言って席を外した。

しばらくして戻ってきた今野は、

「いい話だぞ」

と、興奮気味に二人の顔を見た。

「明日の昼、寒風沢《さぶさわ》の港から品川へ向かう船が出る。その船頭がおれの知り合いなのだ」

「そうですか」

わたしと豊太は顔を輝かせた。今野の知り合いならば、いろいろと便宜をはかってもらえるに違いないと思った。

「寒風沢といえば、島でしたね」

「ああ。徳川の時代には江戸廻米《かいまい》の積み出し港だった。仙台藩の台場もある」

「島までどれくらいですか？」

「三里（約一二キロ）で塩竈《しおがま》。そこから渡船が出ている」

「それじゃあ、今から出なければ」

わたしと豊太は腰を浮かせた。

「長旅だったのだ。もう少しだけ休んで行きたまえ。明日の昼に間に合えばいいのだから」

今野は二人に座るよう促した。

わたしと豊太は歩きづめで疲れていたから、今野の言葉に従った。

「君たちにちょいと相談があるんだ」

今野はそう切り出し、わたしは『来たぞ』と思った。

「官吏となれば色々と特権はあるのだが、その分つき合いも多くなる。飲ませてもらうことも多いが飲ませてやらなければならんことはもっと多い。だから、ここのところ、ちょっと苦しいのだ。なに、すぐに俸給が入るから苦しいのは少しの間なんだが、直近に大人数に飲ませなければならない宴《うたげ》が控えているんだ」

今野は頭を掻《か》いた。

わたしと豊太は警戒してちらりと目配せをしあった。

「君たちにその特権を分けてやるから、ちょっとの間、金を貸してくれぬか?」

母が家の一部を売って工面してくれた金である。他人に貸せるものではない。

しかし、もしここで今野の機嫌をそこねれば、今夜の宿がない。旅籠《はたご》に泊まるという手もあったが、できるだけ旅費は節約したかった。

さて、どうしたものか——。

「特権を分けるとはどういうことでしょう?」

わたしは答えを引き延ばすために訊いた。

「うん。官吏は、ただで船や汽車に乗ることができる。家族や親族も半額で乗れるんだ。君たちはわたしの義弟であると船頭宛に手紙を書けば、君たちは船に半額で乗れる——。そういう手紙を書いてやるから、原君の金を少し貸してはもらえぬか」

わたしと豊太は顔を見合わせる。

その様子を見て、今野は苦笑いする。

「君たちは、ぼくの作人館での行いを知っているから警戒しているのだろう。それは、よーく分かる。あの頃のぼくは酷いものだった。しかし、ぼくはもう仙台の官吏だ。あの頃のいい加減な男ではない。約束は必ず守る」

今野は真剣な顔で言ったが、わたしの警戒は解けない。騙されるものかと思っていたが、できるだけ顔には出さないように気をつけた。

硬い表情をしているわたしと豊太を見て、今野は大きく溜息をつく。

「いや、君たちも金に余裕がないことを気遣うことなく、借金を願い出たぼくが悪かった。なにか売れるものを見つけて質屋へ行って金策するから気にしないでくれたまえ」

今野は弱々しく微笑する。

わたしは懐から財布を出し炬燵の上に置いて今野の方へ押した。

「仙台には、嘉永六年の一揆のおりに大変ご迷惑をおかけしました。今野さんが明治政府の者たちに酒を振る舞うことで、いくらかでも仙台の人たちに恩を返せるのであれば――。それに、差し上げるのではなくお貸しするのですし。ですから一札書いてくだされば――」

「そうか……。君がそう言うのであれば、ありがたくお借りする」

今野はゆっくりと財布を取り上げると、押し戴《いただ》いてから懐に収めた。

「では、今から借用書と船頭に文を書こう」

今野は手燭の短くなった蠟燭《ろうそく》に灯を移して、文机に向かった。

「寒風沢の港にある、秋月屋という宿を訪ねたまえ。豊川丸の船頭が泊まっている」

今野は厚手の奉書紙に包んだ文をわたしに差し出した。

「ありがとうございます」

わたしは懐に文を差し入れると立ち上がった。

七

　わたしたちは三里を駆けた。塩竈の港に着く頃には空は夕焼けに染まっていて、寒風沢島へ向かう最終の渡船に間に合った。

　茜に染まった空と、それを映す海。朴島《ほおじま》、野々島《ののしま》、桂島《かつらしま》など浦戸《うらと》諸島の青紫の影。正面に見える寒風沢島が一番大きな島であった。

　渡船が港に着くと、わたしと豊太は飛び下りた。

　すぐ近くに豊川丸と船体に記された千石船が係留されていた。

　その他にも、港には和船、洋船がたくさん係留されていた。

　わたしたちは港近くの家並みに、秋月屋という宿屋を捜した。

　秋月屋はすぐに見つかった。腰高障子に黒々と宿の名が書かれ、内側からの明かりに照らし出されていたからである。

　そっと障子を開けて、中を覗く。

　土間のすぐ奥の、囲炉裏を切った板敷に、大勢の男たちが座って、飯を食ったり酒を飲んだりしていた。官軍の制服を着た一団が一番威張っていて、上座を占領していた。船頭や水手らしい男たちはそれらを無視して話に花を咲かせている。その姿を天井から下がった四方行灯が照らしていた。

「あの――」

　わたしは遠慮がちに声をかける。

　何人かの男たちがちらりとこちらを見たが、すぐに話に戻った。

奥から髷《まげ》を結った中年男が出てきて、

「お泊まりでございますか？」

と訊いた。

「豊川丸の船頭、佐藤睦五郎さんが泊まっていると聞いて来た」

わたしが言うと、板敷から、

「睦五郎はおれだ」

という声が聞こえた。

「ああ、睦五郎さん。仙台県の官吏、今野さんからの文を持ってきました」

わたしは板敷の端まで出てきた睦五郎に文を渡した。赤銅色に日に焼けた男であった。背は低いが筋骨逞《たくま》しい。

「官吏の今野――」

睦五郎は小首を傾げながら文を受け取って文面に目を通す。

そして、

「仙台県の官吏は色々知っているが、この男の名には覚えがねぇな」

江戸訛の言葉であった。

「けれど、あなたの名前も居場所も知っていましたし……」

腹の底が冷たくなる感覚を覚えながら言い返した。

「おれの船で東京へ渡ったことがありゃあ、名前を知っていてもおかしくはねぇし、名前が分かれば定宿だって調べられる」

睦五郎は肩をすくめた。

わたしは騙されたのだと知り、全身の血の気が引いていく感覚を覚えた。

「それで、この便宜をはかれというのはどういう意味だ？」

「それは——」と、しゃべり出さないわたしに代わって豊太が言った。

「官吏の親族であれば船賃が割引になると」

「そういう決まりはねぇな」

「えっ……」

豊太は険しい顔をわたしに向ける。『ほれみろ』と言いたげな表情だった。

わたしは歯を食いしばってくるりと向きを変え、腰高障子に駆け寄る。

「どこに行くつもりでぇ？」

睦五郎が訊いた。

「もう、塩竈への渡船はねぇぜ。泳いで渡るわけにもいくめぇ」

わたしは障子の桟を摑んだまま身を震わせた。

「泳ぎは得意です」

小さな声で言う。

「馬鹿言ってねぇでこっちへ来い」

睦五郎が言った時、奥に座っていた官軍兵の一人が聞いたことのない言葉でなにか言った。それを聞いた仲間たちが、わたしと豊太の方を見て、馬鹿にするように大笑いする。

お国訛りの言葉の内容は分からなかったが、罵倒されているのは明らかであった。

今野に騙された上に、頭の悪そうな官軍に馬鹿にされているという現実が我慢ならなかった。

わたしより先に、豊太が怒鳴った。

「虎の威を借る狐に笑われるいわれはない！」

官軍兵たちの顔色が変わった。

一斉に立ち上がり、土間に飛び下りた。

一人が豊太に駆け寄って頬を殴りつけた。

豊太の体は吹っ飛んで、壁に激突した。

「やりやがったな！」

鼻血を流して豊太は飛び起きる。

わたしは、豊太を殴った官軍兵の前に走り寄り、拳を振り上げた。

官軍兵は口元に笑みを浮かべながら身構えた。

さっと人影が割って入る。

睦五郎が両腕を伸ばしてわたしたちの胸ぐらを摑んだ。そして、顔を後ろに向けて官軍兵を睨《ね》めつける。

「あんた、小僧をぶん殴ったって隊長さんに知られりゃあ、まずいことにならねぇか？」

兵は口をへの字に曲げる。

次いで睦五郎はわたしを見た。

「おれを訪ねて来たってことは東京へ行くつもりなんだろう？　怪我をしちゃあ、旅に差し障るぜ」

わたしは兵を睨みつけたまま、睦五郎の手を振りほどこうとしたが、太い腕はびくともしなかった。

睦五郎は板敷に立つ兵たちを眺め回し、

「この件、豊川丸の睦五郎に預けてもらおうか」

と言うと、わたしと豊太を強引に外に引っ張り出した。

睦五郎は宿の近くに置いてあった荷車に腰掛け、腰から黒革の煙草入れを取って、器用に火種を作って煙管を吸いつけた。

「お前ぇたち、言葉からすれば盛岡の者か」

わたしと豊太は俯いたまま肯いた。

「薩長土肥をやっつけたいかい？」

睦五郎の問いに、わたしたちは強く肯いた。

「ならば、喧嘩できるくれぇの力を蓄えるこったな。それまで、我慢、我慢だ」

「色々な人に同じことを言われます」

わたしはぼそっと言った。

「お前ぇたちの後をつけて、薪ざっぽうで頭をぽかり。あとは海に捨てちまえば、明日の朝、土左衛門が二つ港に浮いている。そんなことが平気で行われる世の中なんだよ。お前ぇらみてぇな小僧を騙くらかして金を取った奴がいたってことを忘れるな。それで、お前ぇたちは東京へ行きてぇのか？」

わたしは子細を語った。

睦五郎は煙管の灰をぽんと落とした。

「そうかい――。まぁ、こうなったら盛岡へ戻るか、東京へ行くか決めなきゃな」

「東京へ行くにも旅費が……」

「旅費もそうだろうが、お前ぇと兄貴の学費はどうする？」

「わたしから金を騙し取った奴の実家は分かっております。家の者に文を書き、実家から戻してもらおうと思います」

「なるほど。学費はなんとかなるか。あとは旅費だけだな」睦五郎はわたしと豊太の顔を交互に見た。

「たった二人だ。東京へ行きてぇってんなら、おれの船に乗っけてやるぜ」

「本当ですか！」

わたしはぱっと顔を上げた。

「こう見えても、戊辰の戦じゃあ、旧幕側で戦ったんだ」

「本当ですか！　どこの戦ですか？　上野？　宇都宮？」

「そんなこたぁ、どうでもいいじゃねぇか」

と睦五郎は苦い顔をする。思い出したくない出来事であるようだった。

「盛岡藩は、戊辰の戦で最後の最後まで戦った。そこの侍の子息を助けるのは、おれにとっちゃあ当たり前ぇのことだ」

「ありがとうございます！」

わたしと豊太は深く腰を折った。

「うちの水手らは宿の広間で雑魚寝をすることになっている。野宿するよりはましだろうから、お前ぇたちはそこで寝な」

「なにからなにまでかたじけない」

わたしと豊太はもう一度、深々と頭を下げた。

八

寒風沢島を出帆した豊川丸は、好天に恵まれて無事に品川に着いた。睦五郎は、「不案内な土地で迷っちゃいけねぇ」と言って、船のことは水手たちに任せ、わたしと豊太を深川の那珂梧楼先生の家まで送ってくれたのだった。

道すがら、わたしと豊太は荒廃した江戸の町に愕然とした。

町のあちこちに薄汚い恰好で座り込む浮浪人たちがいた。元は侍だったらしい者の姿もあった。通りを行き交う人々は、できるだけ真ん中を歩いている。路地に引き込まれて金品を奪われるのを恐れているようだった。

板戸、蔀戸《しとみど》を閉じた家が多い。開けている商店でも、見張りであろうか、小僧を二、三人外に立たせている。見張りだと思ったのはその小僧たちが怯えた顔で周囲を見回していたからだった。中には板戸を打ち壊され家財道具を奪われたらしい家もあった。

火事にあって燃えた家の残骸がほったらかしになっていたり、空っぽの財布があちこちに捨てられていたり――。

一方で、綺麗な身なりをした者たちも歩いていて、その多くが薩摩や長州や幕末に官軍側についた藩の者らしい言葉を話していた。盛岡でもそういう者たちを見かけることがあったので、その言葉には耳馴染があった。

身なりのいい者たちは、薄汚い浪人らの姿を見ると、あからさまに嫌な顔をしたり、からかいの言葉を投げつけたりした。

これならば、盛岡の方がまだましだとわたしたちは思った。

丸の内に一丁倫敦《いっちょうロンドン》と呼ばれる赤煉瓦街ができるのはまだまだ先である。欧風の街の先鞭をつけた三菱一号館が竣工するのが明治二十七年（一八九四）であるから二十三年も後であった。江戸城の西側の高台に皇族、華族、財閥、官僚などの洋風豪邸が建てられるのは十年ほど後の話である。

けれども、江戸――、東京の大名屋敷は官有地として接収されて、建物は破壊され更地となって、西洋風の練兵場や兵舎が次々に建てられていた。

江戸の風情が残る町屋と、だだっ広い更地。そこに建つ煉瓦造りの軍の建物。

そんな景色の中を、髷を結った町人らと、フロックコートを着て颯爽《さっそう》と闊歩《かっぽ》する、戊辰の戦で懐を肥えさせた者たちが行き交う。

なんだか悪夢のような景色であった。

洋服の仕立屋は、徳川の世の末期にはすでにあった。横浜には西洋の布地や時計などの小物を商う店もあった。

明治四年、華族らに海外留学や周遊を積極的に行い見聞を広めよと勅諭があり、それ以後子女を積極的に海外留学させるようになった。学問を修めるには年を取りすぎた者たちには周遊して諸国を視察すべしとされたので、今まで京都から出たことのなかった公家たちは盛んに外国へ旅をした。そして、帰国した者たちが西洋の文化を伝え、皇族や華族らを感化した。それによってにわかの西洋かぶれが増え、裕福な庶民はそれをこぞって真似していったのである。

わたしが東京へ赴いた年に散髪脱刀令が布告され裕福な政治家や商人、銭はなくても新しい物好きの町人たちは似合う似合わないは関係なく髪型を変え、洋服を仕立てるようになった。

＊　　＊

那珂梧楼先生の家に着いたのはすでに夕方で、塾生たちは帰っていた。那珂先生は満面の笑みでわたしたちを迎え、文机の並ぶ広間に通した。

那珂先生は佐幕の人であったが、盛岡藩士として戊辰の戦に関わり、楢山佐渡さまらと共に東京に捕らわれていた。

だから、わたしと豊太は那珂先生相手に薩長土肥の牛耳る明治政府に対する憤懣《ふんまん》を語った。

だが那珂先生は、

「明治政府は泥縄式ではあるが、まぁよくやっている」

と、明治政府を擁護するようなことを言った。

わたしと豊太は驚いた。

豊太は、

「明治政府から銭でももらっているんですか！」

と噛みつく。

「そういうわけではない」

那珂先生は苦笑いする。

「ならば、どういうわけなのですか！」

とわたしは詰め寄った。

「なぁ、敬、豊太。時代が大きく変化する時というのは、大きな災害によく似ている。今までのものを壊し尽くして、その上に新しく何かを作る。三閉伊の辺りは何十年に一度、海嘯《かいしょう》（津波）が起こって、村や町を飲み込みすべてをさらっていくが、その上にまた新しく町や村ができる。それと似たようなものだ」

その言葉に豊太がいきり立つ。

「しかし、災害は天の理によって起こりますが、戊辰の戦は、卑怯千万な薩長土肥によって引き起こされました。那珂先生の仰りようでは、天と薩長土肥が同列ではありませんか。天は生きとし生けるものの殺生与奪を司りますが、薩長土肥はそうではない」

「同列ではないさ。なぜなら、薩長土肥が壊したものは、人が作りだした幕府という仕組みだからだ。その仕組みを壊すために、多くの者たちの血が流れた」

「自分たちの意思を押し通すために、強引に他を排除したのです」

「それは我らも同じだ。かつて朝敵だった長州を許したのなら、会津も許すべきだと立ち上がり、武力で明治政府に抗した」

「それは、向こうが先に理不尽を行ったからです」

「それでは喧嘩と同じだ。喧嘩は両成敗」

「成敗されたのはこちらだけです」

「いや。明治政府はやってしまったことの責任をとるために大慌てさ。そこで、先に言ったことに繋がる。泥棒を捕まえてから縄を綯《な》っているわけだが、まぁ、それなりに上手くやっている」

「那珂先生は、なぜ他人事のように仰せられるのです」

　わたしは訊いた。

「いい問いだ。いいか、敬。他人事として見た方が冷静に時世を読めるものだ。旧盛岡藩士のおれとしては、薩長土肥のやり口に腑《はらわた》が煮えくりかえるような憤りを覚えている。しかし、薩長土肥憎しばかりでは、正しい判断はできない。後のことをよく考えずに遮二無二《しゃにむに》徳川を潰すことを第一として突っ走ったツケが、いま明治政府に降りかかっている。とはいえ、それを真剣に受けとめている者は少ないがな。ほとんどの者らが、躍起になって利権を貪っておる。いつの世も、真剣にものを考える奴らが貧乏籤《くじ》を引く。楢山さまのようにな」

　楢山さまの名が出て、わたしと豊太は背筋を伸ばした。

「薩長土肥は今までの世の中をぶっ壊してしまった。もう元通りには直せない。ならば、瓦礫《がれき》の荒野となってしまった場所に、どのような国を作るか。本当は、今までの世を壊してしまう前に、十分にその方法を考えておかなければならなかった。意見の統一もないままに、徳川を潰すという唯一つの共通意識の元に突っ走ってしまった。しばらくの間、この混沌は続くだろう。だがな、今までよりも良くなっていることはある」

「そのようなことがありましょうか」

　豊太は嘲るように言った。

「あるある。身分よりも実力を重視する者が多いということだ。明治政府の中枢にいる連中の中には、平士であったものも多い。意地悪な見方をすれば、身分を重視していては自分の存在理由が危うくなるからとも言える」

　なるほど、そういうことはあるかもしれないとわたしは思った。

「今までより酷くなったこともある。大名屋敷が廃されて、侍ばかりではなくそこで働いている者が職を失った。その者たちの多くは江戸を出て人が半分に減り、浮浪人たちが溢れかえった。明治政府が権力を握ってしまったため、今まで幕臣が握っていた利権が宙に浮いたままほったらかしになった。そしてあちこちに転がっている利権を鵜《う》の目鷹の目で捜す者が増えた。明治政府に取り入って美味い汁を吸おうという輩もな。意地汚い者の数が爆発的に増えている。そういうもので儲けた者たちがいる横で、どんどん貧民が増えている。市中は物騒になって、両替商などは強盗を恐れ、短筒を抱いて寝ている者もいると聞く」

「明治政府がちゃんとした政を行っていないからです」

　わたしは眉根を寄せて言った。

「確かにそれもこれも、準備した上での御一新ではなかったことが原因だ。後手後手には回っているが、国の作り方はまんざら悪くもない。だからまぁよくやっていると言った」

「なにをやっているというのですか」

　豊太は唇を歪めて吐き捨てるように言う。

「ほれほれ。薩長土肥憎しの気持ちが強いから、明治政府がやっていることを正しく評価できないのだ。まず、平民が名字を使うことを認めた。それからちゃんとした戸籍法を作り、髷を切ることも、侍が刀を差さないことも許可した。侍や町人の区別なく生きられる世の基礎が作られ始めている」

　確かに那珂先生の言う通りだと思った。

　薩長土肥は憎いが、今まで出されてきた太政官令を見れば、これまでの身分制度を廃していこうという姿勢が見られる。

「今のところ、諸外国を見てきた者たちが、我が国との差に驚き、急いで国を作り変えなければ清国のように植民地にされると、真剣に取り組んでいる。しかし、諸外国を知らぬ者たちは、相変わらずの守銭奴だ。そういう連中が、この国を食いつぶしてしまうまでにはまだ間がある。今のうちに、連中に実力を見せつけてやるのだ。どんな手を使ってでも連中に食らいつき、内側から政府を変えていくのだ」

　それこそ、楢山さまがやるべきであったことなのだとわたしは思った。どんな手でも使って生き延びて、薩長土肥の横暴を押さえつつ新しい世を作るべき人であったのだ。

　しかし、良くも悪くも楢山さまは武士だった。そして真っ直ぐすぎた。盛岡藩の責任をすべて背負って潔くけじめをつけてしまった。

　楢山さまの父、帯刀さまの嘆きの原因はそこにあった。

　那珂先生はわたしと豊太の顔を見てにっと笑う。

「それはお前たちがやるのだ」

「那珂先生はそうなさらないのですか？」

　わたしは訊いた。

「機会があれば、明治政府に潜り込もうとは思っている。しかし、明治政府がちゃんとした準備をしていなかったから、おれができるのは地均《じなら》しまでだ。お前たちができるのはもしかすると、上棟式までかもしれぬ」

「日本という国の形が整うまでには長い時がかかるということですか」

わたしは言い、豊太は小さく溜息をついた。

＊　＊

翌日、わたしは京橋木挽町《こびきちょう》の共慣義塾へ出かけ、久しぶりに兄の恭に会った。恭は当時、林鶴梁の塾に寄留していた。

せっかくの再会であったが、まずは今野に騙されて学費を取られてしまったことを告げ謝罪した。

恭は、

「実社会の手荒い洗礼だな。いい勉強になったろう」

と苦笑し、盛岡の実家へ、今野の家に行って金を取り立ててくれるよう文を出した。

後日、実家から送金があったが、今野の家に取り立てに行った伯父は、貧しく慎ましく暮らす今野の家族を見て催促できなかったとのことであった。

九

わたしは翌年の明治五年（一八七二）一月、共慣義塾への入学を認められた。

しかし入学からほどなくして、盛岡本宮の実家に盗賊が入り金目のものをほとんど盗まれてしまった。

母リツは蔵の中の骨董品を売って、学費を送ろうと考えていたのだったがそれができなくなった。

実家からは叔母が学費を出そうと言っているという文が来たが、従兄弟に頭が上がらなくなるのが嫌で断った。

わたしは三カ月で共慣義塾を出た。

兄の恭も、同様の理由で盛岡に帰ることに決めたのだった。

だがわたしは、学問の道を諦めるわけにはいかなかった。意地もあった。

そこで、同じく学費の工面で苦労している友栃内元吉《とちないもときち》と一緒に、篤志家が開いている塾で学僕をしようと行ってみたが、すでに満員であった。

栃内は東京で学問を続けることを諦め、北海道に官吏の口を見つけて去った。

しかしわたしはなんとしても学問を修めて頭角を現さなければならないという目的がある。とりあえず学費がかからない岸俊雄塾など幾つかの塾を転々とした。しかし学費はかからなくとも生活費は必要である。そこで、生活の面倒まで見てくれる海軍兵学校を受験するも失敗。

さてどうしたものかと考え続けていたわたしは、作人館修文所の寮長、小田為綱が言っていたことを思いだした。

『伴天連の教会でも外国語を教えていると聞く――』

そこでわたしは麴町《こうじまち》一丁目にある天主堂神学校の門を叩いた。十一月のことである。

校長はフランス人のマリン神父。

ここでならフランス語を学べる。また、欧米で主流のキリスト教を学べば、かの地の人々の考え方の基本を学べるのではないか。

わたしはそう考えた。

飯が食えて寝る場所も与えられるから、貧しい学生たちの多くがキリスト教の学校に通っていた。ほかの学校で学んでいたが、雄藩出身の学生に虐げられて飛び出して来た旧幕の子弟も在籍していた。

しかし、大きな誤算があった。

マリン神父はフランス語を教えてくれることはなく、漢籍のキリスト教の宗教書ばかりを学ばせたのであった。

しかし、ともかく住む場所と食うことには困らず、少ないながらも手当がもらえた。いずれマリン神父を説得してフランス語を学ぼうと思った。

寮生活で食費も学費も学校持ちであったが、いずれ洗礼を受けなければならなかった。

＊　＊

九月になって、横浜に瓦斯灯《ガスとう》が設置されたという新聞を読んだ。

ある理由から居ても立ってもいられなくなったわたしは、マリン神父の許しを得て横浜に出かけた。

物珍しさからの見物ではない。

旧薩摩藩の者たちは幕末の藩主島津斉彬《しまづなりあきら》が鹿児島の仙巌園《せんがんえん》で実験をしたのが、日本での瓦斯灯の始まりと自慢するがとんでもない。

日本において、最初に瓦斯灯を灯したのは、旧盛岡藩士なのである。

最初は医師の島立甫《しまりゅうほ》。コールタールを熱して瓦斯を出し、それを燃焼させて灯火とした。

また、西洋式の反射炉を建設した大島高任《おおしまたかとう》が炉の燃焼瓦斯を使って瓦斯灯の実験をした。

わたしは陸蒸気（蒸気機関車）に乗って横浜に向かった。瓦斯灯が灯るまでは時間があったので、わたしは横浜の街をぶらついた。

横浜は、徳川の時代から海外に開かれた港だけあって、維新以後の西洋化は驚くほど早いように見えた。

海岸通には西洋建築の大きなホテルがあり、旧外国人居留地には日本風の建物はあまり見られない。

特に伊勢佐木町《いせざきちょう》は栄えていて、劇場や寄席、様々なものを商う店が並んでいる。ちょっと奥には遊廓もあった。街の人々は、東京の浅草や大坂の千日前、京都の京極にも勝ると自慢しているらしい。

徳川の時代から清国人が多く住む辺りは、大きな通りには西洋風の建物が建ち並んでいるが、一本裏道に入ると、東京の下町とあまり景色は変わらない。異国情緒溢れる清国風の建物ばかりが建っていると思っていたが、そういうものは少なく肩透かしであった。

夕暮れの前から瓦斯灯の下に立って点火を待った。空が夕焼けに染まると周囲には見物人が大勢集まっていた。ほかの瓦斯灯の下にも大勢の見物人がいる。

もう見慣れてしまった横浜の住人たちは、『田舎者が』と言いたげな嘲るような笑みを浮かべて通り過ぎて行った。

鋳鉄だろうか、青銅だろうか、細長い柱の上に枠にはまった四面の硝子《ガラス》の中に、点消方《てんしょうかた》が火を灯すと、石油ランプよりも目映《まばゆ》い光が辺りを照らした。

辺りからどよめきが上がる。

わたしの頬には涙が流れた。

光が目を刺したこともあるが、その時わたしは悔しかった。

盛岡藩士の偉業も、賊軍のものということで軽視され、陰に追いやられる。

いつまでそれが続くのだろうか――。

その場を離れようと瓦斯灯に背を向けた。足元から影が伸びている。

瓦斯灯の光は、まさに新しい世の光――。

わたしの影の中、石畳の上に小さな石が転がっていた。

この石は、賊軍とされた国々だ。

わたしは立つ場所を少し移動した。

石ころに瓦斯灯の明かりが当たった。

その国々に、新しい世の光を当てるか――。

あるいは、新しい瓦斯灯を立てて、世の中をあまねく照らすか――。

薩摩も虐げられた国であったが、積年の恨みを晴らした。

自らも同様の扱いを受けてきたというのに、連中は嬉々として賊軍とした国を虐げる――。

しょせん、人とはそのようなものなのだ。

わたしは小さく溜息をつき、歩き始めた。

いずれにしろ、道は遠い。

＊　＊

キリスト教を信仰するつもりはなかったが、罪悪感を感じながらも翌明治六年（一八七三）の
四月、洗礼を受けてダビデ・ハラの洗礼名を授かった。

フランス語を学ぶ機会は別の所からもたらされた。

横浜のエブラルという神父が、学僕を紹介してほしいとマリンの学校へ依頼して来た。神父の身の回りの世話をしながら、フランス語が学べ、しかも、伝道師になるかどうかは本人の意思に任せるというのである。

わたしはすぐさまその話に飛びついた。

エブラル神父の学僕となり、布教のために西日本を旅した。布教という目的ではあったが、諸国を見て回れるというのは、願ってもない機会であった。エブラルは日本語も話せたので、フランス語だけではなく、世界の情勢などについても深く学ぶことができた。

明治七年（一八七四）二月に、佐賀で不平士族の大きな叛乱があった。佐賀の乱である。士族とは、主に武士階級の者たちが明治維新の後に与えられた身分である。

佐賀といえば官軍。秋田戦争で盛岡藩と戦った藩である。

佐賀の乱は一カ月ほどで、明治政府の勝利で終わった。

わたしは乱の鎮圧後にその知らせを聞いたのだが、無策のまま下級武士を切り捨ててしまったために、官軍の藩でも不平士族が増えて乱まで起こしたと冷笑した。

幕府を倒して得をしたのは、雄藩や公家のごく一部。あとの者たちはただの手駒として使われたのだ。

四月、エブラルが新潟教会の主任司祭に就任することとなり、わたしはほかの学僕と共に新潟に赴いた。七日をかけた徒歩の旅であった。

教会は寺の境内にあり、ボーレーという若い神父がいた。

六月、許しを得て十六日の徒歩の旅で盛岡に戻り、四才年下の弟の誠《まこと》（幼名六四郎）を学僕にするために新潟へ連れて帰った。

わたしは、エブラルの学僕をしながら、フランス語を始めとして、国際情勢も学んだ。

フランス語の授業は夜で、学僕のほかにも港の運上所（税関）の役人や銀行員も一緒に学んだ。

しかし、わたしには不満があった。博学とはいえ、師は神父である。フランス語の学習については文句はなかったが、その他のことについては、さすがに専門家に学ぶようなわけにはいかない。

だから、学校で学びたいという思いが日々強まって行った。東京の学校で学ばなければ、明治政府に加わることなどできないという焦りも涌いた。

聖職者になるつもりは毛頭ない。どうするかは自分の考えしだいという条件ではあったが、世話になっているエブラルには申し訳ない気持ちもつのっていく。

そして、このままずるずるとエブラルの世話になっているわけにはいかないという気持ちが固まっていった。

確かこの年、盛岡の作人館で四年先輩であった阿部浩《あべひろし》が岡山県職員として採用された。阿部には後々、感謝してもしきれないほど世話になる。

＊　＊

明治八年（一八七五）四月。エブラルに、進学に関する相談をした。

自分の本心は、勉学に勤《いそ》しみたいということであって、師の書生となったのはフランス語が学べるからであった。本当に申し訳ないことだが、信心についても方便であった――。

不敬な告白を、エブラルは微笑みを浮かべながら聞き、

「それでは東京へ出なさい」

と、あっさりと言った。

叱責を受けるに違いないと思っていたわたしはほっとして、

「ことの子細を実家に報告しなければなりませんし、けじめをつけなければならないこともあります。東京へ行く前に、一度盛岡へ参ります」

と言った。

エブラルは、

「それでは、わたしも一緒に出かけよう」

と返した。

「えっ？」

怪訝な顔をするわたしに、

「実は、東京へ移るようにと知らせがあってね。その前に保養のため、のんびりと東北を漫遊しようと考えていたところだったんだ。その旅に少しだけつき合ってはもらえまいか。その後、わたしの先触れとして東京へ行ってもらうというのはどうだろう？」

とエブラルは言った。

おそらく、その旅の供をすれば、旅費を出してやることができるというエブラルの気遣いであろうと思った。

そして、十四日。エブラルと共に、新潟公園近くの船着場から川汽船に乗り込んだ。新潟に残る誠は見送りに来たが、不安げな顔をしていつまでも桟橋の端から船を見送っていた。

空は晴れて、風が心地よかった。

エブラルとわたしは川を遡る船のデッキから新潟の街を眺めた。

「君からはずいぶん明治政府への批判を聞いたが、いずれは政治家になるつもりかね？」

「子供の頃、わたしの国に楢山佐渡さまと仰せられる立派な御家老さまが御座しました。その方が、民百姓と膝をつき合わせて話し合いをし、それを藩政に生かすという改革を行われました。なんとかいい方向に進み始めた時、薩長が戊辰の戦を始めたのです。それでなにもかもが潰されてしまいました」

「なるほど。それは悔しかろうね――。しかし、明治政府のやることも、少しは認めてやることはできまいか」

「なにを認めるというのです」

わたしは吐き捨てるように言う。確か、那珂先生とも同じような議論をした気がする。

「徳川の世がよかったとは申しませんが、明治政府がやっていることは、徳川の世と変わりません。ならば、絶対的な存在として徳川が君臨していたあの世の方がまだしもでございます。明治政府には、強く全体を引っ張っていけるような人物がおりません。いずれも小粒。だから話がまとまらず、西郷らが下野するようなことになるのです」

「君は絶対君主がいたほうがよいと?」

「今のままならばその方がましだと言っているのです――。西洋に倣った法が次々に施行されることになりましょうが、為政者の本質は変わりません。いいことだけを言いふらし、都合の悪いことは隠す。一番は自分たちの贅沢な暮らしで、民は二の次。おそらく、これから先もずっとそうでしょう。民は搾取され続けるのです」

「君はそれを打ち破るつもりなのだね」

エブラルに訊かれ、わたしは手摺《てす》りに前のめりに身を預け、川面に顔を向けて溜息をついた。

「そう考えると気ばかりが焦ってまいります」

「日本が西洋を見習って法を作っていくとすれば、必ず議会というものが開かれるようになる。

選挙で議員が選ばれる。そうなれば、君にも機会が訪れる」

「さて、それはどうでしょう。薩長土肥の者たちがおいそれと既得権益を手放すとは思えません。様々な手で、美味い汁を吸う仕組みを守ろうとするでしょう。自分の得た権益は子供に継がせようとするはず。徳川の世の侍がそうであったように、代々議員の家というのも出てまいりましょう。それに、選挙の時だけ入れ札（投票）をする者たちにいい顔をして、当選したなら知らん顔――。盛岡藩は改革が行われる前は、一揆が起こると、それを鎮圧するために一揆衆にその場しのぎの嘘を言いつづけました。それと同じようなことが続くのです」

「そういうことはフランスでもあるが――。何もかも高潔にというのは、どだい無理な話だ」

「神父さまがそういうことを仰りますか」

「人は原罪を持っているからな――。まぁ、そういう中をどう泳いでいくかということをこれから学べばいい。大きな街は『生き馬の目を抜く』というではないか。東京は盛岡や新潟よりもずっとずっと大きい」

「そうですね。ともかく色々と経験しなければなりませんね」

わたしは、上流側の未だ白い雪を被っている山脈に顔を向けた。

十

明治八年（一八七五）、エブラル神父の保養を兼ねた東北布教活動の旅に同行していたわたしは、五月の後半に故郷盛岡に戻り、ここでエブラルと別れた。

実家に帰ると、親戚から養子縁組を匂わされた。どうやら親戚たちは、誰かがわたしを養子に取るか、あるいは地元の名士の家に入れるかと相談している気配であった。

ある夜、わたしは長兄の恭の元を訪れた。

文机に手燭を置いて書物を紐解いていた恭は、真剣な顔で正座するわたしに小首を傾げた。

「どうした敬。怖い顔をして」

「兄さん。折り入ってご相談したいことがあるのです」

「学費のことか？」

恭が訊き、即座に首を振った。

「分家したいと考えています」

「分家――」恭は眉をひそめた。

「ははぁ。養子が嫌か」

「はい。養家とのしがらみがあっては、なにかと不便ですから。分家して平民となります」

原家は士族である。しかし、明治五年（一八七二）に華族・士族（大名や武士）の平民籍への編入が許されていた。廃藩が行われ、多くの侍が職を失い、大名であっても今までのような贅沢な暮らしがままならなくなった。畢竟《ひっきょう》、二男、三男など部屋住の者たちは職業を見つけなければならなかった。なにか商売をしようにも、家柄を気にしてなかなか思い切れない。そういう状況を考慮し、行われた政策であった。

「平民になるか」

恭は溜息と共に言った。

「士族であっても、東京では戊辰の戦で賊軍とされた藩の出身者はひどく虐げられます。ならばいっそのこと平民となった方がさっぱりいたします。それに、わたしがなにかしでかした時に、原家にできるだけ迷惑をかけないように、今のうちに分家した方がいいと考えます」

「迷惑って――。政府の誰かの命を狙おうなどと思っているわけじゃあるまいな」

「まさか」笑って首を振った。

「薩長土肥出身の役人を一人、二人斬ったところで、世の中は変わりません。しかしながら、まだわたしはどうやれば薩長土肥の守銭奴どもを政の場から引きずり降ろすことができるのか考えつきません。未だわたしは海のものとも山のものともつかない、ちっぽけな男です。けれど、海のものか山のものになる過程でなにか迷惑をかけないとも限らない。そう思ってのことです。それから、親の功をかさにきて威張り散らす者らには反吐《へど》がでそうになります。それゆえ、士族の身分を捨てようと」

「薩長土肥への恨みは消えぬか」

「東京では、戊辰の戦で大した役にも立たなかった薩長土肥の、わたしくらいの年の者たちも調子に乗っております。十年、二十年後にあのような者たちが政を司るようになると考えるとぞっとします」

「ならば、こちらに帰ってくればいい。まったくそういうことがないというわけでもないが、東京に住むよりは嫌なものを見ずにすむ」

「見なければなかったことになるというものではないでしょう」

「それはそうだが――」恭は唇を歪めた。

「たとえば、戊辰の戦で幕府側が勝っていたとしたらどうだろう。我らも調子に乗っていたとは思わないか」

「おそらくそうなったでしょう。だからこそ、正しく庶民を引っ張っていく政が必要なのです。勝ったからといって、為政者までが調子に乗るような政府は屑《くず》です」

恭は「ふむ」と言って、わたしの方へ身を乗り出した。

「まだ楢山さまとの約束を果たそうと考えているのか」

恭は眉根を寄せて訊いた。

「それもあるのですが――」わたしはちょっと困って続けた。

「あの時はなにかを深く考えていたわけではなく、感情の高ぶりであのようなことを言いました。けれど、少しは世の中のことが見えるようになり、やはり薩長土肥に政を任せてはおけぬという思いを強くしています」

「なぁ、敬。強気なことを言っていると、お前が政を司る側になった時、すべて自身への言葉として跳ね返って来るのだからな」

わたしははっとした。

己の言葉が己に跳ね返る――。そのことについては考えたことがなかった。

正論を言えば言うほど、己は高潔を保たなければならない。

ああ、そんな簡単なことも気づかずに、今まで薩長土肥を悪し様に言い続けていた。

他人を非難するならば、『ならば、自分はどうか?』ということを考え続けなければならないということか。

そういえば幼い頃、自分がやった悪戯を勘之助におっかぶせたことが多々あった。わたしはあの卑怯を反省もせず、薩長土肥の卑怯を論《あげつら》っていた。わたしは冷や汗をかいた。

「お言葉、肝に銘じます――。それで、平民となることに賛成していただけますか?」

「うむ――。お前が是非にと望むならば、好きにすればいい。お前の人生なのだから、思ったように生きてみろ。原家への迷惑など気にせずにな」

「ありがとうございます」

深々と頭を下げた。

翌朝すぐに、わたしは平民になる手続きをした。

盛岡県平民、原敬の誕生であった。

＊　　＊

学費は恭がなんとか工面してくれる目処がつき、九月六日、わたしは東京へ出発した。供は弟の誠と、柵山敏という少年であった。

エブラルに挨拶をと新潟へ寄ったが、すでに東京へ発った後で、先触れという役目は果たせなかったのであった。盛岡に長く留まりすぎたと後悔した。

第二章　法学生の「一揆」

一

わたしは東京へ向かい、勉学の道を模索した。

築地《つきじ》新栄町の天主公教会が新しい住まいであったが、すぐに伝手《つて》を頼って横浜の天主教会に庶務として住み込むことになった。時折、誠が住む築地の教会に顔を出しながら、横浜で神父からフランス語を学んだ。誠はしばらくして盛岡へ帰った。

わたしはその後、浜町《はまちょう》河岸の仏語塾に勉学の場所を移した。

学費は恭が工面してくれることにはなったが、できるだけ迷惑はかけたくないと考え、官費の学校に願書を出した。

海軍兵学校、東京師範学校、東京外国語学校など、官費によって運営される学校は増えていたのであった。

明治九年（一八七六）の春から、外務省の外交官養成所や海軍兵学校を受験したが、いずれも不合格。

七月、司法省の法学校を受験した。これはみごと合格。百人の受験者の中で二番の成績であった。

学費も寮費も政府持ちで、しかも二円二十五銭の小遣まで出るのだから、わたし自身も、そしてわたしからの手紙で合格を知った家族も大いに喜んだ。

司法学校は麹町区の永楽町にある司法省の敷地内にあった。周囲には裁判所や監獄、警視庁などが建っていた。

官費をあてにして入学した学生の多くは、幕末に佐幕であった藩の出の者たちだったが、若者らに流行《はや》っていた薩摩風の兵児帯《へこおび》を締め、薩摩下駄を鳴らして登校していた。

無頼を気取って態度も荒々しく、時に薩摩や長州の言葉を得意げに真似して使う者もいた。そうやって闊歩《かっぽ》する奴らの中に明治政府のせいで禄を失った元幕臣の子息もいるのが腹立たしかった。

そんな連中とは対照的に、わたしはいつもこざっぱりとした着物に角帯をきっちりと締めて、白足袋《しろたび》で登校した。盛岡で作人館に登校した時にはもっと高級な着物ではあったが、気持ちは当時と同様であった。

わたしは、明治政府に媚びるような態度をとる連中に、喧嘩ではなく議論をふっかけた。幕末に勤王であった藩の士族の子弟であればなおさら激烈な言葉を使った。

議題はなんでもよかったし、最後まで論理立てた話にしようとも思っていなかった。ともかく、どんな屁理屈、強弁を使ってでも相手をぐうの音も出ないほどに論破する。それだけが目的であった。ほとんどの結論が、薩長土肥討つべしというものになった。

学生たちはわたしがふっかける議論に辟易《へきえき》し、遠目に姿を見つけると、こそこそと身を隠す者も多かった。

当時のわたしは自分の議論を、刃をもって敵を倒すことができないから、言葉で倒そうという敵討ちと考えていた。それから、本来同志であるはずの賊軍とされた藩の者たちへの戒めである。そう思い込んでいたのだが、今から思えばただの、憂さ晴らしである。

武力で遮二無二《しゃにむに》徳川の世を破壊した薩長土肥は憎かった。そして、自分たちはその戦に加わってもいなかったくせに、薩長土肥の出身だというだけで、雄藩に与《くみ》した藩の出身だというだけで肩で風を切る者たちが我慢ならなかった。

わたしが嫌ったのは雄藩出身者ばかりではない。賊軍とされた藩の出身でありながら、薩長土肥に尻尾を振る者たちの方が、大嫌いだった。

蛤《はまぐり》御門《ごもん》の変で、長州は朝敵となった。しかるに、後に許されている。しかし、その時に敵となった会津は、長州に目の敵にされて、ついには悲惨な戦に引きずり込まれた。

そのような不公平、理不尽、矛盾を明治政府は内包している。そして、戊辰の戦で官軍となった藩の者たちの賊軍となった藩の者たちへの蔑視、差別はひどいものだった。

白河以北《しらかわいほく》一山百文《ひとやまひゃくもん》――。

白河の関より北は、一山が百文の値打ちしかない。薩長土肥の者らはそう言って東北をせせら笑う。

実際に戦に加わった者たちの中には、その悲惨さを語り、官軍、賊軍の別なく、戦とは悲惨なものだと語る者もいたが、親兄弟や親戚が官軍として戦に出たという者の自慢話はひどかった。ただただ盲目的に官軍を英雄視し、賊軍を蔑視した。人は自分に都合の悪いことは語らないし、都合のいいことばかりを聞きたがり見たがるのだと、わたしは強く感じた。

しかし――。ふと我に返ることがあった。

京の洛内に住む者たちは「洛内以外は京ではない」と、洛外に住む者たちを蔑視するという。

盛岡でも、城下に住んでいる者は、「城下以外は盛岡ではない」と在郷の者たちを田舎者と蔑視する傾向があった。

城下を離れた本宮に住んでいたわたしは嫌な思いを何度かしたことがあった。

城下に住むようになったのは、何代も前の先祖の選択であったのに、まるで自分の手柄のように自慢をする。

官軍自慢もそれと同じようなことか――。

また、自分自身を省みれば、官費によって勉強をしていたし、住む場所、食い物も与えられ、小遣までもらっている。そして、それを棚に上げて明治政府の批判をしつづけている。そういうことに考えが及ぶと、エブラルが言った、

『明治政府のやることも、少しは認めてやることはできまいか』

という言葉を思い出す。

いや、徳川の世でも藩校があった。その学びの仕組みを叩き壊したのだから、作り直して当然なのだ。

と、頑なに思い直して、自分が明治政府の恩恵に浴していることを再び棚に上げる。

天下を取ったつもりでいる薩長土肥の者たち。

愚かなのは彼らばかりではない。

民衆、いや、人というものはおしなべて愚かなのだ。そして、自分自身も――。

わたしは、棚の上に載せたものを少しだけ下ろして苦笑するのだった。

ならば、ただ打ち負かす議論ではなく、相手を納得させる議論をしなければならないな――。

議論に負けるわけにはいかないし、いつもいつも屁理屈で勝利するわけにもいかないから、講義、実習は熱心に学んだ。法学はもちろんのこと、数学や物理、経済学なども講義がなされてい

た。教科書はフランス語で、フランス語会話や作文も授業があった。

＊　＊

明治十年（一八七七）の春。「西郷吉之助《さいごうきちのすけ》が挙兵したらしい」という噂が聞こえてきた。親が明治政府に近い学生から漏れてきた話である。

ほぼ時を同じくして、わたしを激怒させる話も聞こえてきた。

明治政府が西郷軍の討伐軍を編成するために、東北諸藩の旧士族に参加を呼びかけようとしているというのだ。

敵の大将は西郷吉之助。ということは、薩摩軍が敵である。

戊辰戦争で煮え湯を飲まされた奥羽越列藩同盟に加盟していた藩の者たちは、諦めていた敵討ちの好機とばかりに、歓喜して加わるに違いない。

少し前であれば、喜んで志願していたろう。

だが、今のわたしには明治政府の薄汚い目論見が見える気がした。

薩軍の示現流《じげんりゅう》は、恐ろしい剣法である。遮二無二突っ込んできて、真っ向から何度も刀を打ち下ろす。戦は激戦が予想され、官軍側の死者も多くなるだろう。

以前勤王だった藩にさえ、不平士族の乱が起こっているというのに、薩摩と戦えなどと言えば、不満はさらに大きくなるだろう。

薩摩と戦わせるのは、文句を言わない兵でなければならない。

ならば、薩摩に強い恨みを持っている東北の士族がよい。突進してくる敵をものともせず、迎え討つに違いない。

夷を持って夷を制する——。

蝦夷を使って熊襲を討つ。

明治政府はそう考えている。その証拠に、明治政府の者たちは「西南の役」と言っているらしい。「役」とは、異国人との戦いにつく名である。

東北の「前九年の役」「後三年の役」は、東北の民を日本人に非《あら》ずとしてつけられた戦の名である。

そんなことを考えるのは、古《いにしえ》からそういう戦い方を命じてきた者たちであろう。

岩倉具視《いわくらともみ》あたりが考えついた作戦か——。

わたしはそう考え、明治政府に対する怒りを燃やしたが、薩軍討伐軍の編成が始まり、巡査の募集が始まると、旧奥羽越列藩同盟の士族たちがぞくぞくと志願した。

志願すると言い出した友を「明治政府の企みに乗るな」と止めたが、

「諦めていた敵討ちができるのだ」

と聞く耳をもたなかった。

勤王の藩の出の学生らは、わたしに対する日頃の鬱憤を晴らすためか、にやにや笑いを浮かべながら、

「お前は志願せんのか？」

と訊いてきた。

わたしは苦虫を嚙みつぶしたような顔で、

「志願はしない」

と答えた。

すると、その学生らは、

「原敬は口ばかりの男だ」

とせせら笑い、

「臆病者！」

と唾を吐く者もあった。

作人館や共慣義塾でも共に学んだ栃内元吉がわたしを訪ねてきたのはそんな時だった。今は東京での学業を諦めて、蝦夷地の開拓使として採用され、札幌《さっぽろ》で暮らしていたから、その訪問に驚いた。

栃内は「西郷軍の討伐のため鎮西《ちんぜい》に向かう」と言った。言葉を尽くして止めたが、栃内の決心は揺るがなかった。そして、彼はわたしが共に戦うと言わなかったことを責めもしなかった。

二

西南の役は九月、深手を負った西郷吉之助の自刃で幕を下ろした。

西郷軍の死者は六千七百六十五人。官軍の死者は六千四百三人。死者の数だけでみれば、西郷軍は善戦したといえよう。

官軍に参加していた多くの東北出身兵は、戊辰の戦で死んでいった友や家族、親族の仇を討たんと、飛んでくるスナイドル銃の弾をものともせず、敵陣に斬り込んでいったという。

古の朝廷もそのような人の心理を読んで、夷を持って夷を制するという手を使ったのであろうとわたしは思った。

自分は手を汚さずに、人の思いにつけ込んで戦に駆り立てる。そういう〝技〟も覚えておかなければならない。

使うためではない。

そういう技に引っ掛からないためだ。

わたしは絶対にそういう技は使わない――。

そう思う脳裏に、下段の構えで自分に対峙した榴山帯刀さまの顔が浮かんだ。

今思えば、飄々《ひょうひょう》とした中に、冷たい氷を含んだ顔のようであった。

＊　＊

栃内は生還した。

わたしに報告に来た栃内は、戦場の詳しい話はしなかった。楽しかった話や、美味かった料理の話だけして、

「これでけじめがついた」

と言って札幌に帰って行った。

しかし、その笑顔には清々《すがすが》しさは微塵もなく、濃い疲労と得体の知れない影のようなものをわたしは感じ取ったのだった。

＊　＊

明治十二年（一八七九）法学校に入学して三年目のことであった。

年が明けてしばらくしたとある日曜日の夕方、わたしは外食をしに外に出た。寮生は毎食を食堂で摂《と》ることとなっていたが、日曜の夕食だけは外食を許されていたのだった。

食費にも官費が出ていた。しかし、その金額が十分でないのか、賄《まかない》業者が己の儲けを多くしているためか、出される食事は満足できるものではなかった。だから、日曜日の夕食はわたしばかりでなく、多くの学生が外食をしたのであった。

寮に戻ると、なにやらいつもと違う気配が漂っていた。

残っていた者たちが興奮した顔つきで廊下をうろついている。柱を掌で叩き声高に議論している集団もいた。

わたしは顔見知りの陸実《くがみのる》という学生を見つけて声をかけた。

同期生らは年下が多かった。陸は一歳下であったが、中には五、六歳下の者もいた。

陸は津軽藩出身であった。

盛岡藩と津軽藩は以前から仲が悪い。

津軽藩の始祖、津軽為信《ためのぶ》は南部家の傍流であったのにもかかわらず、領地をかすめ取って独立したという恨みから始まり、数々の因縁があった。戊辰の戦の折りにはすぐに官軍に靡《なび》いたと、盛岡藩の者たちは目の敵にしている。

しかし、わたしと陸は入寮当時から馬が合い、よく話をする間柄であった。

「なにがあった?」

「夕飯の不満を賄方にぶっつけたそうです」

陸は早口で言った。紅潮した顔であったが、口振りから察するに彼は騒動に加わっていなかったのだと思った。

「ついにやったか」

わたしは呟く。

寮の食事に不満をもつのは法学校の寮生ばかりではなかった。あちこちの官費の学校の寮では、飯の量が少ないだの、不味《まず》いだのと騒動を起こす学生も多いと聞こえていた。

わたし自身は、食い物のことでがたがた文句を言うのは品がないと思っていたが、いずれは法学校でも起こるだろうと考えていた。

自ら進んで騒動を起こそうとは思わなかった。しかし、誰かが堪忍袋の緒を切ったならば、日頃『お前たち貧乏人に飯を食わせてやっているのだ』と言わんばかりの態度をとる賄方に一泡吹かせる好機ではあろうなと考えていた。だから、その場にいなかったのが返す返すも残念だと思った。

「今夜は、人数分の飯がなかったのだそうです。だから、もっと飯を出せと言った。当然の要求です」

「何人で騒いだ？」

「二十人ほどだそうです。福本《ふくもと》と秋月《あきづき》、坪根《つぼね》、加藤《かとう》が引っ張られて行きました」

「その四人が頭人（首謀者）か？」

「そういうわけではないようですが、中心になって抗議していたのがその四人だそうで。校長と賄業者が癒着していると言い出したのがまずかったのかもしれません」

「うむ――」

わたしは腕組みした。

校長は植村長《うえむらなが》という男で、薩摩の出である。東北出身の学生にはすこぶる評判が悪かった。そして、賄業者が学校から受け取る食費のかなりの額を懐に入れていて、それを見て見ぬふりをしているという噂も確かにあった。

「今から校長の所へ押し掛けようかと話していました。これから食堂で戦評定（作戦会議）です」

鼻息荒く食堂の方へ行こうとする陸の袖を引っ張った。

「いや、待て待て」

「なんだ、あなたは校長の味方をするのですか！」

鋭い目で陸が睨んだ。

「そういうわけじゃない――。おれに考えがある。おれも評定にまぜろ」

「そうですか――。それでは、一緒に行きましょう」

陸は足早に食堂へ向かった。

広敷には三十人ほどの学生が集まっていた。数人ずつの塊になって、いずれも興奮気味に学校への不満を語り合っている。床には割れた食器などがそのままになっていた。

その中の一人がわたしに気づき、近づいて来た。仙台藩出身の国分《こくぶ》高胤《たかたね》であった。彼も一歳年下であった。

「原さんもまざりますか」

「うむ。だが、ちょっと話をさせてもらえまいか。このまま校長の所へ乗り込むのは考えものだ」

「なぜです？」

国分は眉をひそめた。

「正当な要求をするのならば、それなりの手順を踏んだ方がいい。ただ暴れ騒ぐのは打毀《うちこわ》しの連中と変わらん」

「原さんには考えがあるそうだ」

陸が一同に言った。

「よし」

国分は床に転がった丼と箸を取り、それを打ち鳴らす。

「原さんにはいい考えがおありだそうだ。静粛にせよ」

国分の言葉に、一同は鎮まった。一斉にわたしに目を向ける。

咳払いをして学生たちを見回した。

「藩の恥を言うようで気が引けるが、ペルリが浦賀に来た頃、盛岡藩に大きな一揆があった。仙台藩に越境し、ずいぶん迷惑をかけた」

わたしは側に立つ国分に小さく頭を下げた。

その仕草に学生たちは思わずくすくすと笑う。

殺気立った雰囲気が幾分和らいだ。

わたしは続けた。

「このたびのことは、盛岡藩に対する三閉伊の一揆と同じく、法学校に対する一揆であるとおれは思う」

幕末の一揆は民百姓ばかりでなく、侍が関わったものも多く、自分たちの行動を一揆と結びつけられることに抵抗はないようで、誰も不満の言葉は発しなかった。

「ならば、この一揆、学校側がどう収めるかをとりあえず見極めよう」

「引っ張られた四人を見捨てるというのですか?」

怒ったような声が上がった。

「そうではない。三閉伊一揆の後の盛岡藩が民百姓と膝をつきあわせて談判した。それと同じように、学校側も学生の言い分を真摯に聞くかどうか、それを見届けようと言うのだ」

「そんな悠長なことを言って、四人が処分されたらどうするんです!」

国分が怒鳴る。

「大丈夫だ」わたしは国分に目を向け、にやりと笑った。

「三閉伊一揆から学んだ兵略がある」

わたしは、食堂に向かってくる足音を聞き、早口で作戦を語った。

「なるほど」陸が肯く。

「では、仙台藩の役は――」

と、陸が自分の案を語る。

全員が「それがいい」となった。

「文書はわたしが書こう」

吉原三郎《よしはらさぶろう》が手を挙げた。上総《かずさ》国の出の、わたしより二つ上の若者であった。

その時、学生たちが再び集まっていると聞きつけた教師たちが、慌てて食堂に駆けつけた。

それと入れ違いに、学生たちは足早に食堂を出ていく。

「待て。どこへ行く?」

教師たちが引き留めようとする手を振り払って、学生たちは、

「ご心配なく。部屋に戻るのです」

と穏やかな口調で返すと、釈然としない顔の教師らを残し、それぞれの部屋に向かった。

＊　＊

学校側は賄方からの聴取もして、騒動に関係した二十人に禁足を命じた。

騒動の当日に学校側に呼び出された四人、福本誠《まこと》、秋月左都夫《さつお》、加藤恒忠《つねただ》、坪根直吉は、ただちに校長の植村に抗議しに向かった。

しかし――。四人は憤慨した顔で寮に戻ってきた。

食堂に集まって四人の帰寮を待っていた学生たちは、「どうだった？」と一斉に立ち上がった。

「おれたちは寮から出されることになった」

福本が悔しそうに言った。

学生たちは怨嗟《えんさ》の声を上げる。

「保証人に預けられるとのことだ」秋月はわたしに顔を向けた。

「原さん、後は頼みました」

「しばらくの辛抱だ。必ずここに戻してやる」

わたしは力強く肯《うなず》いた。

「今夜中に出て行けとのことだから、荷物をまとめるために失礼する」

福本が言い、四人は一礼して食堂を出ていった。

学校側は耳を貸そうともしなかった。

一揆勢を力でねじ伏せる藩のやり口と同じ。上に立つ者のやり口は、徳川の時代となんら変わらない。

義憤がわたしの体を熱くした。

＊　＊

次の一手と、わたしと吉田義静、河村譲三郎が動いた。校長への直談判であった。

吉田と河村はそのまま玄関に向かったが、わたしは小走りに自室へ向かう。

「どうしました、原さん」

河村が声をかけた。

わたしは立ち止まり、

「服装を整えて参ろうと思ってな」

と答えた。

「校長のためにわざわざ身嗜《みだしな》みを整えようというのですか？」

吉田が顔をしかめる。

「我が藩に、楢山佐渡さまという御家老が御座した」

「ああ、存じております」

吉田は肯いた。

「その楢山さまが、藩主利済《としただ》公を諫《いさ》めようとなさった時、白装束をお召しになった」

「それは、伊達政宗《だてまさむね》公が豊臣秀吉《とよとみひでよし》公に、小田原攻め遅参の詫びを入れたときの真似でございますか」

吉田はくすくすと笑った。

「ご本人はその故事を知らなかったと笑って御座した——。生憎《あいにく》、おれは白装束は持っていないが、せめて紋付きくらいは羽織って行かなければと思ってね。相手が誰であろうと、礼儀と、こちらの決意の表明は必要だ」

「独りだけ紋付きでは釣り合いがとれません。我々も」

吉田と河村は自室に走り、紋付きを羽織って合流した。

なんにしろ、面会が叶わなければ交渉はできない。まずは直に校長に会うことが肝心であった。

そのために河村を入れた。

河村は、主席の成績であった。

愚かな大人は、賢い若者は道理が分かっていると考える。そして、道理が分かっているということが〝大人の証〟だと信じている。だから賢い若者は大人の味方であると思い込む。賢い若者の側からすればいい迷惑で、同年代の者たちからは、大人側の者として距離を置かれてしまうのだが――。

河村を入れておけば、成績優秀な者たちが、日曜の夜の騒動を謝罪しに来たに違いないと校長がうまい具合に誤解して、すぐに面会してくれるだろうという読みであった。

三

学生の総代として現れたのは紋付き姿の三人――、それも一人は主席の河村、そして、成績二位で合格したわたしである。目論見通り、校長の植村はすぐに面会に応じた。

部屋に現れた三人を、植村は鷹揚な笑みで迎えたが――。

「騒動を起こした学生らの処分についてご相談に上がりました」

わたしがそう切り出すと、机の向こう側に座った植村は、途端に不機嫌そうな顔になった。

「処分は重いとでも言いたいか？」植村は威圧的な声音で言う。

「放校にならなかっただけでもありがたいと思え」

「学生の食事は官費で賄われているはずです。ちゃんと人数分の食事が用意されてしかるべきです。学生たちの主張は筋が通っております」

わたしが言う。

「日曜日は外食する者が多く、賄いの人数を確認するのが困難だ」

「ならば、毎日曜日、外食するか否かを確認なされればいいのです」

「賄方は料理を作るので忙しい。そんな暇はない」

「夕食を食べる人数を確認せずに料理を作っているというのは、いかがなものでしょう。丼勘定はいけません。使われるのは大切な官費です」

「食堂へ行って足りなければ、我慢すればいい」

「賄方に楽をさせるために、明日を担う学生たちに飢えろと？」

「一食ぐらい抜いても死にはせん！」

植村は激しく机を叩いた。

わたしたちは一瞬、びくりと体を震わせた。

そのことが腹立たしく、わたしは負けじと言いつのる。

「その一食も官費で保証されています」わたしは言葉を切って、重々しい口調に切り替える。

「十分な費用を受け取っているのにもかかわらず、食事の質が低いという話もあります。一部では、校長と賄業者が癒着していて、かなりの額の袖の下を貰っているという噂もあります」

植村の表情が強張った。どうやら噂は本当であったようだ。

「その噂を払拭するために、帳簿を見せていただけませんか」

「調子に乗るな！　なぜ学生に帳簿を見せねばならん」

「調子に乗っているのはそちらではありませんか？　官軍側の藩の出身だということは、なにをやってもいいという理由にはなりません」

わたしの言葉に肯いて、河村が付け加える。

「徳川に代わって今度は自分が美味い汁を吸おうというのは、さもしい了見であると思います」

主席の学生に言われ、植村は返す言葉を探している様子で唇をうごめかした。

「主席だからといって――」

「調子に乗るんじゃない、ですか」河村はにっこりと笑う。「別に調子に乗っているわけではありません。校長先生は、あちこちにいる美味い汁を吸うことに躍起になっている人たちと同類ではありますまいと申し上げようとしていたのです」

「もういい！　ともかく、処分を撤回するつもりはない！　帰れ！」

植村は追い払うように手を振った。

「寮の者たちに報告しなければなりませんので、確認させていただきます」わたしは言った。「先日の日曜日に学生の夕食が足りなかったことはお認めになるが、以後の食事の改善はしない。そして、次に足りなくなっても一食我慢すればいいと仰せられた――。そういうことですね？」

「そうだ」

「賄業者との癒着については、明確なお答えはなかったということでよろしいでしょうか？」

その問いに植村は答えなかった。

「分かりました。それでは失礼いたします」

わたしたちは一礼して校長の部屋を辞した。

＊　＊

寮に戻ったわたしたちは、学生たちに会談の子細を語った。

学生たちは憤り、床を踏み鳴らし卓を叩いて校長を罵倒する。

「まぁ鎮まれ」

わたしは言った。

学生たちは興奮した顔のまま口を閉じる。

「こちらは、校長に好機を与えた。しかし、向こうはそれを蹴った。次の手を打つのもやむなし。我らはさっそく出かけて来るぞ」

わたしの言葉に、学生たちは強く肯いた。

わたしと吉田、河村はすぐに、近くに建つ沼田藩の藩邸を流用した司法省へ向かった。豪壮な煉瓦造りの建物に建て替えられるのはずっと先のことである。

三閉伊一揆の一揆衆は、越境して仙台藩を巻き込み、盛岡藩との仲裁をさせたのである。わたしは司法卿を巻き込み、仲裁をさせる兵略を立てたのであった。

役人や、なにかの陳情らしい洋装、和装の者たちが頻繁に出入りしている。人が途切れたところを見計らい、わたしたち三人は門衛に近づいた。

門衛二人が胡散臭《うさんくさ》げな顔でこちらを見た。

「司法学校の学生であります」

わたしは門衛に近づきながら言い、それぞれが名を名乗った。

「司法卿、大木《おおき》喬任《たかとう》閣下にお目にかかりたく参上いたしました」

「なに用か?」

門衛は居丈高に訊く。

「司法学校のことでお話しいたしたきことがございます。お取次ぎ下さい」

「約束はあるか?」

「ございません」

わたしが答えると、門衛は即座に首を振って、

「大木閣下はお忙しい。約束のない者とはお会いになられぬ」

とりつく島もない返事であった。

「左様でございますか……」

門前払いは想定内であったが、わたしたちはさもがっかりした様子ですごすごと引き揚げると見せかけて、司法学校の建物の陰に入ると、小一時間暇を潰して、司法省へ向かった。今度は人の出入りが多い時を見計らって門衛に近づいた。

「なんだ、また来たのか？」

呆れた顔で一人が言い、もう一人はわたしたち以外の来訪者の身元を確かめるために離れた。

「どうしてもお目に掛かりたいのなら、校長から話を通してもらえ」

と残った門衛は言う。

「校長とはちょっと……」

わたしは頭を掻く。

「なに？　校長はお前たちがここに来たことを知らぬのか？　ならば、なおさら取り次ぐことはできん」

と、にべもなく言った。

わたしたちは再び、すごすごと司法学校の方へ戻る。そしてまた小一時間、暇を潰して司法省へ出向く。

「帰れ！」

遠くから三人の姿を見つけた門衛が怒鳴った。それでもわたしたちは門衛の前まで歩き、そしてそこに座り込んだ。

出入りする者たちが驚き、門衛とわたしたちを交互に見ながら門を通って行く。

「どうしても司法卿にお目にかかりたいのです」

河村が決然とした表情で門衛を見上げた。

「帰らなければ、痛い目をみるぞ！」

門衛二人は長い警棒を構えた。

「もうこうなったら、騒ぎを起こすしかありませんな」

吉田が言いながら腰を浮かしかける。

「待て、待て」

門衛たちは慌てて吉田を座らせる。

そして、囁きを交わすのがこちらにも聞こえてきた。

「司法学校の学生らは、この前の日曜に騒ぎを起こしたらしいぞ」

「本当か？」

「ここで騒がれたら面倒なことになる」

「司法学校の生徒が司法省に殴り込んだという噂でも立てば、我らの首も危ない」

門衛たちの会話を、わたしたちは聞かぬふりをして、怖い顔をしたまま座り続ける。

一人の門衛が建物に走った。

別の一人がわたしたちの前にしゃがみ込む。

「ともかく、大木閣下のご意向をうかがって参る。しばし待て」

「取り次いでくださるのならば、騒ぎたてはいたしません」

吉田は真面目な顔で言った。

しばらくすると、建物へ走った門衛が戻って来た。

「大木閣下は『賄征伐の件か？』とお訊きだ」

賄征伐とは、あちこちの学校で起こっている食事に関する小競り合いの総称である。

「さすが大木閣下」わたしはぽんと膝を打つ。

「左様でございますとお伝え下さい。その件で学生代表が三人、お目にかかりたいと」

「そうか。ならば案内する。閣下は『賄征伐の件であれば会おう』と仰せだ」

門衛が言うと、わたしたちはさっと立ち上がって尻の土埃《つちぼこり》を払った。

四

藩邸の流用であるから室内も和風である。板敷きの廊下を進み、門衛が緊張の面もちで襖の前に座り中に声をかける。

「司法学校の学生を連れて参りました」

「お入りなさい」

返事があり、門衛が襖を開けてわたしと吉田、河村を通した。

廊下に正座していたわたしたちは、がちがちに緊張しながら膝で室内に進んだ。

座敷には絨毯《じゅうたん》が敷かれ、奥まった所に大きな執務机があった。三方の襖の前には書棚が置かれている。机の前には布張りの椅子が何脚か並んでいた。

机の向こうに、噂通り温厚そうな顔の初老の男が座っていた。

「司法学校三年生の原敬であります！」

わたしは上擦った声で言った。河村と吉田もそれに倣って名乗りを上げる。

「大木喬任だ。賄征伐の件だそうだね」

「はい」

わたしは、懐から吉原三郎がしたためた陳情書を出し、ギクシャクとした動きで机の前まで歩き、大木に渡した。

大木は紙を開いて目を通す。

わたしたちは直立不動で、大木が陳情書を読み終えるのを待った。

「なるほど」大木は陳情書を畳み、机の上に置いた。

「植村校長の不正については証拠はないのだな？」

「はい」わたしが言う。

「しかし、帳簿を子細に調べれば、辻褄の合わないところが出てくると思われます」

「白河の清きに魚の住みかねて元の濁りの田沼恋しき——、という歌を知っているか？」

「松平定信の倹約政策よりも、田沼意次《おきつぐ》の金権政治の方がましだったという歌ですね」

河村が言った。

「その通り。袖の下というものは、物事を円滑に進めるための必要悪ともなる」

「そういう理屈は分からないでもありませんが」わたしが言った。

「そのために学生が腹を空かすのは納得いきません」

「うむ——。君は、植村校長を罰するのと、学生らへの処分の撤回、どちらを選ぶ？」

「どちらもです」

「植村校長は賄業者と癒着している。学生らは、食堂で騒ぎを起こした。ならば、両者を厳しく罰するのが正しいと思うが」

大木はゆっくりと三人の顔を見る。口元には柔和な笑みが浮かんでいた。

わたしたちは顔を見合わせた。

「やったことについては、別々に考えるべきだと仰るのですか？」

わたしは訊いた。

「学生が食堂で騒ぎを起こした。それは日曜の夕飯が足りなかったからだ。なぜ足りなかったかといえば、賄業者と校長が癒着し、袖の下の分の食費が足りなくなっていたからだ――。そのように遡るから話はややこしくなる。だいいち、今の段階で校長と賄業者が癒着しているという確証はない。明確に分かっているのは、夕食が足りず、学生が騒ぎを起こしたことだけだ。さて、学生たちは騒ぎを起こすこと以外に選択肢はなかったか？」

大木は楽しむように問いかける。

「今、わたしたちがしているように、閣下へ直訴する方法がありました」

わたしは言った。

「左様だな。では、感情を高ぶらせ、食器を壊して騒いだのは、学生らの短慮であったな。その短慮に関しては、罰が必要であるとは思わないか？」

「御意」

河村は唇を噛む。

「器物を破損し騒いだことに対して、禁足という罰は重いと思うか？　軽いと思うか？」

「妥当でありましょう」

河村が答えた。

「ならば、その妥当な罰に対して、強い抗議をするのはどうか？　もし、その抗議に屈して妥当な処分を取り消せば、これは正しい裁きが脅迫に屈したことになる」

「福本ら四人は脅迫したわけでは――」

「怒鳴り声が聞こえてきたという報告がある」

「左様ですか……」

河村は俯いた。

「脅迫には屈しないという態度を示すには、禁足よりも重い罰を与えなければならない。そうしなければ、学生たちはなにかあるたびに騒ぎを起こせば思い通りに自分たちの言い分が通ると考えてしまうだろう――。何かに似ているとは思わないかね、原くん」

「一揆です――」

「左様。盛岡藩は一揆の多い藩であったが、それ以外の藩でも一揆の頭人たちはそういう理由で厳しく罰せられた。しかし、盛岡藩では三閉伊の一揆の後、藩政を改革した。それを間近で見ていた原くんは、為政者と民が真剣に向かい合うことこそ、正しい政の道筋であると考えているだろう?」

「御意」

わたしは肯いた。

「このたびの騒ぎは法学校の学生らの一揆。ということで、わたしは頭人の君たちに会うことにした」

こちらの目論見はすべて見透かされている――。わたしは冷や汗をかいた。主導権は完全に大木に握られている。

「さて、植村校長と賄業者の癒着についてはこちらで調べを進めよう。ただし、先ほども言ったように必要悪というものもある。司法卿の言葉としてはなんとも情けないが、国の形も定かでない時に正義を追い求めても詮ないこと。我らは今、その形を法の整備で成し遂げる途上だ」

「ならば――」わたしは一矢報いようと口を開いた。

「未だ混沌の中にあるからこそ、寛大なお裁きをいただきとうございます」

「いくら混沌としているとはいえ、一方にだけ寛大にするわけにはいかないよ」

「つまりは、双方に寛大にと?」

「植村校長へは、生徒らの処分を穏便にと伝えよう。校長の業者との癒着についてはほのめかしながらね。そちらの調べについては、ゆっくりと進めることにする」

「分かりました」

　わたしが言い、河村、吉田は肯いた。

「もう一つ。校長の逆襲があることも覚悟しておきなさい。大人は君たちが想像するよりもずっと悪賢い。君たちの中の何人か、あるいは全員か、さらに人数が増えるか、それは分からないが、なにかの理由をつけて放校処分とするだろう」

「そうなったら、またご相談に上がります」

　吉田が言う。

「おそらく無駄だ。今回のことで、向こうも用心する。わたしが横槍を入れられないように、色々と手を尽くすだろう。そして、君たちが再びわたしに直訴したならば、さらに恥を掻くような作戦も考えるだろうな」

「ならば、どうすれば……」

　吉田の顔色が悪くなった。

「法学校で学ぶことはすっぱりと諦めて、別の道を模索することを勧める――。一揆の頭人は、処刑されることを覚悟して一揆を起こす。藩主への直訴もそうだ。君たちもそういう覚悟でここに来たのだろう？」

　大木は言ったが、わたしたちには――、少なくともわたしにはそこまでの覚悟はなかった。校長に処分を撤回させることが第一で、それ以上のことは考えていなかったのである。

　徳川幕府を倒すことが第一で、その後のことをよく考えていなかった薩長と同じであったと、わたしは唇を噛んだ。

「もし、そういう覚悟も持たずにここへ来たのであれば、考えが甘いと言っておこう。原君が尊敬する盛岡藩の楢山どのは、敗戦の後のことも考えて秋田戦争に踏み切ったと思うが」

「仰るとおりだと思います……」

わたしは言い、吉田も肯いた。

「ということで、納得したのであれば、寮へ帰りたまえ」

「はい……。失礼いたしました。お忙しい中、話を聞いていただき、ありがとうございました」

わたしは言い、三人、深々と頭を下げて大木の執務室を辞した。

＊　＊

わたしたちは無言で法学校まで歩いた。

最初に口を開いたのは吉田であった。

「まずいことになったな……。おれたちは放校になるのか？」

「そうとは限らないさ」

河村が腕組みをしながら言った。力の籠もらない言葉は、彼もまた放校処分になると考えているのだとわたしは思った。

「いやいや、最悪のことを頭に置いて、前向きに物事を考えるのがいいぞ」わたしは空元気を出して言った。

「校長は放校になったおれたちが土下座をして詫びを入れると考えるに違いない。だったら、さっさと辞めた方が、校長の鼻を明かせる」

「辞めてなにをするんです？」

吉田が情けない顔で言った。

「そうだな。おれたちは筆が立つから新聞記者でもやるか」

わたしは言った。

わたしが共慣義塾への入学を認められた明治五年（一八七二）に前島密《まえじまひそか》らが郵便報知《ゆうびんほうち》新聞を創刊していたし、東京日日《にちにち》新聞も同年創刊していた。

「なるほど。新聞記者ですか」河村が肯く。

「それは面白いかもしれない。犬養毅《いぬかいつよし》の戦地直報の記事は読み応えがありました」

後に政治家として活躍する犬養は、当時新聞記者をしていた。戦地直報は、西南の役に従軍して取材した記事であった。確か自分より一つ上であったとわたしは思い出した。

「新聞記者になり、見聞を広めつつ、我らの考えに人々の注目を集め、それを足掛かりに政治の世界に進出する」

吉田の言葉にわたしは肯いて、

「そして、藩閥が幅を利かせている明治政府をぶっ潰す」

と付け加えた。

＊　　＊

この年、春期の試験の後、わたしを含め十六人に退学の知らせがあった。

理由は説明されなかった。

本当にやりやがった——。

わたしたちは浅ましいしっぺ返しに、腹を立てるよりも呆れた。

今の日本は、こういうことをする連中が人の上に立つ国なのだ。

主席の河村は、植村校長も辞めさせるのは惜しいという判断であろう、放校を免れた。

試験の後だから、わたしたちがもう一度大木司法卿を頼った場合も考え、散々な成績表を用意しているに違いない。こんな成績だから放校もいたしかたないという証拠を捏造《ねつぞう》しているはずだ。

だとすれば、こちらが抗議しても満面に意地の悪い笑みを浮かべて、それを見せつけるはずだし、司法卿に泣きついたところでそれを盾にされる。

ならば植村を喜ばせることはない。せっかく用意した捏造の成績表の出番をなくしてやることが、せめてもの抵抗――。

「自分だけ申し訳ない」としきりに謝る河村に、わたしは「今はそれぞれの道を歩んで行こう」とその肩を叩き、柳行李《やなぎごうり》を担いで寮を出ていった。

第三章　賊軍の正義

一

明治十二（一八七九）年、法学校を出たわたしは両国《りょうごく》の薬研堀町《やげんぼりちょう》の三味線屋に下宿しながら、中江《なかえ》兆民《ちょうみん》の塾へ入った。

中江は自由民権運動の指導者の一人で、フランスの思想家ジャン・ジャック・ルソーの著作を翻訳していた。

しばらくそこでフランス語を学びながら、七月にはフランス語の【露西亜《ロシア》国勢論】を翻訳して出版した。同月に塾を辞め、八月からは甲府の峡中新報《こうちゅうしんぽう》という新聞に〈鷲山樵夫《しゅうざんしょうふ》〉の筆名で寄稿を始めた。下宿屋は日吉町《ひよしちょう》に移っていた。

放校後に新聞記者になるという進路を真っ先に達成したのは国分高胤であった。九月に創刊されたばかりの朝野《ちょうや》新聞という民権派の政論新聞社に採用されたのであった。

わたしは少々焦ったが、東京の学校への進学でも、最初はつまずいたものの法学校へは二番の成績で合格したのだ。新聞記者への道もなんとかなると思った。

しかし、座して幸運を待つのは愚の骨頂である。わたしは、盛岡藩の藩校であった作人館の先輩、阿部浩を頼った。

阿部は、殖産興業などを推進する工部省に勤めていて、上司の大書記官中井弘《なかいひろむ》に相談してくれた。中井は親友であった郵便報知新聞の社長である小西義敬《こにしぎけい》に依頼して、入社できるよう便宜を図ってくれた。

わたしは横浜で発行されているフランスの新聞のめぼしい記事を翻訳する仕事を与えられた。

＊　＊

楢山佐渡さまの死に涙し、その望む国を必ず打ち立ててみせると誓った純粋な少年もすでに二十三歳。酒も飲めば女遊びもした。吉原の引き手茶屋の女中シゲといい仲になったり、下宿していた三味線屋に通ってくる女と親しくなったりした。郵便報知新聞の給金も、峡中新報の稿料も少なく、苦しい生活をしていたのだが、借金をしてまで吉原へ通っていた。

側室をもたなかった楢山さまに対して後ろめたい気はしたが、禁欲は精神をささくれ立たせることもよく分かっていたから、わたしはそれを〝必要悪〟として自分を納得させた。

吉原の遊廓には中央に仲之町という大きな通りがあった。その両側には遊女屋との中継ぎをする引き手茶屋が並んでいる。その裏通りに裏茶屋というものがあった。

吉原は遊女と客が遊ぶ場。その場を盛り上げるための宴に呼ばれる内芸者は客と深い仲になってはならないという不文律があった。それを破れば芸者は吉原を追放される。

しかし、男女の情というものは、掟の有無には関係なく勃然として生まれるものである。そういう人目を忍ばなければならない恋路の助けになったのが裏茶屋であった。

時折裏茶屋を使ってシゲと逢瀬を重ねた。

わたしは布団に横になって煙管《キセル》を吹かしながらシゲに政治について語った。

「盛岡藩では、一人の家老が多くの信頼を得れば、その人物に政の主導権を渡した。けれど、評定（会議）で別の家老の意見が多くの賛同を得れば、前の家老は罷免された。これは、エゲレスの議会で、保守党が世論の支持を受ければ、自由党を廃して政権を獲得するのに似ている。明治政府もそのようにならなければならないと思うんだ。今は雄藩の連中ばかりが幅を利かせている――。おれが言っていることが分かるか？」

シゲはわたしの横に腹這いになって煙管を奪い、鼻から煙を吹き出す。

「なんでそんな面倒くさいことを聞かせるのさ」

「今はまだ書かせてもらえていないが、おれはいずれ新聞に論文を書きたいと思っている。その時、誰にでも分かる言葉でなければ、多くの者に伝わらないからさ」

「あたしには学がないから、あたしにでも分かる言葉なら大丈夫ってかい」

シゲは鼻に皺を寄せて煙管の灰を灰吹きに打ち落とした。

「自分は頭がいいと他人に思わせたい者は、難しい言葉を使いたがる。作人館でも法学校でも、中江塾でも、そういう奴はたくさんいた。やたらにフランス語を使いたがったりね。だけど、本当に頭のいい奴は、誰にでも分かる平易な言葉で自分の考えを語る。おれもそのようにならなきゃならないと思っているのさ」

「あんたの言っていることは分かるよ」シゲは煙管に煙草を詰め、火入れの炭で吸いつけると、わたしによこした。

「けれど、あたしはまったく興味ないけどね」

「それじゃあ駄目なんだよ」煙管を吹かしながらシゲを抱き寄せる。

「今はまだまだそういう体制にはなっていないけれど、いずれは引き手茶屋の女中だって、遊女屋の遊女だって、議員を決める入れ札（選挙）に参加できるようになる」

「なにを馬鹿なこと言ってるのさ。政なんて、みんな侍たちが好き勝手にやっているもんじゃないか」

「もう侍はいないよ」

「侍って言葉がなくなっただけじゃないか。明治政府のお偉いさんに、何人の平民がいる？」

「おれがなるさ」

「そいつは楽しみだ」

シゲはくすくすと笑った。

「オロシャ（ロシア）は日本よりも進んだ政治をしているが、専制がすぎて民衆を抑圧している。これは、三閉伊一揆の前の盛岡藩と同じだ。これでは必ず一揆が起こる。明治政府も不満分子を武力だけで押さえつけようとし続ければ、同じ轍《てつ》を踏む。オロシャも明治政府も一揆で潰されることになる」

「藩を相手になら一揆も起こせたろうが、日本国を相手にってことになりゃあ、大きすぎるよ。そんなものを相手に一揆を起こそうって奴はいないよ——。もう面倒くさい話はやめようよ」

シゲはわたしの胸に顔を埋める。

「そうだな」

煙管を置いてシゲを抱き寄せた。

わたしとシゲの仲は長くは続かなかった。シゲは縁談が決まって引き手茶屋を辞めていったのだった。

わたしはシゲに語った話を原稿にまとめ、論文に仕上げて新聞に載せた。時には『革命を煽動する内容である』として当局から罰金を言い渡されたこともあった。

二

明治十四年（一八八一）五月。政府の書記官を務めた渡辺洪基《わたなべひろもと》の海内巡遊――、全国の民情視察を取材するため随行することになった。

渡辺はこの年三十四歳。わたしより九歳年上である。

五月二十三日に東京から船橋に移動し、そこから茨城、山形、北海道へ旅し、南下して盛岡に遊び、宮城、福島、栃木まで三カ月を超える旅となった。日記をつけながら旅をし、【海内周遊日記】として郵便報知新聞に連載した。

わたしは、渡辺が十年前に岩倉使節団に随行して欧米を見聞していたことを知っていたから、旅の道すがら事あるごとに欧米諸国のことについての話をねだった。渡辺も向学心に燃える若者を気に入ったようで、面倒がらず、問われるままに話をした。

また、通過する町の様子も見聞した。その土地土地の産物、名物や黙々と働く人々の姿である。

＊　＊

弘前《ひろさき》から藤崎《ふじさき》、浪岡《なみおか》、大釈迦《だいしゃか》と進み、青森港から汽船で函館《はこだて》に渡った。

明治二年（一八六九）より北海道と名付けられた大きな北の土地である。共慣義塾の同窓、栃内元吉の住む土地でもあった。

多くの人は北海道をまったくの未開地のように語る。わたしは栃内から話を聞いていたから、開けた町もあるということは理解していたが、函館港に入る前から見えていた碇泊《ていはく》する船の多さと、その向こうに見える町の姿に驚いた。後から聞いたところによると、西洋式の船は数十隻、和船はいつも二百隻を下らないほど碇泊しているのだという。家は五千戸を超えるとか——。

人の話などあてにならないものであると思った。しかし、おそらくこういう町の外側には荒野が広がっているのだろうとは予想できた。

思えば、メリケン（アメリカ）の地も、欧州からの移民が入る前はただの荒野であった。しかし、今はそこに、欧州の諸都市に劣らぬ町が築かれているという。

維新の後に、多くの藩が希望者を募って北海道に入植している。広大な北海道も、そういう開拓の村を核にして発展していくに違いないと思った。

函館から木古内《きこない》、江差《えさし》へ進み西海岸を小樽《おたる》へ。そこから札幌に向かって、千歳《ちとせ》を経て苫小牧《とまこまい》に出る。室蘭《むろらん》に進んでそこから汽船を使い森《もり》港。陸路を函館に戻るという旅程だった。

案の定、旅を進めていくと屈強な荷馬でも通るのが大変な道に行き当たったし、見渡す限り芒《すすき》の野原という場所も通った。だが、海浜を行けば頻繁に漁村に行き当たった。

村々は、入植した士族がどこの藩の出身者であるかで、使われる言葉が異なった。

旧松前《まつまえ》藩が支配していた頃には栄えていた町は衰退していることが多かった。明治政府が札幌に開拓使を置いたからである。統治する者が変われば、栄える場所も変わる。

神君家康《いえやす》公が江戸を都としたために京が古《いにしえ》の繁栄を失ったように、もし、新政府が京を首都にしていれば、東京は衰退して行っただろうと思った。

アイヌの集落も見聞した。昔ながらの服装、入れ墨をしている者たちの中に、彼らの言葉で言う〈和人〉と同じ服装をしている者もいた。学校に入る子供たちもいて、〈和人〉よりも優れた成績の者もいるというが——。

アイヌと対等に接する者は少ない。多くの者が蔑視している。その姿を見ていると、奥羽越の者たちを侮蔑する薩長土肥の者たちを思い出した。賊軍の藩から移住して来た者たちは、辛い思いをしてきたはずなのに、北海道の地ではアイヌを差別する。それが悲しく、恥ずかしかった。

北海道を廻って思ったのは、水産の産業は盛んだが、未だ農産物に関しては貧弱であるということだった。鹿の繁殖所やその肉の缶詰工場などや、甜菜《てんさい》（砂糖大根）から砂糖を作る工場があって、こういうものを特産とできればと感じたが、寒冷地であるからだろうか、田畑の数が極めて少ないのである。

農業の振興がこの地をさらに発展させることになるだろうにと残念に感じたのだった。

しかし、これからの工業に必要になる石炭の鉱山はあちこちにあり、その埋蔵量は無尽蔵であるようだった。

だが、残念ながら現時点では運搬用の道が整備されていない。道路が整備され、鉄道も敷かれれば、国内だけでなく、輸出もできよう。そうなれば多くの人々が北海道の炭鉱を指して言う〈日本の金庫〉になり得るだろうと思った。

また、仙台藩の人々が入植した紋鼈《もんべつ》開墾地は素晴らしいものであった。賊軍とされ、困窮の果てに移住を決意した人々は、食うや食わずで開墾を続け、有珠《うす》山の麓に一大耕作地を拓いた。歯を食いしばって苦難に耐えることが、奥州人の美徳であることがよく分かった。開拓資金を潤沢に持っている華族の入植地は、かえって荒れ放題の土地が多かった。土地を所有するだけで開墾の実態がないのである――。

旅の終わり近くに札幌に立ち寄った。

広い街路が縦横に走る、建設途中の都市は活気があった。

札幌では栃内元吉の家に泊まった。西南の役の後に会った栃内はなにか重いものを心に抱えているように感じたが、北海道での生活が癒したのであろう、ずいぶん元気そうだった。この広大な土地にすっかり順応している栃内を少しうらやましく思った。

一行は七月十六日から八月十七日まで北海道を視察し、八月十八日に青森に戻り、南下した。

仙台で陸奥《むつ》宗光《むねみつ》に会った。

陸奥宗光は、後に第二次伊藤博文《いとうひろぶみ》内閣で外務大臣を務め、不平等条約の改正に尽力した人物であるが、この時は宮城集治監《しゅうじかん》に収監されていた。集治監とは刑務所のことである。伊達政宗が築いた若林《わかばやし》城の跡地を警視庁が買い、明治十二年（一八七九）に集治監を建設した。中央に六角四階の塔があり、それを中心に六棟の房が放射状に繋がっていた。主に西南の役の罪人を収監するための施設であった。

陸奥は紀州《きしゅう》藩士であったが、尊王攘夷思想に傾倒し、坂本龍馬《さかもとりょうま》や木戸孝允《きどたかよし》、伊藤博文などと親交をもった。維新後は元老院議官を務めた。だが、西南の役の折りに政府転覆を謀る土佐派との繋がりがあったとして捕らえられ、山形の監獄に投獄されたのであった。しかし、そこが火事となり伊藤博文の計らいで新しい仙台の集治監に移されたのだという。

刑は五年。しかし、陸奥が入れられた監房は通常のそれとは異なり、立派な部屋であった。酒も煙草も許可されていたし、面会にも制限はなかった。また、房の外に出て散策することもできた。

だから、渡辺洪基一行の面会はなんの問題もなく許可された。

わたしは、陸奥の噂をたくさん聞いていた。『侍を辞めても食っていけるのは自分と陸奥だけだ』と坂本龍馬が言ったという。商才を含め、様々な才能に恵まれた人物であるらしい。

また、龍馬暗殺の黒幕と信じた人物を、仲間と共に襲撃するという武闘派の面も持ち合わせている。切れ者で行動力もある――。

噂が本当であれば、一目も二目もおくべき男だと、わたしは常々思っていた。

一回り年上の陸奥に対する第一印象は、『顔が長い』であった。

それが心の中に渦巻いて、思わず笑ってしまいそうになるのを必死で堪《こら》えた。

昔、親戚の葬式で突然笑いの衝動に駆られて困ったことがあった。その時のことを思い出し、さらに笑いたくなった。

今まで渡辺を相手に談笑していた陸奥の視線がすっとわたしの方を向いた。

笑いを堪えていたのがばれたかと、ひやりとした。

「君は、盛岡藩の出身だそうだね。家老を務めた家系だと聞いたが」

「祖父の代までです」

居住まいを正して答えた。笑いの発作は引っ込んでいた。

渡辺と花房直三郎《はなぶさなおさぶろう》は少し心配そうにわたしを見たが、なにも言わなかった。長い旅で気心が知れて、『敬は迂闊《うかつ》に過激なことを言う男ではない』という信頼関係ができ上がりつつあった。

「戊辰の戦の責任を負って処刑された楢山佐渡どのと話をしたことはあるかね？」

「師と仰いでおりましたので」

「そうか。では、なぜ秋田に攻め込んだのか、その心の内を聞いているか？　秋田と盛岡は昔から良好な関係をもっていたはずだ」

「はい。秋田が奥羽越列藩同盟を脱退し、官軍側につくと表明したからです。盟主であった仙台藩より秋田討伐の命令が来ました。秋田が脱退すれば、後に続く藩も出て参ります。ですから、それを引き留めるために出陣を決意なさったと聞いております」

「同盟に戻れば攻めることはなかったと？」

「はい。戦の間も、降伏して同盟に戻れば、すぐにでも盛岡へ引き返すつもりだったそうです。

何度も佐竹公に手紙を出したとか」

「ふむ――。戊辰の戦の前は大きな一揆があった。大儀なことであったな」

「いえ。三閉伊の一揆は、盛岡藩が目を覚ますよい機会でありました」

「ほぉ、それはどういうことかね？」

「三閉伊の大一揆では、一揆衆らから提出された藩政改革の案のほとんどを認め、頭人らも処罰しませんでした。今まで空約束ばかりしていた藩が、真剣に一揆衆と向かい合い、虚言を弄することなく、藩政改革に取り組みました。その後も、小さい一揆は起こりましたが、その都度役人が赴き、一揆衆の要求を真摯に聞き、改革に生かしていたのです。このような藩はどこにもないと、わたしは盛岡藩を誇りに思っています。庶民もそう感じたからこそ――」

「南部家を白石から盛岡へ戻せという一揆が起き、東京にまで請願に来たというわけだな」

「左様です。今、豪農たちが中心となって、民権運動が活発になっていますが、民撰《みんせん》議院設立や国会の開設は大いに賛成いたします。盛岡藩では戊辰の戦の前から、為政者側と庶民が話し合いをしながら藩政の改革をして参りました。庶民の声が政に反映されていたのです。言ってみれば民権の先駆的な行いをしていたのでございます」

「それを薩長土肥がぶち壊しにしたということだな。それを推進してきた楢山どのを処刑したことは、大失態であったな。明治政府に入ってもらえれば、国の基礎を築く大きな力となってくれただろうに」

「そのお言葉、師も喜んでいると思います」

「郵便報知新聞の原敬くんか――。その名前、覚えておこう」

　陸奥はそういうと、渡辺の方を向き、先ほどからの話題に切り替えた。

　どうやら陸奥に気に入ってもらえたようだ。これから先の足掛かりになるかもしれないとわたしは思った。

四カ月余りに及んだ旅は、その道半ばで終わりを告げた。

東京で大隈重信《おおくましげのぶ》に関する胡乱《うろん》な動きがあると郵便報知新聞より知らせが来て、わたしは栃木で渡辺らと別れ、急遽《きゅうきょ》東京へ帰った。

三

大隈重信は雄藩の出である。佐賀藩士の家に生まれた。当時四十四歳。明治政府の中で財政や外交に辣腕を振るっていたが、急進的な考え方に反発を持つ者たちも多かった。

かつて〈築地梁山泊〉と呼ばれていた大隈邸で寝食を共にしていた盟友、伊藤博文、井上馨《いのうえかおる》も距離を置くようになっていた。

特に政権を握っている伊藤博文は、大隈が立憲政体についての意見書を伊藤や井上らには内緒にして左大臣有栖川熾仁《ありすがわたるひと》親王に提出していたことで強い不信感を抱いていた。

また、北海道開拓使が実業家の五代友厚《ごだいともあつ》を優遇した払い下げを行ったという記事が新聞に載り、その情報を流したのが大隈であるという噂が広まり、遠からず大隈は罷免されるだろうということが予測されていた。

『いよいよ動くらしい』という知らせを受けて、わたしが東京へ戻ったのが十月二日。

大隈が罷免されたのは十二日だった。

当日の日記を紐解けば、記されているのは三つの出来事である。

まず、開拓使の官有物払い下げの取り消しが決まったこと。払い下げの件は周遊したばかりの北海道についての騒動であったから、まず第一に書いた。

次が明治二十三年を期し、国会開設の詔勅が出たこと。この知らせに、ついに自分にも国会議員になる機会が与えられることになると胸がときめいた。九年後のことであるが、自分は三十四歳。いまよりはずっと見識を深めて、政治家になるに相応《ふさわ》しい人物になっているはずである。

最後が『参議大隈重信及び同志者辞職す』であった。

二十二日には農商務卿の河野敏鎌《こうのとがま》が辞職し、そのほか駅逓《えきてい》総監の前島密、大隈と繋がる官僚が辞職、罷免された。

政を司る者たちの足の引っ張り合いは盛岡藩でも嫌になるほど耳にしていた。派閥の総入れ換えは、楢山佐渡さまと東次郎さまとの間でも頻繁に行われていたことである。

よくあることと軽く考えていたのが、それがわたしに危機をもたらすことになった。

＊　　＊

「あっ。犬養さん！」

郵便報知新聞の編集部に古参の記者の声が響いた。

わたしは自分の机から顔を上げた。

記者たちが、次々と椅子を立ち部屋の出入り口に顔を向ける。

紫煙に煙るそこには六人の男が立っていた。

眉をひそめて男たちを見た。その六人とはつい最近顔を会わせている。

中央に立っているのは矢野文雄《やのふみお》。豊後《ぶんご》国佐伯《さえき》藩の藩士の出である。わたしより六歳年上。慶應義塾の出身で、福沢諭吉《ふくざわゆきち》の弟子である。福沢諭吉の推挙で官吏として働いていた。

その左隣りは藤田茂吉《ふじたもきち》。豊後国の、藩お抱えの水手の家に生まれた。わたしより四歳年上で、矢野と同様、慶應義塾の出身であった。

矢野の右に立つのは犬養毅。以前、郵便報知新聞の記者であったから、面識のある記者たちが多いようだった。

藤田の隣は箕浦勝人《みのうらかつんど》。豊後国臼杵《うすき》の生まれで、歳は二つ上。この男も慶應義塾の出身だった。

六人の中で一番の年上で、一番の大物が二人の後ろに控えていた。河野敏鎌。干支一回り上であった。土佐の郷士の出で、つい最近まで農商務卿を務めていたが――、大隈重信と共に下野した。

いずれも、大隈重信について取材している中で顔を会わせた者たちだった。何人かとは言葉を交わしている。それぞれ名乗りを上げたが、記憶していた通りであった。

この五人は大隈が罷免される前から下野した直後まで、頻繁に大隈と会っていたのである。

そして、最後の一人。遠慮がちに最後尾に立っている若者がいた。おそらくわたしより年下であろうと思われる男は、緊張した声音で言った。

「尾崎行雄《おざきゆきお》といいます。先日まで統計院権少書記官をしていました」

ああ――。と、小さく肯いた。大隈と共に下野した官僚たちの中にその名があったことを思い出したのだった。大隈のせいでせっかくの仕事を二カ月余りで捨てさせられた気の毒な若者である。

「今日から藤田くんと共に、この新聞社を引き継いだ」

矢野は記者たちを見回しながら言った。

「引き継いだ……」

記者たちはざわめく。

わたしはすぐに事情を理解した。

やりやがったな――。

小さく舌打ちをして立ち上がった。そして、手を挙げると、

「原敬です。先日はお世話になりました」

と、矢野に言った。

「ああ、原くんか。なにか質問かね?」

「はい。報知社買収は、大隈さまの差し金ですか?」

その質問に、六人の男の顔が硬くなった。

報知社は、郵便報知新聞の会社名である。

「記者ならば、言葉の使い方に気をつけたまえ」

犬養毅が眉間に皺を寄せる。

「すみません。遠回しな訊き方は苦手なもので」わたしは頭を搔いて見せる。

「参議を罷免され野に下った大隈さまは新しい政党を作る準備に入った。それで、その機関紙にするために報知社を買ったのですね?」

「ずけずけとものを言う小僧だ――」

矢野はしかめっ面をした。

「記者ですから、そのあたりはちゃんと確かめておかなければ記事にできません」

「記事にするつもりなのか?」

藤田が怒鳴るように言った。

「当然でしょう。首のすげ替えがあったのですから、子細をつまびらかにするのは読者への義務です」

「記事は君には書かせん」矢野が言う。

「その口振りでは、何度も書き直しを命じるような記事になりそうだからな」

「わたしが書かせてもらえないならそれでも構いませんが、後ろに誰がいるのか知っておかなければ、ほかの記者たちが記事を書きづらくなります。忖度《そんたく》せずにその人の都合の悪いことを書いて逆鱗に触れ、首を切られたら困りますから」

「都合の悪い記事は載せないような言い方は慎め」

「機関紙というのはそういうものでしょう」

「違う！」

矢野の強い言葉に、わたしは大袈裟に目を丸くして見せて、「それは失礼しました」と慇懃《いんぎん》に頭を下げた。

そして顔を上げると、

「それで、皆さんの後ろにいらっしゃるのは大隈重信さまですか？」

と訊く。

「そうだ」矢野は渋い顔で答えた。

「社長が代わり、多少の改革が行われることになるが、なにも心配せずに仕事に励むように」

そう言うと矢野たちは出ていった。

その後を追って何人かの古参記者が部屋を出ていく。残った記者、編集者の半数は不安げな顔をしていた。

わたしは今まで書いていた記事を机の引き出しにしまい、新しく紙を置いて筆を手に取る。

「都合の悪い記事は載せないというわけではないと言うのならば、好きに書かせてもらおうか」

しばし黙考して、ぱっと目を開くと、わたしは凄まじい勢いで紙に筆を走らせた。

新しい論文の執筆を始めたものの、書かなければならない記事をいつまでも放っておくわけにもいかず、脱稿したのは年が明けてからだった。

＊　＊

新年早々、矢野の部屋の扉を叩いた。

「原です」

少し間があって、矢野の「入れ」という声が聞こえた。

「失礼いたします」

言って部屋に入ると、矢野は探るような目でわたしと手に持った原稿の束を見た。

わたしは机に近づき、原稿を矢野に差し出した。

「今回の社長交代劇について書いてみました」

「採用するかどうかは読んでからだ」

矢野は原稿を受け取った。

「結構です。読んでいただければ目的の大部分は達せられます」

矢野は「ふん」と言って原稿に目を落とした。

わたしは、辞表のつもりでその原稿を書いた。

大隈重信が、今までの態度を改めない限り、その下で働くことは不可能と考えたからだった。

大隈はなにかにつけて性急に事を運ぼうとする傾向があった。それを邪魔されないように秘密裡《り》に事を進めようとして伊藤博文との関係に亀裂が入った。

以前から、強い指導力のある者が国を強く牽引して行かなければならないという考え方をもっていたが、それは十分な話し合いがあってこそである。喧々囂々《けんけんごうごう》、唾を飛ばし合って意見を戦わせるのは真に結構。

しかし、自分の考えを第一として他の意見を受け入れず、あまつさえ邪魔と考えるようでは、正しい政治はできない。

二つの考えがあり、一方に賛同する者が多いのであれば、少数派は退かざるを得ないが、奸計《かんけい》をもってそれを覆すのは理に適《かな》わない。

奸計を使う者はしだいに嘘をつくことが平気になる。嘘も方便。正しいことを行うのだから、嘘をついたとしても後の成功がその埋め合わせをすると考え、自分自身を正当化する。そして、それが当たり前となり、罪悪感もなく嘘をつくようになる。

また、暴力で他の意見を押し潰そうとする者もいる。愚の骨頂である。

そういう者らのどこに真があろうか。

新聞社の経営も大隈の考え通りに進められ、記事にまで彼の考えを強く押し出したものになっていけば、そして読者がそれに影響されてしまえば、大変なことになりかねない。

維新の時、新政府は事を急ぎすぎた。一刻も早く徳川とそれを支援する藩を潰してしまわなければならないと焦り、無駄な血を流しすぎた。

戊辰の戦は内乱である。早く収束させなければ、欧米列強がその隙に乗じて日本を征服してしまうかもしれない。清国の轍を踏んではならない。そういう焦りであったろう。

また、薩長土肥やそれに呼応した藩は、所詮利害が一致して手を結んでいるにしかすぎず、徳川の打倒に時をかけすぎれば綻びが出ると考えていたのかもしれない。

徳川も諸藩も、まずやるべきは利害を棚上げにした話し合いであったとわたしは考える。

海の向こうには日本よりもずっと進んだ国が存在する。その国々と同等に渡り合うにはどうすればよいか。

それをしっかりと話し合うべきだったのである。

戊辰の戦で失ったのは多くの命ばかりではない。膨大な武器を手に入れるための資金を、勤王側も佐幕側も、海外の武器商人に吸い上げられたのだ。

失われた資金をそっくりそのまま、新しい日本を築くための金に使えたならば、現在の混乱をかなり抑えられたはずである――。

戊辰の戦や明治政府の姿勢に対する批判まで書いたので、原稿は冗長になってしまったという反省はあるが、腹の中に溜まっていたもののかなりの部分を吐き出したような気にはなっている。

矢野はあっという間に原稿を読み終え、机の上に置いた。そしてこちらに目を向け、

「君は法学校を放校処分になったそうだな」

と言った。

そんなことを言い出されると思っていなかったわたしは、少しだけ狼狽《うろた》えた。

動揺を隠して訊く。

「それがなにか?」

「これから記者は上局と下局に分ける。わたしと共に入った者たちは慶應義塾を出た者が多い。それらは上局へ配属する。とすれば、君は下局ということになるなと思ってな」

嘲るように矢野の唇が歪んだ。

「学閥を作るのですか」わたしは唇を歪めた。

「政府には藩閥があり、新聞社には学閥がある――。仲良しだけ集まって遊ぼうという童のような考え方ですね。それで、下局の記者はどんな仕事になるのですか?」

「上局の記者たちの手伝いをしてもらう」

「どの塾、学校を出たかが問題ではないでしょう。記者ならば記事を書く腕で考えるべきです」

「それぞれの塾、学校には気風がある。その中で暮らした者ならば、おおよその性格、考え方の傾向が分かる。まずはそういう者たちで集まれば手っ取り早く組織を作っていける」

「手っ取り早く――。大隈派の人たちはすぐにそれだ。急いては事をし損じるという言葉をご存じありませんか」

「何事も速やかに進めるに越したことはない――。ともかく、組織を作るのならば、閥は必要だということは覚えておきたまえ。そして、郵便報知新聞で記者を続けたいのであれば、我々のやり方に染まってもらう。そうでなければ君に記事を書かせるわけにはいかない。いかに筆が立ったとしても、考え方が異なれば、話にならん」

矢野は机に置いた原稿を取り上げ、顔の前まで持ち上げて両手で破った。

屑籠《くずかご》を引き寄せて、その上でさらに細かく引き裂く。

予想していた行動ではあったが、今までの自分の生きてきた道を千切られて行くような気がした。

「法学校の校長に喧嘩を売り、司法卿に告げ口をして仲間の処分の撤回を求めたまではよかったが、校長の逆襲に合って放校処分。詰めが甘かったな。もし、おれがお前の立場だったらもっと上手くやった」

矢野は細かい紙屑になった原稿を、舞台の雪のように屑籠に散らした。

「いいか、原。おれはお前が憎くてお前の原稿を破いたのではない。世の中の道理を教えているのだ。お前の文章は名文ではないが、内容は一面の真理を突いている。しかし、それは一面なのだ。物事は多面だ。どこから見るかによって景色は大きく違う。正義ということについても同様だ。法学校の校長を糾弾したのがお前の正義であったように、法学校の校長にとっては、お前たちを放校することが正義だったのだ。お前にとってこの原稿を書いたことが正義だったように、おれにとってはこの原稿を破り捨てて、明確な拒否を表明することが正義だ。おそらくこの世の中には、『なにが正しい』という正答はない。混沌の中から生まれた大きな流れがあるだけだ。それを人は正義と呼ぶ。そしてその流れに身を任せる。『勝てば官軍』という言葉はそれを端的に示している。だから賊軍は正義ではなかったという弁は正しくない」

わたしは驚いた。矢野にしろ藤田にしろ、大隈に盲目的に従うただの子分だと思っていたからだった。わたしが未だに納得しきれていない、複数の正義というものを、賊軍の側から語ることができる男だった。

「支持者の多い少ないはあるし、たった一人の正義というものもある。ならば、どの正義の下に立つか選択することが必要だ。おれはお前の原稿を破くことによって、どちらの正義を選択するのかと問うている。こちらの正義につくのならば、おれたちはいい仲間になれるだろうし、もし自分の正義を貫きながら報知社に居続けるというのならば、こういう悔しさが続く」

矢野は屑籠の、かつては原稿であった紙屑を指差した。

「よく分かりました」

「どう分かった?」

「どの正義を選ぶか決めなければならないということを」

「決めかねているか?」

「少なくとも、大隈さんの正義は、わたしには居心地が悪いように思えますが——。少し考えさせてください」

「そうか——」

矢野が小さく溜息をついたように思った。

わたしの心は決まっていたし、矢野はそれを見抜いているようだった。しかし、ここで性急に結論を言ってしまうよりも、こちらの本音に、自らの本音を語ってくれた矢野に対してもっと相応しい締めくくり方があるのではないかと考えたのだった。

四

世の中に絶対の正義などというものは存在せず、主義主張の数だけの正義があり、その中のどれかが、多くの者たちにとって望ましい当来（未来）に繋がっている。そして、その選択肢もまた複数ある――。

わたしが納得できていないのは、理論そのものではなかったのだと気づいた。

日本という国が、雄藩の起こした内乱を是とした当来に突き進んでいることに納得していなかったのだ。

つまりは、年相応の知恵は増えたが、本質は、幼い頃のわたし、〈雄藩憎しの健次郎〉となんら変わっていなかったのだ。

その気づきは少なからずわたしを動揺させた。そしてまた、その本質は生涯変化することはないのではないかという思いが涌いた。

それではいけない。〈雄藩憎しの健次郎〉をなんとか宥《なだ》め賺《すか》さなければ、〈かつて賊軍だった藩を蔑視する愚か者ども〉と同様ではないか――。

そういう迷いの中、結局わたしは、報知社を辞した。

代表の矢野と藤田へ病気を理由にした辞表を提出したのであった。

主義主張の違いを前面に押し出して袂《たもと》を分かつよりも、病を理由にした方がこちらにとっても、矢野や藤田にとっても都合がいいだろうと考えたのだ。

法学校の校長に喧嘩を売った時よりも、ずいぶん柔らかくなったものだと思った。

藤田からは慰留の手紙が届いたが、わたしは藤田を訪ねて、保養をしつつ学問を学びたいと丁寧に断りを述べた。藤田はわたしの決意を理解し、退社を認めた。一月二十六日のことであった。

波風立てずに報知社を辞めたものの、さて次をどうするかと考えていた二月の末、思わぬ所から声がかかった。

わたしの下宿を、四十近い男と、わたしより四、五歳上と思われる、身なりの立派な男が訪れたのである。

年嵩《としかさ》の方は井上毅《いのうえこわし》。肥後《ひご》国熊本の家老の家臣の家に生まれ、現在は太政官の大書記官である。

もう一人は小松原英太郎《こまつばらえいたろう》。外務省の官僚である。

二人は、大東日報《だいとうにっぽう》という新聞社の主筆にならないかという話を持ち込んだのであった。

どうやら大東日報は、東京日日新聞の福地源一郎《ふくちげんいちろう》が設立を計画している立憲帝政党の機関紙となるらしい。

帝政党は長州閥の党になる予定であるという。

今でも板垣退助《いたがきたいすけ》の自由党の政府批判や対立運動がうるさいというのに、政府を追い出された大隈重信が新しい党の立ち上げを計画しているという。それは報知社を買収した件で分かっていた。

立憲帝政党は、それらの勢力に対抗するために計画された政府寄りの政党ということのようだった。長州出身の外務卿井上馨が後押しをしているという。

井上毅と小松原は、わたしが盛岡藩の出身であることも、薩長土肥を毛嫌いしていることも知っていて訪ねてきたのだと言った。郵便報知新聞に書いたわたしの記事を褒め称えて、「怨讐《おんしゅう》を忘れて協力してほしい」と頭を下げたが――。

『大隈が会社を乗っ取った直後に退社した原敬は、大隈憎しでこちらの話に乗る』と、甘く見られているのだと思った。

しかし、相手が長州閥の党の機関紙であるということと、大東日報が大阪に本社をもつということ以外、給料などの条件はよかった。

そして、井上馨の懐に入り込むことができるのである。

これは大きな好機だと思った。

憎っくき長州の味方をするようで忸怩《じくじ》たるものは感じたが、いつかは薩長土肥――、いや、権勢を思うままにしている長州閥に接近しなければ大望は果たせない。

あの夏の夕刻、蜩《ひぐらし》の声を聞きながら、喉も裂けよと叫んだ言葉を思い出した。

『楢山さま！　健次郎は、必ずや、楢山さまが目指した国を作ってみせます――』

あの時のわたしは、〈雄藩憎しの健次郎〉から一歩踏み出していた。しかし、楢山さまが目指した国とはどのようなものなのか、まったく分かっていなかった。

そうなのだ。あの頃は分からなかった国の姿が今では少しずつ見えてきた気がする。

無数に存在する正義の中から、〈この国のために一番よい正義〉を見つけ出す。

わたしの目を曇らせる〈雄藩憎しの健次郎〉を消し去って――。

なるほど、古来から言われているように、一番の敵は己の内にあるか。これは難題だ――。

いや、一番の難敵の所在が分かったのだから、戦いようはある。

＊　＊

三月二日の夜。井上馨邸に赴いた。

井上は長州の中級武士の家の出であった。維新の後、木戸孝允の引きで大蔵省に入り、岩倉使節団の外遊の折りには留守政府の一人として大蔵省を牛耳った。しかし、強引なやり口で各省と衝突し、司法省とは予算の削減でもめ、尾去沢《おさりざわ》鉱山の汚職事件などもあって辞職。一時は財界にいたが、伊藤博文によって呼び戻され、つい先頃、政策を巡って伊藤と対立していた大隈重信を放り出した。

しかし——。井上馨は、盛岡藩にとっては敵ともいえる男である。

盛岡の鍵屋茂兵衛《かぎやもへえ》が経営を任されていた尾去沢鉱山を明治政府が没収。それを井上馨が独断で大阪の商人に払い下げて私腹を肥やした。また井上は盛岡県内のほかの鉱山や官有林の権利も手に入れている。

本当であれば顔も見たくない相手であった。

だが、明治政府の重鎮であることも確かで、井上に近づいておくことはこれから先のわたしの目論見にとって重要なことだった。

恨みを一時、胸の内に閉じ込めて、まずは井上に有能な人物であると認めさせなければならない。そして、色々な情報も得なければならない。

汚い噂を聞く井上であったが、欧米への外遊などで、かの地の情勢にも詳しい。色々とためになる話も聞けるだろう。

まず、料理のいい匂いが漂ってくる食堂近くの洋間に通された。

喫煙室と呼ばれる部屋らしく、大きな肘掛け椅子や長椅子が置かれた部屋は、紫煙が渦巻き、葉巻の強い香りがした。

わたしは肘掛け椅子に座って葉巻を吹かす四人の男に頭を下げた。

井上馨、井上毅、福地源一郎、小松原英太郎であった。

「原敬です。お招きに預かり、ありがとうございます」

わたしは言って頭を下げた。嫌悪感を表さず、さりとて、へつらっているようにも見えないように、あくまでも礼儀正しく――。

そう思いながらも、頭の中には楢山佐渡さまが処刑されたあの日の夕方の光景が次から次へと浮かんでいた。

「申し訳ないが、わたしは原君と少し、二人だけで話がしてみたいのですが」

井上馨が言うと同席の者たちは肯いて出て行った。

二人きりになると、井上は向かい合う肘掛け椅子をわたしに勧めた。

言われた通りに座り、井上と向き合った。

緊張はしていなかった。それに気づいてわたしは、自分自身に『やるじゃないか』と呟いた。できるだけ穏やかな目つきで、井上を見つめた。

井上の方は緊張しているように見えた。

井上がゆっくりと目をそらし、卓の上から葉巻のケースを取り上げ、わたしに差し出して、

「吸いたまえ」

と言った。

「作法を知りませんので」

「そうか」

井上は、葉巻と奇妙な形の鋏《はさみ》を取り、吸い口を作ると、今度は燐寸《マッチ》を取って、煙を吸うまでの手順を説明した。そして「煙が強すぎるから肺にまで吸い込んではならないよ」と付け加えた。

わたしは言われた通りに葉巻に火をつけて吸った。普段は煙管、たまに紙巻きを吸っていたから、肺にまで煙を吸い込みそうになった。

「どうかね？」

井上が訊く。

「匂いがきついですが、悪いものではありませんね」

「よかった——」井上は小さく微笑んで、再び目をそらし、咳払いをして続けた。

「雄藩を憎んでいるかね？」

「幼い頃は。今は複雑な思いを抱いています。雄藩は、盛岡藩がやっと軌道に乗せていた藩政改革をぶち壊しにしました。けれど、雄藩には雄藩の事情があった」

「人の世の旅（人生）とは不公平なものなのだ」

井上は顔をしかめた。

「その一言で済ませますか」

わたしは言葉に嘲笑の響きを含ませた。

「戊辰の戦や、賊軍となった藩だけのことを言っているのではない。極悪人が安楽な暮らしをし、大往生することもあるし、善人が病で早死にすることもある。徳川の時代は侍に生まれれば生涯侍であったし、百姓は死ぬまで百姓だった」

「それは今でも大して変わっていないと思いますが」

わたしは議論に集中しようと、葉巻を灰皿に置いた。

「大して変わってはいないが、少しは変わった。好機を摑《つか》めば、以後の人の世の旅を大きく変えることができる。その好機は、徳川の時代よりもたくさん転がっている」

「その好機を摑む好機を得るのは、薩長土肥の出身者が有利。人の世の旅を不公平にしているのはどなたでございましょうね」ちょっと言葉が過ぎたか——。わたしは付け足した。

「これは、失礼を申し上げました」

「そういうことを是正したいとわたしは思っている」

「逆賊とされた藩への罪悪感ですか。お声をかけてくださったのも、それが理由でしょうか？」

「それもある。優秀な男であるという話があったからというのもある」

「わたしはそれなりに食えております。わたし一人を掬《すく》い上げるよりも、食えずにいるもっとたくさんの逆賊とされた藩の者たちを救う手立てをお考えになってはいかがです？」

「雄藩の者が上からの目線でするよりも、逆賊とされて苦しんだ者が同じ立場で掬い上げるほうが、大勢を救えると思わないかね？」

「なるほど。確かに効率がいいかもしれません」

「戊辰の戦は過去のこと。どうやってもやり直すことなどできない。だとすれば、それに拘泥するのは時の無駄遣いだと思わないかね？」

「ともかく早く徳川を倒さんと、強引に戊辰の戦を押し進めたために積み上げた敵味方の死者の山。さらに戦のツケを払わされて処刑された者の屍《しかばね》の山。それらを踏み台にして、当来を築いて行くべきだと？」

「そう意地悪くとらえないでほしい」

　井上は渋い顔で煙を吐き出した。

　わたしの言葉に激高しないところをみれば、井上は強欲ではあっても、必要なときには自制心を発揮できる男のようだった。

　これならば、懐に潜り込んでもよさそうだとわたしは判断した。

　もう一度吸おうと葉巻を取り上げたら、すでに火は消えていた。再び火をつけようと燐寸を取ると、井上にとめられた。

「一度火の消えた葉巻は、再度火をつけると美味くない。やめておきたまえ」

「一度消えた葉巻は美味くない――。なんだか、色々なたとえに使えそうですね」

そう言ったわたしに、井上はもう一本とすすめたが、「皆さんをあまりお待たせするのも」と辞退した。

「そうだな。では、食堂へ行こうか」

井上は椅子から立ち上がった。

＊　　＊

大東日報は、母体の立憲帝政党の資金不足により、すぐに財政難に陥った。帝政党政府におもねる党であったのにもかかわらず、微々たる補助金しか出なかった。加えて党員が増えず、福地の持ち出しも長続きしなかった。

社内はぎすぎすしだした。

帝政党と大東日報は沈む船。

給料の支払いも危なくなって来た以上、いつまでも留まっていることはない。

わたしは退社し、東京へ戻ることを決断したが、思い出すのは維新であった。

徳川が傾いたと知ると、新政府側に走る藩が続出した。盛岡藩は最後まで戦ったが――。

今、わたしはあの時沈む徳川から離れて行った諸藩と同じことをしようとしているのかと自嘲した。

大東日報は望んで乗り込んだ船ではない。見切りをつける頃合いを逃さないようにしなければならないと思った。

だが、沈む船ではあっても、一つだけわたしに好機をもたらした。

井上馨の、壬午《じんご》事変の善後策を講じるための馬関《ばかん》（下関）出張に同行することになったのである。

明治十五年（一八八二）七月、朝鮮で興宣大院君《こうせんだいいんくん》らが兵士を煽動し、閔《びん》政権とそれを支援する日本の公使館などを襲撃した。日本は即座に派兵し、宗主国である清国も軍を出して鎮圧し、首謀者の一人である大院君を天津《てんしん》に連行した。閔政権は復活し、清国は袁世凱《えんせいがい》を派遣し、三千人の兵と共に朝鮮に駐屯し続け、朝鮮に対する清国の影響力は強まった。その結果、朝鮮の親日派の勢力は弱まって行ったのだった。

八月六日から十五日まで、わたしは控えめで有能な人物であることを井上に売り込む機会を得た。

そして、十月三十一日。大東日報が完全に沈没してしまう前に、東京へ帰った。

十一月の後半に、外務省の御用掛にならないかという打診があった。公信局勤務で、給料もよかった。

第四章　天津、パリの日々

一

わたしは外務省御用掛の職を受けた。

明治十五年（一八八二）十一月二十一日のことである。

どうせならば、もう少しいい省庁に入れてくれればいいのにと苦笑した。

というのも、当時、外務省には奥羽出身の者が多く働いていた。雄藩の者たちは外務省を避けたからである。

外務省では外国語を解することが必須である。元々英語なりフランス語なりを習っていたものならばいざしらず、一から外国語を学んで奉職するなどという面倒を、雄藩の者たちは嫌ったのであった。

だから、奥羽出身の者たちは、必死で外国語を習得し、外務省に入ったのだった。

わたしは長くフランス語を習っていたし、外務省にはフランス語を解する者が少なかったことも、有利に働いた。

仕事を持ち帰ることが増え、下宿では資料を置く場所が足りなくなって来たので、赤坂溜池《ためいけ》町に一軒家を借りた。部屋数が増えたから、訪ねてくる同僚たちも、気楽に深酒をして泊まり込んでいくことが多くなった。

しかし――。

心の中の葛藤を落ち着けるのにはさすがに時がかかった。

長年、敵として憎んでいた長州閥の井上の世話になり、敵の牙城である明治政府の官僚として働くことになった。

時折噴き上がる嫌悪の情をなだめすかして、有能な官吏を演じているうちに、それが当たり前になってきた。

明治十六年（一八八三）の七月から文書局に入った。官報の発行準備の仕事であった。

七月二日に、二歳下の弟、勉《つとむ》が函館の病院で亡くなったという知らせがあった。

幼名は橘五郎。一時期他家に養子に出ていたが養父が死んだために家に戻った。とても仲のいい弟であった。すぐにでも飛んでいきたかったが、仕事のためいかんともし難かった。

わたしは北へ向かって手を合わせた。

＊　　＊

この年、鹿鳴館《ろくめいかん》が建設された。諸外国人に対し、日本が文明国であることを強く印象づけると共に、欧米の生活様式を啓蒙することが目的であった。

夜毎《よごと》舞踏会が催され、国賓や諸外国の外交官が接待された。舞踏の相手をする女性が少なかったので、芸妓《げいぎ》や女学生が動員されることもあった。

西洋の服装で集う日本人たちの姿は外国人たちには滑稽に映ったようで、小馬鹿にした風刺画が盛んに描かれた。

それでも政治家たちはなんとか欧米諸国と肩を並べようと洋装にこだわり、平服はフロックコート、正装はフランス式の大礼服を纏《まと》って闊歩《かっぽ》した。

＊　＊

十月十四日から、十一月二十日まで、わたしは岡山、広島、山口及び、九州一円の巡察を企画し、建言して実現した。官報発行のための御用という表向きではあったが、民事用視察であった。明治十四年には東北と北海道を回っていたから、今度は西を見てみたいと思ったのである。訪ねた県令が留守だったり、雨にたたられたりしたが、それなりに楽しい旅ではあった。

しかし、十三日、太政官から東京へ帰るようにという命令が来た。広島に滞在中であった。天津領事に任命することになったから、すぐに帰るようにというのである。

海外で活躍できる機会を得られたのは嬉しかったが——。フランス語を存分に利用できるフランス辺りに赴任できればよかったと少し残念でもあった。

いずれにしろ一つの足掛かりにはなる。

法学校を放校処分となった時には、かなりの遠回りになると思ったものだったが、法学校の同期生はまだ卒業もしていないのである。気がつけば、わたしの方が随分先を行っているのだった。

＊　＊

東京に着くと、ともかく井上馨を訪ねた。

「突然、天津《テンシン》領事というのは、どういうことです？」

応接間で、勧められた肘掛け椅子に座りながら訊いた。

「君のフランス語が役に立つのだ」井上は答えた。

「東京《トンキン》（現　ベトナム北部）で、宗主国である清国と侵攻したフランスが危険な状態になっている。ともかく急ぐから、すぐに準備をしたまえ。あと二週間ほどしかない」

当時、フランスはサイゴン条約によって、交趾支那《コーチシナ》（現　ベトナム南部）を併合していたが、北へ進出し安南《アンナン》（現　ベトナム中部）で衝突を繰り返していた。フランスは一八八二年に安南の首都ハノイを占領していた。

翌年の八月には阮《グエン》王朝の首都ユエを攻撃し降伏させて、東京共々安南も保護国とした。

翌月、清国軍が東京に入り、フランス軍と戦い退けた。反フランス派の抵抗も苛烈を極め、フランス軍も援軍を投入し、現地の情勢は混沌としていた。

「はい」と、腰を浮かしたわたしを、井上は手で制した。

「話はまだ終わっていない」

「はい」と、椅子に座り直す。

「領事が独身ではまずい」

確かに、諸外国の公使、領事とのつき合いもあり、その際には配偶者を同伴するのが欧米のしきたりであるようなことを聞いた気がした。

つまり、天津へ赴任する前に結婚せよということか。当時、結婚まで考えた女はいなかった。

「つき合いのある女はいるか？　領事の妻として釣り合いのとれる女だぞ」

つまりは、家柄のいい女ということである。

「いえ」と首を振ると、

「そうか。ならば、中井弘の娘を娶《めと》れ」

「あの――、貞子《さだこ》さんのことですか？」

わたしは面食らった。

中井とは親しい間柄であった。

法学校を放校処分になった後、新聞社への就職を相談したのが、作人館の先輩、阿部浩。阿部からの相談で、郵便報知新聞への斡旋《あっせん》をしてくれたのが、工部省の上司の中井であった。それ以来のつき合いである。

中井は旧薩摩藩士の家の生まれで、坂本龍馬や後藤象二郎《ごとうしょうじろう》との交流があり、イギリスへの密留学の経験があった。慶応四年（一八六八）、イギリス公使パークスの護衛を務めていた時、襲撃してきた攘夷派の暴漢を斬殺。攘夷派から国賊としてつけ狙われた経験がある。剛胆ではあるが粗暴。世間では変人と見られていたが、わたしとは気が合って、時々杯を交わすことがあった。

しかし、その娘貞子は、まだ数え十五歳である。中井の家で姿を見かけたことはあるが、会釈をしあう程度の関わりしかなかった。

「若すぎるなどと文句を言うなよ。古来、十二、三で輿入《こしい》れすることもざらだった」

こちらの思いなど斟酌《しんしゃく》しないということか。

「天津への出立は十二月五日。その前日には式を挙げたい」

「すでにお膳立てはできているのですね」

わたしは溜息をついた。

「君は広島だったからね。来年の一月には向こうに着かなければならないから、逆算して手筈を整えた。中井くんも貞子も承知だ。あとは君が『うん』と言えばよい」

承諾以外の選択肢はないのでしょう――。

という言葉を飲み込んだ。

薩摩藩士の娘を娶れば、賊軍の藩の出であることをネタにしてわたしに辛く当たる連中も少しは態度を改めるかもしれない。

貞子は、おそらく武家の娘として親が決めた縁談に否は言わないという教育を受けているのだろう。だから、よく知りもしないわたしとの結婚をなんの疑いもなく承諾したということか――。

「分かりました」

とわたしは答えた。

「よかった」

井上は何度も肯《うなず》いたが、こちらが断るなどとは考えもしなかったことは確実である。

「明日、晩餐《ばんさん》の用意を整えておく。よく知り合いもせずに結婚するのは、お互いに不安であろうからな」

井上は豪快に笑った。

＊　　＊

晩餐の席で貞子は、終始俯《うつむ》きながら、はにかんだような笑みを浮かべて食事をしていた。その表情から、わたしを嫌ってはいないようだということが読みとれ、少しだけ安堵《あんど》した。

中井の息子たちは、父に似て豪放で、あちこちで厄介事を起こしているから、娘も似たようなものであろうと予想していたのだったが、よい意味で裏切られたと、そのことにもほっとしたのであった。

昨日、『よく知り合いもせずに結婚するのは、お互いに不安であろうからな』という井上の言葉があったが、晩餐での会話はもっぱら上機嫌で葡萄酒を呷《あお》る中井とだけであった。その合間に貞子に問いかけると、小さい声で短く答えるだけで、会話は成り立たなかった。中井は晩餐が終わると「我が家で飲み直そうではないか」と言った。貞子はそれを望んでいるかのように上気した顔で微笑んでいたが、明日は早朝から、天津への赴任の準備をしなければならなかったから断った。

＊　＊

その後も、様々な用事のために振り回された。天津へ向かう準備のほかに、領事として派遣されるに際し、天皇に拝謁するという行事もあったのである。

十二月三日、いざ謁見の場に立つと、恐れ多い気持ちで一杯になって、いったいなにがあったのかさえ分からない状態になった。あっという間に謁見の儀は終わって、控えの間に戻ってから我に返ったという体たらくであった。

しかし、ちらりと上目遣いに拝したご尊顔に、少々驚いたことは微かに覚えている。もちろんお姿は写真で拝見していたが、あれは絵描きが手を加えているのだろうと思っていた。長く宮中でお暮らしになっていたのだからもっとなよなよとしているに違いないと想像していたのである。しかし、写真以上に力強く、まるで荒武者のような顔であらせられた。

翌日、慌ただしく貞子との結婚式が行われた。井上邸で行われた晩餐の後、中井邸や料理屋で、何度か夕食を共にしていたが、やはり会話は父親とばかりで、貞子との距離は縮んだとは感じられないままの挙式であった。

仲人は渡辺洪基。二年前に彼の長期の民情視察に同行していた。

わたしは隣りに座る綿帽子の貞子をちらりと見ながら、はたしてこの小娘と、ちゃんとした生活を営めるのだろうかと不安になった。

二

翌日、新橋から横浜まで、仲人の渡辺夫婦や、中井弘ら貞子の一族、色々と世話になっている先輩の阿部浩らが見送りのために同行し、陸蒸気で移動をした。

港で汽船に乗った。

供は貞子と従者の徳丸作蔵《とくまるさくぞう》。女中のむめである。そのほかに一緒に天津へ赴任する数人の役人がいた。

汽船は夕方、横浜港を船出した。

怒濤のような数日間であったので、船が岸を離れて桟橋に立つ見送りの人々が見えなくなると、わたしは大きな溜息をついた。

「お疲れになりましたか？」

隣りに立つ貞子が、初めて自らわたしに問いかけた。

「君はどうだ？」

と目をやると、貞子はさっと視線を逸らして俯き、またしてもはにかんだ笑みを浮かべた。

「わたしは大丈夫です——。天津まではどのくらいかかりますの？」

「そうだなぁ。一月以上はかかるだろう」

「まぁ」

貞子は目を丸くしてわたしを見た。

「なんだ。誰かに聞いていなかったのか？」

「そんな暇はございませんでしたわ」

「お互い、目の回るような数日だったというわけだ」

「わたくしは、二日間でございます。三日の夜にお部屋で刺繍をしていましたら、突然お父さまがいらして、明日、原敬さまと結婚式だと。それからすぐに服屋が来て衣装合わせ――。もう、なにがなんだか」

貞子はくすくすと笑った。今の今まで緊張していたのだろう。つい先ほどまでの貞子と比べれば、驚くほどの饒舌《じょうぜつ》だった。

「それは、まことに申し訳ない。どこの馬の骨とも分からぬ男と急に結婚しろなどと、迷惑な話だったな」

わたしは頭を下げた。

「敬さまのことは、父から何度か伺っておりましたから。どこの馬の骨かは分かっておりました」

貞子は悪戯っぽく言って茜に染まった西の空に顔を向けた。

まるで、幼い姪っ子――。

今はまだ、今までの身の上話や、結婚式前後のバタバタなど、話のネタはあるが、それが尽きたとき、はたして会話が成立するだろうか――。

微かな不安を感じながら、夕景の中、風に吹かれる貞子の横顔を見つめるのだった。

＊　　＊

上海《シャンハイ》に到着したのが十二月十二日。

上海は大都会であった。東京も、銀座を始めとして煉瓦や木造の洋風建築が建ち並び始めてはいるが、上海には及ばなかった。清国の方が、日本の三歩も四歩も先を行っているのをまざまざと感じた。

だが、西洋の文明は流入しているけれども、それを自国の発展にうまく利用していない感じがした。街は新しく、西洋風の建物も多いけれど、政治体制は旧弊なのである。

日本もそのあたりをうまくやらなければ、清国の二の舞となるだろう。

貞子は目を輝かせながら石造りの建物が建ち並ぶ街を散歩し、店で売られている西洋の品々を買い求めた。

上海には二十二日まで滞在して、天津へ向かった。

天津を流れる大河、白河が氷結していて、船は入港できないという情報があったので、陸行するしかなかった。

揚子江を下ったり、黄河を渡ったり。山東省から直隷《ちょくれい》省を通る旅であった。

河を行く時以外は馬車を使った。馬ではなく騾馬《らば》が曳《ひ》く騾車に乗ることもあった。騾馬は思いのほか丈夫で、半月ほど同じ騾馬に曳かれた。

馬車や騾車には発条《バネ》がついていないものだから、車輪は直に地面のでこぼこを車体に伝え激しく揺れる。貞子は酷く酔い、時々馬を止めなければならなかった。

貞子はしだいに不機嫌になり、馭者《ぎょしゃ》や従者の作蔵、女中のむめにきつい言葉を吐くようになった。しかし、わたしが窘《たしな》めると、はっとしたように大人しくなった。

どこの街でも異国人であるわたしたちは珍しいようで、見物人が群がり、なかなか道を進めないこともあった。

日本各地で見てきた最も貧しい村よりも、困窮する集落も通った。

草木一本も見あたらない荒野や僻地を何日も進むと、ただの林が現れただけでも感動した。

ちゃんとした宿がなく、驚くほどのあばら屋にも泊まった。夜具もなく、なんとか見つけた葦《あし》の束をわたしと貞子で使い、同行の者たちは土間にそのまま寝なければならない宿もあった。気温が低いので、蚤《のみ》や虱《しらみ》などの被害はなかった。

荒野を何日か進めば高い城壁に囲まれた市街が現れる。以前読んだ三国志や水滸伝《すいこでん》の景色はこのようなものだったのだろうと感慨にふけった。

冬であるから降雪もあり、暖をとる術《すべ》もない馬車では、皆が布団にくるまった。宿の部屋の水が凍ることもあった。

寒さは苦手であったが、北国の生まれであるからなんとか耐えていた。しかし、貞子や暖かい地方の生まれの者たちは、唇を紫にして震えていた。

雪で道が埋もれてしまい、しばらくの間雪原を彷徨《さまよ》った日。風雪が激しくて仕方なく旅程を短くして宿泊した日。

乾燥して雪も降らず、ただただ肌を切り裂くような寒風が吹きすさぶ日があると思えば好天が続き、恐ろしく暑くなる日もあって、大陸の気候は日本とは違うとつくづく思った。

馬夫が賃銀の上乗せをせびったり、夜間、宿に遊女が客を取りに来たり――。

それを提示すれば官民かかわらず便宜を図ってくれる〈護照〉という通行証をもっていたのだが、軍の兵が酒代目当てに道案内をすると言ってくることもあった。

＊　＊

そして翌明治十七年（一八八四）一月十四日の夕刻、天津に到着した。

領事館は街から一里（約四キロ）ほど離れた場所にあった。

敷地は広かったが周囲に人家はなく、領事の住宅を兼ねた事務所の建物が二棟。使用人や書生らの長屋が一棟建つばかりである。

中国人の召使い七人と、外務省の役人の室田義文《むろたよしあや》がわたしたち一行を迎えた。室田はわたしより九歳ほど年上で、ロシア語と英語に堪能であることを伊藤博文に認められ、外務省に入った男であった。

領事の仕事は、天津の日本人たちを保護することだったが、わたしは、清国と朝鮮、あるいは清国とフランスの関係に気を配りながら、様々な情報を入手し、北京の公使に報告する任務も担っていた。主な情報源は新聞であったが、時には密偵を雇うこともあった。

朝鮮は、宗主国であり壬午事変の後に影響力を強めている清国からの独立を図っていたし、清国はそれを阻みたい。日本は清国との関係を悪くせずに朝鮮との繋がりを強め独立させたい——。

フランスは清国に対し強硬政策をとり、安南の戦は拡大して、赴任してすぐに、フランス軍が山西《ソンタイ》を陥落させたという知らせも入っていた。日本でもフランスと手を結んで清国を攻めよという論を力説する党もあった。

ともかく、清国とフランスに関する情報収集のため、目が回るほどの忙しさになった。

当時天津にいた清国の直隷総督兼北洋大臣の李鴻章《りこうしょう》と、その部下である周馥《しゅうふく》とは何度も会談した。李鴻章は六十二歳の高齢だったが、清国内では一番、国際情勢に精通する人物だった。

清国で政変があり、非戦派が退けられて主戦派が実権を握ったが、非戦派であった李鴻章はそのまま残され、フランスとの交渉に当たり、五月十一日、とりあえずの停戦協定を結んだ。

それまで遅くまで事務所にいたり、何日も天津の街に泊まり込んだり、ほとんど貞子と顔を合わせることができない日々が続いた。

貞子は料理もできず、台所は召使いに任せきりだったから、食事のほとんどが清国の料理であった。

停戦協定が結ばれた後、少しばかり休むことができたから、あり合わせの材料で煮物などを作ったら、日本人の室田はえらく喜んでくれた。

しかし、貞子の口には合わないようで、ほとんど残していた。

病弱で風邪ばかりひいて、こじらせてたびたび医者を呼ばなければならなくなるのは偏食のせいもあると思ったが、指摘すれば気に病んでしまうだろうと思って黙っていた。

わたしがいるとかえって気詰まりなのか、貞子は食事を終えると早々に自分の部屋に引っ込んでしまうようになった。

こちらも、色々と小言を言いたいのを我慢していると、憤懣《ふんまん》で腹が膨れて、苛々がつのっていった。

そんな時、バクレで清国軍とフランス軍が衝突し、それをきっかけとして本格的に清仏戦争が勃発した。

わたしはまた仕事に没頭し、貞子は独り、家に残されることになった。

＊　＊

十二月には甲申事変《こうしん》が起こり、そちらの情報収集でも駆け回った。

甲申事変とは、清国からの独立を目指す朝鮮の開化派が日本の援助を受けて閔政権を倒そうとした戦である。一時は成功したかに見えたそれは、だが、清国軍の介入によって失敗し、首謀者らは殺害、あるいは日本に亡命し、日本公使館は放火された。

その余波で、在清日本人たちの周りにも危険が及んだ。日本人と見れば追い回す者があちこちに現れ、家に投石をされることもあった。わたしも得体の知れない者たちに尾行されたりして、肝を冷やしたことも一度や二度ではなかった。

事変のせいで日本国内で「フランスに協力し、清国を討つべし」という声が高まった。井上馨は参戦に意欲を見せたが、伊藤博文らに反対された。それまで提携の打診をしていたフランスも、日本の煮え切らない態度に愛想を尽かし、日本の参戦は幻となった。

わたしは、ほとんど天津の街に滞在し、領事館に帰らぬまま、明治十八年（一八八五）を迎えた。

戦闘は泥沼化して、三月にはそれまで優位に戦を進めていたフランスに膠着状態に対する不安が広まり、フェリー首相が解任された。

わたしは李鴻章と接触しながら、清国の考えを探った。清国は相手が退かないのであれば徹底抗戦と強気を装っているが、兵力的にはもはやぎりぎりの状態で、停戦したいと考えていると感じられた。フランスも、台湾全土を制圧できずにいる。

これはもう停戦するしかなかろうと思っていたところ、フランスの新首相ブリッソンは清国との講和を打診した。

そして、尻窄《すぼ》みに停戦となった。

三

清仏戦争が落ち着いた五月。

外務書記官の任命と共に、パリへの異動命令が届いた。公使館に送った情報やその分析の正確さや迅速さなどが認められたものだとわたしは思った。伊藤博文がずいぶん褒めていたと聞こえていたから、その褒美かもしれない。

しかし――、問題は『単身で赴任せよ』ということである。

天津は都会ではあったが、言葉が通じず貞子はずいぶん不便を感じているようだった。わたしだけがパリへ行くことになったと言えば、膨れるだろう。最近はますます我が儘《まま》になってきているから、切りだし方を考えなければならない。

＊　＊

七月に入り、後任の領事が赴任して来たので、事務引き継ぎや、天津に駐在する各国の役人たちへの引き合わせなど、忙しく過ごした。領事館の住まいは、帰国のための木箱、トランクの類が積み上げられていった。

北京へ出張し、榎本武揚《えのもとたけあき》公使に挨拶をしたり、李鴻章や天津の日本人商人に帰国の挨拶をし、七月二十五日にまず上海行きの船に乗った。二日ほど上海に滞在した後、八月一日に日本へ向かう船に乗った。

わたしは船室で、日記や書類の整理をしていたが、貞子は波が穏やかな時には必ず甲板に出て、船員から日本の方角を聞き、そちらに顔を向けて潮風に吹かれているのだった。

わたしもたまに甲板に出るが、近寄りすぎると貞子は少し時間を空けてから側を離れ、別のデッキに回ったり、部屋に戻ったりした。

そのようなことは気にしないことにして、紺碧《こんぺき》の海を見ながらこれからの日本の方向について考えた。

主に、植民地というものについてである。

大国はいずれも、植民地を持ちそれを拡大している。

戦に敗れて国を奪われた身にとっては、武力で他国を攻め落とし、自分の領土にするという方法は、苦々しく感じる。

しかし、今や一つの国となった日本を考えてみれば――。

以前は、盛岡藩でさえ広大な土地だと感じていた。北上川の東西に開ける沃野。聳《そび》える巌鷲山（岩手山）。東の山塊を越えなければ海にたどり着けない。

だが、北海道を旅して、旧盛岡藩など取るに足らない広さだと感じ、天津への旅では、大陸というのは、その北海道も比べものにならないほどに広大無辺であるのだと知った。

つまり、日本という国はとてつもなく小さいのだ。

四方を海に囲まれているから海産物などについては豊富だが、国土が狭ければ、農産物も、石炭や鉄鉱石などの埋蔵量も少ない。

広い国土を持つ大国には、その時点で負けているのだ。追い越すことはおろか、追いつくこともおぼつかない。

絶対的に足りない資源をどうするか。

輸入すれば、国内の金銀が大量に流出する。輸出で外貨を稼ごうと思っても、今のところめぼしいものは絹くらいしか思いつかない。

いずれ日本もどこかの大国の植民地とされてしまうかもしれない。

ベトナムに対するフランスの行為を見れば、戦を仕掛ける口実さえあれば、いつでも国盗りの戦を仕掛けて来ることは火を見るよりも明らかだ。

身を守るためには富国強兵が必須。

資源の少ない日本は、外にそれを求めなければならない。輸入に頼っていれば、相手国に輸出を停止されてしまうともう打つ手はなくなる。

ならば、日本も植民地を広げるということを考えなければなるまい。

いずれ、それぞれの国が成熟し、他国を尊重する姿勢を持ち、対等に交渉ができるようになれば、植民地などというものはなくなるだろう。

過渡期の必要悪――。

もしかすると戊辰の戦もそれだったかもしれないが、未だその結論は出ていない。あの悲惨な戦をきっかけに、日本がどう変わって行くか。もしかしたら無用の悪であったと断ずる日が来るかもしれない。

ともあれ、この先、政府の中枢に入り込んだときには、〈過渡期の必要悪〉をあえて行うことも念頭に国政を考えていかなければならないだろう。

戦によって植民地を手に入れることが正当とされるのならば、手に入れた植民地を戦によって奪われることもある。清仏戦争がそれだ。

清仏戦争は勝敗をはっきりと決めないまま、なし崩し的に停戦となったが、端から見れば清国の敗北は明白である。

清国はアヘン戦争でイギリスに敗北したというのに、未だに大国、強国の幻想を持ち続けている。旧態依然の組織で、昔と変わらない政治を行っているように見える。それこそが、敗因ではなかったか。

　今のところ、日本は己の国が弱小であり、諸外国から攻められれば瞬く間に占領されてしまうことをよく知っている。だからこそ、真剣に日本のことを考えている政治家は富国強兵を焦っている。これから先、国力を強化するために植民地経営に手を出したとしても、その気持ちを持っているうちは、日本はまだ大丈夫。

　しかし、日本も強国であるという幻想を抱いてしまえば、清国と同じ轍《てつ》を踏む。小さな島国であるということを忘れてはならない。

　これから先、国力、武力が充実すれば他国との戦もあるだろう。

　わたしは海を見つめながら、自分が選んだ道は、綺麗事では進んでいけないという事実を重く受けとめていた。

四

　八月四日、蟬《せみ》の鳴き声が喧《かまびす》しい長崎に到着し、神戸、大津、京都、大阪を回って、十五日、東京に着き、西紺屋町《にしこうやちょう》の阿部浩の家に向かった。新居の改築が住むまでの間、世話になることにしていたのである。

　それについては貞子に説明してあったが、他人の家の厄介になるのは好かないと、機嫌はよくなかった。

　天津に在勤中の仕事ぶりが評価されて、勲六等に叙せられることになったり、清国やフランスの公使に挨拶に行ったりと忙しく過ごす中、熊谷へ赴いて鮎《あゆ》釣りで息抜きをした。

九月に入り、十日に新居へ引っ越した。

京橋区三十間堀《さんじっけんぼり》一丁目一番地。煉瓦造りの一軒家である。

貞子の機嫌がよくなったのを見て、フランスへ単身で赴任しなければならないことを切り出した。

「いつまでになりますの？」

「三年か、四年だろうな」

「そう――」

素っ気なく言った貞子の顔は、不機嫌にはなっていない。

なるほど――。とわたしは思った。

我が儘な妻とはいえ、亭主が家にいれば少しは遠慮するのだろう。ならばいっそ、金だけは家に入れ、亭主はずっと留守である方がいい。そう考えているのではあるまいか。

しかし、貞子が羽目を外しすぎるという可能性もある。なにか大きな事をしでかされてしまえば、厄介なことになりかねない。わたしが関わる政治家らに迷惑がかかっても困る。さりとて、召使いらが貞子の放蕩《ほうとう》三昧を止められるはずもない。

それについては、一つ手を打ってあった。

＊　＊

貞子が、わたしがフランスにいる間、自堕落な生活に浸れないと知ることになったのは、九月二十一日のことだった。

母リツが我が家を訪れたのである。

母は、農商務省の役人として鹿児島に赴任していた兄恭と共に暮らしていたのだが、わたしが留守の間、家に住んでもらえるよう手紙で頼んでいたのである。兄の娘の栄子《えいこ》も一緒であった。

貞子は最初、二人は遊びに来たのだと思っていたようで、応接間において良き妻を演じながら話をしていたが、フランスに赴任している間、母が貞子の面倒を見ると言った途端、鋭い目をわたしに向けた。

母はそんな貞子の様子に気づかぬかのように、

「お体が丈夫ではないとのこと。天津においでの間は随分心配いたしました。これからはわたしがお世話いたしますゆえ、ご安心下さい」

と、白髪を綺麗に梳《くしけず》った細面に穏やかな笑みを浮かべて丁寧な盛岡弁でそう言った。

母には、貞子の性格、行状についておおよそ知らせてあったから下手に出たのだろう。

「ご心配をおかけして申しわけございません」貞子は母に合わせるように上品に受け答えをした。

「慣れない異国の生活に体がびっくりしたからの不調でございますから、日本に戻って来たからには、もう大丈夫でございます。お義母さまにお世話をいただくなど滅相もないことで。お義母さまは恭さまのお側でお暮らしになるのが一番でございます」

と暗に、世話はいらないから鹿児島へ帰るよう促す。

「そうは参りません。大切な嫁が、夫の留守中に病に伏せたなどということになれば、亡き夫にも、ご先祖さまにも申しわけがたちません。どうぞ、お気になさらずに、わたしに世話をさせて下さいませ」

母と貞子の丁々発止は、表面上、穏やかに進んだ。貞子は、わたしに対してならば、嫌なことは嫌ときっぱり言う女になっていたが、ついに、

「お義母さまにお世話いただくのは、もったいのうございますが、お言葉に甘えます」

と折れた。

＊　＊

フランスに赴任するという話が広まり、友人知人から晩餐の誘いが入った。わたしも挨拶をしておかなければならない人々のために晩餐会を開いた。

特に、九月二十六日の晩餐会は重要だった。

招いたのは井上馨、伊藤博文、山縣有朋《やまがたありとも》、西郷従道《つぐみち》、松方正義《まつかたまさよし》。長州と薩摩出身の政治家たちである。

いずれ伊藤が政権を掌握するはずで、井上らは大臣に就任することになるだろう。

藩閥を作り、その中で利益を貪るという行動は気に食わなかったが、人の悪い者たちばかりではない。佐幕の藩の者らを毛嫌いしている奴もいたが、多くは戊辰の戦はやむを得ず行ったこととして、奥羽越の藩に負い目を感じている様子だった。

ともあれ明治政府の中核にある者たちを晩餐に招くことができる立場まで辿り着いた。

その夜の晩餐会では、フランスから帰国した後の布石は打てたと、十分な手応えを感じた。

フランスへの旅の前日、西郷従道から晩餐の誘いがあって出かけた。先日の晩餐会は成功したようだ。

五

十月十四日の午前四時。雨の中、イギリスの客船カシガルは横浜を出港した。

井上馨から横浜の料亭に呼ばれ、幾つかの命令を受けてからの乗船であった。蜂須賀茂韶《はちすかもちあき》フランス公使に関わる命令である。さらに口頭で告げられたのは、蜂須賀には悪い噂があること。それについては、井上は慌てて『それを信じてはいないが』と付け加えたが、詳しい話はしなかったし、わたしも訊こうとはしなかった。

その時、在仏公使館雇名誉参事官のマルシャル宛の、伊藤博文からの手紙も預かった。どうも、公使と名誉参事官の間に軋轢《あつれき》があるようだとわたしは感じた。

同行するわたしの供は小出貫一郎。愛知県の準判任御用掛であったのを、優秀な男であったから従者として外務省に願い出たのだった。そのほか、ロシアやイタリア、イギリスに赴任している外交官の妻、娘らが一緒であった。

＊

＊

パリに到着したのは十二月二日の夕方であった。

天津にいた頃は、辺りから聞こえて来るのは清国語で、通訳がいなければ心細い思いをしたものだが、今聞こえてくるのはフランス語である。これからの仕事は言葉で苦労することはないと実感できた。

停車場には四人の日本人が迎えに来てくれていた。公使館書記生宇川盛三郎、宮川久次郎と、陸軍少尉野津鎮武。そして、法学校の同期であった三歳年下の加藤恒忠である。校長のやり方に抗議した仲間の一人である。

寒さのために構内はもうもうとした蒸気が漂い、石炭が燃えるにおいがした。

「お疲れさまです」宇川が頭を下げた。

「蜂須賀公使はただ今スペインに出張中でありまして、わたしが代理をしております」

「帰国はいつになるかね？」

「十七日に帰館の予定です」

「そうか。公使夫人はご在宅か？」

「はい」

「では夫人にご挨拶しよう。宿に荷物を置いてから挨拶に行こう」

「ご案内いたします」

宇川が肯くと、それまでわたしと話がしたくてうずうずしていたらしい加藤が割り込んできた。

「お久しぶりです。原さん」加藤は目を輝かせてわたしを見た。

「ご立派になられて」

加藤は二年前からフランスに留学していた。

「卒業した学校を鼻にかける連中もいるようだが、放校処分になってもお国のために働くことはできる」

わたしはにやりと笑って見せた。

「はい。わたしも精進します」

加藤は通りかかった荷運人足に声をかけ、荷物を運ぶよう、流暢なフランス語で命じた。

「積もる話は後ほど。まずは宿へ」

宇川が言い、先に立って歩き出した。

＊　　＊

着任早々に様々な仕事に忙殺された。その合間に、新任の書記官に挨拶に訪れる人々の応対をしたり、語学の研鑽《けんさん》をするためフランス人の教授を招いたりと、なかなか息をつく暇もなかった。夜間、宿を訪ねてくる加藤とのお喋りが、唯一、心が安まる一時であった。

着任から十日ほど経った日に、オランダ駐在弁理公使の中村博愛《なかむらひろなり》がわたしを訪ねて来た折りの晩餐の後、一緒にぶらぶらと街中を歩いた。

中村はわたしより一回り上。薩摩の生まれであった。イギリスで化学を学び、後にフランスに留学した。明治になって帰国。藩でフランス語を教えていたが、西郷従道と山縣有朋が欧州視察に向かうとき、通弁（通訳）として同行した。それからは政府の省庁で働いている男である。

中村が公使館を訪ねてきた時、中村はにこやかに笑って、

「わたしは薩摩の出ですが、戊辰の戦は誤りであったと思っています」

と言った。

きっとこちらが警戒心を露《あら》わにした顔をしていたからだろう。

「では、賊軍の藩の出でも安心しておつき合いできますね」

とわたしは苦笑して答えた。

公使館で公務上の話をした後、中村は「お近づきのしるしに一杯やりましょう」と誘った。

二つ返事で申し出を受けた。

ガス灯に照らされた街には大勢の人々が歩いている。東洋人の姿も少しはあったが、ほとんどが西洋人である。そんな景色の中で、中村とわたし、従者の数人は、なんだか異質に感じられた。

東京の街中で外国人を見かけた感覚とは少し違う。

和服姿の人々が歩く中、洋服姿の西洋人が歩いている違和感。

洋服姿の人々が歩く中、洋服姿の日本人が歩く違和感。

長い年月をかけて、西洋人に似合う形に洗練されていった洋服はやはり西洋人のものなのである。いくら西洋人に近づこうと背伸びをしても、日本人の体型や容貌には似合わない。にもかかわらず、無理やり洋服を着て、西洋の街を歩いている。

すれ違う西洋人の中には、あからさまに嫌な顔をしたり、くすくすと笑ったりする者たちもいた。

猿が洋服を着て、人を気取っている――。

横浜の西洋人が出す新聞に、そんなポンチ絵があったような気がする。それを見た時には無性に腹が立ったが、パリの街を歩いてみて、あの揶揄《やゆ》は的を射ていたのだと実感した。

いっそ、羽織袴で歩いた方が潔いのかもしれない。岩倉使節団も最初のうちは羽織袴で外国を歩いていたと聞く。

しかし――。洋服の方が動きやすく、理に適《かな》った作りになっている。家に帰ってくつろぐ時には和服を着たが、日常の生活はやはり洋服の方が便利だ。とすれば、日本人に似合う洋服というものが欲しい。

いや、心配しなくとももうすでに市井の仕立屋が色々と考案しているかもしれない。

今は猿真似の洋服も、いずれ日本人に合ったものに変化して行くことだろう。

街にしてもそうだ。

パリに入った日には到着の興奮で、それからの十日ほどは、仕事の忙しさで、街の様子を落ち着いて眺めたことはなかった。

しかし、こうしてそぞろ歩いてみると、見慣れた日本の建物とはまったく異なる偉容に圧倒される。大きな建物ならば、幼少の頃には盛岡城を見ていたが、それとはまったく異なる思想で設計された街は強い迫力を伴ってわたしに迫って来る。

東京の丸の内は、明治五年の大火によって灰燼《かいじん》に帰した。これ幸いと、明治政府は西洋風の街並みを作ろうと、煉瓦の建物を次々に建て、〈一丁倫敦《いっちょうロンドン》〉などと言って自慢している。

しかし、パリの街はどうだ。

どっしりとした石造りの街並みは空や空気にしっくりと馴染んでいる。急造の丸の内の煉瓦街は舞台の書き割りだ。

わざわざ洋風の街を作るよりも、日本独自の街を作ればいいのにとも思うが、西洋人は日本文化を数段低いものととらえて、価値を見出す者など少ないだろう。まずは、猿真似と言われようと、西洋人に合わせた街作りをしなければならないのかもしれない。

古《いにしえ》の平泉は、京の文化を取り入れて、訪れる大宮人を驚かせたという。それと同じことだ。西洋にも負けない技術が日本にもあると知らしめた後、日本独自の文化を生かした街を作っていけばいい。

いつまでも猿真似では、日本の誇りが失われる。

平泉はおそらく、それを成し遂げる前に鎌倉に滅ぼされた。

日本はその轍を踏まぬようにしなければならない。

「うん。そうしなければならん」

思わず呟いた。

しばらく黙り込んでいたわたしが急に脈略のないことを口にしたので、中村は驚いたようだった。

「どうしました、原さん」

「いや――。日本は、こういう立派な街を、猿真似ではなく、独自の文化で築いて行かなければならないのだと思いましてね」

「うむ。左様ですなぁ。オランダの街を見てそう思います。かの地はどこまでも平原が続いているので、農業用水の扱いが難しいのです」

「ああ。高低差がなければ、水は流れませんね」

「だから、かの地では風車を用い、水を操るのです。そういう生活の知恵によって生まれたものが、しっくりと風景に馴染んでいる。日本も、東京を離れればそういう風景が続きますが――。東京はいけません」

「あなたもそう感じますか」

「日本の景色にしっくりと馴染む街になってほしいものですな」

「形ばかり真似しても、精神が伴わなければただの猿真似。建物だけならまだいいが、それが思想であれば、目も当てられない歪《いびつ》な社会ができ上がる――。日本はまだまだ三等国なのです。本当に日本らしい街を作るのは、我らがやらなければ」

「我らが――」

中村は怪訝《けげん》な顔をする。わたしたちは外交官にすぎないのだから、それは役目の外だと思ったのだろう。

「気がついた者が始めなければならないということです」

「はぁ。しかし、わたしは建築家ではありませんから……。街作りは政治家の領分ですし……。もしかして、原さんは政治家を目指しているのですか？」

「白河以北一山百文と言われるど田舎の出ですから、政治のなんたるかも知りません」

と、わたしは答えた。

「それは、どういう意味で仰っています？」

中村は眉をひそめて言った。

「白河の関より北は、一山で百文の値打ちしかない――。薩長土肥の者たちが戯《ざ》れ歌で唄っていると聞きました。まったく情けないことで」

「ああ――。その解釈は間違っているようですよ」

「どう間違っているのです？」

「出典は新聞だったか、雑誌だったか失念しましたが、ある人が道を歩いていると、物売りの少年が泣きながら『白河以北一山百文！』と叫んでいたんだそうです。見ると、日本の地図の上に小さい人形を並べて売っている。『どうしたのかね？』と訊ねると、『ほかの人形はよく売れるのですが、白河から北の東北の人形はさっぱり売れず、仕方なく一山で百文と呼びかけているのですが、それでも売れないのです』と答えたそうです」

「なるほど――」わたしは溜息をついた。

「薩長土肥以外の民衆も東北を蔑視していますか」

「原さん。話はまだ続きます」中村は笑みを浮かべながら言った。

「それを聞いた筆者は、こう言って諭したそうです。『今は東北の人形は売れないかもしれない。しかし、栄枯盛衰は世の中の理。いつかは、東北以外の人形が売れなくなり、東北の人形が飛ぶように売れる日も来る』。すると、少年は泣くのをやめて、『白河以北一山百文！』と、元気な声で往来に呼びかけたのだそうです」

その話に、鳥肌が立つほどの感動を覚えた。次いで、目頭が熱くなった。

「そういうことを堂々と、新聞だか雑誌だかに書く者もいるのです。世の中、捨てたもんじゃない――。そういうことが始まりであるのに、薩長土肥の連中は、白河以北一山百文という言葉だけを抜き出して、その意味を歪めて広めているのです」

「そうですか――」まばたきをしながら、涙を散らす。

「白河以北一山百文――。世間が誤解しているのなら、盛岡藩の出のわたしが大っぴらに褒め称えることはできませんが、心の中で誇りにしたいと思います」

「いや、原さんが言えば、聞いた者は皮肉だと考えるでしょう」

「それでは、いずれ別号にでもしましょうか」

「それはいい考えです」

中村は肯いた。

＊　＊

明治十九年（一八八六）の七月二十三日。蜂須賀公使は賜暇《しか》休暇でパリを出た。その裏に何者かの指示があったのかどうか、蜂須賀はついにパリへ戻っては来なかった。

そしてわたしは代理公使を命じられた。

日本から頻繁に大臣やら皇族やらが訪れて、わたしに面会を求めた。フランスの勲章を授かり、箔をつけようというさもしい魂胆である。西郷従道などは、たった数日の滞在で、その国の勲章が欲しいと求めた。うんざりしたが、これも仕事であるから、手は抜かなかった。

貞子の父、中井弘から頻繁に手紙が来るようになった。娘をパリに呼び寄せて、他国を学ばせてほしいというのである。

これは、貞子が父に願ったのだろうと、裏を読んだ。自分から家にいるのは気詰まりだと言い出すのは、わたしに白旗を揚げるようなものだから、父を使ったのではなかろうか。

代理公使という肩書きも得たから、夫人を同伴しなければならない晩餐もある。気楽な独り身の日々を手放すのは惜しい気がしたが、貞子にパリへ来るよう手紙を書いた。

貞子からは『代理公使というお仕事を賜ったのであれば、いたしかたありませんね』と返事があり、パリへ来ることになった。

わたしはベルギーとスイスの臨時代理公使も務めていたから多忙を極めた。にもかかわらず、給料は公使よりも遥かに低い。勉学に励もうと思っても時間がとれない。

再三に渡って正式な公使を派遣するよう求めたが、なかなか決まらなかった。

明治二十年（一八八七）二月、貞子がマルセイユに到着したので迎えに行った。

当時、わたしはまだ賄《まかな》い付きの下宿に住んでいた。日本の、四畳半や六畳一間という安下宿ではなく、少々手狭ではあったが、ちゃんとした居間と寝室や、家具までついた下宿であったから、下宿嫌いの貞子も文句は言わなかった。

忙しい任務の合間を縫って、貞子をパリ観光に連れ出した。初めてのヨーロッパの街を、貞子は喜んだ。その時ばかりは仲のいい夫婦であったが、すぐに貞子の浪費癖が出て、こちらの気分は沈んだ。

六月になって、やっと代理公使の任を解くという命令が来た。だが、新しい公使が着任するまでの間、仕事は続けなければならなかった。

そんな中、井上馨が諸外国に対する条約改正会議がうまく進まずに外務大臣を辞任。後任に大隈重信を推薦したという。しかし大隈はなんやかやと理由をつけて固辞しているらしい。

しかし、明治二十一年（一八八八）二月。ついに大隈重信が外務大臣を引き受けた。

帰国命令はこの年の大晦日に来た。わたしは、不満を口にする貞子を宥《なだ》めながら帰国の準備をした。

第五章　陸奥宗光との出会い

一

明治二十二年（一八八九）二月十一日に大日本帝国憲法が発布された。憲法は国の存立の基礎を形作る基礎法である。これで日本は三等国から脱却する第一歩を踏みだしたのだと、一時、大隈に対する怒りを忘れ感慨に浸った。

わたしと貞子は、二月二十二日にパリを出て、東京に着いたのは四月十九日であった。日本橋の白木屋《しろきや》が洋服を扱うようになっていた。堀を挟んだ向かい側に三越があり、両者は徳川の時代からしのぎを削ってきた呉服店である。横浜まで行かなくても洋服が手に入ると貞子は喜んだ。

帰国後、それまでの家が手狭になったので、麻布市兵衛町《あざぶいちべえちょう》の家を借りて移った。以前は医者が住んでいた家であった。

帰国してすぐに、わたしは農商務省に入った。大隈と井上が相談した結果の処遇だという。農商務省の大臣は井上馨であった。

役職は参事官。友人の齋藤修一郎《さいとうしゅういちろう》が口利きをしてくれたらしい。

齋藤とはパリで知り合った。齋藤は欧州旅行中であったドイツ公使西園寺公望《さいおんじきんもち》のお供で、パリを訪れたのであった。わたしは市内を案内しながら齋藤と親交を深めたのであった。齋藤の方が一歳年上。越前国の蘭方医の息子で、同年代のわたしたちはウマがあった。

黒田内閣になって、農商務相に就任した井上馨が齋藤を帰国させた。そして秘書官と商工局長を兼務させ、実質の右腕としたのであった。

齋藤のおかげで忙しく仕事をし、明治美術会の幹事を務めたり、【埃及《エジプト》混合裁判】という本を上梓したりした。

しかし、十二月に第一次山縣内閣が成立すると、井上は農商務相を辞任し、その辺りから雲行きが怪しくなった。

次の農商務相は、それまで次官だった岩村通俊《いわむらみちとし》が就任した。

土佐藩の陪臣の息子で、岡田以蔵《おかだいぞう》から剣術を学んだという。北海道函館府の開拓判官だった時代には、住民の草小屋を排除するために放火をさせたという噂も聞いた。

明治二十三年（一八九〇）一月、わたしは岩村の秘書を命じられ、住まいを麴町の官舎に移した。

その後が地獄だった。

まったく仕事を与えられないのである。

元々、農商務省は雄藩閥で固められていたのだが、それがますます酷くなったようであった。

給料も減り、来客のためにとった店屋物の代金も支払えない始末であった。

わたしには、天津時代もフランス時代も、それなりに実績を積んできて、仕事は人並み以上にできるという自負があった。

しかし、まるで『お前は無能だから仕事はさせない』とでもいうかのように仕事をくれない。岩村に抗議しても暖簾《のれん》に腕押し。のらりくらりと、適当な理由をつけて逃げる。

政府の中にわたしを嫌っている奴がいて、嫌がらせをしているのだと思った。

すぐに思いついたのは大隈の意地悪そうな顔である。

しかし、証拠もなく大隈の策謀だと決めつけてしまうわけにはいかないので、省内で岩村とわたしに関する噂を集めた。

情報収集は天津、パリ時代に腕を磨いたから造作もなかった。

岩村は次官であった頃、わたしが井上や自分に対して無遠慮に意見を述べることを大いに不満に感じていたという。

わたしを干したのは、大隈ではなく岩村自身の判断だったようだ。

加えて岩村は病のために、休みがちとなった。そのせいで次官が実権を握り、彼にとっても煙たいわたしはますます孤立していった。

善後策を考えつつ、新聞を精読する日々を過ごした。

暇つぶしに浅草に出かけたことがあった。

後に十二階と呼ばれる凌雲閣《りょううんかく》はまだ建設中であった。竣工《しゅんこう》はこの年の十一月からで、日本初の電動エレベーターを備えた塔は、多くの客を呼んだ。少し前までは富士山縦覧場という木造モルタルの富士山の模型が建っていて、その頂上が展望台になっていた。

凌雲閣ができるとその周囲にも様々な商店が建ち並び、中でも銘酒屋と呼ばれる私娼宿が最盛期には九百軒もあったという。

その日は浅草寺近くの料理屋で酒を飲んで帰ったのであった。

悶々《もんもん》とした暮らしが終わりを告げたのは五月。

岩村が辞任して、後任に陸奥宗光が入ったのである。

少し前まで駐米公使であった陸奥は、首相の山縣有朋が〝剃刀〟と呼ばれるほどのその能力を買って日本に呼び戻していたのであるが、大臣の席に空きがなく、冷や飯を食わされていたのだった。

陸奥とは仙台の集治監で面会をして以来であった。

陸奥は、

「君に別の考えがあるか、あるいはわたしを信用できないと思っているならば致し方ないが、そうでなければぜひともわたしの秘書官になってほしい」

と、わたしに留任を求めた。もちろん快諾した。

陸奥は切れ者で先見の明があり、根回し、交渉が上手く、有能な者であれば、その出自にかかわらず登用することができる。そして、必要とあれば冷酷になれる。

政治家として理想的に思えた。

陸奥はわたしの力を認めてくれて、鉄道の引き込み線の問題や、愛媛県の鉱山についてのあれこれ、職員採用に関する諸問題など、色々な仕事を任せてくれた。

七月には参事官を兼任することになった。

そんな中、ずっと家に住んでもらっていた母リツが、鹿児島での任期を終えた兄恭と共に盛岡に帰った。貞子はずいぶんほっとした様子だった。

＊　　＊

七月一日に日本で初めての衆議院議員総選挙が行われたが、すべての国民が投票できるわけではない制限選挙であったために、盛り上がりはさほどではなく、庶民は政治に無関心のままであった。

立候補する者たちも、議員のなんたるかを理解せずに、ただ肩書き、箔を求める者たちが多いように思えた。パリに赴任していた時に叙勲を求めて来た連中を思いだした。

益体もない者が議員となった証が、十一月に開会された第一回帝国議会であった。提案された法案の意味をよく理解もせずに頓珍漢《とんちんかん》な質問を発し、議事が行ったり来たりした。

首相が議員を買収して予算を通過させたという話も聞こえてきた。

陸奥は、議会での質問に文書で回答する場合など、草稿をわたしに任せてくれることもあった。少々過激な内容でも、陸奥はにやりと笑って「これでよし」と言い、ほとんどそのまま文書にした。

組織の中で、個人が十分な力を発揮するためには、その人物の努力だけでは難しい。有能な上司が必要になるということがよく分かった。

部下の力を把握し、それぞれの力量よりも、少し難しい仕事を任せる。それによって部下の力は向上するし、仕事の効率も最大限に引き出せる。なによりも、上司に認められているという意識が、部下たちのやる気を出させる。

今までの上役の、なんと無能であったことか。

陸奥は違った。

まったく気を遣うことなく、自分の力をすべて仕事に向けることができたのである。

通常の仕事のほかに、手に入る新聞は全部に目を通し、農商務省に関する記事に誤りを見つければ即座に訂正を求めた。効率のいい仕事の順番を積み木細工のように組み立てて、急な仕事が入ればすぐに組み替える。そうやって無駄なく時間を使った。自分の実力が遺憾なく発揮されているという感覚が心地よかった。

二

明治二十四年（一八九一）一月頃から体調が悪く、三月に腸チフスであることが分かった。そこで鎌倉に転地療養に出かけたのだが――。

わたしが療養している五月に山縣内閣は総辞職して松方内閣が成立した。しかしうまい具合に陸奥は留任となった。

わたしは鎌倉でその知らせを受け、ほっとした。

そして、五月十二日夕刻。陸奥からすぐに東京へ戻るよう知らせがあった。

滋賀県の大津で、来遊中のロシア皇太子ニコライが、暴漢の襲撃を受けて負傷したというのである。あろうことか、ニコライを襲ったのは警護にあたっていた巡査だという。

背筋が冷たくなった。

ニコライは、シベリア鉄道極東地区の起工式に出席するために、ウラジオストクに向かう途中、護衛のロシア艦隊と共に日本を訪問していた。

今、ロシア艦隊が神戸港にいるのである――。

十分な武力をもたない日本がロシアの報復の攻撃を受ければ、ひとたまりもない。

すぐにでも東京へ帰りたかったが、もう汽車はない。まんじりともせずに一夜を過ごし、翌日、東京へ向かった。

おそらく、外務省は上を下への大騒ぎだろうが、農商務省の職員らも強張った顔つきで、足早に廊下を往き来している。

わたしも早足になって、陸奥の執務室の扉を叩いた。

「原くんか。入りたまえ」

のんびりとした声が聞こえた。

「失礼します」と言って部屋に入る。

陸奥は書類に目を通しながら、机の前に置いた椅子を指差した。

「少し、腰かけて待ってくれたまえ」

わたしは黙って、机を挟んで陸奥と向き合う椅子に座った。

陸奥はすぐに書類を読み終えて脇に置くと、指を組んでこちらに顔を向け、にっこりと笑った。

「なにを慌てているんだね」

陸奥はのんびりと言う。

「逆にお伺いします。なぜそんなに落ち着いていらっしゃるんですか？　神戸にはロシア艦隊が碇泊《ていはく》しているのですよ」

からかわれたような気がして、語気を荒くした。

「ニコライ皇太子は京都の病院に運ばれてね。伊藤さん、井上さん、榎本さんらが大慌てで京都へ向かった。大臣連中は君のように青くなっているよ。けれど、原くん。考えてみたまえ。みんながみんな慌てていてどうする？　まともに頭を働かせている大臣が一人もいなくなったら、政府はどうなるね。周りが慌てているときは、自分だけでも落ち着こうと考えたまえ」

「ああ……。なるほど」

「君は天津やパリで、優秀な情報収集能力を発揮した。今から京都へ行って情報を集め、わたしに知らせてほしい。この任務、君が一番適任だとは思わないか？」

「はぁ……」

陸奥にそう言われると悪い気はしなかった。

＊　＊

貞子を伴って五月十六日の午前十一時四十分発の汽車に乗り、十七日の午前五時に京都に着いた。岳父中井弘の家に荷物と貞子を置いてすぐに出かけた。

中井弘は明治十七年（一八八四）から昨年まで、滋賀県知事を務めていた。在任中であれば大変なことになっていたと苦笑しながら、送り出してくれた。

わたしは京都に滞在中の伊藤博文、井上馨、榎本武揚らを訪ねて、状況を訊いて回った。

十八日までに、おおよそのことが分かった。

京都から滋賀へ琵琶湖見物に出かけたニコライ一行が、人力車で大津の町を通過しようとした時、警備担当の滋賀県警察部巡査の津田三蔵《つださんぞう》なる男が、サーベルを抜き放ちニコライに襲いかかった。津田は同行していたギリシャの王子ゲオルギオスと車夫らに取り押さえられた。

ニコライの怪我は頭部に三寸ほどの刀傷で、命に別状はない。現在は京都の常盤ホテルで療養している。

小国の日本人が大国の皇太子を傷つけた一大事に、天皇の京都行幸、ニコライの見舞いがすぐに決定。十二日に新橋を出発。同日夜に京都に到着。ニコライの侍医が当夜の面会を断ったので、十三日にあらためて見舞った。

恐れていたロシア側の態度は、おおむね好意的で、迅速な日本政府の対処や行動に感謝の意を表している。

『巡査、ロシア皇太子を斬る』という知らせはあっという間に国内に広がって、ほとんどの国民がいつロシアが攻めてくるかと怯えていた。全国の寺社や教会でニコライの怪我平癒の祈禱《きとう》が行われ、見舞いの電報の数は一万通を超えたという。犯人の名である〈津田〉や〈三蔵〉の名を使うことを禁じた条例を成立させた村もあったという。

戊辰の戦など比べものにならないほどの戦が起こると、庶民は一時震え上がり、混乱のどん底に落とされたが、どうやら戦にはならないらしいと胸を撫で下ろした。

幼い頃のことを考えると隔世の感がある。当時、情報の伝達は早馬に頼るしかなかった。大坂の商人は米相場を知るために鳩を使って手紙のやり取りをしていたそうだが、それさえ現在の電信にはかなわない。

関西で起こったことが即座に東京に伝わり、それがあっという間に全国に広がる。

また、東京から京都まで徒歩で十数日の旅が必要だった。しかし今は汽車を使い、一晩で到着することができる。

わたしは知り得たことを逐一電報で陸奥に知らせた。

他府県の騒ぎは聞こえてきたが、京都市内は思いのほか静かであった。ただ静かなのではなく、ぴんと張りつめた緊張を感じた。

ニコライがホテルに滞在している間、まさに京都は騒動の中心地であり、人々は、少しでも騒ぎ立てれば事態が雪崩《なだれ》を打って悪い方に流れていくとでも考えているかのようであった。

ニコライは十九日、神戸から出帆。長崎へ向かった。

途端に、京都市内は賑やかさを取り戻した。喉元過ぎれば熱さを忘れる――。わたしは苦笑した。だが、これくらいの切り替えができなければ世の中は回っていかないだろうとも思った。

翌日、帰京するようにとの電報が届いた。

二十一日、外相の青木周蔵《あおきしゅうぞう》を残し、大臣、議員、官吏らは東京に戻った。

わたしは、いろいろと雑事を片付け、二十一日に東京へ向かうつもりでいたが、思ったよりも手こずって、その日の汽車を逃してしまった。

貞子はわたしの手際の悪さをなじりつつも、実家にもう一泊できるのは嬉しいようだった。

三

二十五日。陸奥宗光の元に、報告に赴いた。

「ご苦労だった」

陸奥は満面の笑みで執務机から立ち上がると、安楽椅子に移り、わたしに長椅子をすすめてくれた。

「失礼します」

腰掛けると、陸奥は脚を組んで、

「この件、どういう落としどころになると思う?」

と、なにやら楽しそうに訊いた。

津田三蔵の死刑ということで幕が引かれるだろうと思っていた。だから、人が死んでしまう結末を面白そうに問う陸奥に、少しばかり腹が立った。ロシアの皇太子を襲い、日本を滅亡の危機の縁に追い込んだ者だとしても、人の死は軽々しく笑い話にするものではない。

わたしはあえて不機嫌な口調で、

「わたしの調べでは、津田がなぜニコライ皇太子を襲ったかなど、警察の情報はありませんので、なんともお答えしかねます」

「津田は、ロシアが北海道の北の諸島に関して強く出てくる態度を気に食わないと考えていたそうだ。それから、西郷隆盛が西南の役を生き延び、ロシアに逃れていて、じつはニコライと共に密かに日本に帰ってきたという噂が囁かれている。津田はそれを真に受けて、『もし西郷が生きていれば、西南の役はまだ終結しておらず、自分が西南の役で得た勲章が奪われてしまう』と思ってニコライを襲ったのではないかと言う警察関係者もいた」

「動機は分かりました」

わたしは言った。まったく短慮としかいえない動機である。

「早まるな。まだ先がある。皇太子の来訪は実は日本の軍備を調査するためのものであり、シベリア鉄道はアジア全土に勢力を広げる準備であるとみる政治家もいる」

「つまり、政府の何者かの命令を受けていたと？」

「もしそうならば、命じた奴は相当のぼんくらだがな――。しかし、津田は皇太子を殺すつもりはなかったそうだ」

「殺すつもりはなかったとしても、ロシアの皇太子を襲い、怪我をさせたのです。極刑は免れないでしょう。きっと、シェービッチ公使は死刑にせよと政府にねじこんでいるでしょう」

ロシアのシェービッチ公使は、大国ロシアを笠に着て、いつも日本政府に対し高圧的な態度をとる嫌な奴であった。

「きっと、伊藤枢密院議長、松方首相や西郷従道内相、山田顕義《やまだあきよし》法相は顔色を変えて死刑にするよう司法省に働きかけているでしょうね」

「その読みはいいな。皇太子の気持ちの方はどうだろう？」

「演技なのか、大人物なのかは分かりませんが、いたって冷静だそうで。手当をしてくれた医師や看護婦、助けてくれた車夫などにも礼の言葉を言っていると聞きました」

「ふむ。事を荒立てたくはない様子だということだな」

「しかし、日本側はそういかないでしょう。警備の巡査が凶刃を振るったのですから」

「しかしね、原くん。君も司法学校で学んだのだから、こういう場合、法律上どうなるのかは分かっているだろう？」

「はい――」

わたしは口ごもる。正式な判断をすればどういうことになるのかは分かっていたが、政府がどういう対処をするかを予想して語った。

「おそらく、刑法一一六条の、天皇、皇族に対する大逆罪を適用して、死刑を言い渡すことになるでしょう」

「いやいや、原くん。ニコライはロシアの皇太子であって、日本の皇族ではないよ。その場合、どうなるか言ってみたまえ」

「はい――。他国の王族、貴族が襲われた場合の法律はありません。つまり、今回の件は、民間人が襲われた場合と同じ扱いになります。津田が皇太子を殺すつもりはなかったという話を無視したとしても、刑法二九二条の謀殺未遂罪となり、最高刑でも無期懲役です。津田の言い分を認めるとすれば、傷害罪にしかなりません。しかし、それではシェービッチ公使が納得しません」

「シェービッチなどどうでもいいのだ。日本の法律に照らし合わせて、どう処罰するのが正しいかが重要なのだよ」

「ですが、戒厳令を布《し》けば立法、行政、司法が軍の機関に委ねられます。他国の要人を襲った者は死刑という法律だって作れます」

「自分たちの都合によって法律を曲げるのは正しいか？」

「いや……。それは正しくはありませんが……。津田を死刑にしなければ、収まりがつかないでしょう」

「誰かの首を刎《は》ねて事を収める。まるで徳川の時代に逆戻りだな」

その言葉に、わたしははっとした。

徳川の時代、盛岡藩は――、いや盛岡藩ばかりではなく、日本中の諸藩は侍の都合で法度を作り、そして作り替え続けてきた。そして、徳川の顔色をうかがい、自藩をお取り潰しにされぬよう、厄介事が起これば誰かの首を刎ねて事を収めた。

いや、そういう収拾方法ばかりではなかったろうが、藩の危機となれば、なりふり構わずそういうことをした。

武力によって多くの命を奪い、多くの者を路頭に迷わせてまで旧勢力を排除し、新しい世を作るのだと息巻いていた明治政府が、自分たちが否定した政と同じことをしていたのでは、話にならない。

「そんなことを通してしまえば、法治国家など夢のまた夢。これから先も、なにか政府に都合が悪いことが起これば、躊躇《ためら》いなく法を曲げることになるだろう」

確かにその通りだ。けれど――。

「しかし、津田を死刑にしなければ、今度こそロシアが攻めて来るかもしれないですよ。ちょっとしたことに因縁をつけて、他国に侵攻し、自国の領土とするのは大国の常套《じょうとう》手段です。天津時代にフランスの植民地政策をよく見て来ました」

「さて、どうだろう。日本の法律では津田は死刑に値しない。それを分かっても、ロシアがごり押しして来ると思うかね？　皇太子が負ったのは命に関わらないほどの切り傷だ」

「うーむ」

渋々肯いた。

「それに、日本を手に入れて、ロシアにどれほどの利益があるだろう。もし日本に手を出せば、現在日本と条約を結んでいる欧州諸国が黙ってはいないだろう。不平等条約も少しは役に立っている。あちこちの国と条約を結んでいるから、どこかが抜け駆けをすると他国が黙っていない——。日本という国は、やっと世界の中に登場したばかり。一方、ロシアは堂々たる大国だ。鷹揚に対応した方がなにかと得だ。日本に恩を売ることにもなる。だから、日本が下手に出れば、ロシアが攻めて来ることはない」

「ロシアが津田の引き渡しを求めて来たら？」

「日本で起きた事件は日本で解決すべきだと押し通せばいい。なんでもかんでも下手に出れば、足元を見られる。もっとも、三寸ばかりの傷で大騒ぎをしたのでは、向こうも面目が立たない。皇太子もそう思って騒ぎ立てないのだろうよ。シェービッチは余計なことをしているのさ。大国を笠に着て威張るなと、そのうちきついお叱りがあるだろうよ」

陸奥は紙巻き煙草を吸いつけて、美味そうに煙を吐いた。

「原くん。君も、辺りが大騒ぎしていたら、落ち着いて周囲をよく見回せるような男になりたまえよ。逆に、辺りがのほほんとしていたら、一人だけでも大騒ぎできるような男にね」

陸奥の言葉の意味はよく分かった。誰も彼もが慌てていては事態は収拾しない。しかし、今回の件は自分が慌てていたから、癪《しゃく》に障る助言であった。

「精進します」

わたしは乱暴に長椅子を立つと、執務室を辞した。

＊　　＊

大津事件は、おおむね陸奥が言ったように進んだ。

政府は、津田は死刑にすべきという派と、日本の法に照らせば死刑にはできないという派に分かれた。

ただ、両派ともいち早く幕引きをしようという考えは同じだったようで、本来なら最初は滋賀の裁判所で審議が行われなければならないところを、すっとばして大審院に送られた。

大審院は最上級審の裁判所である。

審理も素早く進んで五月二十七日、津田は謀殺未遂罪を適用されて無期懲役を言い渡された。

青木外相がシェービッチ公使と取り交わした、津田を死刑にするという内容の密約が明らかになり、政府内はもめた。

青木が、『伊藤博文と井上馨の指示で密約を交わした』と言えば、伊藤は『そんなことは言った覚えはない。疑われるなら枢密院議長を辞する』と返し、青木は『伊藤と井上の首がとぶ手記をもっている』と恫喝《どうかつ》した。

結局、青木周蔵と西郷従道が責任を取らせられて辞任。理由は病気となっていたが、六月に司法大臣の山田顕義が辞任したのは、この件との関わりであったろうと囁かれている。

ロシア側は死刑を求めていたが、判決が出るとそれ以上の申し出はしなかった。武力で報復されることも、賠償を請求されることもなく、大津事件は幕引きとなった。

内閣による司法への干渉や、戒厳令を布いて法律を変えてでも津田を死刑にしようという動きがあったこと、手続きをすっとばして大審院で審理を行うなどの事例から、立法・司法・行政の独立性――三権分立についての議論が高まったのであった。

九月三十日。津田三蔵は急性肺炎となり獄死した。何者かの命令で謀殺されたのだという噂もあったが、定かではない。

四

松方内閣は、実質、伊藤博文や井上馨が操っていた。庶民にもそれは見え見えであったから、元老らが牛耳る松方内閣を〈黒幕内閣〉と呼んではばからなかった。

松方首相に指導力が乏しいために、大臣らは好き勝手な言動を繰り返すので、陸奥宗光は伊藤博文、伊東巳代治《いとうみよじ》らと相談して内閣の意思を統一させるための政治部を設立した。部長の候補者が固辞したために、陸奥が就任することとなった。

しかし、各大臣が重んじるのは自分の利、派閥の利であり、政治部が決めた規定を守らない者が多かった。陸奥が規定の順守を求めると『ならばお前が大臣をやれ』と、子供の喧嘩のように返して来る者までいた。

結局、規定の実行を強く求めるのは閣僚らの関係を悪くするという理由で、陸奥は部長を辞任した。

間もなく議会は解散し、伊藤博文は自らの政党を組織するとして枢密院議長を辞任。品川弥二郎《しながわやじろう》内相も第二回衆議院議員選挙のおりに、警察を動員して選挙干渉をし、死者二十五人、負傷者三百八十八名を出した責任を取って辞任。陸奥は病を理由に辞任し、わたしもそれにつきあった。

三月の末に、朝鮮弁理公使と農商務省局長に就任してほしいという話もあったが、蹴った。陸奥に男気を見せたから、彼が表舞台に返り咲いたなら、必ず声をかけてくれるだろうという下心もあった。しかし、なによりも、わたしは陸奥という人物を尊敬していたし、その下で働くことに喜びを感じていたのだった。

明治二十五年（一八九二）八月八日。第二次伊藤博文内閣が発足し、陸奥は外相となった。わたしには通商局長の席が用意された。

＊　＊

明治二十七年（一八九四）の春、日本と清国との関係を一気に緊張させる事態が起こった。

朝鮮全羅道《ぜんらどう》の古阜郡《こふ》の農民たちが蜂起したのである。中心になったのは仏教、道教、儒教を総合した宗教団体〈東学党《とうがくとう》〉の者たちだった。東学党は、階級社会を否定し、閔政権の打倒と、日本人の国内からの追放を叫び、叛乱《はんらん》は全国に広がっていった。後にそれは、甲午《こうご》農民戦争と呼ばれる。

朝鮮は清国に援軍を要請した。

清国は、朝鮮は属領であるから、保護しなければならないことを理由に、出兵を決定。

日本は、朝鮮が清国の属領であることを認めず、朝鮮内の日本人を守るために日本軍の出兵を決定した。

その提案は陸奥宗光からなされたのだった。

わたしは議場から外務省へ向かう馬車の中で、陸奥に問うた。

「伊藤首相は出兵を渋ったのに、なぜ大臣は強硬に主張したのですか？」

陸奥は、向かい合って座るわたしにゆっくりと目を向けて訊いた。

「戦は嫌いかね？」

「大臣はお好きなのですか？」

質問に問いで返した陸奥に、わたしは質問で返す。

「嫌いだ」

「ならばなぜ？　話し合いでなんとかすることもできましょうに」

「明治となって二十七年。そろそろ、二つのことをしなければならない時期が来ている」

「二つのこと？」

「分からないかね？　一つは試しだ」

陸奥は面白そうに言う。

必死で考えを巡らせた。

「今の軍備が十分であるかどうかの試しですか？」

「民党は、事あるごとに軍事費の削減を求めてくる。しかし、日本と諸外国の考え方は異なっている。鏑矢《かぶらや》を放ち、名乗りを上げた後に合戦が始まるという日本の常識を最初に打ち破ったのは、博多に攻め込んできた蒙古軍であった。であるのに、その教訓を生かせず、慶応《けいおう》には薩長が外国相手に喧嘩を売って痛い目を見た。今また、軍事費を削減せよなどという世迷い言を主張している。日本は己の力で身を守らなければならないということを連中は理解していない。いや、他国の軍事力を甘く見ているのだ。一度、戦をしてみなければ、連中の目は覚めない」

「清国と戦って負けなければ、ということですか？」

わたしは顔が冷たくなるのを感じた。そんなことになれば、清国は日本を自国の属領と主張することになる。

「負けるとは思っていない。そこで、今しなければならないことが立ち現れる」

「つまり――、日本が清国に勝ち、もはや小国、三等国ではないということを世に知らしめるということですか？」

「ご明察」と陸奥は手を叩いた。

「戦は嫌いだ。多くの兵が死んでしまうだろうことも胸が痛む。しかし、国家としてやっておかなければならないことなのだ。そうでなければ、日本はいつまでも三等国のままだ」

「しかし……」

「いいかね、原くん。西欧諸国の者たちは、綺麗な服を着て上品な立ち居振る舞いをしているが、その中身は血まみれの剣を振るっていた時代となんら変わらない。隙あらば相手の寝首を掻き斬って自国の領土を増やしてやろうという野蛮人なのだ。彼らはまだ、衣食が足りていないのだよ」

少し前にわたしが薩長土肥の者たちに感じていたことを、陸奥は欧米人たちに感じている――。

「そういう連中を抑止するには、こちらが侮れない存在だということを知らしめるのが一番。喧嘩が強い奴に喧嘩を売ってくる者は少ない」

「けれど、相手は強いから仲間を集めてやっつけようと考えるかもしれませんよ」

「まだまだ敵と利害を分け合おうという気持ちは持っていないさ。それを持ち始めた時に喧嘩が強いふりをするのは大馬鹿者だがね――」陸奥は言葉を切って小さく首を傾げた。

「確か、君ではなかったかな。昔、恩人に『目的を達成しようと思うならば手段を選ぶな』と言われたと話していたのは」

「たぶん、わたしです。盛岡藩の家老、楢山佐渡さまのお父上からいただいた言葉です。庭の砂を顔に浴びせられた後に」

苦笑しながら答えた。

「ああ、最後の手合わせで汚い手を使われたのであったか」陸奥は笑った。

「清国には気の毒だし、戦は嫌いだが、この戦は日本が世界に認めてもらうための足掛かりとなる。わたしは不本意ながら、朝鮮への出兵、そして来るべき清国との戦に力を入れる。わたしが許せる汚い手の範囲内だからだ。もし、必要だと思っても、わたしの流儀から大きく逸脱するのならば、手は出さない。君もそうして構わないよ」

「と仰せられますと？」

「君にはこの件でも片腕として働いてほしい。けれど、君の信義に反するというのであれば、やれと命令はしない。もちろん、拒んだとしても閑職に飛ばすようなことはしないから安心したまえ」

「日本が世界に認められるためには、政治家たちは綺麗な手のままではいられないということですか」

「そうだね。洗っても落ちない血で真っ赤になるだろう。そういう礎の上に、恒久的な平和の世が築かれる。残念ながら、我々がそれを見ることはないがね」

「分かりました。戊辰の戦で血も涙もない殺戮《さつりく》をした者たちが、今さらそれを厭《いと》うのは、今の贅沢と享楽を失いたくないからでありましょう。そういう連中を修羅の場に引っ張り出してやりましょう」

「原くん」陸奥は眉をひそめた。

「君はまだ、戊辰の恨みを捨てていないのかね」

「わたしだけではありませんよ。賊軍とされた藩の者たちは、顔で笑って明治政府に従ってはいても、腹の中に暗く重いものを持ち続けています」

わたしは言葉を切った。楢山佐渡さまが処刑された日のことがありありと思い出されたからである。そして、はっとした。

すっかり忘れていた——。

忙しすぎたのか、あるいは、思いが遠く離れてしまったのか——。

わたしの背に冷たいものが走った。

「どうかしたのかね?」

しばらく沈黙したのを心配したのだろう。陸奥がわたしの顔を覗き込んだ。

「今年わたしは、楢山さまが亡くなった年齢になりました」

その一言で、陸奥はこちらの心中を色々と想像したようであった。余計な言葉を差し挟まず、

「そうかね」

とだけ言った。

楢山さまは、わたしと同じ歳で盛岡藩の藩政改革を力強く牽引していた。

わたしはと言えば、官吏として政治家の下働きをしている。

楢山さまがなし得なかった、政府の中枢に入り込むということだけはできたが、未だ雄藩の者たちは藩閥を作ってのさばっている。

「まだまだです……」

わたしが溜息をつくと、陸奥は、

「楢山どのがあの時生き延びたとして、すぐに新政府で活躍できたと思うかね? しばらくの間は盛岡の町さえ歩けなかっただろう。いや、一生、身を隠して暮らさなければならなかったかもしれない。あの頃の新政府の中で、どれだけ彼の力を見抜いていたか——。見抜いていた者がいなかったから、楢山どのは死ななければならなかった」

と言った。

楢山さまが盛岡へ身柄を移されると決まった時、わたしを含めた大勢が、真剣に楢山さまのお命を救うことを考えた。生き延びさえすれば、いつの日か新政府に一矢報いる機会も訪れるのではないかと考えた。

だが、今にして思えば、陸奥の言う通り、亡くなるまで隠遁《いんとん》の生活を続けなければならなかっ

た可能性の方が高い。

「しかし、君は楢山どのの亡くなった歳で、政府の中にいる。『まだまだ』ではなく、『これから』だと思わないかね？」

陸奥は優しげに微笑んだ。

「そうですね。いずれ、時が来ればわたしがこの手で戊辰の戦の無念を晴らします」

「どうやって？　また戦を起こすか？」

陸奥は眉をひそめた。

「まさか」わたしは苦笑した。

「若い頃はそのようなことも考えましたが、今は無益なことだと分かります。ただ、名誉を回復するのは戦の勝利だけではないと考えます――。ああ、もちろんこれは、対外国には当てはまらない考え方です。しかし、日本人相手なら、戦に頼らぬ方法があると、漠然と感じているのです」

「そうか。どういう手を使うのか、楽しみにしているよ」

陸奥は言った。

＊　＊

六月、甲午農民戦争は、農民側と閔政権の間で和解の条約が締結されて終わった。朝鮮は、出兵していた日本と清国に撤兵を求めた。

日本政府は清国に、不安定な朝鮮の内政を両国で改革することを提案する。清国の合意がなければ、日本単独でそれを行うことも付け加えた。

けして褒められた手ではないとは思う。清国が首肯するわけはないから、明らかな挑発である。

清国からは、朝鮮の内政は朝鮮が改革すべきであって、他国が口を出すべきものではなく、甲午戦争が終結しているのだから、軍を撤退させるべきであると回答があった。

しごく真っ当な回答であるが、日本はそれを拒否し、朝鮮国内で兵の移動を行った。

日本政府は、朝鮮政府に『朝鮮は清国の属国であるか否か』と問う。

汚い質問である。もし、属国であると答えれば、自国の主権を放棄することとなる。また自主国であると答えれば、日本の罠にはまることになる。

朝鮮は自国の面目を守るために、自主国であると回答した。

朝鮮が自主国ならば、自国の属領であるとしていつまでも駐留する清国軍は朝鮮の敵である。ならば、日本軍が攻撃し、駆逐するべきである——。清国と戦闘状態に入るための詭弁《きべん》である。

日本が三等国から抜け出すためには、このようなことまでしなければならないのか。

弱い国ならば、自国の領土に取り込む。

強い国ならば同盟を結ぶが、寝首を掻く好機を狙う。

それでは我が国の戦国の世となんら変わらない。やはり、世界はまだまだ野蛮なのだ。

だが、それが世界の価値観であるならば、仕方あるまい。

わたしは苦い思いを噛みしめ、そしてふと思った。

戊辰の戦の時にもこのように苦しんだ薩長土肥の者はいただろうか？

世界が、新しい世への過渡期であるならば、あの時、日本も新しい世への過渡期であった。

ならば、戊辰の戦も仕方がなかったことだというのか——。

＊　　＊

日清の緊張に、他国も動きを見せた。

まずロシアが日本に朝鮮からの撤兵を求めた。

そのロシアは、混乱に乗じてアジアに侵出しようとしていると読むイギリスは、日清に仲裁を申し出た。

そんな中、日本は、朝鮮に関する権利を同等にするよう清国に求めたが、清国は日清両軍の同時撤退を提案する。

七月二十三日。日本軍は漢城に入り、朝鮮王国の宮城を包囲。朝鮮軍との短い戦闘の末、王宮を占領した。そして、高宗《こうそう》王を捕らえ、興宣大院君を立てて新政府を成立させた。

日本軍は、興宣大院君に、清国軍を撤退させる要請を出させる。

これで、日本軍が清国軍と戦う大義名分ができたのだった。

七月二十五日、豊島《ほうとう》付近の海上で日本の連合艦隊と清国艦隊が遭遇、戦闘が勃発した。

清国艦の多くが沈没、大破して、残った艦船は逃走した。

この時、清国兵を輸送中のイギリス船籍の商船も撃沈し、さらに戦闘が宣戦布告前であったことをイギリスが問題視し、日本に反発する世論が巻き起こった。

その知らせはすぐに外務省に入った。

「厄介なことになりましたね」

と言うわたしに、陸奥は冷静な口調で答えた。

「いや。厄介なことにはなっていないよ」

「でも、イギリスが騒いでいますよ。これじゃあ、イギリスまで敵に回すことになります」

「もうじき騒ぎは収まる。沈んだイギリス船のイギリス人は日本艦が救出している。今度はそれが褒め称えられるさ」

「それは楽観的に過ぎませんか」

「国際法に照らし合わせれば、日本艦の攻撃は、妥当だ。戦闘開始は、宣戦布告後でなければならないという規定はないからね」

「ああ――」

確かに陸奥の言う通りであった。

「今起こっていることの表層ばかり見ていると、次の一手を見誤りますね」

反省して唸ると、陸奥は嬉しそうににっこりと笑って「その通り」と応えた。

＊　＊

七月二十九日。成歓《せいかん》駅付近で、清国軍と日本軍の戦闘が勃発した。

八月一日。日清両国は互いに宣戦を布告した。

日本と朝鮮は〈大日本大朝鮮両国盟約〉を締結し、朝鮮は日本軍を支援することになった。

九月十五日、平壌《へいじょう》で清国軍と交戦。翌日の深夜、清国軍は平壌を脱出。日本軍が占領した。

九月十七日、黄海で海戦。清国艦隊は大打撃を受け、戦力は大いに低下した。

そしてこの年の十月、京都府知事であった岳父中井弘が、執務中に脳出血で倒れた。

二日にその知らせがあり、わたしと貞子は見舞うため急ぎ三日から京都に赴いた。

昏睡に陥った中井とは、ついに一言も言葉を交わすことができなかった。貞子との不仲は耳に入っていた様子であったことは、中井家に近い者たちから聞いていた。『育て方を誤ったばかりに原くんには迷惑をかける』と悔いていたというから、わたしと貞子の顔を見れば心を乱したであろう。死の間際にそういうことにならず、かえってよかったのかもしれない。

貞子はといえば、黙ったまま痛ましげな眼差しを父に向けるばかりで、医師が臨終を告げても表情を崩すことはなかった。

中井は癖のある人であったから、親娘の確執もあったであろう。その胸中には様々な思いが渦巻いていただろうが、その横顔からはなにも感じ取ることはできなかった。そして、その思い出は、ついにわたしに語られることはなかった。

東京から名医を呼び寄せて治療にあたらせたが、そのかいもなく中井は十日に没した。

五

清国から講和のための使節団が訪れるという知らせがあり、陸奥は広島に赴いた。第八回の議会が開かれ、外相の陸奥の代理として林次官が出席し、わたしは政府委員に任命されてそれを補佐した。

明治二十八年（一八九五）。

二月三日に清国から二人の使節が訪れたのだが――。全権委任状に不備があるという理由で、日本側は交渉の卓につくこともなかった。使節は目的を果たせず帰国した。

三月十九日。清国の講和全権大使として李鴻章が来日した。わたしが天津でたいそう世話になった人物である。

二十四日。その李鴻章が暴漢に襲われた。

顔に銃弾を受けたが、一命は取り留めた。

その知らせが届いた時、わたしはすぐさま見舞いの電報を送った。

ニコライ暗殺未遂といい、今回の件といい、気に食わぬ奴がいれば殺そうとする短絡した論理を持つ者たちがいる。攘夷を叫んで勤王派の者たちをつけ狙い、斬り殺した者たちの狂気の血を受け継ぐ連中である。

恐らく李鴻章暗殺未遂によって、日本は、欧米の国々の非難を浴びるだろう。せっかく有利に運ぶはずだった講和の条件を、緩めざるを得ない事態となる――。

旧来の友人が凶弾に倒れたというのに、わたしはまた、国の損得を考えている。と、苦いものを感じたのだった。

＊　＊

四月十七日。当初の目論見よりも賠償金の額などわずかに減じたが、日清講和条約が調印された。

しかし、同月二十三日、ドイツ、フランス、ロシアが、遼東《りょうとう》半島を日本の領土とすることに対して抗議をし、清国への返還を求めてきた。

わたしは、講和会議を終えて京都に滞在していた陸奥に、三国以外にほかの欧州諸国も招き、会議を開いて日本の立場を明確にすべきという意見書を送ったが、『かえって敵を増やすだけだ』と、却下された。

結局、三国との戦争になれば日本は負けると判断。日本は干渉に屈し、遼東半島の返還に応じた。

八月に、日清戦争の論功行賞があり、陸奥や西園寺から、わたしも功労の申し立てをするようにと勧めがあった。しかし、鉄砲を持って戦ったわけではなく、一介の役人として働いただけであるから、恩賞を受けるほどのことはしていないということで、固辞した。

十月。朝鮮で暴動があった。乙未《いつみ》事変である。

閔王妃は、親ロシア派と結託して朝鮮から日本の勢力を一掃しようと画策していた。朝鮮王の父、大院君はそれを好ましく思っていない。また、日本側にとっても面白くない動きであった。そこで、公使の三浦梧楼《みうらごろう》、軍事顧問の岡本柳之助《おかもとりゅうのすけ》らが大院君と手を結び、朝鮮親衛隊や日本守備隊、日本人壮士らと共に王宮に乱入し、閔王妃を暗殺したのである。

朝鮮王高宗は激怒し、朝鮮政府をロシア公使館へ移した。

日本公使館が焼き打ちに合い、在朝鮮の日本人の身に危険が及んだ。

この暴挙に日本政府は慌てて、三浦公使を逮捕、小村寿太郎《こむらじゅたろう》を弁理公使として送り、事態の収拾に当たらせたが、高宗の怒りは収まらず、再三に渡ってロシア公使館から王宮へ移るよう求めても、首を縦には振らなかった。

＊　＊

明治二十九年（一八九六）。

五月三十日。

労咳（肺結核）を患っていた陸奥宗光は、外相の職を辞して療養に入った。西園寺公望《さいおんじきんもち》文相が臨時外相を兼務した。

六月二日、大磯《おおいそ》に別宅が完成した。

気候風土が気に入って立てた別宅であったが、大磯で養生する陸奥を見舞うのにも便利になった。

七月、わたしは台湾事務局の委員を命じられ、早速、台湾統治に関する意見書を提出した。台湾を植民地とみなさず、総督は文官から出すべきである――。欧米諸国からの非難を回避するためということもあったが、わたしは、戊辰戦争の敗戦後の盛岡に暮らし、占領される側の気持ちは痛いほど知っていた。

また、三閉伊一揆の後、民百姓と膝を交えて話し合いをすることで改革を進めていった盛岡藩の侍たちの姿を見ていた。

民が、政を司る者を『ありがたい』と感じることができる統治こそ理想だと思う。

そして十月、わたしが全権公使として朝鮮に渡ることとなった。

＊　＊

朝鮮での仕事は想像以上に過酷であった。

高宗は頑なであったし、国民の多くが日本人を敵と見ていた。朝鮮政府もわたしが更なる悪事を日本政府から命じられているのではないかと疑心暗鬼にかられ、監視の者を張りつけた。

けれど、高宗が王宮に移らないのは、ロシアが裏で操っているからだという噂がまことしやかに語られるようになったためであろう、急に態度の軟化が見られた。

朝鮮に渡って九日目。高宗との謁見が叶った。

せっかく朝鮮にいるのだから、暴動煽動の後始末だけでなく、両国にとって利益になる事業を進めようと、わたしは鉄道の敷設を政府に提案した。アメリカやフランスも鉄道敷設の動きを見せていたので、できればそれに先んじられればと考えたのだったが――。

わたしは一時帰国をして、今までの経過を報告したいと西園寺臨時外相に電報を打った。結局、西園寺からは、『帰国には及ばず。文書で報告されたし』と返信があり、最終的には、外相に就任した大隈重信から帰国するようにという命令が届いた。

朝鮮での激務と、大隈が外相になったという件、そして相変わらず酷い癇癪《かんしゃく》を起こす貞子に対する心労も加わり、それらが祟《たた》ったのか、ある宴席で卒倒するという失態を演じてしまった。医者からは酒と煙草を禁じられた。酒は晩酌時に葡萄酒一杯に減らした。しかし、煙草はなかなかやめられるものではなかった。

わたしと貞子は十月の始めに朝鮮を出て、十二日に東京に着いた。

六

芸者遊びはよくしたが、明治二十六年頃からつき合いのある菅野浅《あさ》とは長続きをしていた。浅の父の出身が隣藩、仙台藩江刺《えさし》、岩谷堂《いわやどう》であったので、なにかの宴席で話が弾み、親密になっていったのだった。

二年後、生活の援助をすることにした。有り体に言えば〝囲った〟のである。

貞子との離婚を決意し（結局、離婚には至らず、別居ということに収まったのだが）浅を家に入れると心を決めた時、わたしは盛岡から母を呼んだ。新しく妻となる（ずいぶん先の話になってしまったが）浅に引き合わせたいと思ったからである。そして、病気を理由に婚家を出されて傷心の中にいた兄の娘栄子を慰めようと声をかけていた。

明治二十九年（一八九六）十二月二十二日。初めて母と対面する時、いつも泰然としている浅が、明らかに緊張している様子だったのが面白かった。

母は浅をたいそう気に入ったようで、身を乗り出しながら質問を連発した。東京者にはなかなか聞き取れない盛岡弁である。しかし浅は浅草の生まれながら、父は隣藩、仙台藩の出である。盛岡藩と仙台藩の言葉には似通ったところがあるから、幼い頃から父のお国言葉を聞き慣れていたのだろう浅は、母の言葉を解するのに苦労しなかった。

しかし、浅が正式にわたしの妻となるまでに、十年ほどの歳月を要した。

わたしは、後の人々にも役に立つようにとずっと日記をつけ続けていた。しかし、この先の貞子とのことについては、かなりの記述を削除した。後に起こる一大事まで含めて何人かの人に迷惑がかかるからである。

七

明治三十年（一八九七）八月十二日、東京に移っていた陸奥宗光を訪ねた。佐土原《さどはら》町に建つ、二階建ての西洋館である。

すぐに亮子《りょうこ》夫人が厳しい表情で現れた。

彫りが深く、西洋絵画に描かれる女性のような美貌である。日本の社交界では鹿鳴館の、陸奥が駐米公使であった時にはワシントン社交界の華と呼ばれ、その顔を覗きに来る大臣、議員たちが引きも切らなかったという。前身は新橋芸者で、気っ風《きっぷ》がよく、聡明な女性であった。

「ちょうど今朝、大阪に電報を打ったところでした」

「陸奥伯の具合が？」

わたしが訊くと、亮子は肯いた。

「衰弱が酷いのです」

大阪に滞在中に容体を問い合わせる電報を打った。その時には『特に変わりはない』との返事であったが――。

「電報の返事を出した時にはよかったのですが、ここ一日、二日で急に衰弱が進みました」

「面会は叶いますか？」

わたしの問いに、亮子は首を振った。

「そうですか。では、出直します」

医者でもない者が長居しても迷惑なだけである。一礼して陸奥邸を後にした。

十四日も面会は叶わず、十六日、少し具合がよくなったとのことで、短い時間、面会が叶った。

寝所に入ると、陸奥は起きあがろうとし、すぐさま看護婦がそれを助けようとしたが、そばにいた亮子が先に陸奥の背中に腕を回した。

「あっ、そのままで」

寝ているようにと促したが、陸奥は聞かなかった。

「横になっているのは飽きた」

と陸奥は笑ったが、病に窶《やつ》れた顔は、もはや余命幾ばくもないことを如実に現していた。

「二度も来てくれたのに、会えずにすまなかった」

陸奥は頭を下げる。

「こちらこそ、ご都合も考えず、連絡もなしにお訪ねしてしまい、失礼しました」

亮子は「よろしくお願いしますよ」とわたしに言って看護婦を促し、部屋を出ようとした。

残された時間が少ないことは、陸奥を側で見ている亮子が一番よく知っているはずである。ならば、一刻でも長く側にいたいと思っているのだろうが――。政治に関わる話があるのだろうと、気を利かせたのだ。

「奥さま」とわたしは呼び止めた。

「わたしはもう、外務省を辞めるつもりですから、部外秘の話はいたしません。どうぞ、ご一緒に」

亮子は肯《うなず》いて部屋に残り、看護婦は一礼して出ていった。

「辞めるか」陸奥は渋い顔をする。

「辞めた後、どうする？」

「そのご報告に来たのです。大阪毎日新聞《おおさかまいにち》に話が決まりました。編集総理——、編集事務に関する一切を任されます」

「抜け目がないな」

陸奥がにやりと笑う。

「片岡直輝《かたおかなおてる》さまと、岩下清周《いわしたきよちか》さまの口利きです」

片岡は日本銀行大阪支店長、岩下は北浜《きたはま》銀行頭取である。

「大阪へ行くか——」

陸奥は遠い目つきをした。大阪へ行けば、なにかあったとしても東京まで戻るのは一日がかり。今生の別れになるとでも思っているのかと思ったが、陸奥は、

「貞子どのはどうする？」

と訊いてきた。

意外な問いであったから、わたしの答えは少し遅れた。

「こちらに置いて行きます」

「そうか。では浅どのを大阪へ連れて行くか」

「ご明察です」

陸奥は貞子との不仲も、浅とつき合っていることも知っていた。

看護婦が顔を出して食事の時間だと告げた。

「また減らず口を叩きに来ます」

わたしは立ち上がった。

「君も新しい仕事のことで忙しかろうから無理をするなよ」

亮子に横になるのを手伝ってもらいながら、陸奥は言った。

「仕事も、伯への訪問も、無理をしないようにします」

一礼して寝所を辞した。

廊下に出て階段を下りようとした時、「原君」と、陸奥の声がした。

すぐに戻ると、陸奥は横になったまま、

「大阪に行ってから、なにか分からないことがあったら聞きに来たまえよ」

と言った。

わざわざ呼び戻してまで言うほどのことでもない。けれど、死を目前にした陸奥からすれば、別れがたく、もう一度顔が見たいと思ってくれたのかもしれない。

陸奥は、わたしが大阪に行ってからの約束をしようとしている。未来の約束。先のことを約束することによって、命を繋ぎ止めたいという思いだろうか。それとも、それまで生きているからというわたしへの思いやりだろうか。

思わず涙ぐみそうになって、やっと堪《こら》えた。

「行ってみなければ分かりませんが、必ずご相談に参ります。出発はまだ先ですから、たびたび顔を出します」

笑顔を作って一礼し、亮子にも頭を下げて踵《きびす》を返した。

未練はあった。もっと話していたかった。おそらく陸奥も同じ思いだったろう。これが最期の面会になるかもしれないのだ。けれど、亮子の気持ちを考えれば長居はできなかった。

＊　＊

八月二十四日。

集まった者たちが悲壮な表情で見守る中、三時四十五分、陸奥宗光は息を引き取った。

死の床の周りで、集まった人々の吐息や嗚咽《おえつ》が聞こえた。

脳裏には、彼と初めて出会った時の光景が浮かんでいた。明治十四年、宮城の獄舎である。それを皮切りに、次々と陸奥との思い出が展開して行った。

日頃、わたしたちは死というものをまったく意識せずに生きている。けれど、人の、それもよく知った親しい者の死は、強烈な衝撃と共に人生最大の問題を眼前に突きつける。

楢山さまは、三十九歳で首を刎ねられ死んだ。

陸奥は五十三歳で労咳（肺結核）で死んだ。

片や寺に用意された処刑場。片や自宅の布団の上での死である。

どちらが幸いで、どちらが不幸であるなどと比べることはできないが――。

わたしはどのような死を迎えるのだろうか。

＊　＊

った。

陸奥の葬儀の折、一人の老人がそっとわたしの側に近寄って来た。古河《ふるかわ》財閥の古河市兵衛《いちべえ》であった。

「陸奥さまより、原さまのお力になるようにと承っております。ご遠慮なくお声をかけてくださいませ」

と小声で言うと、人目をはばかるように立ち去った。

背中に冷たいものが走るのを感じた。

それは悪寒ではない。感動に近いものであった。

陸奥は、わたしを後継者に選んだのだ。自らの背後にあった古河財閥を譲ってくれた。それは取りも直さず、政界を頂まで登って行けという陸奥の声なき遺言なのだ。

わたしは、弔問客の人混みに消える古河の背に一礼した。

＊　＊

翌明治三十一年（一八九八）一月。第三次伊藤内閣が成立した。

だが、六月には早々と伊藤博文が辞任して、第一次大隈内閣が成立した。板垣退助の自由党と大隈重信の進歩党が手を結び、憲政党という新党を作ったのである。

始まりは第二次松方内閣の地租増徴法案に関する内部分裂からの解散、総選挙。引き継いだ第三次伊藤内閣も、政権の運営にお手上げで三カ月ほどで解散。自由党と進歩党はそれに反発して合同したのである。

伊藤は憲政党に対抗するためにこちらも新党を結成しようとしたが、元老会議の賛意を得られず、内閣は総辞職した。

元老会議は仕方なく憲政党を後継としたため、第一次大隈内閣が成立したのである。戦って勝ち取ったものではない、棚ぼた内閣であるとわたしは嘲笑した。九月に大阪毎日新聞社の社長に就任した。編集局長も兼務していたから、椅子にふんぞり返っていたわけではない。

一方、大隈らが政権を奪取した後の政局は――。

藩閥内閣が倒れ、政党内閣が誕生したのは喜ばしいことではあったが、わたしの読み通り長続きしなかった。

党を名乗ってはいても、とりあえずの親分がいて、それについていけば美味い汁が吸えると考える者らの集まりだ。金をばらまく買収も日常茶飯事。個人を見ても、けっきょくは何事にも我が我がという船頭ばかりである。親分がつまずけば、それを踏みつけてその座を奪おうとする。自由党と進歩党が手を結んだのも、しょせん、形ばかりの協調である。すぐに仲間割れが起こり、せっかく成立した政党内閣は四カ月ほどで崩れ去った。

藩の枠を超えた党とはいえ、親分を中心とした仲良しの集団、派閥ということには変わりない。その親分が自分の考えに凝り固まっていれば、子分らも同調する。そして、あいつの本心は合同に反対だから、入閣させるのはやめようだとか、おれを入閣させないのはけしからんだとか、演説での舌禍事件で辞任した者の後釜にあいつを据えるのはけしからんだとか、党利や己の利害も絡む。

政治家とは国民の利益を考える存在ではなく、自派の利益だけを考えるものだと国民に知らしめているようなものだ。これは我が国の政治がまだまだ未熟だからだと考えたい。我が国がもっと成熟すれば、そして広く国民の中から議員が選ばれるようになれば、強欲で愚かな者たちは弾かれるだろう。

けっきょく、十一月、第二次山縣内閣が成立した。山縣有朋は長州の出である。また薩長の藩閥政治に逆戻りしたのである。

＊　＊

この頃であったろうか。京の芸妓《げいぎ》、小万と知り合い、懇ろな仲になった。賢く、慎ましく、書が上手い娘だった。

この女とは後々までの長いつき合いになって、手を抜けない相手から揮毫《きごう》を頼まれると、教えを請うている——。

十月には網島へ転居し、十二月には母の七十七歳の祝いに宴を開いた。

この月には、長兄恭が岩手郡長になった知らせが入った。盛岡の少し北である。兄ももうじき五十歳。今までは和賀、東磐井の郡長を歴任して来たがやっと実家に近い所に移ることができたとほっとした。

同月、毎日新聞の発行部数が二万部を超えた。株主への配当を増やし、社員の賞与、昇給も皆が満足できるよう取り計らった。

＊　＊

また、この年には別居していた貞子を呼び戻した。少し前から仲人の渡辺洪基夫妻から再三言われていたのであった。

浅が頻繁に我が家を訪れるようになっているから、貞子が家に戻れば、鉢合わせして大喧嘩になることは目に見えている。

今までの生活を改めると共に、浅と諍《いさか》いを起こし、家の中に不和を起こすことを禁じる確約をとっていなければ、とうてい一緒に住むことはできない。

わたしは二十二箇条の訓戒をしたため、それが守れるのであれば戻ってくることを認めると知らせた。

貞子は必ず守ると約束し、芝公園《しばこうえん》の我が家へ戻ったのだった。

第六章　遥かなり政党政治

一

明治三十三年（一九〇〇）は、大きな転換の年であった。

政局は——。

分裂した憲政党は板垣退助率いる旧自由党が引き継いだ。

一方、大隈重信の旧進歩党は憲政党の妨害を受けながらも憲政本党という名称を打ち立てる。

憲政党は、藩閥政治を否定して発足したのにもかかわらず第二次山縣内閣と連携した。

山縣のやり口は嫌らしかった。

官吏の登用は試験によるものとなり、党員が官吏となる道が閉ざされたが、その頃、官僚はすでに、ほとんど山縣の息がかかった者によって占められていた。

憲政党が党員の入閣を求めても、山縣はのらりくらりとそれを拒んだ。

また、山縣は陸海軍省官制の改正も目論んでおり、軍部の大臣は現役の軍人から選ぶということを考えているようだった。実施されれば軍が政治に介入してくることは火を見るより明らかだった。

そして、大隈に政権を明け渡した伊藤博文も動き出していた。

昨年の四月から全国遊説を開始した。新政党を打ち立てる準備である。

わたしはといえば、新聞社社長としての責務は果たしつつ、度々、取材と称して山縣首相と面会していた。伊藤の新党旗揚げにいくらかでも力になろうと情報収集をしていたのであるが、そのほかにもわたしが政治の世界に戻るための準備でもあった。

井上馨にも面会し、『真の政党政治を定着させるには、伊藤博文が理想とする新政党が必要である。そのためには、山縣が牛耳る内閣が邪魔である』と説いた。山縣を追い落とし、井上が政権を担うことこそ、伊藤が新党を立ち上げる近道であると。

井上は積極的に賛意を示したわけではなかったが、不同意は示さなかった。

一月の末に東京から帰阪の途中に西園寺公望を訪ねた。ちょうど伊藤博文も来訪していたので山縣や井上と面会した時の話をして、新政党立ち上げへの期待を語ったのであった。

三月にも上京し、山縣、井上と面会した。中井家の遺産管理の相談などもして十日ほどで大阪に戻った。

四月には来阪した井上と会った。その翌々日は伊藤が山口行きの途中、大阪で下車し、しばしの間井上と三者で会談した。

七月に、栄子が男子を産んだ。栄子は昨年、帝国商業銀行大阪支店に勤める上《うえ》田《だ》常《つね》記《き》と再婚していた。子がないわたしと浅は我が子が誕生したかのように喜んだが――。浅はそういうわたしを、

「もうお爺ぃちゃん、お婆ぁちゃんの歳ですよ」

と笑った。

そう言われてどきりとした。確かにわたしの歳で孫がいる知人は多い。古《いにしえ》の人の言う人生五十年と思えば、あと五年しか残されていないのだ。

そして、わたしには子がいない――。

浅の顔を見ると、表情がない。悲しそうな顔、憐れむ顔をすれば、わたしが傷つくと思い、どんな表情をすればいいのか困っているのだろう。

「そうだな――。養嗣子《ようしし》をもらうか」

努めて明るい声で言った。

「そうなさいまし」

浅はほっとしたように微笑んだ。

「家を継いでもらうのだから、原の血筋がいい――。兄の子をもらえぬかどうか相談してみよう。三男の彬《さかり》はよく懐いてくれているから、彼がいいかもしれない」

「そうなさいまし」

浅は大きく肯いた。

＊　　＊

同月二十日の夕方の汽車に乗り、翌日の朝に東京に着いた。

芝公園の自宅に戻ると、貞子はしおらしくわたしを迎えた。使用人にわたしが留守の間のことを聞くと、癇癪《かんしゃく》を起こすことはあるが、以前よりはずっとましだとのことだった。貞子はずいぶん我慢している様子らしい。

わたしは貞子に養子の件を相談した。

貞子は少し考えた後、養子をとることを賛成した。

その顔に、明るさを感じた。

もしかすると、貞子とわたしとの間に、血を分けてはいなくても、子供ができることで、今の関係が少しでも変わるのではないかと感じたのかもしれない。

わたしは複雑な思いであった。とうに貞子への気持ちは冷めきっていたし、もし彼女との関係が修復されれば、浅の立場は日陰のままとなる。しかし、貞子は誰かに頼らなければ生きて行けない――。

自分の煮え切らない態度、選択にも、わたしは苛立ちを感じていた。

＊　＊

新党に関する話し合いも大詰めであったから、霊南坂《れいなんざか》の伊藤邸を訪れた。

「二十日に大阪を出るとの話だったから、昨日のうちに着くか今日来るかと首を伸ばしていたところだった」

伊藤はわたしを応接室に招き入れながら呟いた。

「なにか緊急の事態でも起こりましたか？」

長椅子に腰掛けながら訊いた。

「君の助言を受けながらまとめた党の立ち上げに必要な書類の草稿ができたのでな」

言いながら伊藤は棚から分厚い紙の束を取ってわたしの前に置いた。右側に穴を空けて紙縒《こより》で仮留めをしてある。

草稿のチェックならば、写しを郵便で送るなりすればすむことだが――。

「拝読します」

ページを捲《めく》っている間、視野の端に見えている伊藤の様子がおかしかった。落ち着きなく体を動かし、こちらの様子をうかがっているようだ。草稿に不安な部分でもあるのかと、わたしは顔を上げて「なにか？」と訊いた。

「いや……。読んでくれたまえ」

伊藤は手で促す。

わたしはまた書類に目を落とした。

新党の財政面は、三井《みつい》財閥が引き受けてくれることが明記されていた。好敵手である三菱《みつびし》財閥は憲政党についており、政界へのつながりという点で、三井は水をあけられていた。それを挽回《ばんかい》し、さらには新党に政権を奪取してもらい、抜きん出たいと考えているのだ。

少しすると伊藤は、おずおずと「声をかけてもいいかね」と言う。

「はい」と再び顔を上げると、「いや、読みながらでいい」と言う。

「これから時間はあるかね？」

伊藤は遠慮がちに言った。

「はい。今回は皆さまと新党の打ち合わせをすることだけが目的ですから」

伊藤が新党を立ち上げたなら、入党するつもりでいた。陸奥亡き今、当主としてついて行けそうなのは伊藤くらいのものだったからだ。

「これから西園寺侯とお会いするのだが、供をしてくれんか」

「はい。もちろんです」

「それでは、大磯の西園寺侯の別宅で午後七時ではどうかね」

「ならば、わたしも別宅へ戻り、続きを読みます。夜にお話をしましょう。お預かりしてもいいですか?」

書類を示して尋ねた。

「構わない。ただし、扱いにはくれぐれも注意してくれたまえよ。汽車の網棚に忘れて、誰かの目に触れでもしたら大変なことになる」

「細心の注意を払います」

わたしは書類を鞄にしまった。

＊　＊

西園寺の別宅で話されたのは、わたしの入閣についてであった。伊藤の落着きがなかった理由はこれだったのだ。井上馨が強く推したのだという。

わたしは、新党の立ち上げもまだであるのにと呆れたが、

「その事については、政権を奪った後で」

と答え、新党の立ち上げが成ったら、入党するということだけ約束するにとどめた。

二

八月十七日、十八日は、伊藤、井上と新党への実業家の勧誘と資金調達などについて話し合った。伊藤からの『新党の組織に関する一切の事務を受け持ってもらいたい』という申し出については、『以前申し上げたとおり、こちらの準備が整ったならば。これからその準備を始めます』とだけ返事をしたが、両日の話し合いには真剣に取り組んだから、こちらの熱意は伝わっている

はずだ。

伊藤から、憲政党から党首になってほしい旨の依頼があったことを聞いた。伊藤は新政党を立ち上げるので、その申し出は受けられないと断ったのだそうだ。

すると、憲政党側は、『わが党を解党し、新政党に合流したい』との申し出があったという。

憲政党は次期総選挙で、支持基盤であった農民の票を失う可能性があった。山縣内閣に妥協し、地租増徴に賛成したからである。

農民に代わる票を求めて実業家らと接触をもつようになったし、地方遊説を頻繁に行って農民票の維持にも努めていたが、伊藤を党首に迎えることが不可能となったため、解党と伊藤一派との合同をして生き残りを図ったのだ。

党員の数が増えるのは願ってもないことだが、現在の憲政党の旗振り役は星亨《ほしとおる》である。憲政党分裂の原因を作った一人だ。先の憲政党分裂のことを考えると、不安は拭えない。

かつて星が衆議院議長であった頃、野党から不信任案が提出され、可決されたのにもかかわらず拒否し、天皇への解任を求める上奏案が出されたり、登院停止の決議が可決されたりと、大揉めに揉めたことがあった。

汚職の疑惑もあまたある。しかし、それは噂に過ぎず金には潔癖な男らしい。だが、いずれにしろ癖の強い男ではある。

この頃は確か、新党の名前が立憲政友会と決まっていたように思う。

＊　＊

十九日。陸奥夫人・亮子の葬儀と火葬に出かけた。葬儀は浅草海禅寺《かいぜんじ》。火葬は日暮里《にっぽり》であった。

聞けば、皮膚病が悪化しての病没であるという。痛ましいことである。

陸奥宗光は、わたしにとって第二の師であり、恩人であった。その未亡人の死――。なぜ頻繁にご機嫌伺いに行かなかったのかという後悔と動揺がない交ぜになった。

突然、佐渡さまのお内儀、菜華さまのことを思い出した。盛岡へ戻る機会があるたびに挨拶に伺っていたが、それも間遠になっている。手紙を書こう。そして、次に盛岡へ行った時には必ず挨拶に伺おう。わたしはそう誓った――。

翌二十日は、再び新党立ち上げのために走り回った。同時に退社のための根回しも始めた。

政友会が入党の勧誘をしたのは無所属の議員や市長や助役、市議会議員、銀行の頭取、商工会議所の会頭や会社社長などの名士であった。

大阪毎日新聞の相談役、本山彦一《もとやまひこいち》と話し合いをするため手筈を整えてくれるよう、藤田伝三郎《ふじたでんざぶろう》に頼んだ。藤田は大阪の藤田財閥の主で、傾いた大阪日報を大阪毎日新聞として復興させた人物であった。本山は時事新報からその手腕を見込んで藤田が引き抜いた男である。

本山は旅行中だというので、藤田が電報を打ってくれることになった。

また、わたしが大阪を引き払うまでの庶務を渡辺国武《わたなべくにたけ》に依頼した。以前、蔵相を務めた男である。

二十三日。伊藤は新政党に合流したいという憲政党の星亨以下三名を自宅に招き、主義や綱領を伝えた。それに納得できるのならば合流を認めようというのである。

星らは伊藤の提案に同意して、一緒に歩むことを決めたようであった。

二十五日、料亭紅葉館《こうようかん》において立憲政友会の主義綱領公表を行った。前日にその内容を各新聞社に送っていたので同日の紙上に掲載された。

紅葉館は芝《しば》にあり、我が家から近かった。身元のしっかりした者しか入れない、高級料亭であったが、支配人は盛岡藩の出で、女中も盛岡の者が多かった。

翌二十六日、帝国ホテルにおいて第一回創立委員会を開いた。

委員には尾崎行雄がいた。

大隈重信が郵便報知新聞を乗っ取ったとき、社に押し掛けてきた者の一人である。尾崎は憲政本党に在籍していたが、離党して政友会に合流したのである。

尾崎は大隈内閣で文部大臣を務めた。四十歳という若さであったから、世間の注目を浴び、次期首相候補とも噂された。

その頃は、華々しく政界に登場した尾崎と、未だくすぶっている自分の身の上を比べて悔しい思いをした。しかも相手はわたしの仕事を奪った一味の一人である。

剣術の道場でも、最初は下手で上達も遅い者たちが、後々には誰よりも巧みに剣を操る上手となることもある。大器晩成という言葉もあるではないか。

人は人、我は我――。と己を落ち着かせたものだった。

しかし、尾崎は演説の揚げ足を取られ、星亨らの攻撃を受け、それに耐えきれず病気を理由に辞職した。

恥を忍んで告白すれば、『ざまをみろ』という気持ちがなかったとはいえない。

大隈内閣が総辞職すると、尾崎は伊藤博文に接近する。そして憲政本党の最高幹部の座を捨てて政友会に飛び込んだのである。

なんにしろ、大隈を見限ってこちらについたのだ。志を一つにする者ならば、過去の遺恨は忘れようと、わたしは決心したのだった。

この頃、板垣退助を枢密院へ入れようと動いていたが、結局叶わず、彼は政界を引退することとなった。

政友会への勧誘はなかなか思うようにはいかなかった。

憲政党の者たちは多く入会したが、憲政本党の多くが入会を拒んだ。その状況を見て、実業家たちが政争に巻き込まれることを恐れたのである。

＊　＊

わたしは大磯の西園寺から呼び出され、とんでもない話をされた。

「原くん。どうだね、今回の入閣は諦めてもらえまいか」

案の定――。ある程度予想していたことである。伊藤ならば、憲政党、というよりも旧自由党の者たちを何人か内閣に入れて、ご機嫌をとろうとするに違いない。そのためにはじき出されるのは、下っ端のわたしであろう。

「どうだねと仰せられましても」わたしはゆっくりと口を開き、声に怒りを込める。

「伊藤侯は、内閣組織に際して、君が必要だと仰せられました。だから政友会に入会せよと仰せられるので、会の立ち上げから今まで身を粉にして働いて参りました。いまさらそのようなことを聞くのは意外千万です」

「うむ……。さもあろう……」

西園寺は困り切った顔をして視線を逸らした。

「三、四日、よく考えた上でお返事をいたします」

わたしはそう答えると席を立った。

数日空けて、わたしは西園寺を引っ張り出し、大磯の伊藤の別宅を訪ねた。

厳しく詰問されることを覚悟していたのだろう、伊藤は緊張の面もちだったが、わたしが、

「よろしい。今さらなんやかやと恨み言を申し上げても詮ないこと。伊藤侯の意に従うべきでありましょう」

と言うと、外聞もなく大きな溜息をついて、椅子に背をもたせかけた。

わたしが、

「代わりに貴族院議員に任命されるよう取り計らっていただきましょう。ただし、これもまた、次の機会にせよと仰せられるのであれば、撤回いたしますが」

というと、伊藤の顔は一転、渋くなった。

貴族院議員には皇族議員、華族議員、勅任議員の別がある。公爵、侯爵、伯爵、子爵、男爵もそれぞれ議員になる資格があった。

皇族でも華族でもなく、爵位も持っていないわたしが狙っていたのは勅任議員である。

勅任議員は、国に対して功労のあった者、あるいは学識のある三十歳以上の男子で、内閣が輔《ほ》弼《ひっ》（天皇に進言）して、天皇が任命した。

衆議院は解散があり、議員には任期がある。

貴族院には解散がなく、任期は七年のものと終身のものがあった。任期については仕方がないが、突然の解散であたふた慌てなくていいというのは、大きな利点である。

しかしながら、伊藤や西園寺が後押ししたところで、賊軍、朝敵であった盛岡藩出身のわたしが貴族院議員になるなど、薩長閥の連中が許すはずはない。分かった上での申し出である。

伊藤は「必ず任命の取り計らいをしよう」と答えたが、この約束も破られることは分かり切っている。そうなれば、貸しを積むことになるという計算であった。

必要な駆け引きではあったが、気分は良くなかった。

＊　＊

途中で夕食を済ませ、馬車で芝公園の家に戻ると、貞子が迎えに出て来た。その後ろに浅が控えている。

自分を大切に思ってくれる者が家にいて、出迎え、見送りをしてくれるのは嬉しいものであると感じるが――。本妻と妾が一つ屋根の下にいるというのは、貞子にとっても浅にとっても不憫《ふびん》なことである。

貞子は独りで生きていける人間ではない。行き場がなければ、本当に野垂れ死んでしまうかもしれない。生活の援助をしてやっていたとしても、心まで満たしてやることはできない。

我が家にいて心が満たされているかといえば、けっしてそうではないだろう。しかし、もとの生活に戻りたいと言い出さないところをみれば、別居生活よりはましであるのかもしれない。

すまないなと思いつつ、わたしは応接室に入って卓の上の客用の煙草入れから敷島《しきしま》を取ると燐寸《マッチ》で火を点けた。

居間に酒の用意ができたようで浅が応接室に顔を出した。貞子は自室に引っ込んでしまったのだろう。

「まぁ」

浅はちょっと怖い顔をして部屋に入ってくると、わたしの手から煙草を取り上げて灰皿で乱暴に消した。

「おやめになったのだから、潔くなさいまし」

ぴしりと言う。

わたしは頭を掻いて椅子を立った。

意識を失って倒れるということが重なり、医者から酒と煙草を禁じられ、表向き、それに従っていた。しかし、食事時には葡萄酒を一杯だけ嗜《たしな》んでいたし、煙草は人前では控えていたが――。なかなかきっぱりとやめることができず、家で客用の煙草を時々吹かしていたのであった。

居間に移り、浅の淹れた茶を啜りながら、わたしは今日の出来事を語った。

浅は芸者であったから、外に出していい話とそうでない話の見極めはできる。安心して外であったことを語れる相手であった。

浅は伊藤に仕掛けた罠の話を聞き、「意地の悪いお方」と笑った。

＊　＊

十月十九日に第四次伊藤内閣が成立した。

総務委員らが入閣を不可と決めたのにもかかわらず、そしてわたしが忠告したのにもかかわらず、伊藤は渡辺国武を大蔵相に入れた。星亨は逓信大臣である。

わたしは十一月二十四日まで大阪毎日新聞の社長を務め、十二月九日に東京へ引き揚げた。次の社長には小松原英太郎が就いた。小松原は、大隈のせいで郵便報知新聞を辞めざるを得なくなったわたしを、井上馨に紹介してくれた男である。

大阪に伴っていた浅は、愛宕《あたご》町の家ではなく、わたしと共に芝公園へ戻った。

玄関に迎えに出た貞子は、馬車から降りてきたわたしと浅を見て、顔を強張らせた。

ちらりと隣を見ると、浅も緊張した顔をしていた。

貞子は、今までのような我がままは言わないようになっていた。しかし、浅とはほとんど接することはなかった。たまに、共に家事をしている姿を見ることはあったが、いつも一間（約一・八メートル）ほどの間を空け、顔を背けていた。

奔放に生きてきた者が、その本性を押し殺して暮らすのは、苦しかろうと思った。本妻であるのに妾《めかけ》に気を遣わなければならないという鬱憤《うっぷん》もあろう。

渡辺夫妻や母の頼みとはいえ、貞子を家に戻したのは間違いではないかと思った。貞子にとって残酷な日々が繰り返されているのではないか――。

だが、貞子はすべて納得して家に戻って来たはずだ。

いや、納得はしていなかったろう。家族と暮らす温かさと安らぎを求めて、妥協をしたのだ。

わたしから見れば普通のことであっても、貞子にとってはとてつもない苦労をしているのだということは分かる。特に、妾と共に家事をすることは屈辱でさえあったろう。

＊　＊

東京に戻って十日後、政友会の総務兼幹事長に就任した。

幹事長などという煩雑な地位には就かせないという約束だったが、伊藤に泣きつかれたのである。都合よく使える男とされているのだと思うと腹が立った。

しかし、その話を聞いた浅は、

「お引き受けなさいまし。どんな難題も屁でもなくこなす男と知らしめるのは、あなたの損にはなりません。それに、引き受けることで伊藤さまにまた恩を売ることになりましょう？」

はっとしたが、浅に気づかされたことを素直に認めるのも嫌だったので、

「わたしもそれは考えていたさ。少し焦《じ》らして明日にでも引き受けるつもりでいたのだ」

と答えた。

浅は、「さすが旦那さま」と微笑んだ。

おそらく、こちらの心を見透かしているのだろう。道を指し示しながら、こちらを立てることも忘れない。わたしは小さく苦笑した。

＊　　＊

その頃、船出したばかりの伊藤内閣は危機に瀕していた。逓信大臣星亨に関わる者の収賄事件である。新聞も貴族院も、星と逓信省官房長官の岡崎邦輔《おかざきくにすけ》の処分を叫んだ。

十二月二十一日。星亨は逓信大臣を辞任した。

その翌日。わたしは伊藤に招かれた。

使者は用件を語らなかったが、明白である。正式な礼服を持参するようにと告げられていたからだ。

案の定、伊藤の用件は逓信大臣就任の打診であった。

朗報であったが、わたしは平静を装い「謹んでお引き受けいたします」と答えた。

伊藤は宮内省に電話で連絡し、ほどなく裁可の返信があって、わたしは礼服に着替え、伊藤と共に馬車で皇居へ向かった。

車窓から東京の街並みを眺めながら、わたしは高揚感に包まれていた。

やっとここまで辿り着いた。

明治二年六月二十三日、夕刻、涙を流しながら、喉も枯れよと楢山佐渡さまに誓ってから、三十一年の歳月が流れた。

おそらく、この知らせを聞けば盛岡藩の――、岩手県の者たちは大喜びをしてくれるだろう。賊軍と虐げられた国から大臣が出た。

けれど、岩手の民たちよ。まだまだなのだ。

まだ佐渡さまの思い描いた国を作るに至ってはいない。その端緒についたばかりなのだ。

参内して大命を拝し、皇后陛下に謁見して帰った。

午後一時、総務委員会で任命を披露する。

祝宴があったが、早めに抜け出して家に帰った。他人が飲むのを眺めているのは退屈なものである。

馬車の音を聞いたのだろう。家の中からばらばらと使用人が出てきて整列した。通いの者もいたが、全員が満面の笑みで頰を紅潮させていた。浅もにこやかに笑い、馬車を降りるわたしを迎えた。

貞子は硬い顔をしてなにも言わない。

後ろにいた浅がそっと貞子の背を押したようだった。

「旦那さま。おめでとうございます」

小さな声で貞子が言った。

使用人たちは貞子の小声を補うように、大きな声で万歳と叫んだ。

浅がご近所迷惑だからやめなさいと窘《たしな》めると、使用人たちは囁く声で万歳を続けた。

＊　＊

わたしの逓信大臣就任の報は、岩手の新聞も賑わせたらしい。初の東北出身者の入閣ということで、『空前の壮挙』と褒め称えた記事もあったとのこと――。

大臣としての初の出省は十二月二十四日であった。職員として外務省で働いていたことはあったが、省内を歩くと、誰もが挨拶をしてくるというのはなにやら面はゆい体験だった。

二十五日には第十五議会の開院式があった。午後は首相官邸で呉《くれ》港に建設される製鉄所に関して軍の説明を聞いた。

翌日、衆議院は来年の一月二十日まで休会となった。

同日、木挽町の萬安において、東北関東連合懇親会が開かれ、演説をした。その会では星亨も演説を行い、奇しくも新旧の逓信大臣の演説合戦のようになった。こちらは用意したものを淡々と読み上げたが、星はかなり熱のこもった演説を展開した。

星亨という男は、世間ではさまざまな悪評を立てられているが、それは誤解である。色々な場面での強引なやり口が人の恨みを買ってしまうが、噂されるような癒着や汚職はなく、才気のある男である。時々、鬱陶しい奴だと思うことはあったが、わたしは嫌いではなかった。

二十七日には出省し、児玉亮太郎《こだまりょうたろう》を秘書官に任じた。この年二十九歳。大学講師や銀行の営業部長などを務めた男である。和歌山の出で、父は仲児《ちゅうじ》といって、陸奥宗光の同窓。衆議院議員で政友会に所属しているので知り合いであった。

わたしの執務室に入ってきた児玉は、書類挟みを小脇に抱え直立不動で、

「原閣下。児玉亮太郎と申します。精一杯努めさせていただきます」

としゃっちょこばって言った。

「閣下はやめてくれないか」

わたしは苦笑した。

「父から閣下の人となりは伺っています。おそらくそのように仰せられるのではないかと思っておりました」

「ならば、以後は原さんと呼んでくれ」

「お言葉ですが、世間体というものがあります。秘書官が大臣を〝さん〟づけで呼べば、聞いた者たちは眉をひそめましょう」

「ならば、せめて二人きりの時は、閣下はやめてくれ」

「いえ。わたしは不器用ですから、平素、〝さん〟づけで呼んでいれば、公の場で迂闊《うかつ》に口にするやもしれません。また、誰がどこで聞き耳を立てているやもしれません。お気に召さぬことは思いますが、閣下と呼ばせていただきます」

なるほど、筋は通っている。

「では、そのようにしたまえ」

「ありがとうございます」児玉はきびきびとした動きで書類挟みを開いた。

「早速ですが、明日の予定です。公式のものは一つ。午前十一時から参内。歳暮ご祝儀を賜る予定です。以後のご予定があれば承ります」

児玉はペンを構えた。

硬いが、就任初日なのだから仕方ない。しかし、使える男であることは確かのようであった。

三

翌明治三十四年（一九〇一）六月二日。伊藤内閣が総辞職し、第一次桂《かつら》太郎《たろう》内閣が成立した。山縣の息の掛かった者の多い内閣であった。

桂太郎は、後に〈ニコポン宰相〉と呼ばれる。いつもニコニコ笑っていて、人の背中をポンと叩くという意味である。

しかし、戊辰の戦に参戦している。若い頃の自分ならば、目の敵にしているような人物である。というのも、桂は長州の出身で奥羽鎮撫《ちんぶ》副総督澤為量《さわためかず》の下で、陸奥出羽各地を転戦したのである。負け戦が多いが、久保田藩を寝返らせた張本人である。

秋田藩が新政府軍に寝返らなければ、盛岡藩は秋田との戦争に踏み切ることはなかったし、楢山佐渡さまも、責任を取って処刑されることもなかった――。

わたしの後の逓信大臣には芳川顕正《よしかわあきまさ》が就いた。阿波《あわ》の出身だが、山縣に認められて、文部大臣や司法大臣、内務大臣、星亨の前の逓信大臣も務めていた。

伊藤の煮え切らない態度のためにほとんど活躍せずに終わった自分の職務を考えると、忸怩《じくじ》たるものがあった。

とはいえ、今までの首相は、維新で大きな功績をあげた元勲が就いていたが、桂はそうではない。

これはいい流れだと思った。

わたしは、いずれは世の中を動かす立場になろうと考えているが、賊軍の国の出の者が総理大臣になるためには、桂のような人物を間に挟んだ方がいい。

五月十五日。甥の達《とおる》が肺結核で東京の赤十字病院に入院した。

達は十八歳。長兄恭の次男であった。長男は早世しているので達が嫡子である。昨年、岩手県尋常中学校から東京府尋常中学校に転入していた。秀才であり、特に俳句に秀でていて、その腕前は正岡子規《まさおかしき》に認められるほどであった。

＊　＊

五月二十四日。渡辺洪基が赤十字病院で死去した。若い頃、長期の民情視察に同行した男であり、わたしと貞子の仲人、そして、わたしと貞子の離婚に強く反対する一人であった。仲人をしてもらった二年後には東京府知事。翌年には帝国大学初代総長——。四年前には貴族院議員に選ばれ、昨年は大倉商業学校の督長になったばかりであった。享年五十三歳。早すぎる死である。

わたしは渡辺邸に赴き、今後のことなどの相談に乗った。

＊　＊

六月二十一日。星亨が暗殺された。

市参事会室で、四谷区会議員の伊庭想太郎《いばそうたろう》に刺されたのである。星の強引なやり口に反感を抱いての犯行であった。

星が殺されるつい二時間前。わたしと彼は将棋を指していたのだった。死の報を聞いたとき、まざまざとその時の光景を思い出せた。

長く患っての死であれば、相応の覚悟もできるが、つい今し方まで談笑していた人物の突然の死は、容易に受け入れることはできなかった。

本部から至急参集されたしの連絡があり、星の叙位叙勲の取り計らいなどについて話し合われた。

星邸へ弔問したのはその後である。

血の気を失った星の死に顔を見て、『政治家というものは、いつ何時、こういうことになるかもしれない。その時のために覚悟を決めておかなければならない』と思った。

芝公園の家に戻ると、浅が待っていて、眉根を寄せて「お帰りなさいませ」と言った。

「政治家というものは、朝に家を出たら、冷たくなって帰ってくることもあるのだと痛感した」

わたしがそう口にすると、上着を脱がせていた浅の手が一瞬止まった。

「それは、政治家に限ったことではございません」

浅は手を動かしながら明るい声で言うと、脱がせたわたしの上着を衣紋《えもん》掛けにかけた。

「出かけた先で、卒中になることもありましょうし、馬車にはねられることも、汽車から落ちることもございます」

浅は着物を取ってわたしに着せる。

「なるほどな。しかし、市民には暗殺の危険はあるまい」

「辻斬りに遭う危険はございます」

浅はわたしの腰に手を回して兵児帯《へこおび》を締めた。

「今の時代に辻斬りはなかろう。廃刀令が出たのは二十五年も前だ」

「仕込み杖を持ち歩いている殿方は多ございますし、納屋や押入に刀を隠し持っている家はざらにございます——。けれど、物騒な輩に狙われる率は、市民より多ございましょうから、警官をつけてもらってはいかがです？」

「もう大臣ではないのだ」笑って居間へ向かう。

「それに、大仰な護衛は好かん」

伊藤内閣総辞職で、職を失ったわけだが、すぐに井上から連絡があり、大阪の北浜銀行の頭取に就任することになった。渡辺洪基の後任であったから、なにやら強い縁と、少しばかりの申し訳なさを感じた。渡辺が死ななければ、この仕事はなかったのである。

家に帰って貞子にそのことを告げると、

「左様でございますか」

としか言わなかった。

訪ねてきた浅は、

「読売屋から逓信奉行、つぎは両替商でございますか。お忙しい人生でございますね」

と笑った。

＊　＊

四

わたしの東京行きは、もっぱら来年、明治三十五年（一九〇二）の衆議院総選挙に向けての準備であった。

来年の選挙は、今までのものとは事情が違った。これまでの選挙は、内閣総辞職、解散にともなうものであったから、準備期間も少なく、慌ただしく選挙が行われた。だが、今回は初の任期満了による総選挙である。だから来年の八月に選挙が行われることは確実であった。政友会ばかりでなく、各党が準備のために走り回っていた。

今までの選挙と違う点はまだあった。小選挙区制から大選挙区制に改正され、記名投票から無記名投票に変更になった。なにより、有権者が大幅に増加するのだ。

直接国税の納付金額の下限が下げられたのである。まだ貧しい者と女性には選挙権がない状態ではあるが、有権者は今までの二倍近くまで増えるのである。

当然、選挙対策も大きく変更を余儀なくされ、事細かな対応を考えるために何度も会合がもたれたのだった。

車中で寝ていくとしても、汽車での移動には一晩かかる。四十半ばの体にはけっこうな重労働であった。もう髪も白く、見た目は老人である。

五月には結核で入院していた達が退院して、大磯のわたしの別荘に移った。ちょうどわたしも東京にいて、兄の恭も上京していたから、小さな宴を開いた。

達は八月、日本海周りの船で帰郷することになり、その手配をした。

八月には大阪市西区江戸堀南通に家を借りた。わたしは大阪と東京を行ったり来たりしていたから、東京へいるときの留守居として、栄子と夫の上田常記を住ませた。

政友会東北大会の開催が決まり、伊藤の出席の調整をしていたのだが、健康上の理由で訪問できなくなった。その旨を告げるため、秋田、宮城、岩手、山形の各支部に連絡をとっていた。そのことや、達の帰郷のことも相まって、わたしの心に強い望郷の念が涌《わ》き上がっていた。東北大会に臨席するついでに帰郷することもできるかと考えていたのだが——。

逓信大臣に就任した時、帰郷を考え、あまりの忙しさに断念しているうちに、伊藤内閣の総辞職。それで機会を逸してしばらく経っていた。

九月十八日、伊藤は外遊に出発した。療養と海外視察という理由は表向きで、真の目的は朝鮮問題に関してイギリスとロシアに内談を試みたいということだと西園寺から聞いていた。

十月にやっと時間を見つけて、わたしは岩手への旅の手筈を整えた。しばらく東京に滞在していた母が盛岡へ帰るというので、それに同行することにしたのである。政友会の岩手県支部設立のための準備もあったたし、その他にも重要な用件があった。

十月五日、母と共に午後四時二十分の新橋発の汽車に乗った。

本当は浅も連れていきたかったが、正式な妻でもない女を同行させるわけにはいかない。

浅は、わたしの帰郷の話を聞いても『お久しぶりでございますから、楽しんで来てくださいませ』と言うだけで自分も行きたいとは一言も口にしなかった。

浅に本宅への出入りを許してから、貞子と離婚したならば、後妻として迎えたいという話を時々持ち出すのだが、

『わたしには学がないので、旦那さまの妻になる資格はございません。浅は、今のままで十分でございます』

と軽く流されてしまう。

同じ芸者上がりであった陸奥宗光の妻、亮子と自分を比べてしまっているのかもしれない——。

わたしと母を乗せた汽車は、時間改正の為とかで大幅に延着し、盛岡の駅に降り立ったのは六日の午後一時だった。

母はすぐに兄恭の家に向かい、わたしは高与旅館に投宿した。晩には政友会の有志から宴席に招かれた。

逓信大臣を辞して北浜銀行の頭取として大阪に戻った時知人友人らは、

「えろう早《は》よおますな」とか、

「都落ちして来たんかいな」とか、

「誰に嫌われたんや？　山縣か？　井上か？」

など辛辣にからかって来た。しかし盛岡の人々は逓信大臣の件は腫れ物を扱うように、誰も触れなかった。わたしも県人であるから、それが思いやりであることは分かるのだが、いっそ大阪人のようにずけずけとからかってくれた方が気が楽だと感じ、少しだけ居心地の悪さを覚えた。

七日。恭の家に出かけ、土産物を渡した　兄は、さすがに肉親であるから、半年余りで逓信大臣を辞したのは、まことにもったいなかったなど、本音で話をしてくれた。

わたしも悔しさを吐露し、伊藤の悪口も語った。昨夜は、さすがに党員の前でそれはできなかったので、気が楽になった。

兄とは東京の自宅でも話をしている。しかし、こんなにまで本音を話すことはなかった。やはり、故郷という土地のなせる技なのだろうと思う。東京では、自然体でいるつもりでも、やはり肩肘張っているのだ。

以後、何日か政友会の者たちや有志大勢と料亭秀清閣《しゅうせいかく》において、会食、歓談を行ったり、政友会の支部設立準備のための事務所を訪れたり、尋常中学校の招きで演説をしたりと、歩き回った。

懇談会、会食には、政友会に興味を示している市の有力者たちを招いた。政友会への入会勧誘が主な目的である。

盛岡は今まで、幾つかの郡部と合わせて一区とされていた。今回は市部選挙区──、独立選挙区となり、盛岡市から一名の定員となる。納税額によって投票権のあるなしが決まるので、有権者は三百一人であった。

元々選挙権を持っていた大富豪と、今度の改正で新たに選挙権を得た、富豪よりは納税額が低いものの、庶民よりは儲けている、いわば〝中富豪〟とでもいうべき者たちの数である。

政友会の招きに応じたのは、昔からの豪商は少なく、新しく選挙権を得た者たちが多かった。

客たちの話によれば、豪商らは東京の財界の者たちと同様、政争に巻き込まれることを恐れて様子をみているらしいとのことだった。

そして、客たちの多くが、

「今度の衆議院議員の総選挙、原さんは出馬なさるのですか?」

と訊いて来た。

「いいえ。わたしは出るつもりはありません」

と言うと、

「また、ご冗談ばかり。このご帰郷は、出馬の意思表明をするためではないのですか?」

と疑わしそうにわたしを見た。

「桂内閣は二流内閣だから、すぐに倒れる。そうなれば、原さまの出番だ」

と、赤い顔をして言う者もいた。確かに桂内閣は〈第二流内閣〉だとか〈小山縣内閣〉だとか揶揄《やゆ》されているが、そういう話は軽く受け流した。

出馬するつもりはないというのは本音であった。

わたしは逓信大臣を務め、名は知れている。しかし、盛岡を出て久しい。

民衆は、身近にいて、自分に利益を与えてくれる者を求める。

自由党の失敗は、高邁《こうまい》な理想を抱く板垣退助と目の前の利益を求める民衆との間の、大きな距離に気づかなかったことである。

だから、盛岡で有力な候補者を探し、政友会に入会させる。それが今回の旅の大きな目的であった。

宴席で酒を注ぎながら、それとなく客たちに訊いて回った。

「衆議院議員総選挙ですか?　ああ、市長が前々から任期満了前に辞めると言っていて、先月本当に辞めましたから、出馬するつもりじゃないですか」

と言う者が多かった。

前市長は清岡等《きよおかひとし》である。七年市長を務めていた。子供の頃は父親の仕事の関係で秋田に住んでいたが、それ以後はずっと岩手に住み、市長に就任する前は県庁に勤めていた。

清岡は、是非とも政友会へ誘いたい男であって、懇親会への招待をしていたが、先約があるのでということで『まことに残念ながら』と断られている。

なるほど。本人が出馬するつもりならば話は早い。もう一度懇親会に誘い、政友会が後援することを約束し、入会を勧めよう。

思ったより簡単な仕事だったな。

そう思いながら、やめていた酒を少しだけ飲んだ。

＊　＊

十四日、東京へ戻る日であった。日詰町《ひづめまち》の有志に招かれていたので、帰京の途中に立ち寄ることにしていた。

十一時十五分の汽車で盛岡を出発する予定だったので、出かけると、駅には親類や役人以外にも市民の見送りが思いのほか多かった。わたしが帰郷しているというのが知れ渡ったものと見える。

六カ月余りで辞職を余儀なくされたが、大臣にまでのぼり詰めたわたしに、盛岡の、いや、旧盛岡藩の人々は期待している。

しかし、わたしは今回出馬しない。惜しいなとも考えたのだが、見送りに来ている者の多くが有権者ではない。

わたしが出馬するのは、わたしをよく知り、好感をもってくれる有権者が多い土地だ。いずれ、どこからか推薦したいという申し入れがあるだろう。伊藤博文には貴族院への推薦も依頼している。岩手は地盤をもつ者に任せる。

後々、選挙権の条件は緩められて行くだろう。やがては、納税額に関わりなく、男女の別もなく、選挙権が与えられる世の中になっていく。

それがいつになるかは分からない。維新のように、驚くほど暴力的に、そして早く、世の中が変わってしまうこともある。

だから、政友会とわたしの主義主張も広く伝えておかなければならない。歓談の場や演説では、こういうことを語った。

盛岡は、かつては藩の中心、現在は県の中心地であるから、まだましであったが、その他の地方は維新の恩恵などまるで受けていない。それは物流の要である交通網の発達がなされていないからである。そして、最も儲けているのが高利貸しであり、起業しようと志す者も少ない。

そういう状況をなんとかしなければ、岩手県の発展は望めない。そう熱弁すると、然り然りと大きく肯く者が多数であった。

維新の恩恵を受けていないのは岩手ばかりではない。急速な発展を続けているのは東京ばかりで、地方の歩みは遅い。わたしの主張は、ほかの地方でも通用するはずである。

期待に満ちた目でわたしを見つめる日詰の聴衆を見ながら、そういうことを考えていた。

現在、岩手から出ている衆議院議員は政権本党の者ばかりである。そこをなんとか切り崩したいと考えていたが、なんとかなるかもしれないという手応えも感じていた。

日詰で演説をした後、七時過ぎに日詰の停車場を出発し、東京に着いたのは翌日であった。

五

十二月四日。

わたしは井上馨から呼び出されて午後七時、邸宅を訪れた。

応接室に入ると、井上は不機嫌そうな顔をして、肘掛け椅子に座ったまま横柄に一枚の紙をわたしに差し出した。

それを受け取って長椅子に座り、書かれた文字に目を通した。

伊藤から井上に宛てた電文を写し取ったもののようである。井上の筆跡で、〈政友会に関する貴電接到せり〉から始まる短い文が書かれていた。

内容は、『国際競争の現状を考えれば、強固で永続的な政府が必要である。それがゆえに、国家的重大な理由なくして内閣に反対する者には、拙者は同意しないと諸氏に伝えてもらって差し支えない』というものであった。

「わたしと伊藤総裁は、かねてより暗号を作っていて、機密の電文はそれを用いることにしている。その紙は今日届いたものだ」

井上が言った。

「伊藤総裁の仰せられることは、しごく当たり前のことであると思いますが――。なぜわざわざこのような電文を暗号を使って送ってきたのです？」

「政友会に政府転覆の動きがあるという話があり、急ぎ伊藤総裁に伝えたのだ」

「政府転覆――。どこからの情報ですか？」

「首相だ」

「桂閣下ですか――。では、この電文は、一般論ではなく、現内閣についての仰せですか?」

「そうだ」

「現内閣には、反対するに足る国家的重大な理由があると思いますが」

「そのようなものはない」

井上は唇を歪める。

「たとえば、未だ領収できていない清国の賠償金です。政府はこれを使用せずして財政案を立てる見込みなしとしていますが、わたしはそうは思いません」

「なにを言う。わたしは君よりも財政には明るいが、賠償金については政府の考えが正しい」

「そもそも、財源が不足しているのは政府が外債確保をし損じたことが原因でありましょう。足りないから、とりあえずあるところから持って来るという場当たり的な予算ではいけません。もっと論理的、計画的に――」

井上とわたしは、清国賠償金問題に関して激論を交わしたが平行線であった。

話題を変えた。

「独英日連合や協商、その他もろもろについて、伊藤総裁と内議したとのこと。首相が重要な決定に伊藤総裁の意見を仰ぐというのは、政友会にとっては喜ばしいことのようにも思えますが、実のところ大いなる危機であります」

「なにが危機だというのだ」

「政党政治を目指す政友会が長州閥に取り込まれる危機です」

「なに……!」

井上は険しい顔をする。井上も、伊藤、桂も長州の出である。

「政府は小策を弄して議員を買収し、野党各党の内部に動揺を起こそうとしていることは摑《つか》んでいます。それは、政友会も例外ではありません。また、大阪より佐藤某とかいう者を呼び寄せて、政友会の末社を煽動しているという話もあります。また首相が機密金に使う金を宮内省から出させようとしていたことも摑んでいます。しかし田中宮相は、『元老には金を出すが君に出す金はない』とにべもなく断ったとか。それ以来、首相と宮相は、犬猿の仲だと聞いています。首相は機密金を政友会党員の操作に使おうとしていたことは明白です」

「それが本当だとしても、国家的重大な理由とは言えぬだろう」

「小さくはありますが、政友会は我らにとって国のようなもの。それが首相によって切り崩されそうになっているというのは、国家的重大な危機と言い換えても構いますまい。政友会は藩閥政治を廃し、政権を奪取することを目的としています。それを政府転覆と申せましょうか？　もし、政府転覆の陰謀と言うのであれば、党の重鎮である井上伯、伊藤総裁も、それに結託していることになります」

わたしは井上の返事を待つために言葉を切ったが、彼は歯を食いしばり、赤い顔をしてわたしを睨むばかりだった。

「政友会は、国家的重大な理由なくして、政権の奪取をしようなどと考えていないことは、閣下もご存じのこと。しかしながら、閣下が伊藤総裁に急ぎ電報を打ったということは、理不尽な方法で政府を転覆しようとしている者がいると感じたからでしょう。その首謀者がわたしだと思ったのですか？」

井上の表情が少し動いた。

「それは、わたしが賊軍の国の出身だからでしょうか？」

井上の表情はさらに動く。

井上は戊辰の戦やその後の私利私欲を貪《むさぼ》ったことについて罪悪感を抱き、その埋め合わせでわたしを重く用いてくれるのではないかと考えたことがあったが――。

それは当たりであったかもしれない。井上の中には未だに、人を官軍と賊軍とに分けて考える部分があるようだ。

井上はわたしの能力を買ってくれている。しかし、最後の最後のところで、信じ切れなかったようだ。

「なにを言っている、それはない」

井上は強く首を振った。その動きは、自分自身に思いこませるためのように見えた。

「伊藤総裁の電文にあったように、諸氏に伝えるため、まず初めに君に来てもらっただけだ」

「では、わたしが政府転覆を謀る者たちの首謀者であるとお考えになったわけでは――？」

「ない」

「井上閣下と伊藤総裁が暗号でやりとりしていることや、今回の電文の件は、党員にも知られない方がいいでしょう。ただでさえ切り崩しが噂されているところです。党員の不安を煽り立てることになります――。閣下が最初にわたしをお呼びになったことは大正解です。この件は、閣下とわたしの間だけの話にいたしましょう。わたしがそれとなく、党員たちに結束を呼びかけ、胡《う》乱《ろん》な動きをして政府に睨まれないようにと伝えておきます」

「そうか……。そのようにしてくれたまえ」

井上は安心したように言った。

とりあえず、三時間にわたる話は丸く収まったが、胸にはわだかまりが残った。

井上や桂など長州の者たちには、未だに官軍、賊軍の別がある。そういうわたしの中にも、それは歴然としてあるのだ。

このわだかまりを取り除かないかぎり、この国は真の一歩を踏み出せない。いつまでも、あの不毛な戊辰の戦の中で足踏みをしているのだ。

どうすればいいのか――。

自分自身の心を整理できていないというのに、その問題を解決できるわけはない。

しばらく考え続けなければならない問題になりそうだと思った。

六

井上と議論を戦わせた日からほどなく、山縣有朋が、宮内省から巨額の金を出資させたという噂が聞こえてきた。議会の運営という口実らしいが、常識的に考えて議会にそれほどの金がかかるとは信じがたい。おそらく、山縣が個人的に必要であったものであろう。清廉潔白のごとく装ってはいるが、山縣にはそのような秘事がある。目白《めじろ》の大邸宅〈椿山荘《ちんざんそう》〉や京都の〈無鄰菴《むりんあん》〉などの私邸を維持するのにも大層な金がかかる。

政治には金が必要である。これは厳然たる事実である。そして、それをどのように集めるかが重要になってくる。

必要なものであれば、余っているところから取ればいい。多少、強引なことをしても致し方ない。けれど、それを私的に用いるのは断じて許されない。

だが、山縣ばかりではなく、元勲――戊辰の戦で大きな功績をあげた政治家らは、多かれ少なかれ、〝甘い汁〟というには大きすぎる財貨を私している。

かつて楢山佐渡さまは、

『薩長のお偉方が言うておった。官軍兵は今まで貧していた者ばかりだ。威張り散らす者も、飲み食いの代金を踏み倒す者も、いずれ衣食足りて礼節を知るであろうとな』

と仰っていた。

それに対して若い頃のわたしは、薩長土肥の藩閥の者らは幾ら食っても飢餓が満たされない餓鬼道に堕ちた者たちのようだと感じていた。

戊辰の戦で勝った者たちの一握りは、私利私欲を貪り、未だそれを続けている。

あの戦で奥羽越列藩同盟が勝っていたとすれば、今、我々が同じことをしていなかったとは言えない。それは三閉伊一揆の後の一部の民衆らの所行を見ても明らかである。

強欲なのは薩長土肥の者たちばかりではない。

あまねく人の欲にはきりがないのだ。

今は日本中の多くの者が貧しいから目立たないが、この国がもっと豊かになれば、目に見えて明らかになろう。衣食が足りても礼節を知らぬ者はどこにでもいるのだ。

七

明けて明治三十五年（一九〇二）、衆議院総選挙の年となった。

わたしは初日の出を拝み、初詣に出かけた。もちろん、祈願するのは選挙における政友会の勝利である。

洗礼名までもらっているわたしが、日本の神仏を拝むというのもおかしな話だが、元来日本人というのはそういうものである。日本古来の神も拝むし、途中から入ってきた仏も拝む。

二月に入り、伊藤の帰国も間近であったので、それを肴《さかな》に有志が集まり、星ヶ岡《ほしがおか》茶寮《さりょう》で小さな宴を開いた。

星ヶ岡茶寮は日枝神社境内にあった丘を利用して建てられた高級料亭である。

伊藤の出迎えについて相談するため、紅葉館で打ち合わせがあった。

元勲らの贅沢三昧を批判するわたしが、しょっちゅう料亭で会合をもっている。戊辰の戦の後の、盛岡での暮らしを思えば、わたしもまた贅沢三昧をしている。代金は自分の財布から出すが、党の関わりであれば、党の予算から出すこともある。わたしもまた、元勲らと同じ穴の狢《むじな》であるのかもしれない。

同月の後半、北浜銀行の預金が、創立以来未曽有《みぞう》の高となり、株も騰貴した。

留守の間、仕事を代行してくれていた岩下清周は、「あなたが頭取になってくれたお陰です」と笑顔で言ったが、即座に首を振った。

大阪を留守にばかりしているわたしのお陰などではけっしてないが、『お前が留守にばかりするから、銀行が傾いた』と言われる事態にならなかったことにほっとした。

二月二十六日に、伊藤博文の乗った船が着くというので、わたしは神戸に向かい、宿をとった。船の到着は深夜だというので、上陸は明日の朝であろうと思い、同行者と共に床についていたのだが――。伊藤は夜中の二時にわたしの部屋の扉を叩いた。

急いで着替えて談話室へ向かい、彼が留守の間の政友会のことについて報告した。

伊藤はわたしの話を上の空で聞いている。どうやら、洋行の間に起こったことを早く話したくてたまらないらしい。手短に話を切り上げて、

「外遊での出来事をお聞かせ下さい」

と水を向けた。

伊藤は嬉しそうな顔をして、

「わたしは保養のためにアメリカの西海岸にでも出かけようと思っていたのだが、山縣、井上、桂らが、それならば旅の途中にロシアまで足を延ばし、協商を試みてはいかがかと言うて来た」

協商とは、同盟ほど強固なものではないが、国家間で相互に協調関係を結ぶことをいう。

「ところが、パリに滞在中に行ったイギリスとの談判が思いのほか進み、政府からできるならば日英同盟の締結まで持ち込んでほしいと連絡があった」

「日本とロシアに手を結ばれればまずいと思ったのでしょうね」

「その通り。わたしがロシアに赴くと、イギリスは同盟の締結を急いだ。日本政府は渡りに船と——」

伊藤は話し出したら止まらず、午前四時まで続いた。

「閣下。長旅でお疲れでしょう。まず、一眠りなさいませ」

わたしが促すと、伊藤は懐中時計を見て少し驚いた顔をした。

＊　＊

三月に入り、政友会の主催するもの、東京市の主催するもの、二つの伊藤侯歓迎会が開催された。東京市の歓迎会では渋沢栄一《しぶさわえいいち》が式辞を述べて、伊藤は答弁演説をした。

十二日頃であったろうか。盛岡市選出議員のことに関して話があると、坂本安孝《さかもとやすたか》が党本部を訪れた。

巖手日報《いわて》（現在の岩手日報とは異なる）の経営者の一人である。昨年、盛岡を訪れた折りに顔を合わせた。宴では、人一倍大きな声で話し、笑う男で豪放磊落《らいらく》な印象を受けたから、よく覚えていた。その時には盛んに衆議院選挙に立候補するように言って来たから、これは、わたしに盛岡市から出馬してほしいとの依頼かと思ったら、違った。

「たいへん申し訳ない」

坂本は、応接室の椅子に座ると、大仰に頭を下げた。

「どうしました、藪から棒に。まず、なにがあったのかお話し下さい」

「太田《おおた》さんとも色々話したのだが――」

太田さんとは太田小二郎《こじろう》。盛岡銀行の経営などに携わる男である。

「原さんや、政友会員を立候補者に推すのを断念しました」

「わたしはまだ立候補するともしないとも決めておりませんが、政友会員も推さないというのは残念ですな」

「いや……。我々も商売人ですから、党の間のいざこざに巻き込まれるのはどうもということになりまして」

「我々というのは？」

「交話会です」

交話会とは、盛岡の有力な富豪らで設立した団体である。毎月、出資金を積み立てて企業への投資を行っていると聞こえていた。

「苦しい心中をお察し下さい」

坂本は頭を掻いた。

「しかしながら」坂本はわたしの顔に目を向ける。

「原さんが郡部選挙区から出馬と仰せられるのであれば、精一杯応援させていただきます」

坂本の言葉に、わたしは小さく首を傾げた。

「坂本さんは先ほど、政争に巻き込まれるのはごめんだから、政友会の候補には協力できないと仰った。しかし今度は、わたしが郡部選挙区から出るのならば精一杯応援すると仰る、おかしな話ですね」

言うと、坂本は一瞬『しまった』というような顔をして、目を逸らした。

「つまりは、市部は困るが、郡部ならいいということですね。大隈英麿閣下は市部選挙区からはご出馬なさらないらしいという話が聞こえてきました。とすると、交話会が推す人物が市部選挙区から出るので、邪魔をしてほしくないということでしょうか？」

大隈英麿――、南部英麿さまである。盛岡藩最後の藩主、利恭公の弟君。わたしの兄の恭がご学友として東京に学んだこともある。

こともあろうに――、と申し上げるのは大層不敬なことであるが、わたしの大嫌いな大隈重信の娘婿であった。

わたしの問いに困ったような表情をして、坂本は答えない。

交話会は清岡を推すことにしたのだと、わたしは思った。

清岡が市長になって以後、交話会は盛岡での勢力を強めていったという話が聞こえていた。日本全国の市町村の例に漏れず、盛岡も豪商や大地主が幅を利かせている。清岡はそれに力を貸していたのだろう――。

なるほど。清岡を衆議院議員にするために、英麿さまを説得して、郡部選挙区に回ってもらったのか。

清岡を衆議院議員にさせて操り、交話会の支配力を県外にも広げていこうという野望か。そのために、政友会にもいい顔をしておこうというので、わたしが郡部選挙区から出るのであれば、応援しようと申し出てきたのだ。郡部選挙区は複数名の議員を出せるから、英麿さまにも迷惑はかからない――。

そう思いながら、わたしは口を開いた。

「その申し出、ありがたく承っておきましょう。しかしながら、わたし自身、立候補するかどうかも決めておりませんから、市部から出るとか郡部から出馬するとか確かなお返事はいたしかねます」

「左様ですか――」

わたしから明確な回答を得られなかった坂本は、渋々帰っていったのだが、十四日、再び訪れて、市部選挙区からの立候補は諦めてほしいと訴えた。交話会の連中から確かな答えをもらってこいと尻を叩かれたのかもしれない。わたしは「熟考いたします」とだけ答え、坂本を帰した。

その翌日。今度は、千葉県知事をしている阿部浩が来訪し、衆議院総選挙の盛岡市選出候補に関して話をした。やはり交話会は清岡を推すことにしたらしい。清岡は精力的にあちこちで演説をしているようだ。

阿部が帰った後、わたしは夕方の汽車で大阪に向かい、月末まで銀行家としての仕事をこなした。

四月に入り、仙台市の政友会立候補者に調停の必要があって四日、同市へ赴いた。

五日、宿に政友会員、宮杜孝一、平田箴《ただし》、横浜幾慶の三人が訪ねてきた。

座卓を挟んで、三人は正座した。緊張した面もちでわたしを見つめている。話し出すきっかけを探しているのだと思い、世間話から入られては時間の無駄であるから、わたしの方から水を向けた。

「どういう用件でしょう」

すると、宮杜がほっとしたように口を開いた。

「盛岡市から選出する衆議院議員の候補者の件です。原さんに出馬していただきたいと思い、お邪魔いたしました」

「東京の政友会本部へ出向こうと準備をしていたところ――」と平田が言う。

「原さんが仙台に来ているという話を聞き、ともかくすぐにお話がしたいと、お忙しい所とは思いましたが――」

「政友会としてはわたしを選挙に出すという計画はありませんよ」

「しかし、清岡さんは政友会に入会するつもりはなさそうです」宮杜が言う。

「ほかにも当たってみましたが、皆、首を縦には振りません」

「このままでは、市部選挙区に政友会員をという目論見は達成できなくなります」横浜が言った。

「原さんには、盛岡市部選挙区からの立候補を決意していただきたくお願いに上がったのです」

「つまり、清岡さんと戦えと？」

「そういうことになります」

宮杜が言い、三人が肯いた。

「清岡さんと競争して当選するというのは、どうも気が進みません。盛岡を二分して、両派の支持者たちがいがみ合えば、盛岡の平和を害することになりませんか」

「選挙でありますから、そうなるのは致し方のないことではありませんか。選挙権のある者たちの多くは大きな店をもつ商人です。ですから入れ札の勝ち負けには馴れています」

宮杜が言う。

「なるほど。しかし、わたしには地盤がない。政友会員だけがわたしを推すというのでは勝ち目はありませんよ」

思わず本音が出た。恥ずかしくなって一つ咳払いをし、続けた。

「わたしは長く、政治の核心近くで働いて来ました」

「だからこそ、我らは原さんを推すのです」我が意を得たりとばかりに平田が身を乗り出した。

「清岡さんも市長を七年続けていますが、市政と国政は違います」

「まぁ、聞いてください」

わたしが言うと平田は「失礼しました」と姿勢を正す。

「議員として国政に携われば、力を発揮することができるでしょう。しかし、わたしは長く東京にいます。一方、清岡さんは、市民の近くにいました。携わるのは国政でも、票を入れるのは市民です。わたしの不利は大きい。多くの市民が希望し、円満に推薦してもらえるというのであれば、喜んで承諾しますが――」

宮杜はわたしの言葉を遮った。

「清岡さんを推しているのは、交話会という団体です。太田小二郎ら北上回漕会社や、岩手銀行に関わる連中が中心になっています」

「知っています。盛岡の有力財界人が集まった団体ですから敵に回せばすこぶる手強い」

わたしは首を振った。

「手強い者には、手強い敵もいるのは世の常」宮杜が言う。

「彼らを快く思っていない者たちも大勢います。もし決心していただければ、我らはそういう人たちと交渉し、推薦状をもらって原さんに送ることにいたします」

清岡のほかに有力な候補者を見つけられないのであれば仕方がない。

しかし、初出馬で落選という実績を作ってしまうのは避けたい。

「わかりました。清岡さんと戦うのは気が進みませんが――。円滑に進むのであれば、決心いたしましょう。友人の阿部浩が、わたしのことをずいぶん心配してくれているので、連絡をとってもらえれば、力になってくれると思います」

わたしの答えに、三人は「ありがとうございます！」と頭を下げた。

「ただし、わたしの一存で決めるわけにもいきません。本部と相談しますから、その間、準備は進めていてください」

わたしがそう言うと、三人はそそくさと立ち上がり、「これから駅に走り、盛岡に帰ります。すぐに動き出しますのでご安心を」

三人は部屋を飛び出して廊下を駆けて行った。

わたしは一つ溜息をついた。

今度の選挙は、盛岡を二分する戦いになろう。一番避けたかった状況になりそうだ。

しかし、戦いたくなくとも戦わなければならないこともある。

楢山佐渡さまが、秋田攻めを決めた時ほどの大事ではないが、その時の佐渡さまの気持ちが実感として迫ってきたのだった。

後から聞いたところによると、宮杜たちは清岡の所へ行って、立候補断念を談判していたらしい。それを断られて、なんとしても自分たちの力でわたしを衆議院に送り出そうと、勢い込んでの来訪であったようだ。

ともあれ、こちらから頼み込んだのではなく、向こうから積極的に申し出て来たのである。両者にはおのずと、気合いの差が出る。

盛岡で一生懸命運動してくれる人材があるのはありがたい。うまくすれば、盛岡に住まぬ不利は払拭できるかもしれない。

八

四月十二日に、清岡等からの手紙が来た。かなりの長文であった。

内容は、自分が立候補したのは盛岡の交話会から『政党に関わりのない人物を議員候補者にし

たい』という依頼を受けてのことであること。『政友会へのお誘いについては、時期を見て、実

業者一同を誘って入会するつもりであったこと』などが記されていたが――。

　その手紙の少し後に、清岡が手紙をよこした理由が分かった。四月九日に盛岡の政友会員らが太田小二郎らと面談し、わたしを衆議院議員候補とするようにと申し入れをしたという。それを太田らが拒否し、翌日、交話会の会員全員一致で清岡を議員候補に推す決議を行った。清岡からの手紙は、それを受けてのことのようだった。

　一方わたしの側でも、阿部浩や政友会の者たちが精力的に動いてくれていた。有権者への戸別訪問はもとより、こちら側の協力者として、太田小二郎らとは距離をおいている盛岡の実業家、久慈《くじ》千治、小野《おの》慶蔵《けいぞう》らの承諾を得たと知らせてくれた。両者は『清岡は強敵だが、勝算はある』と言っていたという。

　有権者は三百一人。戸別訪問は清岡の方もしていて、有権者宅で鉢合わせして、あわやとっくみあいの喧嘩になりかけたこともあると聞こえてきた。

　盛岡が田舎だからではない。似たような話はあちこちである。日本の政治はやはり成熟していないのだ。気に入らない奴は殺してしまえと短絡的に暗殺という手段を選ぶ連中が多いこともそれを証明している――。

　わたしは阿部の知らせから、衆議院議員総選挙への出馬を決意し、選挙までの様々な計画を書いて、盛岡の元自由党の鵜飼《うかい》節郎《せつろう》に送った。今回の選挙に郡部選挙区から立候補することになっている人物である。

　その日の午後、坂本安孝がわたしの元を訪れ、選挙についての探りを入れてきたので、それとなく出馬の決意を漏らした。

　またその日は、北條《きたじょう》元利《もととし》岩手県知事が上京したというので面会した。

北條は米沢藩の出身である。戊辰戦争では官軍と戦った男であるが、警視庁、司法省に勤務し、裁判所長、判事などを務めた後、新潟地方裁判所の検事正から官選――、政府に選ばれて岩手県知事に就任した。

北條から岩手県における奨学金の相談を受けた後、わたしは選挙に出馬する決意を語った。

党にも立候補の意志を伝え、本当であれば投票日まで盛岡に腰を据えて選挙運動をしたいところであったが、そういうわけにもいかなかった。

四月中は大阪へ向かい、故陸奥亮子夫人の三周忌法要や、北浜銀行の重役会に出たり、政友会岡山支部の総会に出席したりと、走り回った。

五月に入って、一日に久慈千治や阿部浩から盛岡の状況を訊いた。

清岡派は、わたしが盛岡に姿を見せないことを攻撃の材料に使い、『原敬は東京にかぶれて盛岡に寄りつかない。そんな男に、盛岡が今、なにに困って、なにを必要としているのか分かるはずはない。原敬は盛岡になにもたらさない』と、演説会などでまくし立てているようであった。

わたしが盛岡へ帰れたのは六月であった。

速記者の友野茂三郎《とものもさぶろう》を供に、四日の夕方六時の汽車に乗った。仙台で横浜幾慶、一関で平田箴が合流した。いずれも、仙台でわたしに出馬を依頼した男たちである。花巻からは久慈千治ら数名が乗り込んできて、同行した。

汽車は翌日の午前九時に盛岡に着いた。応援してくれている有権者を含む数十名が出迎えてくれた。政友会盛岡支部の事務所には、陸続と有権者が訪れて、わたしを支持する旨を熱く語った。

やはり皆、立候補者が盛岡にいないことに強い不安を感じていた様子で、ほっとした表情を隠さなかった。

すぐに藤沢座という芝居小屋で演説会を開いたり、仙北町《せんぼくちょう》の佐藤清右衛門《さとうせいうえもん》宅での懇親会に出席した。佐藤は盛岡でも有数の豪商で、そういう人物が後援してくれるのはまことに心強かった。心強いといえば、幼い頃に寺田直助先生の私塾で机を並べた者たちが顔を出してくれたことが大変嬉しかった。

＊　　＊

総選挙に関して、全国各地でいろいろと混乱があったが、一番大きなものは商工経済会のそれであろう。清岡の推薦団体であったが、他県で候補者の推薦に関して行き違いがあり、しかも会の中での了解がないままに行われたものもあって、ついには渋沢栄一をはじめとする数名の役員が脱会するという騒ぎになった。

八月十日の投票日。午前十一時頃までに投票は終わった。夕方、来る十三日に生姜町《しょうがちょう》の集会所、杜陵館《とりょうかん》で大懇親会を行うことを発表した。

十一日。午前八時から開票が始まった。有権者は三百一名であるから、結果はすぐに出た。投票総数は二百七十二。無効票が二。わたしの得票が百七十五。清岡が九十五であった。無効の二票は、わたしに投票したものであったから、実質は百七十七票を得たことになる。

棄権の二十九票は病気や旅行などでやむを得ずというものが十人ばかり。残りは事情が少々複雑な者たちであった。

清岡派の中には、どういう情報を得たのか『四十五票差で勝利した』と祝宴をあげていた者たちもいたという。また、機関紙の巌手日報は、一昨日は『大勝利』と報じ、昨日になってもまだ『勝利』を叫び、今朝になって『失敗』と報じたが『その差はわずかに二十票にすぎない』と書いている。

いかに機関紙であろうと、事実は正確に報じなければならない。これもまた、政治が成熟していない証であろう。

わたしは、日本の未熟な政治の土壌を耕すことしかできないだろう。わたしの後に、優れた政治家が出て、種を撒き、遅くとも百何十年後には、日本の政治を高みに押し上げてくれることを望む。

藩閥政治という荒野を切り拓いて、美しい畑とする第一歩を、わたしは踏みだしたのだ。

十三日の杜陵館での大懇親会には、有料の会であったのにもかかわらず四百名ほどが集まった。会ではわたしが演説したが、それは速記者の友野が速記してすぐに印刷に回された。

我が派の中には反対もあったが、わたしは清岡派の者たちも参加は拒まないと呼びかけた。道場での剣術の試合は、真剣に斬り合うつもりで竹刀を交える。その時には相手は斬り殺すべき敵であるが、勝敗が決した後には、仲のいい同門の友に戻る。

選挙も議論もかくありたい。

選挙が終わったら原派、清岡派の別はない。いずれも盛岡を、日本を愛する仲間である――。

そう思っての呼びかけであったが、こちらの意を汲んで参加を考えた清岡派の者たちも、幹部連中を恐れて来られなかったという話を聞き、残念に思った。

＊　＊

八月十九日の午前に東京に着き、芝の自宅で浅と使用人たちの万歳に苦笑いを浮かべ、一息ついた。「本当にコマネズミのようなお方」と浅に笑われながら送り出されて、午後、政友会本部に向かった。

本部で全国から集まった選挙の様子を聞いた。

第七回衆議院議員総選挙の結果、政友会は百九十一議席を獲得した。選挙前より三十三議席を伸ばしての第一党であった。第二党は九十三議席の憲政本党である。

政友会は過半数を獲得し、その三分の二は新議員であった。

東京にいる間は、加藤高明《かとうたかあき》の衆議院議員総選挙当選に関わる板垣退助とのいざこざの調停に走り回った。加藤は第四次伊藤内閣で外相を務め、その政治家としての手腕をわたしは高く買っていたから、政友会への入会を勧めたが、即答はもらえなかった。

大阪に戻り、瓦斯《ガス》会社への融資の件で走り回っていた八月三十一日。南部家の奥方、菊子さまの訃報が飛び込んできた。

東京へ戻り、葬儀に参列した九日後、またしても南部家の災難の知らせが入った。

大隈英麿さまが、大隈家から離縁を申し渡されたというのである。原因は、英麿さまが他人の負債に調印したため、大隈家に多額の損害を与えたということであった。

この年末、桂内閣は衆議院を解散した。

九

明治三十六年（一九〇三）一月。

十三日に北浜銀行の総会を開き、わたしは北浜銀行頭取の職を辞した。再び衆議院議員となれば、これまで以上に大阪にいる日数は少なくなろうからという理由である。頭取でいるよりも迷惑は少ない取締役として銀行には残った。

東京に戻って、来る衆院選に向けて準備をしているところに、盛岡から清岡等と、その参謀大《おお》矢馬太郎《やまたろう》がわたしの自宅を訪れた。二十二日のことだった。

二人とも表情が重い。おそらく衆院選のことでなにか相談しに来たのだろうとは思ったが、果たして、立候補の決意を語りに来たのか、断念を語りに来たのか――。

応接室で、小使が茶を置いて去ると、清岡が口を開いた。

「昨年の選挙の後、わたしの派と原さんの派がどうにもギスギスとして、市内には緊張した空気が流れております」

「そういう話は聞こえています」

わたしは溜息をついた。手打ちの会を開いたのにもかかわらず、敵対視する気持ちを切り替えられない者は多いようだった。政治をよく学んでいるはずの者たちさえそうなのだから、憤懣《ふんまん》を抱えた会員、党員らに引きずられる市民も多かろうと思った。

「わたしは電灯の事業を起こそうと思っているのですが、市民一致の助力を得られない状況です。ですから、今度の衆院選には出馬しない考えです」

「あなたが立候補しないというのであれば、あなたの同志の中にも候補に立つ者はないのですね？」

「はい。誰か別の立候補者を応援するということもせず、原さんが立候補なさるのであれば、協力を惜しみません。様々しがらみがありますから、わたしは今すぐに政友会へ入ることはできませんが、会の別働隊と思っていただいても構いません。市の平和のためにもそれが一番と判断しました」

「あなたの同志たちも同様のお考えでしょうか？」

「はい。しかし――」

「しかし？」

「原さんの方でも、我らの面目を立てるために考えるところがあるのではないかと」

「わたしを応援するためになにか条件をつけたいということですか？」

「条件というほどのことではありませんが」と大矢が言った。

「次の衆院選では清岡を推すと約束していただきたい」

なるほどそういうことか。

選挙で戦えば、また負ける。負ければ、ますます自身と後援者の立場が悪くなる。そして、再び市内は二派に分かれて争うことになり、それをいつまでも引きずる。ならば、原を応援し、その代わり、次の選挙では清岡を推してほしい。そして、二人で仲良く交替で衆議院議員を務めよう——。

選挙というものの本質を考えれば情けないことだが、いがみ合いが続くよりは無投票で決まる方がましと思っている。しかし、内々に取り引きして交替で議員になるという方法は受け入れられない。

「そういうことであれば、断固お断りします。さきほどあなたは、市の平和のためと仰ったが、そういう条件を申し出ては、美事は丸潰れです」

「しかし……、同志を納得させるには……」

「あなた方の同志は納得するでしょうが、我らの同志はこれを聞けば憤然とするでしょう」

清岡と大矢は唸って顔を見合わせ「帰郷して話し合います」と言った。

「あなたたちで決定することはできないのですか？」

と訊くが、要領を得ない返事が返ってくるばかりだった。

「政治家よりも支援者の力が強いというのはいただけませんね。そういう関係は、得てして政治家が傀儡《かいらい》として使われることになりますよ」

わたしが言うと、二人は強張った表情でもう一度「帰郷して話し合います」と言い、椅子を立った。

しかし翌日の昼近く。二人はまた我が家を訪れて、無条件でわたしを応援することと、全市一致して推薦するよう運動することを約束した。

＊　＊

今回の選挙は、政友会の百九十三人の当選。過半数を得た。横浜を始め数カ所で政府の干渉があったという。

伊藤の元を訪れて選挙費用の報告をするとともに、海軍拡張案についてどのように進んでいるかを問うた。

「別段のことはない。最初の主張のように進めたまえ――」と答えた伊藤は少し顔を曇らせる。

「しかし、経費節減の件は容易にはいかないようだ」

伊藤は最近、山縣ら政府関係者と頻繁に面会している。そのたびごとに連中の考えを刷り込まれているのだ。なにしろ連中は長州、伊藤も長州。元々盟友であるから、甘くなる。そして、こちらがごり押しすればまた衆議院を解散されるのではないかと恐れているようである。伊藤には元々そういうところがある。それが内閣を組織しても大きな弱味になる。まったく惜しいことだ。

わたしは少し腹を立てながらも「財政を整理すれば、地租増徴を延長せずとも十分に海軍拡張ができます」と念を押して辞した。

そして翌日、一番列車に乗って大阪へ向かった。一月から汽車の時間が短縮され、東京―大阪間は十四時間ほどになった。

わたしは大阪で大阪新報の仕事に没頭した。気分が滅入ったときには、違う仕事にのめり込むに限る。わたしが昨年社長に就任したことを公にして以来、新聞の部数が伸びているようなので、少し気分がよくなった。

高橋光威《たかはしみつたけ》という男を入社させた。彼はこの後、随分役に立ってくれることとなる。

二十日には兄の恭が博覧会見物のために大阪を訪れた。翌日の午後、博覧会を一覧し、奈良と伊勢を回って帰るという恭の乗る汽車を見送った。

四月に入り、後ろ髪を引かれる思いで東京へ帰った。その途中、脱線事故があり、東京への到着がだいぶ遅れた。

四月十四日。政友会を内部分裂させせようという政府の計画が実行された。

政府に買収された政友会員らが、「会の幹部はすべて公選によって組織すること。緊要の問題はすべて衆議をもって決すること」という檄文《げきぶん》を二六《にろく》新聞、日本新聞に載せたのである。

その日、東京の本部にはほとんど会員は残っていなかった。神戸の観艦式、大阪の博覧会に出ていたのだった。それに乗じて混乱を起こそうという姑息《こそく》な手であった。

十八日、首謀者四人が除名処分となり、騒動は一旦沈静化した。

わたしは、このまま終息させたのでは、今回は表に出なかった会の改革を望んでいる者らを調子づかせることになると考えた。組織が作られれば、そこに大なり小なりの不満が生まれる。政府はそれを利用して、火を燃え上がらせた。そして、熾火《おきび》はまだ残っており、それは遠からず再び燃え上がることになる。

熾火はできるだけ消しておくに限る。そのためには熾火がどこにあるのか見極めなければならない。

すぐさま総務委員会を開いた。今後、同様の騒ぎが起こらないようにするための対策会議であった。

案の定、「除名された者たちの言い分にも一理あるので改革が必要だ」「臨時大会を召集しよう」という意見を出す者がいた。それに肯く者も。わたしは、

「同じ志を持って会を立ち上げても、一人一人を見れば微妙に意見が異なる。そこに派閥ができる。そしてその派閥の中でも一人一人の意見はわずかに違っている。そういう者たちの意見を吸い上げて、改革をしていくことは絶対に必要だ」

と応えた。

委員の一人が「それならばすぐに改革を――」と口を挟むのを即座に制した。

「まず聞け。改革を行うにも時期を見なければならない。今、慌てふためいて臨時大会を開き改革に着手すれば、世間は、除名された者たちこそ正しかったと考える。政府も除名された者も我らの混乱ぶりと世間の反応を見てほくそ笑むだろう。ならば今は泰然と構え、議会が終了した後に粛々と改革を進めるという形が最良だと考える」

一同はそれに賛成して、政友会を潰そうとする政府と断固として戦うことを決めた。

＊　＊

日本とロシアとの関わりについて、政治的な駆け引きが続いていた。政府はその一方で、政友会潰しの攻撃も続けていた。

尾崎行雄脱会が会員らに知られることとなり、それに伴って脱会、除名が六十人余り、地方党員の脱会は千人を超えていた。このまま脱会する者たちが増えれば、会の存続も危うくなる。

そこに、政府側は最後の一撃を加えてきた。

伊藤に枢密院議長の話が出たのである。陛下からのお言葉である。政府は陛下までも引き込んで政友会を潰そうとしているのだった。伊藤が枢密院議長に就任すれば、政友会が政権を奪取する機会は奪われる。

山縣の息の掛かる内閣の考えそうな奸計である。伊藤を政友会から分離させ、会を破壊して、政府に楯突く存在を消し、政策を自由に行おうという魂胆である。

政府が『伊藤は政友会を離れる』という噂を流す中、政友会の主だった者が集まり、対策を考えた。伊藤の枢密院議長就任を政府の陰謀だなどと追及すれば、陛下が陰謀に加担したと主張することと同義になってしまう。政府はそこを突いて非難するだろうし、民衆も同調するだろう。

そして、陛下は本気で伊藤を求めていた。今、日本はロシアとの間に戦端を開くことになるかもしれない。こういう国家的な危機の中で、伊藤に枢密院で議事を取りまとめてほしいと願っていた。それほどまでに陛下は伊藤を信頼なさっているのだ。

ならば、伊藤は枢密院議長を引き受けるということを前提に、善後策を立てなければならない。後継者は誰かと考えれば、西園寺公望しかいない。それをわたしと松田正久《まつだまさひさ》が総務委員という立場で補佐する――。

そういう形で話はまとまり、七月十四日の本部協議委員会で全員一致で可決した。翌日、在京議員の総会を開き、伊藤と新総裁の西園寺の演説が行われ、引き続き紅葉館で送迎会が開かれた。けれど、西園寺の指導力に疑問を持った者たちの脱会は続き、百九十一あった議席は、百二十八にまで減った。しかし、なんとか第一党の地位は維持していた。

この年の八月、品川と新橋の間に路面電車が走った。東京初である。明治三十六年、三十七年の頃は、鉄道会社が三つ営業開始している。東京にはすでに鉄道馬車が走っていたから、それが電化されていったのである。

線路の脇には腕木の多い十字架のような電柱が立ち並び、幾本もの電線が張りめぐらされた。遠目に見ると電線が見えないから、巨大な蜻蛉《とんぼ》が列をなして空中に静止しているようで、奇妙な景色であると言っていた者がいた。

第七章　政治家として、父として

一

奉答文事件によって衆議院が解散された。

奉答文とは、陛下より下賜された衆議院の開院勅語に対してお答えする文のことである。通常は書記長官が起草し、起草委員が協議して書き記して議長が朗読するもので、議員等の賛同を求めた後、宮中に奉呈される。

しかし、明治三十六年（一九〇三）十二月十日の第十九議会開院式のそれは違った。議長を務める憲政本党の河野広中《こうのひろなか》は、自分が書いた桂内閣への批判を書き加えたものを朗読したのである。そして、あろうことか、『いつもの儀式』と油断し聞き流していた議員たちは、その文に賛同の意を示したのである。

気づいた議員が騒ぎ出し、再議を求める声も上がった。しかし、再議は行われず、衆議院は翌日解散されたのである。

わたしは所用があって大阪に出向いていたが、奉答文事件の知らせが入り、急遽《きゅうきょ》、東京に戻ったのであった。

またしても衆議院解散。総選挙は翌明治三十七年（一九〇四）の三月一日に行われることになった。

政治は、いつまでこのような下らないことを繰り返すのだろうか。

＊　＊

議会の混乱をよそに、国内は異様な熱気を孕《はら》んだ興奮が広まりつつあった。

ロシアとの戦争である。

清国に勝った日本ならば、ロシアにだって勝てる。

そう鼻息荒く語る者が多かった。

しかし政府は違った――。

清国との露清協定に従い、ロシアは満州から撤兵しなければならないのだが、ずっと居座っている。

ロシアはなし崩しに満州を手に入れようとしているのではないか？　日本にとって、朝鮮、清国、満州は、ロシアの侵略に対する防衛線である。ロシアがそれらの土地を侵略すれば、巨大な帝国は次に日本に押し寄せて来るだろう。

日本としては、その悪夢の発端であるロシアによる満州の占領を許すことはできなかった。政府は兵を撤退させるよう抗議したがロシアは無視した。

かといって、武力をもって撤退させることは可能か？　政府は対露対策に躍起になっていた。

日本は、朝鮮や満州のことについて項目に含めた日露協商の案をロシアに提出した。しかしロシアはそれに、事実上朝鮮北部を自国の領土と認めさせようとする条項を加えて返して来た。

ロシア公使ローゼンと日本の小村外相は何度も交渉を繰り返したが、両者とも自国の主張を曲げることがなかったために、なんの成果もないままに半年が過ぎた。

漏れ聞こえてくる情報から、わたしは尾崎に語った言葉を思い出した。

『戊辰の戦は、主張の平行線の末に起きたものだ。堪え性のない方が先に刃を抜く』

平行線の果てに戦があるのは、国内ばかりではない。このままでは、日本とロシアは戦をせざるを得なくなる。

政治家らはそういう危機感を抱いていたが、庶民はいたってお気楽で、日本橋の白木屋にショーウインドウなるものができたと、多くの見物人が列をなしていた。ショーウインドウとは、大きなガラス窓の中に商品を展示して購買意欲を刺激するものである。向かいの三越は先を越された形で、なんとか遅れを取り返そうと、美人画のポスターを考案しあちこちで宣伝を展開した。

＊　＊

議会が解散されたままの明治三十七年（一九〇四）二月四日。日露戦争開戦を決定する御前会議が開かれ、国交断絶の通告は二月六日と決まった。

わたしはただの衆議院議員にしかすぎないので、当然、御前会議には参加できないから、会議の様子は後ほど伊藤博文や井上馨から聞いた。

ロシア側は完全に日本の陸海軍をなめてかかっているという。それならば勝機もある――。

＊　　＊

三月六日、日本軍はウラジオストク港を砲撃した。

同月二十日。第二十議会の開院式が行われた。煙草製造専売法の中の賠償金、毛織物消費税、軍事費などについて話し合われた。

二十七日には、日本軍が第二次旅順口《りょじゅんこう》閉塞作戦を開始。

五月一日、日本第一軍、鴨緑江《おうりょくこう》を渡河して九連城《くれんじょう》を占領。三日には、第三次旅順口閉塞作戦を開始。二十五日、日本軍とロシア軍、金州《きんしゅう》、南山《なんざん》で交戦。二十六日、日本第二軍、金州と南山を占領。

六月十五日、日本第二軍、得利寺《とくりじ》付近でロシア軍と交戦。二十日、日本の満州総司令部が置かれた。二十三日、日本艦隊、ロシア艦隊と旅順の港の外で交戦――。

日本軍の活躍が報じられ国民は熱狂した。最初は眉をひそめていた者たちも、周囲に感化されていったものとみえる。

そんな中の七月八日、陸奥宗光の息子、広吉《ひろきち》の養女である冬子《ふゆこ》が亡くなった。冬子は陸奥が妻以外の女に生ませた子であった。

陸奥の血を引く者の死は、わたしに大きな悲しみを与えたが、それよりも大きな衝撃がわたしを襲った。

九月十二日、上田常記に嫁いだ栄子が死んだのである。先月、女の子美代を産んだ直後であった。月の初めには粟粒結核であることが分かり、家族もわたしも覚悟を決めていたのだが――。

栄子が産んだばかりの美代も死んだ。栄子と同じ病であった。

二十七日に東京行きの汽車に乗った。

日本第三軍が旅順攻撃を開始したのを知ったのは東京へ着いてからだった。

八月に入り、黄海《こうかい》や蔚山《うるさん》沖で連合艦隊とロシア艦隊が交戦した。その月の後半には、日本第三軍が第一回旅順総攻撃を開始する。

九月四日、日本満州軍は遼陽《りょうよう》を占領した。

九月十九日には第二回旅順総攻撃が開始された――。

十一月二十六日に第三回旅順総攻撃が開始されたその翌日、わたしはある決意をもって浅を伴い大阪駅に降り立った。

十一月三十日。大阪の自宅を引き払い、栄子の次男、貢《みつぎ》を引き取り、東京へ向かった。上田常記が男やもめで二人の子供を育てるのは辛かろうという判断であった。貢は浅に預け、愛宕町の家で暮らすことになった。

長男の常隆《つねたか》は盛岡に引き取られることになった。

＊　＊

大阪から戻ったその足で、わたしは帝国議院へ向かった。第二十一議会は先月の三十日に開院式が挙行されていた。

政友会員で中央新聞の経営をする大岡育造《おおおかいくぞう》から、「電話で桂首相と話をしたのだが――」と相談を受けた。

桂首相は、『政友会の決議は政府の意見に近く同意できることも多いが、憲政本党のそれは、政府の意見にはなはだ遠い。これからは政友会の決議をとって、憲政本党のそれを排することとしたい』という考えだという。

西園寺や伊藤とも話し合い、わたしが直接面会することとした。

桂の都合で夜の十時に私邸に赴き、応接室で向き合った。桂の家は三田にあり、芝公園のわたしの家からさほど離れてはいない。

今まで政友会を潰そうとしてきた犬養の傀儡《かいらい》内閣。その表の顔と対峙《たいじ》しているのである。

欧米の博徒は骨牌《トランプ》で賭けをするときに表情を隠す。それを思い出して、わたしはどんな感情も顔に出さず、長椅子に浅く腰掛けた。

桂は、自分の屋敷だというのに、居心地がわるそうに肘掛け椅子の中でみじろぎをしている。

「あなたの【よしあし草】、新聞を取り寄せて読ませてもらっています」

人なつっこい笑みを浮かべて桂は言った。

【よしあし草】とはわたしが大阪新報で書いている短評欄である。

「あの囲み記事は匿名ですが、なぜわたしだと？」

「大阪新報は大阪の新聞であるにもかかわらず、東京の者でなければなかなか分からないことを書いています」

「郵便で原稿を送ることもできます」

「議員買収や大臣の別荘行のことなど読めば、あなたが書いたのであろうと分かります。大臣の別荘についてはだいぶ辛辣に書かれていますが、あなたは別荘をお持ちでない？」

「持っています」わたしは苦笑した。

「自戒を含めて書きました。政治家に関するものは、己がこうなってはいかんという戒めです」

「なるほど、なるほど。わたしも気をつけることにいたしましょう」

〈ニコポン〉は生来の性格でなく、おそらく人心を収攬《しゅうらん》するために身につけた技であろう。今回は違う。ニコニコ笑いながら、こちらをよく研究しているぞと牽制し、話し合いを有利に進めようとしているのだ。どうやらこの男、威《おど》しの手管も持ち合わせているらしい。

その話には乗らず、すぐに切り出した。

「たとえばの話をします。たとえば、政友会が政府からの申し入れでこれから仲良くやっていくとしても、その代わりにと何かを求めることはありません。金銭は無論のことです」

わたしは語調を強めて、政府が常套《じょうとう》手段にしている議員の買収を暗に非難する。

「政府の決心が一尺ならば、政友会も一尺。一丈ならば一丈。政府が政友会を信頼すると言っても、こちらが冷淡であればどうしようもない。要するに、双方の意見が合一しなければならないということです。露骨に言えば、共に政局に当たるというのも一つの決心。また、両者とも互いの意見を考慮するということに留まるのも一つの決心。単に、親和するということに留まるのも一つの決心です。さて、政府のご決心はいずれにありましょうや？」

「戦時中は、内閣の組織を変えるつもりはありません。この戦は今の内閣に責任があるからです。しかし、戦後、もしわたしがこの職に留まることとなれば、政友会と相談の上、組閣をいたしましょう。もしわたしが職を辞することになれば、西園寺侯を総理に推薦する決心です」

「ほぉ。政権を政友会に譲ると仰せられる」

「はい」

「なるほど。そういうご決心であれば、政友会は憲政本党と離隔して政府を助ける道もあり得るでしょう。しかし、政友会はできるだけ憲政本党に我らと同じ方向を歩むよう働きかける努力をしたいと考えます。それを、再び憲政本党と手を結んだとは思わないでいただきたい。そして、西園寺侯が首相となった場合、反対の位置に立たず、西園寺内閣を助けていただきたいと存じます」

「もっともです」

桂は真剣な顔で肯いた。

「政友会は政府に盲従するのではありません。政府も政友会も共に国家のために働くということでよろしいですね」

「もちろんです――。議会にも世間の人々にも、政友会と政府が連《つる》んでいると思われては具合が悪い。この件については曾禰荒助《そねあらすけ》と山本権兵衛《やまもとごんべえ》だけに伝えることとします」

「まぁ、あなたが退陣する時に西園寺侯を首相に推薦すれば、ばれてしまうことですが。とりあえずそれまでの間、政友会は西園寺侯と松田正久以外には知らせずにおきましょう」

わたしが言うと、桂は肩の荷を下ろしたように笑みを浮かべて椅子に沈み込んだ。

「少し飲みませんか。いい洋酒があるのです」

「わたしは酒を断っておりますが――、一杯だけおつき合いいたしましょう」

二

明治三十八年（一九〇五）一月一日。

午前中、大阪新報社に赴いて、社員たちと共に年始の祝杯をあげた。大陸では戦が続いているのにという罪悪感があって、盛り上がりに欠けた。午後には書生の松村彌介を伴って奈良へ出かけ、新田目《あらため》鶴の家に泊まった。鶴はわたしの次姉磯子《いそこ》の長女である。

一月二日。春のような日和であったので松村に供をさせ、終日公園を逍遙《しょうよう》した。

その頃、二百三高地での壮絶な戦闘の末、敵将ステッセルが要塞を開城し、旅順が陥落した。日本軍はおよそ一万七千人近くもの死傷者を出したという。大阪新報では他社に率先してその号外を出し、好評を博した。

三日には大阪に戻り、十四日に北浜銀行の総会に出席した。

浅には黙っていたが、大阪出張の時には、京都へ出かけ小万──池永石《いけながいし》と遊ぶことを常にしていた。政治家の中には姦淫《かんいん》で新聞ネタにされる者もいる。

萬朝報《よろずちょうほう》という新聞に、しばらく前に【弊風一斑蓄妾《へいふういっぱんちくしょう》の実例】という連載があった。黒岩涙香《るいこう》とかいう物書きが権力者らの醜聞を書き連ねたものである。かなり手ひどく書かれた政治家もいた。

＊　＊

一月二十二日。ロシアのペテルブルグで十万人に近い労働者らが貧困を訴えて行進。それを阻止しようと軍隊が発砲し、千人を超える死傷者を出した。外には日本。内には労働者。ロシアは二つの敵を抱えたといえよう。この惨劇は〈血の日曜日〉と呼ばれた。

三月十日。日本満州軍が大勝利して奉天《ほうてん》を占領した。

四月一日から、古河鉱業会社の副社長となった。社長が陸奥宗光の息子潤吉《じゅんきち》で、以前から病気がちであったから、なんとか助けてもらえないかと請われていたのだった。

先代は古河市兵衛。陸奥宗光の後ろ盾であり、その葬儀の時に、声をかけてきた男である。わたしにとっても心強い後ろ盾であったから、現在の状況に輪をかけて忙しくなるのは目に見えていたが、断るわけにはいかなかった。

五月一日。日本軍第十三師団は樺太《からふと》上陸作戦の準備を始めた。

五月二十六日。護国寺において南部利祥《としなが》さまの葬儀が執り行われた。わたしは弔詞を読み上げたのだが、そこで一つの案を思いついた。

いつか、戊辰の戦で亡くなった兵たちの弔いをしたい。賊軍とされた無念をそこで晴らしたい――。

まだ漠然とした案で、なんら具体的なものは考えついていなかったが、いつか実現しなければならないこととして、心に刻みつけた。

＊　＊

そしてその翌日、五月二十七日。

東郷平八郎《とうごうへいはちろう》司令官率いる日本の連合艦隊は、ロシアのバルチック艦隊と日本海で交戦した。二日にわたる交戦で連合艦隊が大勝利した、後々まで語られる日本海海戦である。

六月一日。日本の高平小五郎《たかひらこごろう》公使は、アメリカ大統領ルーズベルトに日露講和の斡旋《あっせん》を希望することを伝え、同月九日に米大統領は日露両国に講和勧告書を送った。

そして七月二十四日、兄恭の嫡男達と、三男彬《さかり》が芝公園のわたしの家を訪れた。彬を正式に我が家に迎えることにしたからである。達は彬を送ってきたのだった。

わたしは愛宕町の家から浅を呼んでいたので共に迎えた。貞子はわたしの隣り、その後ろに浅が立った。

緊張した顔で挨拶をする彬の目が、貞子から浅に行ったり来たりするのが分かった。

恭からある程度の説明は受けていたのだろうが、養父の正妻と妾がすぐ目の前にいることに戸惑っている様子だった。

彬は達同様に聡明そうな顔をした少年であった。文学や音楽、特に音楽が好きで、わたしが帰郷した折りに顔を合わせた時、『蓄音機はありますか？』と聞かれたことがあった。

わたしは今日の日のために何枚かの音盤を買い足していた。その日の晩餐にはそれをかけたが、彬は食事の手を止めて音楽に聴き入っていたので、何度か浅にたしなめられた。

彬は暁星《ぎょうせい》中学校への入学が決まっていて、すぐに寮に入ることになっていた。我が家に寝泊まりしていた間は、浅が付き添って必要なものの買い物に出かけていた。

貞子はどうしたらいいのか分からなかったのだろう、体調が悪いと言ってずっと自室に閉じ籠もっていた。

ほんの数日であったが、なんとなく家族をもった気分になれた。貞子との暮らしではほとんど感じられなかった感覚である。浅と過ごしていても、なにか足りないものを感じていた。

彬が加わってそれが補われたかといえば、なんとも微妙なのである。だから〝なんとなく家族をもった気分〟なのだった。なまじ彬の顔を知っているものだから、甥っ子が遊びに来た——、そういう思いがつきまとうのだ。

彬はわたしの養子なのだと意識すると、じわりと〝子供をもった〟という気分になる。

彬の方もまた、ぎこちない思いを抱いているようだった。わたしを「叔父さん」と呼んで、はっとした顔になり、頬を染めて「ごめんなさい、お父さん」と言い直した。

わたしは「謝らなくてもいい。君の本当の父は恭兄さんなのだから。わたしのことは馴れるまでは叔父さんと呼んで構わないから」といたわりの言葉をかけた。

以後、ずっと彬はわたしを叔父さんと呼び続けたので、わたしは時々、この日の言葉を後悔することになる。

浅は愛宕町の家から貢を連れてきて、彬と遊ばせた。彬は、わたしや浅、貢、そして自分の存在に複雑な人間関係を感じているふうだったが、それを受け入れている様子であった。子供にはいかんともしがたい運命――。そう思っているのか、その目に微かな悲しみを見た気がした。

七月三十一日。彬は暁星中学校の寮に入るために我が家を出ていった。一抹の寂しさと共に、彬がいた間、わたしは緊張していたのだと気づいた。

なんだか肩の荷が下りたような、ほっとした気分になっていたのである。

彬と供に出した書生が乗った馬車が角を曲がって見えなくなると、隣りに立った浅が、

「お疲れになりましたか？」

と微笑んだ。どうやらわたしの気持ちを読んだようである。

「少しな。一緒に暮らすようになればすぐに馴れるさ」

わたしは苦笑する。

「彬さんはとてもいい子でございます」

浅は目を細めて馬車が消えた町角を見つめていた。

八月十日。アメリカのポーツマスで日露講和会議が始まる。同月十二日。第二回日英同盟協約が調印された。

十四日に、首相官邸へ呼ばれた。

応接室で向き合った桂は、

「戦争の終わりが見えましたので、戦後の内閣について相談したく、来てもらいました」

と言った。

なるほど、わざわざ官邸に呼んでそういうことを言うのならば、桂は首相の座に未練があるのだとわたしは思った。もし、潔く西園寺にその座を譲るつもりならば、はっきりとそう言うはず

だからだ。

「閣下。講和の条件は、ロシアの不満もある程度晴らす形で決まるはずです。つまり、日本に有利な条件ばかりではないということです。けれど、講和は多少の不利を忍んでも今回結了するのが国家のための得策。国民は大なり小なりの不満を抱くでしょう。もちろん、国民が不満に思うからといって、政友会は講和に反対はいたしません。必要があれば西園寺侯は賛成の談話を発表する用意があります。しかし、閣下は国民の不満を抑えるために、そしてその責任を取るために辞任しなければなりますまい。今とるべき選択肢は二つ。講和談判結了した後に辞するか、通常会が終わった後に辞するかです」

「そういうことでしょうな」

桂は溜息をついて一度、椅子に背をもたせかけたが、すぐに身を起こしてわたしに頭を下げた。

「西園寺侯に厚情に感謝いたしますとお伝え下さい。わたしの辞任は、侯の都合しだいといたしましょう――。暇になるでしょうから、外遊の用意でもしましょうか」

三

ロシアはポーツマス条約の会議で、終始強硬な態度を示し、日本が提出した条件を拒否し続けた。それは皇帝ニコライ二世の意思であった。日本は「金が欲しくて戦争を始めたのではない」として、賠償金や領土を放棄しても構わぬから、講和を成立せよとの命令を小村寿太郎に発した。

万が一、戦争が長引けばそれを維持するだけの経済力がその時の日本にはなかったのであるが、もちろんそれは伏せられた。ロシアを調子づかせて戦争を長引かせるわけにはいかなかったのである。

裏事情を知らなかった諸外国は日本を人道国家として褒め称えた。

ニコライは状況不利とみたか、樺太の南半分の割譲と遼東《りょうとう》半島の日本への委譲を認めた。

結局、日本側は多くの譲歩をして休戦条約が締結されることとなった。

諸外国での株を上げた日本であったが、国内ではそうもいかなかった。

裏事情を知らず、戦費のための増税に甘んじていた民衆は、連戦連勝で戦ってきたのに、なぜ敗戦国から賠償金をとれないのか？　と不満をつのらせた。

結局のところ、民衆は「名誉より金」を選んだのである。

わたしは九月四日に政友会本部で行われた政務調査会に出席した後、夜の汽車に乗って東北へ向かった。今回は東北各地の鉱山の視察である。

盛岡に到着した五日の午後、東京で大事件が起こった。

その日、野党議員が日比谷公園において講和条約反対の決起集会を開こうとした。しかし、それを知った警察は公園を封鎖。怒った民衆は警官の囲みを破って公園に乱入。その後、政府系の新聞社国民新聞社や首相、内務大臣官邸、政府高官宅、交番、警察署、電車などが襲われた。条約締結に協力したからと、アメリカ公使館や教会なども襲撃され、各所から暴徒が合流し、市内十三カ所を上回る場所に放火した。

暴徒の数は数万とも言われる。死者十七人、負傷者は二千人以上にのぼり、翌六日、政府は戒厳令を発した。

その日の夕方、盛岡にも暴動の知らせが入った。けれど、わたしが戻ってもどうしようもない。ともかく、鉱山の視察や【南部史要編纂】などの仕事を進めることとした。

六日には近衛師団が出動し、暴動は鎮圧されたが、戒厳令は十一月二十九日まで続く。そして、横浜や神戸へも飛び火し、暴動が発生した。また各地で講和会議に反対する集会が開かれた。

政友会員の大岡育造が経営する中央新聞は、人々に自重するよう訴えていた。国民に勢いがあること、国家のやり方にはっきりと否を突きつけることができるほど元気があるのは、悪くない。

今回の日比谷の焼打事件は、徳川の時代の打毀《うちこわ》しと同じ、ただの暴動だ。暴力で自分の意思を通そうとするのは方法の誤りである。

政治家らが政治の仕方を学ばなければならないと同時に、民衆を教育していかなければならないのだ。

徳川の時代に幼かったわたしは、政が情けなくとも民衆が世の中を回していると考えていた。三閉伊の大一揆は、統率が取れていて、まるで訓練を受けた軍のようであったと聞いていた。それは、有能な指導者が藩内を歩き回って教育した賜物である。指導者は牛方《うしかた》（牛を使った荷運び人足）や百姓、商人など、侍が自分たちよりも下等な者たちと断じていた人々であった。それらの人々が、実は彼らよりもずっと優れた力を持っていた。新政府が天下を取ってよかった唯一のことは、百姓や商人、工人たちも、好機を見つけてのし上がっていける世になったことだ。それはまだまだ都市部に限られるのだけれど——。

好機を見つける眼力も、それを己のものにしてのし上がっていく力も、すべて教育あってこそ。まだまだ道程は遠い。

＊　＊

十月十日に本田親雄《ほんだちかお》に呼び出されて鎌倉の屋敷に出かけた。本田は戊辰の戦では幕府の海軍、陸軍参謀を務めた男で、現在は枢密院顧問官である。貞子のことについて何かと相談相手になってくれていた。

奥まった座敷に通されて、座卓を挟み向き合ったわたしに、本田は気の毒そうな目を向けた。

「まずいことになった」

「貞子のことですか?」

わたしが訊くと、本田は肯いた。

「今さら、何が起こってもまずいことはありません」

座卓の上の銀の煙草入れから敷島を一本失敬して、燐寸《マッチ》で火を点けた。

「貞子さんに、子供ができた。五カ月だそうだ」

本田の言葉に、燐寸の火を消す手が止まった。指先が熱くなって、慌てて燃えさしを灰皿に捨てる。

貞子が子を孕んだ――。その子の父親はわたしではない。

「そうですか」

わたしは煙を吐き出しながら言った。煙草を挟んだ指が震えていたので、力を込めてそれを押さえ込んだ。

「恥ずかしながら、一緒にいてもまるで気がつきませんでした。五カ月ですか――」

そういえば、最近は浅が来たときには自室に籠もってしまっていた。勘のいい浅に気づかれないようにしていたのだろう。

「貞子がああなったのは、ほったらかしにしていたわたしにも責任があります」

「世の中の忙しい男はみな、女房をほったらかしにするものだ。それを耐えて尽くすのが女房だろう」

「それができる者もいるし、できない者もいます。貞子が放任で育ったということを考えて、結婚当初に手を尽くせばよかったのでしょうが、あの頃は思いつきもしませんでした。今では、あすればよかった、こうすればよかったと考えられますが、すべて手遅れ——。離婚するしかありますまいな」

「そうだな——。中井弘の子育てを今さら云々しても始まらぬしな」

わたしを見る本田の目に、ちらりと意味ありげな色が浮かんだように思えた。

「貞子さんの性格を考えれば、お前が直接離婚を切り出すよりも、第三者が間に入った方がよかろう」

「そうですね……」

「それにお前は、ほかに色々と考えなければならないことがある。離婚の件は、お前の兄さんや阿部浩さんらに相談しながらこちらで進めておく。それでいいか?」

「すみません。よろしくお願いします。貞子の生活についてはこれからも面倒をみるつもりです」

わたしは頭を下げた。

＊　　＊

貞子は三浦半島の三崎《みさき》に転地保養と称して出かけた。

本田たちは、貞子が家を出たのを幸いに、宿で離婚の話を進めた。

貞子はだいぶごねたようだが、最後には離婚に応じたという。

十二月十七日に貞子から印鑑を押捺した離婚届が届いた。日付は十二月十六日であった。わたしは浅に愛宕町の家を引き払わせ、貢と共に芝公園の家に呼び寄せた。

四

桂首相は日露戦争と、その後の混乱の責任をとって辞任し、明治三十九年（一九〇六）一月七日、第一次西園寺内閣が成立した。

しかし、桂の考えは『一時退陣して、面倒な戦後処理は西園寺に任せる』というものであろう。戦後処理のゴタゴタは、内閣支持率の低下に繋がり、西園寺は身を引かざるを得なくなり、再び桂が表舞台に上る――。

西園寺は常に桂の尻拭いのための要員にすぎない。桂はそう考えているのかもしれない。

わたしは内務大臣を拝命し、大阪新報の社長と古河鉱業の副社長を辞任した。

内務大臣は、警察や地方行財政、国家神道、衛生などを管掌する。中央警察庁の最高長官でもあった。

尻拭いであろうがなんであろうが、仕事は仕事と気合いを入れていたのだが、わたしの政府内部での評判はすこぶる悪かった。貴族院はわたしを煙たがっていたし、官僚出身であることからその実力を危ぶむ声もあった。

昨年休会していた第二十二議会が再開され、非常特別税の継続、鉄道国有法案、満州鉄道の経営、製鉄所拡張などを話し合った。

わたしが重要視していたのは、鉄道である。産業を発展させるためには鉄道が大きな要となるからだ。現在、バラバラに開発が進められている私鉄を国有化し、可及的速やかに全国に鉄道網を広げていかなければならない。

まずは岩手に――、という思いもあるし、わたしに投票してくれた盛岡の人々もそういう思いでいようが、申し訳ないがそれは後回しである。まずは、政治や経済の拠点を結びつけていくことが先決である。

これは日本が文明国として産声を上げたばかりだからの処置であって、国家として十分に成熟したならば、中央部の利便性ばかりを考えていてはならない。地方が常に後回しという状況が、成熟した文明国家においても続いているならば、政治を司る者たちが己の利益ばかりを考えている証拠である。

鉄道国有化法案に、貴族院は猛烈に反対した。私鉄の社長らが在籍しているからである。貴族院により議員買収が行われ、法案は修正を余儀なくされた。採決の際には法案に反対する議員たちが議長席に押し掛けて、一時乱闘騒ぎとなった。

＊　＊

五月六日。芝公園の自宅から、貞子の私物を送りだした。送り先は、麻布森元町《もりもとちょう》に借りた家である。

貞子は離婚後、三浦三崎で子供を産んだ。

本田親雄、中井家の親戚と相談し、麻布の家に住まわせることにしたのだった。貞子に対する生活の援助もすることとした。

＊　＊

八月一日の夜。後藤新平が、南満州鉄道総裁を引き受けることを伝えに、芝公園の我が家を訪れた。

後藤は、十一年前、日清戦争で陸軍兵士が持ち込んだコレラの感染対応のために、広島の似島《にのしま》に検疫所を作り、コレラの蔓延を防いだ岩手県人である。

台湾民政局長を務めていたが、参謀総長児玉源太郎《こだまげんたろう》に見込まれて、南満州鉄道総裁の件で呼び戻されていた。何度も断っていたが、七月二十三日に児玉が卒中で死去したことで、就任を決意したのだという。

「わたしは組織の中心で人を動かす者ではありません。誰か中心の人物がいることによってこそ、存分に力を発揮できるのです。だから、西園寺侯や児玉閣下からの再三のお話をお断りしていたのですが――。児玉閣下がお亡くなりになって、なにやら後ろめたくなりまして」

「君が引き受けてくれて、児玉さんも喜んでいるだろう」わたしは言った。

「コレラ防疫に関する君の活躍は耳にしていた。同郷の者として鼻が高かったよ――。わたしは盛岡藩、君は仙台藩。同郷人と言われて気を悪くしなかったかね?」

「とんでもない――。けれど、仙台藩にしても盛岡藩にしても、旧領を細切れに他県に編入され、戸惑っている者も多いようで」

「青森や秋田に取り込まれて嘆いているという声も聞く。けれど、少しすれば馴れるだろうよ。わたしも東京や新潟、外国にも住んだが、ほどなく馴れたよ」

「原閣下が内務大臣。斎藤実《さいとうまこと》が海軍大臣、そしてわたしが南満州鉄道総裁ですか。賊軍とされた盛岡藩から一人、仙台藩から二人――、岩手県で考えれば、県人三人もが政府の要職につきました。斎藤実とは同郷でして。彼は一つ下です」

「聞いている」

わたしは言った。後藤新平がわたしの一つ下。斎藤実が後藤の一つ下。ほぼ同い年の、賊軍の三人が険しい崖をよじ登っているというのが嬉しかったが——。

「自慢ではありませんが、斎藤とわたし、それから山崎為徳《やまざきためのり》の三人で、水沢の三秀才と呼ばれたものです」

その名も知っていた。興味をもって後藤と斎藤について調べたとき、かならずついてまわった名前である。京都の同志社英学校でも開校以来の俊才の誉れも高かったが、残念ながら若くして病没している。

「それは君、自慢だよ」

わたしは笑った。

「ああ、これは失礼しました。確かに仰るとおり——。ともかく、岩手県から三人もの、

「三人ものではない。三人しかいないのだ」

笑いは苦笑に変わった。

五

九月一日、わたしは休暇を申請して、夜上野から汽車に乗り、盛岡に向かった。翌日の午前、盛岡着。高与旅館を宿に決め、兄の家を訪れしばらく歓談した後、母たちを伴って会食した。

三日には、数寺を回り墓参。午後は盛岡城址《じょうし》の公園を巡視した。

かつて聳《そび》えていた櫓《やぐら》、天守は解体されて、石垣と、櫻山《さくらやま》神社ばかりが往時を偲《しの》ぶものとして残っていた。

城跡の公園化は以前からわたしが勧めていたことであった。

整地されて植栽もなされてはいるが、強い寂寥《せきりょう》を覚えた。数十年前、ここには大勢の侍たちが

詰めて政にあたっていたのだ。

戦に負けるとはこういうことかと思った。

しかし、石垣の上から町を見下ろせば、立ち並ぶ家並みは健在である。新しい西洋風の建物も随所に見られるようになったが、戊辰の戦火は免れたので、無惨な空き地はない。

幕末、藩論を佐幕と決した後、ただちに秋田に出兵したのは、もしかすると、たとえ負けても町を残そうとした兵略ではなかったか――?

籠城戦を選べば、町は焼かれる。

盛岡藩が先手を打たなければ、新政府側についた秋田、津軽に西、北から攻められることになったろう。そして、盛岡が戦場となった。

しかし、秋田に攻め込んだから、そこで降伏の時を迎えた。

秋田にとっては、はなはだ迷惑な話であったろうが、薩長に否を突きつけ、しかも会津のような悲劇を避けるための、楢山佐渡さまの苦肉の策であったかもしれない。

「国敗れても町はあり、城跡は初秋にして草木深し――。というところか」

公園はこの月の十五日に開園式が開かれるという。これからは、侍も町人も、百姓もなく、誰に憚《はばか》ることもなく堂々と登城し、散策できるのだ。

この日の夕方、官民合同の歓迎会が杜陵館において開かれた。会場は人で埋め尽くされて、盛宴であった。

五日にはわたしが催した園遊会に四百人もの人が集まってくれたのだが――。

電報が楽しい一日に水を差した。

東京で市民大会があった。電車運賃の値上げに反対する集会であった。場所は日比谷公園である。大会そのものは、平穏に終わったのだが、夜になって暴徒化した市民が電車を襲撃して騒動を起こした。

昨年も九月五日に事件があった。日比谷焼打事件である。あの日、やはりわたしは盛岡にいた。三月にも運賃値上げ反対の集会があったし、事件一周年ということで、当時の煽動者、あるいはそれに便乗しようという者が騒動を起こすことは予想できた。だから、東京を出る前に警視総監や警保局長らに訓令をし、寺内正毅《てらうちまさたけ》陸相とも協議していた。

電車の値上げを許可したのはわたしである。市民はわたしに対して怒っているのであった。商売というものは、金がなければ回らない。

市民も分かっているはずなのに、自分が損をすることであれば頑なに反対する者がいる。運賃値上げの許可を出す前には調査をした。先方が主張する金額を調整し、妥当な値まで下げさせもした。けれど、反対する庶民はそんなことなどお構いなし。一銭たりとも損をしたくないのだ。

そして、そういう連中を利用して踊らせる者がいる。卑怯きわまりない連中である。

『閣下の命を狙う者もいるので、帰京を延期されたし』

と、警視総監と警保局長から電報があったが、

『逃げ隠れするのは好かない。今さら予定は変えられない』

と返信し、九日に東京へ戻った。

騒乱を恐れ、己の命を惜しみ、信念を持って決定したことを覆すのは、国家百年の憂いを残す。寺内陸相と相談し、断固とした処置をとることとした。それとともに、騒動鎮圧の際に負傷した警官を慰問することを決めた。

十日には記者を呼んで『暴動や脅迫によって行政上の判断を変えることはない』という所信を語り、翌日の新聞に載った。

警戒に当たっていた憲兵は徐々に減らして十五日までにすべてを廃した。

＊　　＊

思えば、わたしが山縣有朋への対決姿勢を明確に打ち出したのはこの年であった。

地方自治改革に取り組み、山縣が制定した郡制を廃止する法案を提案した。また、内務省から山縣の息のかかった者を追い出そうと画策した。

山縣こそが藩閥政治の総帥――。

彼を打倒することが、本格的な政党政治への第一歩であった。

また、この年には、日本初の社会主義政党である社会党の結党を認めた。

そのことが後に、西園寺内閣の足元を掬《すく》われる一因となるのだが――。

六

明治四十年（一九〇七）の二月。今まで心の隅に引っ掛かっていたことが、現実問題として立ち現れた。

古河財閥の所有する足尾《あしお》銅山である。

陸奥宗光が農相であった頃から鉱毒事件は社会問題として取り上げられ、陸奥の息子が古河に養子に入っていたものだから、政治問題ともなった。

鉱山周辺の農地に起こった鉱毒が原因の作物被害は、鉱毒を予防する法律が制定される以前に垂れ流されたものが原因ということになり、古河鉱業に責任はないという判断が下されたのだった。しかし、今後の対策として鉱山からの廃水を一時溜めて、有害物質を沈殿させる遊水池の建設が必要という調査報告もなされた。

わたしは陸奥の死後に副社長になったこともあり、排水施設の建設などに取り組んでいたのだったが――。政治に専念するために副社長を辞した後も、遊水池建設のための土地買収のことなど気になっていた事柄であった。

その足尾銅山で暴動が起こった。

銅山では賃上げの協議が行われていた。しかし、それが元となっているわけではなく、原因はまったく不明であった。誰かが騒ぎ出したので、それに乗ったというものらしい。

ダイナマイトを爆発させるほどの騒ぎになり、警察ではどうしようもないとの報告があり、わたしは寺内陸相と協議して軍を送った。

暴動は三日で終息したが、足尾銅山に関わる問題はまだ残っていた。

この出来事は、その後も尾を曳《ひ》いた。

遊水池建設のため土地買収を進めていた谷中《やなか》村には十三戸の反対派住民が居残っていた。六月二十九日に、警察が入りその住居の強制破壊が始まったという知らせが入った。

すでに数年前に決定していたことである。だが、世間の誤解を招かぬように今月の初めから予告して、期日を延期しつつ進めてきたことであった。内務大臣であるわたしの職務であったから、地元警察にはよく言って聞かせたのだった。

遊水池は、地域住民のために必要な施設である。しかし、その建設に必要な土地を明け渡さないと断固言い張る住民がいる。

それぞれに理由があろうから仕方がないことであろう。

しかし、公共の利益のためには、一部の者たちに我慢を強いるほかないということはままある。

個人の意見をすべて聞き入れれば、事業が立ちゆかなくなるのだ。ときには強制的に事を断行して行かなければ、先に進めない。

銅鉱山の運営は、経営する会社の儲けのためばかりにしているのではない。銅は硬貨にも使うし、電気を送る送電線にも必要なものだ。とすれば、銅鉱山の運営は、多くの人々の幸せのために必要なことである。しかし、銅の採掘に伴って噴出する毒を含んだ水の処理をしなければ、周辺の農作物に毒が染み込んでしまうことになる。

これから先、日本の津々浦々まで電気を通すには、銅の採掘は絶対に必要だ。

これから先、安全な農作物を生産し続けるためには、遊水池は絶対に必要だ。

このことは、鉱山や遊水池などの言葉を入れ換えれば多くの事柄に当てはめることができる。

現在、この国で暮らす人々の生活を守ることは大切であるが——。

今生きている人と、これから先の人たちと、どちらの幸せを選ぶべきか。

どちらも成せるのであれば、それでいい。しかし、どちらかを選ばなくてはならないとすれば？

今、楽に生きるために借金をし、子孫にまでそれを支払わせてよいのか。

当来（未来）を生きる人々に、毒にまみれた土地を残してはならない。

ならば、谷中村十三戸に暮らす人々には、辛い思いを我慢してもらわなければならない。

一方、一人一人の言葉を吸い上げようと動いているのが田中正造《たなかしょうぞう》であった。

下野《しもつけ》国小中《こなか》村の名主の家に生まれ、家を継いだ後は、積極的に農民たちの訴えを領主に伝えた。そのために投獄されることもあったが、明治になって官吏となった。江刺県花輪支庁——、旧盛岡領鹿角《かづの》の役所に勤めたのである。そこで上司を殺害した疑いで逮捕、投獄。後に釈放されて故郷に戻り区会議員、栃木県会議員に選出される。明治二十三年（一八九〇）には衆議院議員。翌年、鉱毒水問題の調査を行い、帝国議会で質問を行った。

以後、足尾銅山の問題にどっぷりと浸かる。

明治三十四年（一九〇一）に議員を辞職。その年の十二月に田中は、足尾銅山の鉱毒について陛下に直訴しようとして警察に阻止された。しかし処罰はされず釈放。

その田中は今、谷中村に住んで反対運動を続けているのだった。

村に残っていた家屋が破壊された後も田中は運動を続け、運動資金を集める旅の途中に客死することになる。運動に私財を投じていたから死んだときには一文無しだったと聞いている――。

政府にとっては厄介な人物である。けれど、こういう男は必要である。野にあって政府に正義をぶつける者がいなければならない。

＊　＊

十一月に入って、訃報が飛び込んできた。

楢山佐渡さまのお内儀、菜華さまがお亡くなりになった。

電報の文字を追う途中、鮮烈にあの日の夜の光景が脳裏に蘇った。

暗い玄関に蠟燭《ろうそく》を灯し、凜《りん》とした姿で佐渡さまの御遺体の帰還を待っていた菜華さまの姿――。

涙が電報の上に落ちた。享年七十八歳であったから、大往生である。

忙しさを理由にだいぶご無沙汰していたのが悔やまれた。

今年は無理だが、来年の夏、盛岡に戻った時にはお墓に参りますと、わたしは盛岡の方角を向いて合掌した。

七

明治四十一年（一九〇八）となった。一月十三日、長年の懸案が一つ解決した。浅を入籍して、正式な妻としたのである。

すでに浅は貢と共に芝公園の自宅へ移っていた。彬は暁星中学校の寮に入っていたが、年末年始は浅と二人の養子と共に過ごすことができた。

その幸福があまりにも大きかったものだから、貞子への罪悪感が少しばかりわたしの胸を痛くした。

浅がわたしを助けて十五年。本当に気の毒なことをしたと思う。昨年、わたしの親族からは賛意を得ていたし、すでに貞子との離婚が成立して以後は、正妻といっても差し支えない働きをしてくれていた。しかし、貞子との離婚後、浅は入籍の話をするたびに自分の無教養を理由に固辞してきた。

だが、年越しや正月の楽しさは浅の気持ちもほぐしてくれたのだろう。今回はなんとかわたしの説得に応じてくれた。そしてこの日に、入籍の届けを盛岡に送ったのであった。

だが、好事魔多し——。

この日、西園寺首相と山縣伊三郎《いさぶろう》逓信大臣、阪谷《さかたに》大蔵大臣が辞表を捧呈するという事態が起こった。

数日前から鉄道建設や改良費に関して山縣逓相、阪谷芳郎《よしろう》蔵相と、元老や桂太郎の間に諍《いさか》いが起きていた。それが原因であった。

翌日、西園寺の辞表は陛下によって却下され、わたしは逓信大臣の兼務、松田正久に大蔵大臣の兼務が命じられた。

この件の裏には桂や山縣有朋の謀《はかりごと》があった。

そろそろ復帰する頃合いと見て、動いているという話が各所から届いていた。『この内閣はそろそろ終わりだ』という噂を流している者もいるという。

ならば、わたしが内務大臣でいる間に、やっておかなければならないことがある。地方官の更迭である。藩閥政治をよしとし、山縣らにおもねる者を一掃しておかなければならない。

しかし――。山縣有朋らの西園寺を引きずり下ろす工作は、あの手この手を使いながら続いた。

この頃、労働者たちは労働環境改善を求めて、活動を活発化させていた。社会主義の政党や団体が結成されたが、危険思想を奉じる団体であるとして、政府によって解散させられていた。しかし、西園寺内閣はその弾圧を緩め、複数の政党を認めていた。

山縣は、社会主義者たちを野放しにしていると西園寺内閣を攻撃しつづけたのであった。

社会主義について語るのは難しい。学者や運動家によって定義が異なるし、国によってその発展の仕方も異なる。

日本の現状から言えば――。

維新によって巨万の富を得た商人や貴族、華族らと、労働者階級との貧富の差が拡大した。それに不満を持つ者たちは、諸外国でも似たような図式があり、労働者階級が経済と権利の平等を主張する運動が起こっていることを知り、同様の行動をとるようになった。

訴えることは正しいが、過激な方法をとる者たちも少数存在した。そういう連中が、暴動を煽動しているのである。

暴動の際に逮捕されて入牢していたものが、陛下に対する暴言を落書きするという行為に及び、山縣らはこれ幸いと、攻撃を強めた。

そこに赤旗事件が起こった。

六月二十二日、筆禍事件で服役していた山口孤剣《やまぐちこけん》の出獄祝いが神田の映画館、錦輝館《きんきかん》で行われることになった。

先日の日比谷での騒動を含め、この頃の暴動の裏には一部の過激な社会主義者の煽動があった。だから騒乱を警戒し、警官隊が錦輝館の周囲で待機していた。

会が終わろうとした時、数人が白文字で運動の標語を記した赤旗を振りながら外に飛び出した。警官隊との乱闘となり、多くの逮捕者を出した。

山縣にとってはまさに好機であり、西園寺内閣にとっては命取りであった。

山縣は、『西園寺内閣が社会主義者と融和を求めた結果がこれである。責任はすべて内閣にある』と、上奏した。

そしてついに、西園寺は耐えきれなくなった。

七月四日、内閣総辞職。十四日、第二次桂内閣が成立した。後藤新平が逓信大臣。斎藤実が海軍大臣。わたしが残っていれば、内閣に岩手県出身者が三人揃い踏みとなったのだ。残念なことではあるが、いずれまた機会がある。

重責から解き放たれたのだから、かねてから考えていた洋行に赴こうとわたしは決心した。

芝公園の家が手狭になったので大きな家を買おうかと思い、色々物色したのだが、用意していた金では手が届かないほどに高い。それならば、今の家屋に増築し、残金で洋行に出たらどうかと浅が勧めてくれたのだった。

洋行の間に、書斎を増築することに決め、大工の棟梁《とうりょう》に見積もりをとってもらった。浅は、貯めた金からその金額を除けて、残金をわたしの洋行費用に渡してくれた。

今回の旅行はただの物見遊山ではない。外国に出かけて進んだ文化、技術を見聞して来るのだ。

今の日本にとって、そういう学びは重要なことである。

＊　＊

洋行の前に、まず盛岡へ帰ろうと思い、わたしは十七日の夜に汽車に乗った。

七月いっぱい滞在したが、途中で浅と彬、貢が合流した。

彬にとって盛岡は故郷であるから、東京にいる時よりも生き生きとしていた。一方、貢は大阪で生まれ、栄子の死後は愛宕の浅の家で育ったから、盛岡に馴染みはない。けれど、彬に町のあちこちに連れ回されるうちにずいぶんと馴れた様子であった。

わたしはといえば、晩餐、懇親会に招かれたり、秀清閣で園遊会を開いたりと、人づきあいで忙しかった。また、新築された南部家の御屋敷を、皇太子殿下東北行啓の御旅館にあてるために工事を行っていたから、その検分や、岩手県政友会の諸氏との懇親もあった。

ほとんど毎日、誰かに招かれたり、招いたりの日々であったが、半月余りの帰郷は、わたしのささくれだった心をだいぶ癒してくれた。

なにより励ましてくれたのは巖鷲山（岩手山）の偉容であった。盛岡のすぐ北に聳えるどっしりとした火山は、『我のようにあれ』と語りかけているように思えた。

東京からは富士山が見えるが、どんなに晴れた日でも朧にしか見えないその姿は、わたしには頼りなく感じられるのであった。静岡や山梨辺りに住んでいればまた違った印象を持つのだろうが、わたしにとって〝山〟といえば巖鷲山なのである。

八月二日、家族と共に東京へ戻った。

二十四日午後、わたしは横浜港に碇泊《ていはく》しているエンプレス・オブ・インデヤ号に搭乗した。随行するのは飯島亀太郎《いいじまかめたろう》、吉村信二である。

飯島は外務省に勤めニューヨーク領事やアメリカ大使館の参事官などを歴任していたが、このたび職を辞し古河鉱業会社に入社。社費による渡航であった。吉村は親戚の助力で、自費の洋行であった。

九月四日にカナダのバンクーバーに着き、以後、各地を回った。サンフランシスコ、シカゴ、ワシントン、ニューヨーク、ボストン。

ワシントンでは予定外であったが、ルーズベルト大統領に謁見した。高平小五郎大使のお膳立てであった。

十月八日。ボストンから欧州への船に乗り、十五日、フランスのアーブル沖に投錨《とうびょう》。小蒸気船で上陸し、パリへ向かった。

十一月一日の午前中、パリからイギリスへ向かう船に乗船。そして、ロンドン、リバプール、マンチェスター、バーミンガムと旅をして、再びパリへ。オランダやスペイン、イタリアなどを訪れ、明治四十二年（一九〇九）の元旦はナポリで迎えた。

その後、欧州各国を巡ってロシアへ。シベリア鉄道で荒涼たる雪原を渡り、ハルビン、大連、旅順と旅をし、門司《もじ》に着いたのが二月十八日。東京には二十日に着いた。

欧米十数カ国を巡るおよそ半年間の大旅行であった。これほど短い——半年を短いと見るか長いと見るかは見解の相違があろうが——月日でできたのも、交通機関が発達した国々を巡る旅であったからだ。特に鉄道である。シベリア鉄道については特に感服した。大都市の間を繋ぐものであると共に、僻地と大都市を繋ぐ交通機関でもある。日本にも早く、しっかりとした鉄道網を作り上げなければならない。

しかし、欧米諸国は日露戦争の結果により、ロシアの足元を見て様々な交渉を行っている様子であった。気の毒なことではある。

ところがロシア国民は、この敗戦を官僚派の失敗として、日本に対してはさほどの敵愾心《てきがいしん》を持っていなかったのが意外であった。

アメリカは、経済不況というもののその経済活動は目を見張るものがあった。イギリスの議会は日本がまだまだ学ばなければならないことが多々あり、わたしは十二、三回も見学をした。

大国ロシアに勝ったと浮かれているのは軍部だけではない。政治家らは日本がいっぱしの国になったと浮かれているが、なんのなんの。一等国どころか、まだまだ三等国であろうと思った。

この旅はわたしを打ちのめし、そして奮起させたのであった。

日本に戻って最初にがっかりさせられたことは、下関の駅の構内で起こった。

ホームに大勢の記者が詰めかけて、手帳を開き、短い鉛筆の芯を舐めながら、

「原閣下。今回の海外視察談をお聞きいたしたい」

と言う。わたしは、

「今回の旅はただの漫遊であるから、なにも話せることはない」

と追い返した。

中には汽車に乗り込んで、わたしの客室にまで入ろうとする者までいた。

旅の間、欧米の新聞をよく読んだが、かの地の新聞記者は、己の意見を交えず、談話の通りを記事にする。しかし、日本の記者は、己の主義主張を交え、いたずらに批評的な記事を書く。わたしも記事を書いていた頃をかえりみると覚えがないではない。

ともかく、日本の新聞も欧米のそれを見習って、公平な記事を書かなければならない。これもまた、文化の未熟であって、成熟した社会であれば、今のような新聞記事はなくなるであろう。

＊　　＊

帰宅してみると、書斎が完成していた。八畳ほどのこぢんまりした部屋であるが、当時はまだ珍しく高価であったガスストーブが据えつけられていた。

わたしは北国生まれであったが、どうにも寒さが苦手だった。火鉢程度では東京の冬の寒さでも厳しいと感じていたから、このストーブはたいへんありがたかった。

各国で買い求めた土産を家族や使用人たちに渡したが、貢は目を輝かせて、

「叔父さん、闘牛はごらんになりましたか？」

と訊いた。

わたしはまだ貢の養子の手続きをとっていなかった。それで、六歳ながら遠慮をしていたのか、彼はわたしを〝叔父さん〟と呼んだ。彬がそう呼んでいたから、それに倣ったのかもしれない。正式に養子にしたのは明治四十四年（一九一一）のことで、以降は〝お父さん〟と呼んでくれた。

貢は闘牛の話を聞きたがった。おそらく、本か何かで読んで興味をもっていたのだろう。

だが、わたしがスペインを訪ねたのは冬。闘牛は開催していなかった。しかし、期待に満ちた眼差しでの貢に、本当のことを語るのはかわいそうだと思った。そして、『なんだ、つまらない』と思われるのも嫌だった。

だからわたしはまことしやかな嘘をついた。

実際には見ることができなかった闘牛の光景を、本で読んだり活動写真で見たりした知識で語って聞かせた。浅も彬も、もちろん貢も、わたしの話が嘘だなどとこれっぽっちも思っていない様子で聞き入っていた。

その表情を見ているうちにわたしは面白くなって、微に入り細をうがつ描写で、牛と闘牛士が巻き起こす土煙や牛が流す血のにおいまで感じ取れるように語り続けたのであった。

本当の父親ならば、どのように対応したろうか？　わたしのように、嘘をついてまで子供を楽しませようとしたろうか。それとも、闘牛の季節ではなかったから見なかったと、本当のことを告げただろうか。

そして、そのどちらが正しかったろうか。

おそらく、これからなにかあるたびに迷い、一つ一つ自分なりに解決しながら、本当の親になって行くのだろうと思ったのだった。

八

七月一日。伊藤博文は、韓国へ向けて旅立った。韓国統監を辞めた告別のためであった。わたしは大磯からの汽車に同乗して国府津《こうづ》まで見送った。

八月に入り、二十日に浅を先行させ、二十四日の夜、高橋光威を伴って盛岡行きの汽車に乗った。

高橋はわたしが大阪新報の社長をしていた頃、雇った男である。内務大臣を任命された後、秘書官として働いていた。

翌日の午後、盛岡に着くとすぐに古川端に新築した別邸に向かった。

今までは帰省のたびに宿屋に泊まっていた。暫時の逗留《とうりゅう》であるし、家財道具を用意する必要もないと考えたからである。しかし、毎年の避暑をほかの土地に行くのではなく盛岡に帰ると決めれば、別宅を構える方が得策である。しかも、母は来年八十八歳。米寿の祝宴を開く考えもあった。

外遊の後に設計を決めて、今年の春に着工し、おおよそ竣工《しゅんこう》したのであった。

東京に大きな邸宅を新築する考えを諦め、書斎の増築にとどめて、残金を洋行の費用に充てた。

岩手の別宅についても、豪邸を建てるだけの費用はなく、そこそこの建物となったのであった。

それでも、膨大な書籍を収める書庫兼用の書斎は造ることができた。

本宮の旧宅は町から遠い。そこには浪岡の姉上が住まいしていた。

名は磯子。浪岡家に嫁いだが、夫が行方知れずとなり、実家へ戻ってきていたのだった。

先年病にかかったりしたので、できるだけ町に近い場所に移ってほしいと考えていた。そこで、新宅の敷地内に別棟を建てたのであった。

盛岡に滞在中は墓参や、青森での政友会大会、秋田での支部発会式などに出向いた。

その他にも鉱山の視察などにも出かけた。鉄道が通っていない場所ばかりだから、馬車や人力車を使った。こういう場所にも鉄路を敷きたいと痛切に思ったが、まだまだ辛抱してもらわなければならない。まずは東京から太い枝を四方八方へ伸ばすことが先である。

九月十日には、新宅で園遊会を行った。

盛岡でのんびりと過ごしていたかったが、そうもいかず、わたしは十四日にいったん東京へ戻った。十五日に開催される政友会十年記念会出席のためである。

十八日。わたしは再び盛岡へ戻った。

夜汽車で十三時間ほどの旅程である。それは慌ただしく、生臭く、ドロドロとした中央政界から、自分自身を引き離すためにちょうどいい時間に思われる。一眠りして車窓から巖鷲山が見える頃には、気分は一新している。

盛岡に戻ると、学校に招かれ、講演を行った。盛岡中学校、県立農学校、盛岡農林学校などである。市長や校長から請われ、市内各小学校などを一覧した。

様々な思惑を胸に抱く大人たちと違い、生徒諸君の目は純粋に輝き、それを真っ直ぐわたしに向けてきた。こんな田舎に生まれても、努力しだいで大臣になれる――。そういう希望の眼差しだとわたしには感じられた。

くすぐったくも、少し後ろめたくも感じた。

楢山帯刀さまに、青臭い決意と憤りをぶつけた頃のわたしと同じくらいの年頃の者たちもいた。

わたしは学生や子供たちを見ながら、心の中で、

『素の自分のままで世の中を渡っては行けない。大人になれば、相手にどんな自分を見せたいのか考え、理想の自分を装うことを覚えなければならない。だが、それはもっともっと先でいい。今は、お互いに素の自分を受け入れることのできる友を沢山作れ』

と呟いた。

わたしは〈政治家　原敬〉を演じ続けなければならない。たとえ、こういう子供たちの前でもだ。

素の自分に戻れるのは、家族と、口の堅い使用人の前だけ。

諸君が大臣を目指すなら、そういう日常が待っているのだ――。

十月二日に浪岡の姉上が引っ越して来た。

九

わたしと浅は十月十日、盛岡を離れた。

十月二十六日。わたしは午後の汽車に乗って下関に向かった。かの地において四国、中国の合

同の大会が開かれるからであった。秘書の高橋光威ら数名の随行者があった。

途中の駅で、下関からの電報を受け取った。

文面を読んで、顔から血の気が引くのを感じた。

「いかがなさいました?」

顔を上げると、高橋が眉根を寄せてこちらを見ていた。

「伊藤公が暗殺された……」

伊藤はハルビンでロシアの蔵相と満州と朝鮮の問題について話し合いを行う予定であった。そのために降り立ったハルビン駅で暗殺されたというのだ。

＊ ＊

十一月一日。わたしは横須賀に向かった。伊藤の遺体を迎えるためである。桂や何人かの内閣員、政友会から四、五人。そのほか伊藤の家族親戚が一緒であった。汽車の都合で人数を制限されたので出迎えはそう多くはなかった。

柩《ひつぎ》を防護巡洋艦秋津洲《あきつしま》から降ろした。この艦は、日本で初めて設計から建造までを自国で行ったものである。

その後伊藤の柩は新橋まで臨時列車に、駅を出ると砲車に移され、霊南坂の官邸に安置された。四日には日比谷公園にて国葬が行われた。各親王、イギリス、ドイツの皇帝名代も会葬し、国葬としてはこれまでで一番の規模となった。

わたしは埋葬まで立ち会ったので、帰りは火点《ひとも》し頃(夕方)となった。浅は夕食を用意して待っていてくれた。

貢はわたしが帰るとすぐに食堂に現れ、「お帰りなさい、叔父さん」と神妙な顔で言い、食卓に着いた。彬は学校の寮で暮らしているから留守である。

「お疲れさまでございました」

浅はグラスに一杯の赤葡萄酒を注いだ。

食卓に並んでいるのは野菜ばかりの精進料理である。

「我が家の弔いではないのだから、気にしなくてもよかったのに」

苦笑すると、

「旦那さまにとってはとても大切なお方でしたから」

と浅は言った。

「すまないな。肉が食いたかったろう」

貢に謝ると、彼は、

「そんなことはありません——。お気持ち、お察しします」

と真面目に答えた。おそらく浅から、わたしと伊藤の関係を説明されていたのだろう。

「政治家はいつ凶刃、凶弾に倒れるか分からない。二人とも、その覚悟はしておいてくれ」

わたしは葡萄酒を口に運びながら言った。今日の葡萄酒はやけに酸っぱく感じられた。

「以前から何度も伺っておりますから、玄関でお見送りをしたならば、お帰りには屍衣《しい》をおまといになっているかもしれないと肝に銘じております」

「叔母さん……」貢は眉をひそめて浅の袖を引っ張った。

「そんな不吉なことを仰らないでください」

「いいえ。あなたもそういう心構えでいらっしゃい。そうすれば、万が一の時に狼狽《うろた》えずにすみます。そして、にこにことお帰りになれば、嬉しさも数倍になります」

「そういうものでしょうか」

貢は納得できない様子だった。

わたしは口を出さずに葡萄酒をちびりちびりとやりながら、浅と貢のやり取りを眺める。

日常の浅と貢の様子を使用人からよく聞いていた。

浅はだいぶ厳しく貢を育てているようであった。なにか間違いを起こすと烈火の如く怒る。けれど、叱り終えるとケロッとした顔で『次からはお気をつけなさい』と優しく微笑むのだそうだ。そういう場面を休みの日に何回か見たこともある。

あれほど厳しく怒られて、貢は浅を嫌いにならないだろうかと心配したこともあったが、わたしと貢の関係よりもずっと良好であるようだ。浅はわたしよりも、より親らしく見えるのである。

「ならば、明日の夜も精進料理が出るとお考えなさい」

浅が言った。

「はい。考えました」

「ところが、食卓にはカツレツが出た。さぁ、どう感じます？」

「嬉しいです」

「カツレツはたまに食卓に並びますが、その時と比べてどうです？」

「ずっと嬉しいです」

「ほれ、みなさい」

浅が得意げに言うので、たまらず口を挟んだ。

「わたしはカツレツと同じか」

貢は笑い、はっとした顔になり「失礼しました」とかしこまった。

「芋の煮っ転がしに喩えられるよりは、ようございましょう」

「カツレツは上等で芋の煮っ転がしが下等であるかのような言い方は、芋の煮っ転がしに失礼だろう」

「確かに」貢は笑いながら言った。

「台所の奥さんの煮っ転がしは、もしかしたらカツレツよりも美味いかもしれません」

台所の奥さんとは、今年雇った飯炊き女の高見いえのことである。この後もずっと、彼女はわたしたち家族の胃袋を満足させてくれるのだった。

十

明治四十三年（一九一〇）三月。政友会が政府と妥協したことで、それに対抗しようと憲政本党、又新会《ゆうしんかい》、戊申倶楽部《ぼしんくらぶ》が合同し、立憲国民党を結成した。犬養毅が中心的な人物であったが、政府と妥協しようという者たちもいて、一枚岩ではなかった。

＊　＊

五月十四日。肺結核で東京の日赤病院に入院していた達が、病が落ち着いてきたので退院して盛岡へ帰り、静養することとなった。

五月十七日。わたしは浅と貢を連れて盛岡を訪れた。母リツの米寿を祝うためであった。

芝公園の自宅で私たち家族の世話をしてくれる者たちを先に盛岡入りさせていたので、すぐに古川端の別邸に入った。母屋と浪岡の姉上の住まいは完成していたが、離れ座敷と庭園はまだ工事中であった。午後一時過ぎであったから、昼休みを終えて仕事を始めた大工や庭師がにこやかに挨拶してくれた。

わたしたちが家に入って少しすると兄の恭と弟の誠が訪ねてきて、母の米寿祝いの相談をした。使用人たちが、母への贈り物を座敷に並べていた。恭、誠と協議して東京で買い集めたものである。わたしたちや姉たち、その子供たちからのものであったから、綸子《りんず》の打掛、帯、扇子、紙入れ、煙草入れ、煙管《キセル》、袱紗《ふくさ》、などなど座敷一杯に並んだそれらは壮観であった。

おおよその準備が整った二十一日、恭が秀清閣で、近親を招いての食事会を開いた。母も出席した。

その翌日は、わたしの別邸での園遊会。庭園は工事中であったから、門の西側の広場で催した。参会者は六百人ほど。仮の舞台を作り、八幡町《はちまんちょう》と本町《ほんちょう》の芸者を百人ほど呼んで唄や踊りを楽しんだ。この会にも母は出席した。

昼は園遊会。夜は近親を招いての祝宴。母は疲れた様子もみせずにつき合ってくれた。

東京へ出る前のわたしには、少年であったこともあり、親戚や隣近所、作人館の友達などぐらいで、友人知人の数はさほど多くはなかった。

しかし、今では帰郷するたびに、人数を分けて何度も宴会を開かなければならないほどに増えていた。

今回も、園遊会を含め、五、六回の宴を開いたろうか。

本来、政治家は有権者らを饗応《きょうおう》してはならないと思う。金やご馳走で票を買うようなものだからである。藩閥の連中が平然と行っている買収など言語道断なのだ。

しかし、庶民の感覚は違う。

だから、民衆の求める政治家を演じなければならない。

特に、今のところ政治家としての原敬は岩手に大きな利益をもたらすことはない。鉄道網は東京を中心にした幹線を整備し、そこから支線を延ばしていくことになる。鉄道が整備されなければ、物資の輸送や文化の発展も遅々として進まない。遠からず、『原敬は岩手になにものももたらさない』という不満が民衆の口に上ることとなろう。

世話になった故郷に恩を返さなければならない。選挙の票を集めるというのではなく、見返りを求めず、個人としてできることをしていかなければならないとも考えていた。

＊　＊

留守中に、大きな事件が起こっていた。信州の製材所の職工長が爆弾を作っていたとして捕らえられたのである。その後、社会主義の活動家が各地で逮捕された。陛下のお命を狙っていたということで大逆事件として扱われた。

長州閥の官僚派は、自由民権運動の次は社会主義運動を目の敵にして取り締まっている。時に証拠を捏造《ねつぞう》してまで逮捕する。この事件でも、巡査が同製材所でブリキ缶十九個を見つけた所から始まっているのだが、はたしてそれは本当に爆弾を作るための材料であったのかどうか――。

社会主義者らの弾圧を命じたのは山縣有朋であろうと思っているが、桂太郎は『松方正義の仕業である』と言っていた。

敵を作ることによって民衆を引き寄せたり、政府の落ち度から目をそらせる姑息《こそく》な手段だ。おそらくこの先も頻繁に使われることになろう。

なんにしろ、過剰な取締りが、過激な活動家を生むのだ。

欧州を見れば、取締りを厳しくしているロシア、ドイツなどは社会主義活動家の事件が多く、自由な活動を認めているイギリスではほとんど起こっていない。

まずは、動きに注意を配るだけでいいのだ。過激な活動をするのはごく一部。胡乱《うろん》な動きを見せたならば検挙すればよい。それが手緩《てぬる》いとして、西園寺内閣総辞職の原因となったが――。伊藤暗殺の後からかの地の民への弾圧、虐待は未だ収まっていない。そんな時に、強引に併合しては大きな禍根を残すことになる。

韓国併合は、まず、日本人によるかの国の人々に対する弾圧を収めなければならない。その後に併合することの利を説き、時間をかけて納得を得た後に行うべきだと、桂太郎にも話したのだったが――。

八月二十二日に韓国併合の署名がなされ、二十九日に発表された。

わたしはその月の六日から家族と秘書らと共に盛岡へ避暑に赴いていた。十日頃からであったろうか、大雨が続きあちこちで洪水の被害が出ていた。列車の運行にも支障が出て、東京からの新聞、手紙はいっさい届かず、電信だけが情報を得る手段だった。しかし、盛岡は幸いにも大きな被害は出ていなかった。

わたしは古川端の別邸で韓国併合の知らせを受けた。

これで朝鮮問題も一応の落着をみたわけだが、果たしてこれでよかったのか。

維新は薩長土肥の功名を急いだための失策であるとわたしは思う。今回の韓国併合も、山縣有朋と官僚派のそれであったとわたしは確信する。

今回の盛岡滞在中になかなか喜ばしいことがあった。清岡等が政友会に入会したいと申し出て来たのである。

＊　＊

十二月二十日に第二十七議会が召集され、二十四日にわたしは予算委員長に就任した。

この年には彬も学校を卒業して芝公園の我が家に同居するようになった。書生の菅野や浅野も勉強を手伝い、上の学校を目指して何度か試験を受けたが、合格することはできなかった。

学業はものにならなかったが、文学や音楽への興味は強く、熱心に句作に励んだり楽器をいじったりしている。試験に落ちてがっかりしている彬の肩を叩き、「気にするな。お前はそういう方面で頭角を現す男なのだ」と励ましたのだが、本当の親ならばなんと言ったろうか。受かるまで挑戦してみよと発破をかけるだろうか。それともめそめそしているのは男らしくないと怒るのだろうか——。

わたしは、深夜に書斎に茶を運んできた浅に、その思いを語った。

浅は、

「あなたが思う通りになさればいいのです。わたしは、わたしが思う通りにカミナリ母ちゃんをしています」

と笑った。

「うむ……。そう言われてもなぁ……」

「旦那さまは冷たいお方です」

浅は怒った顔をする。

わたしは驚いて、

「なにが冷たい？　どこが冷たい？」

と訊いた。

「旦那さまはずっと彬や貢に、偽物の父親として接していたのですか？」

「いや、そんなことはない——」

と胸を突かれる思いだった。

「女は、子供がお腹にいるうちから母親を実感します。けれど、男は子供がこの世に生まれでてから父親を実感するのです。子供が赤ん坊か少年かの違いになんの意味がありましょう。わたしが、養子だからと遠慮せずに雷を落とすように、旦那さまも養子と思わずに接すればいいことではありませんか」

「だが……」

「そんなに血を分けた父親が子供にどう接するのかを知りたければ、ご近所さんを覗《のぞ》き見にお行きなさいませ。生け垣の外から、好きなだけ覗き見すればいいのです。けれど、そんなことをしても答えは見つかるとは思いませんが」

「うむ……。浅の言うとおりだ」

わたしは負けを認めた。わたしは父を演じようとしていた。気負わずに、素のままで父となればいいのだ。

「家の外では政治家原敬。家の中では父原敬を演じようとしていたのだな」

溜息をついた。

「あら。では、わたしが見てきたのはどんな原敬だったのでしょう?」

「本物の原敬だ」

「それはようございました」

浅は一礼して書斎を出ていった。

十一

明治四十四年（一九一一）一月に大逆事件の判決がなされ、十二人の死刑が同月中に執行された。残りは無期懲役、懲役刑となった。

しかし山縣らが狙った社会主義者の根絶はならず、第二十七回議会での恰好の標的となった。それに加えて、南北朝正閏《せいじゅん》問題が桂内閣の足を引っ張った。

かつて朝廷が南朝と北朝の二つに割れていた時代があった。そのいずれを正統とするかという問題である。

維新によって、北朝を正統とする公家たちから、明治政府に皇室の祭祀の主導権が移った。明治政府は南朝を正統とする論を信奉する者が多く、旧来の祭祀《さいし》に対する批判が持ち上がった。

小学校の教科書には、学者の研究成果などから〈南朝、北朝は並び立っていた〉と書かれていた。

しかし、昨年——、明治四十三年の教科書改訂でその記述をどうするかで揉めた。

大逆事件の犯人の一人として逮捕、処刑された幸徳秋水《こうとくしゅうすい》が秘密裁判中に『現在の天皇は、南朝の天子を殺して三種の神器を奪った北朝の末裔《まつえい》』と発言したことが外に漏れて、騒ぎが大きくなった。

桂は『学者に任せるべき問題である』と、政府は介入しない姿勢であったが、新聞がそれを批判した。そのことを桂政権打倒に利用したのが犬養毅の立憲国民党であった。議会で問題にしたのである。政府は野党の懐柔を試みるが失敗。

山縣有朋が水戸の徳川光圀《みつくに》が編纂を命じた【大日本史】の記述を根拠にして、南朝こそ正統であるとしたことで、教科書もそのように改訂されて、足利尊氏《あしかがたかうじ》が逆賊、楠木正成《くすのきまさしげ》が忠臣という解釈が正しいという認識が広まった。

その間に、政友会には劣勢になった桂が擦り寄って来たり、犬養の国民党が協力を求めて来たりした。

政友会は、今のところ桂を応援しておく方に利があるとして、協力体制を組むことになった。情意投合である。そのため、議会はなんとか三月二十三日に閉院式を迎えた。

銀座でカフェプランタンが開業したのはこの頃だったろうか。夏にはカフェー・ライオンが建った。フランスのカフェーとは違い、女給を置いた西洋風酒場である。文士らはそういう場所を好んでいるようだったが、女給がお高くとまっていて、あまり気分のいい場所ではなかった。春を売る女給もいたという。以後、銀座には次々にカフェーが開店し、人気のある女給の引き抜きも起こったようである。

五月六日、わたしは高松にいて、四国中国連合大会で演説をした。その後下関に移り、九日には門司から出港する天草丸に乗り、大連に向かった。同行するのは清国や台湾を漫遊する代議士数名である。

北京、奉天、天津、平壌、釜山などを回って下関に戻り、三十一日に東京へ帰った。

清国、朝鮮とも、久しぶりの訪問であった。

意外なことに、北京には清国人が刊行する新聞が十七紙あるのだが、排日の記事を載せるものはないという。もしかすると日本軍が圧力をかけているのかもしれない。

京城《けいじょう》では朝鮮貴族らと晩餐を共にしたが、和やかなものであった。

しかし、諒山に建設された日本軍軍司令官の官舎を見たときは強い不安を感じた。壮大な建物でまるで宮殿のようであった。あまりにも大きすぎて使い勝手が悪く、司令官は別に家を建てて住んでいるという。話によれば官舎は離宮として使っているとのこと。

伊藤博文を暗殺し処刑された犯人は、英雄視されているという。権威の象徴として巨額の費用をかけて建設したものが、無用の長物と化している。これは排日感情をさらに刺激してしまうのではないか――。

幾つかの不安を感じつつ、清国、朝鮮の漫遊を終えて、五月三十日に帰国した。

＊　＊

桂太郎は、退陣の覚悟を決め、政権を西園寺に移す打ち合わせを進めて、その時期はおおよそ九月初めと決まった。

わたしは夏の休暇中ではあるが、八月の末でも構わないと約束し、七月十三日も家族を伴い盛岡へ避暑に出かけた。

八月二十三日に、野田卯太郎《のだうたろう》より『二十五日までに帰京願いたし』との電報があった。さほど間を空けず西園寺からも二十五日に帰るようにとの電報が来た。

二十四日の朝、兄の恭が訪ねてきた。

深刻な顔をしているので〝あの話だな〟とすぐに見当がつき、わたしは浅に目配せをして、奥の座敷に入った。使用人には彬と貢は奥へ来させないようにと伝えた。

わたしと恭が部屋に入ると、浅は茶の用意をしてすぐに後に続いた。

「達はもう、治る見込みはない」

恭は俯いてそう言った。達は兄の家の跡取りであったが、結核で療養中だった。そして恭の言うとおり、完治する見込みはないと医者から言われていたのだった。

「だから、どうしても彬に家を継がせるしかないのだ」

その相談は少し前からされていた。しかし母からも『すぐに彬が家に戻れば、達に自分の命が長くないことや、家を継ぐのは彬なのだと知られてしまいます。そうなれば、せっかくよい状態が続いているのに、一気に悪化してしまうことにもなりかねません』と言われていた。わたしも同様に考えていたし、すでに息子として育てている彬を手放したくないという思いが、返事を長引かせていたのだった。大人物にはならなくとも、ひとかどの人物には育て上げようと、夢を見ていたのである――。

「彬を戻す手続きをするのに異議はありません」

わたしは言って、茶を淹れる浅をちらりと見た。表情は変わらなかったが、かえってそのことで、浅が必死で感情を押し殺しているのだと分かった。

「けれど、今は約束だけですぐに手続きをする必要はないではありませんか」

わたしは母の懸念を語った。

「分かっている……。しかし、心細いのだ」

恭は泣きそうな顔をした。

「兄上。今は達のために我慢しなければなりません。また、彬にもよく言って聞かせなければなりませんから、わたしにも少し時間を下さい」

「図々しい話だが――」恭は小さい声で言った。

「彬がこちらに戻っても、学費の援助をしてはもらえないだろうか」

恭は明治三十八年に岩手郡長を退職している。家計に余裕はない。

「もちろんです。それはご心配なく。けれど、彬は学問よりも音楽や文学の方に素養があるようです。難しい学問の道を進ませてもよい成績は望めないでしょう。それに彬は先頃から肺尖《はいせん》カタルを患っていて、現在も投薬中です。長い間無理を強いて学問をさせると、取り返しのつかないことになりかねません」

わたしは言いながら、わたしの我が儘《まま》で兄にずいぶん気苦労をかけていたのだと気づいた。もっと早く、達になにかあった時には、彬を必ず家に戻すと約束していれば、兄を追いつめずにすんだのにと後悔した。

「兄上。彬を戻すことは約束します。細かい問題は後から話し合いましょう。まずは、達の小康状態が長く続くことを祈りましょう」

「そうだな……」

恭は浅が淹れた茶を啜り、弱々しい笑みを浮かべ、わたしと浅に、畳に額を擦りつけるほどの礼をして帰っていった。

この夏、これ以上に胸を痛めた出来事はなかった。

午後四時の汽車に乗るわたしを見送りに来た彬と貢は無邪気に手を振っていた。

浅は子供たちの後ろに立ち、その視線は彬の背中に向けていた。

十二

八月二十八日に、組閣の大命が西園寺に下り、三十日から作業に入った。

八月三十一日。家族が盛岡から戻った。

わたしが東京に戻ってから以後の出来事を、彬と貢は興奮気味の口調で交互に語った。

彬は自分が実家に戻されることについてまだ実父から話されてはいない様子である。

今から話しておいた方がいいのか、それとも達の体が、もはやいかようにもならないという状態になった時に話すべきか――。

わたしは迷って、二人が床についた後、浅を書斎に呼んで相談をした。

「あなたは兄上さまに彬は勉強ができないと仰いましたが、あれは賢い子です」

「勉強ができるできないと、賢いか愚かかはまったく別のものだ」

「賢い子なのだから、万が一、達さんになにかあれば、自分が盛岡の原家を継がなければならないとは思っているはずです」

「ああ……。そうかもしれないな」

「だとすれば、あの子にとっての一番の問題は、その時旦那さまが自分を盛岡に帰してくれるかどうか。さりげなくそのことをお伝えなさいませ」

「うむ。では、貢に気づかれないように彬を呼んできてはくれまいか」

「今からですか？」

「賢い子ならば、わたしが東京へ戻るその日の朝に、実父が真剣な顔で訪ねて来たのを不審に思っているだろう。もしかすると、わたしと父との間で、自分を復籍させる話が進んでいることも気づいているかもしれない。ならば、あの子も気が気ではないだろう。早く話して楽にしてやりたい」

「分かりました。呼んで参りましょう」

浅は言って書斎を出て、すぐに神妙な顔をした彬を連れて戻ってきた。

わたしと浅は肘掛け椅子に座り、彬は長椅子に腰掛けて向き合った。

「復籍の話ですね」

開口一番、彬はわたしと浅を交互に見ながら言った。

わたしと浅は顔を見合わせる。わたしたちが思っていた以上に、彬は賢いようであった。

「達兄さんの件で、わたしは実家に戻らなければならない。けれど、叔父さん、叔母さんはどうすればいいかと悩んでいらした」

　彬は微笑する。

　わたしたちはなんと答えていいか分からずに黙っていた。

「わたしはといえば、叔父さん、叔母さんに返しきれないほどの恩を受けているので、自分から実家に戻してくれなどと言い出せませんでした」

　わたしは彬の話の一部に反論しようと口を開けたが、彼はそれを制した。

「叔父さん、叔母さんが恩を返せなどと言うとは思っていません。だからこそ、苦しいのです。けれど、こうして機会を与えてくださったことを本当に感謝します」

　彬は言葉を切って頭を下げた。

「わたしを父の元に戻してください。盛岡の原家をしっかりと継ぐことで、叔父さん、叔母さんへの恩をお返ししたいと思います——。そして、貢を籍に入れてあげてください。彼は遠慮して、お父さんお母さんを叔父さん、叔母さんと呼び続けています」

　彬はわたしと浅、そして貢のことをとても大切に思ってくれていた。そのことに、わたしは感動していた。

　政治家としての原敬しか知らない者たちは、わたしにこういう私生活があるなどと知りもしないだろう。とすれば、わたしが毛嫌いしている山縣有朋や、大隈重信などにも、わたしの知らない私生活があるということだ。わたしは彼らの嫌な一面しか見ていない。

　腑《はらわた》を煮えくりかえらせながらも、時に笑みを浮かべながら彼らとつき合っている。けれど、もっと多面的に彼らをとらえれば、本当の微笑を浮かべながらつき合うことができるかもしれない。

だが、そういう境地に至れるのはまだまだ先のことだろう。

九月二十二日、兄恭から、彬の実家の復籍の届けは九月十九日に済んだと知らせがあった。だが彬が盛岡に帰るのはまだ先になる。悲しいことだが、達の危篤を待たなければならないのだった。

＊　＊

八月三十一日、わたしは内務大臣のほかに鉄道院総裁を兼任することになっていた。その関係で、十一月七日、陛下が福岡県久留米付近で行われる陸軍の大演習を統監なさるため、わたしは宮廷列車に陪乗した。

十日、門司駅に先着していた御料列車が脱線するという事故が起こった。

怪我人は出なかったが、発車までは時間が掛かるということで、陛下には御休息をいただくこととし、復旧を急いだ。結局、一時間の遅れで久留米に到着した。

事故の原因は、降雨のために御料車の覆いを取らずに準備線路に置き、これを御発車線に入れ換えようとした時、覆いの紐が風でポイントに引っ掛かったため、脱輪をしたものであった。

わたしは進退伺いを電報で西園寺に送った。

門司における事故と、荒天のために行事を割愛しなければならないこともあったが、なんとか御幸を終えられて、十九日、陛下は夕方に新橋駅御着、還御なさった。わたしたち供奉員《ぐぶいん》は、鳳《ほう》凰《おう》の間において、酒饌《しゅせん》を賜った。

わたしはすぐに西園寺を訪ねたが、怪我人もなく、天候による事故であったのだからと、責任は問われなかった。

心身共に疲労困憊《こんぱい》していたが、家長としてみっともない姿は見せられないと、背筋を伸ばして芝公園の家に帰った。

浅はなにか感づいたようで、彬と貢が床に就いた後に、葡萄酒を一杯持って、わたしの書斎を訪れた。

「誰にも言うなよ」と前置きして、失態の顚末《てんまつ》を語った。

「世が世なら、何人かが腹を斬らなければならなかっただろう」

わたしは溜息をついて葡萄酒を一口すすった。

わたしは軽口を叩いていたのだが――。

事故の責任を取って操車主任が自害した。

十三

自害した操車主任に対して宮中から多額の下賜があった。

死の知らせがあった時、早まったことをと思ったが、その責任感の強さには感服した。

宮内省や鉄道院では弔慰金を募って贈ることにした。わたしも個人的に些少の弔慰金を贈ったのだが――。精神的にまいって、大いに腹を壊したのだった。

政友会では、鉄道の広軌改築案が問題になっていた。

日本の鉄道の線路の幅と、大陸の線路の幅は異なっている。日本は幅の狭い狭軌と、さらに狭い軽便鉄道用の線路。大陸は幅の広い広軌を採用している。大陸に兵員や物資を円滑に輸送するためには、大陸に合わせて国内も広軌にしなければならない。

日本の線路を国際基準に整えるのは絶対に必要なことであった。

だが——。

まず、国内に敷設した線路をすべて広軌にするには莫大な予算が必要である。また、国民は『そんな金があるならば、我らの町にも鉄道を敷け』と訴えている。

わたしは迷った。

今必要なのはどちらか？

狭軌のまま、全国に鉄道を敷設すれば、いつかそれをすべて広軌に変更しなければならない。しかし、現在敷設している鉄道を広軌に変える工事を始めれば、鉄道網を全国に広げる事業が遅延する。

鉄道網が地方にまで広がらなければ、日本の経済は転がらない。

わたしは、財政難を理由に広軌改築案を諦め、狭軌での鉄路建設を提案した。財政に余裕ができたならば、直ちに広軌への変更を開始するということも付け加えた。

＊　＊

十二月十九日。陛下が糖尿病であることを西園寺から聞いた。女官たちが御静養をお勧めしても国の仕事が優先であり、そのために死んでも差し障りはないと仰せられるのだという。

わたしが再び任官したことを奏上した時に、陛下の御容貌がずいぶん衰えて御座すと思ったのであったが——。

＊　＊

この年には日本橋が石橋となった。木造の橋の時にはまだ徳川の時代の匂いを辺りに漂わせていたが、石橋となった日本橋は、新しい時代になったのだということを、有無を言わさずに押しつけているように見えた。灰白色の石と、青銅の柱の上の街灯。高欄に座る威圧的な麒麟《きりん》像。もっとも、薩長閥がこの国を牛耳りだしてもうだいぶ経つ。庶民はただ、洒落た頑丈な橋ができたと喜んでいるだけのようである。

近くには昨年、丸善《まるぜん》の赤煉瓦店舗が建った。

大きな西洋建築があちこちに建って、その間に古い日本家屋や土蔵がひしめく。日本の瓦屋根や古風な暖簾などが、なにらやら空意地を張っているように見えるのが切ない。

中には西洋風のドームの上に清国風の屋根の塔が立つ珍奇な形の建物もある。道には路面電車と馬車、人力車が並んで走り、十字架のような形の電柱が並んでいる。

欧州の街並みも日本の街並みも知っている目から見れば、悪夢の中の景色のようでもある。

徳川の時代を感じさせるものがどんどん消えていく。

庶民は馴染んだものに執着するが、捨て去るときは驚くほど呆気《あっけ》ない。

＊　　＊

明治四十五年（一九一二）一月十六日。『達、病気重体に陥りたるにより、彬の帰郷を求む』との連絡があった。彬がその最期を看取るために盛岡へ帰ることとなった。

わたしは夜、彬を上野駅まで見送った。浅と貢は芝公園の自宅で彬に別れを告げ、留守番をしていた。

薄暗い明かりに照らされたホームは、東北への夜行列車に乗る客たちと、見送りの人々で混雑していた。石炭を燃やす臭いと冷たい空気の中に漂う蒸気が満ちている。

分厚い外套を着た彬は乗降口の前でわたしの方を向いた。手荷物は革の鞄一つである。荷物は後ほど送ることになっていた。

彬は、何かを言いかけたように唇をわななかせた。目元が鳥打ち帽の庇《ひさし》の陰になっていて、表情はよく分からなかった。

「盛岡まで一緒に行かれんで、すまんな」

「いいえ。鉄路は一本道ですので、迷うことはありませんから」

彬の口元が微笑んだ。

「今年中には必ず盛岡へ行く。兄上や――」わたしは一瞬口ごもって付け加えた。

「達によろしく伝えてくれ。お祖母さまや、伯母さまたちにもな」

「はい」

彬は外套の隙間から懐中時計を出して時間を確かめる。

「そろそろ発車ですので、乗ります――。最後まで見送られると、泣いてしまうかもしれませんから、お父さんはもうお帰りください」

そう言われてわたしははっとした。彬からお父さんと呼ばれるのはこれが最初で最後なのだと思うと、目頭が熱くなった。

「そうか」

わたしは帽子のツバを直すふりをして手袋で滲んだ涙を拭った。

「それでは、帰るぞ」

と彬に背を向けてわたしは改札の方へ歩いた。

彬の視線を背中に感じていた。

彬よ。見送られると泣いてしまうかもしれないのは、こちらも同じなのだ。

あっ。今、彬がわたしに向かって頭を下げた――。

それがありありと分かった。

次に会う時には親子ではないという、この別れの時に、今までで一番親子の絆を感じるというこの皮肉。

ああ、もっと彬と向き合う時間を大切にするのだった。そう思いながら、わたしは彼から見えなくなる所まで、ポケットからハンケチを取り出すのを堪《こら》えた。

＊　＊

翌日、達が死去したとの電報があった。

もう長くはないと覚悟はしていたのだが、文面を見た時には衝撃を覚えた。

動きがとれなかったので、名代を盛岡に差し向けた。

達は外語学校を優秀な成績で卒業し、再び試験を受けて大学の法科に入って常に特待生として卒業した。極めて優秀な青年であった。

また句作でもその才能を発揮し、正岡子規に師事して腕を磨き、俳号を抱琴《ほうきん》として活躍していた。

親族としての悲しみは、これ以上もなく大きかった。

壮健な体をもっていれば、将来は岩手のため、国のために働ける男になっていたろうにと思うと、その人材の喪失もとても残念であった。

この後、わたしは句作をするようになった。号は一山《いちざん》。「白河以北一山百文」からとった。

そんな辛い知らせがあった日でも、政治家としての仕事は続けなければならない。東京相撲協会から招待を受け、相撲を見学し、協会主催の晩餐会に出席した。

達を失い、わたしの家の跡取りとなる彬を失うことが確実となり、相撲や晩餐どころの気分ではなかったが、わたしは政治家原敬を演じた。

十四

二月、清国が滅亡した。去年の十月に勃発した叛乱《はんらん》が広大な大陸に広がった結果であった。

一六一六年女真《じょしん》族のヌルハチが後金《こうきん》を起こして以来二九六年――、その子太宗《たいそう》が三六年に国号を清と改めてからでも二七六年。徳川の時代よりも長い歴史をもつ国が倒れ、皇帝が退位し、袁《えん》世凱《せいがい》が中華民国初代大総統となった。

袁世凱の前に臨時大総統であった孫文《そんぶん》は、たびたび日本に亡命していた。そのまま大総統に収まってほしいと思っていたが、軍閥を従える袁世凱の力には敵わなかったと見える。

＊　＊

陛下は、七月十四日に体調を崩されてから、容態は日々悪化した。以前からの糖尿病と慢性腎臓炎が進行していたのである。

二十日からはご重体。官報号外で国民にも知らされた。

閣僚は官邸、官舎に詰めて〝その時〟に備えた。

巷《ちまた》の反応は様々であった。

開催予定の川開きが中止になり、多くは驚き、謹慎した。

しかし、辻便所（公衆便所）に不敬な悪戯書きをする輩もいた。

無責任な記事を掲載する新聞も出た。

医者への取材として、陛下のお命を二十四時間保たせるべしとか、新聞の号外に陛下の御身代わりにと自殺を企てた者があるという記事が出た。

わたしは警視総監に、そのような記事を載せれば追従する者が増えるので新聞社に注意を促すよう言った。

二十八日の午後にさらに御容体が悪化したとの知らせを受けて、閣僚らは内閣に参集し、時折、西溜に行って侍医拝診の報告を聞いた。

その日は徹夜となった。

二十九日午後。御容体が安定したとのことで一旦帰宅。夜になって参内した。

そして――。

午後十時四十分。陛下は崩御あらせられた。

明治――、戊辰の戦から始まった時代は終焉を迎えた。この四十五年で、日本は大きく、そして急激に変化した。余りにも性急に新しい国の体裁を整えようとしたために、あちこちに歪みがある。そして、その土台ができたかと言えば、まだまだ道半ばである。

政治も、未だに旧官軍側が優勢で、藩閥と御用商人ばかりが懐を暖めている。

わたしは初めて拝謁した時のことを思い出した。写真で拝見したお姿よりもずっと雄々しくあらせられたことに驚いたのであった。

不敬な言い方であるから公に口にはできぬが、魑魅魍魎《ちみもうりょう》のような藩閥の連中に囲まれながら、陛下はよくおやりになったと思う。お若いうちに大混乱の中に引っ張り出されて、尊王攘夷派の象徴に担がれて――、しかし、薩長閥の傀儡ではなく、ご自身のご意見もはっきりと主張なされた。

世は変わった。だが、もっともっと変えなければならない。

しかし、心配なのは皇太子殿下である。生来病弱で、少々我が儘であらせられる。政府とうまく足並みを揃えていただければいいのだが――。

＊　＊

その日のうちに枢密院で新しい元号が大正と決まった。明治の元号への改元と同時に、一世一元の制――、つまり天皇一代の間は改元せず、崩御の後に元号を改めるということが定められ、この改元がその始めであった。

新聞各紙は三十日付けで大正への改元を報じたが、東京日日新聞のみ、読みを「たいせい」と誤報した。この新聞は、陛下御病気中にも不謹慎な記事を載せていたこともあり、今後、とんでもない誤報をしでかしてしまうのではないかと心配である。

第八章　首相への道

一

明治四十五年（一九一二）五月に衆議院選挙があり、政友会は過半数の議席を得た。しかし、選挙違反も増えた。いくら藩閥の者らと同じ真似をするなと言っても、票を集めることに躍起になると、立候補者も支援者も金を出してでもなんとかしたいという思いにかられてしまうようだった。また、法律にも不備があり、立候補者同士が互いに嘘の申し出をするという事態もあったようである。

七月三十日。元号が大正と改められた。

八月二十七日。先の天皇陛下の追号式が挙行され、明治天皇と称し奉ることとなった。殯《もがり》（本葬の前に、遺体を納めた柩《ひつぎ》を仮に祭ること）の期間を経て、九月十三日から明治天皇の御大葬が挙行され、十七日に終了した。

わたしは明治天皇の御大葬に伴っての恩赦、大赦の検討に加わった。わたしの意見はなかなか容れられなかったが、選挙違反者に対しては、できるだけ特赦、減刑を及ぼすこととなった。

九月二十六日。官報号外で、恩赦令と大赦令を発布した。ここでもまた新聞社のすっぱ抜きがあった。次官の原稿を盗み、それを新聞社に売った者がいたのである。

御大葬に関わる諸般の行事を終わらせて、閣議も終えて、わたしは十月一日の夜、盛岡へ出発した。

二日、古川端の別邸に入り、すぐに兄の家を訪ねた。

玄関に出てきたのは彬であった。

わたしと目を合わせた彬は、はにかんだような笑みを見せた。その口から出てきた言葉は、

「いらっしゃい。叔父さん」

であった。

幾ばくかの悲しみを感じたが、それはすぐに消えて、冷静に彬を見ることができた。

少し見ない間に彬はずいぶん大人っぽくなったと思った。おそらく、盛岡の原家を継ぐ心構えができたのであろう。

わたしの方は、上野駅での別れから、『もう彬は養子ではない』という事実を自身に思いこませ続けていた。それでも消し去れなかった未練が、先ほどの〝幾ばくかの悲しみ〟と共に消えて行った。

わたしも微笑み、

「遅くなったが、達にお別れの挨拶をしに来た」

と言った。恭が出てきて、彬の少し後ろに立って頭を下げた。申し訳なさそうな顔をしていたので、わたしは小さく首を振った。

彬と恭に案内され、仏間で線香を上げた後、寺へ出かけて墓参をした。

政友会の支部に赴いたり、幾つかの寺に墓参をしたりで一週間ほどを過ごした。

九日に知人を招いて庭園で茶話会を開いた。諒闇《りょうあん》中——、明治天皇の喪に服す期間であるから、園遊会は開けなかったので、その代わりである。

十二日。夜の汽車で東京へ戻った。

盛岡への行きの汽車では、達の思い出ばかりが浮かんできたが、帰りの夜汽車に揺られながら思うのは、過ぎ去った明治の日々だった。

東京に戻れば、藩閥の連中と対峙《たいじ》しなければならない。闇の中を進む、この一晩だけは、感傷に浸っても罰《ばち》は当たるまい。

＊　＊

天皇陛下崩御、新天皇御即位、改元、という大きな出来事があった一年が終わろうとする十二月、西園寺内閣は総辞職した。

西園寺の後を継いで首相の座についたのは、桂太郎である。またしても長州閥の政府となったのだ。

＊　＊

このところ、山縣と桂の中はギクシャクとしていると聞こえていた。だから最初の首相候補は桂ではなく松方正義であった。しかし、高齢であることを理由に断られ、次に声を掛けた山本権兵衛、平田東助《ひらたとうすけ》も自分には無理だと首を横に振った。

結局、山縣は仕方なく桂を首相に推したらしい。

桂はそれを受けたわけだが、組閣は山縣の思い通りにはさせず、自分で決定していった。桂は自滅の道を選んでしまったのである。

端から見ても、反政友会派の人物たちで固めた内閣であったから、政友会支持の有権者ばかりでなく、民衆の反発も招いた。

陸軍を操るという汚い手を使って西園寺内閣を葬った、山縣、桂の長州閥に大正の時代も好きにさせてたまるものか。

そういう民衆の思いが、憲政擁護の運動を生んだ。その動きは日本国内、津々浦々に広がっていった。政治は他人事《ひとごと》ではない。民衆の思いが政治を動かすのだ。また、民衆の思いに気づかぬ政治家は偽物だ。わたしは日本を埋めつくそうとしているその大きなうねりに興奮した。

大正二年（一九一三）一月二十日。追いつめられた桂はついに、苦肉の策に出た。藩閥政治への批判をかわすため、新しい政党を立ち上げようとしたのである。今まで政党政治を批判していたが、背に腹は代えられず、掌を返したのだ。

政友会は冷静に成り行きを見る姿勢をとった。しかし、ここが自分の売り込み時とばかりに動き出した者たちもいた。

尾崎行雄もその一人である。国民党の犬養毅と手を結んで憲政擁護会とやらいうものを立ち上げ、その演説会にわたしを引っ張り出そうとしてごねたこともあった。

民衆に、政友会は国民党と手を結んだと思われたくはない。しかし、国民党と国会では打倒桂内閣で共同歩調をとることは、やぶさかではない。新聞では、わたしが政友会と国民党の合同を反対して成立しなかったとか、犬養が政友会に入れば陣笠――、幹部とはせず一般議員扱いをするつもりだなどと喧《かまびす》しい。

さて、桂が打ち立てようとする新政党はいかなるものだろうか。反省の上に立ち、今までの言動を改めるのであれば、掌返しにも意味はある――。と思っていたのであるが、政友会と国民党は合同で爆弾を落とすことになった。

二月五日。憲政擁護派の民衆が帝国議院の建物の周囲を取り囲み、藩閥政治打倒を叫ぶ中、内閣不信任案を提出したのである。

議会は九日までの停会となった。

陛下より西園寺に、「目下の紛糾を解き、朕《ちん》の心を安んぜよ」との御沙汰があった。

停会をさらに一日延ばしつつ、「西園寺を助け、聖旨、陛下の思し召しを奉ずるほかなし」という結論になったのだが――。

議会は十日に再開されたが、すぐに三日の停会となった。

らちのあかない議会に、議院の建物を取り囲んだ民衆の怒りが爆発した。

暴徒と化した憲政擁護派の民衆は、交番を襲撃し、新聞社に放火、警視庁にまで押しかけて暴れ回った。東京市内は大混乱となった。

民衆はやりすぎた。自制しながら否を唱えることができれば満点なのだが、民衆もまた発展途上なのだ。騒動は京都、大阪、神戸、広島などへ広がって行き、十三日、桂内閣は総辞職した。

その日から後継の内閣組織についての話し合いが始まったが、混乱してなかなか一本化できなかった。山本権兵衛を首相にという案が出て、そこに決まりかけたのだが、「薩摩閥の山本では駄目だ」「国民党が内閣に入っていない」などと憲政擁護会の者たちが騒いだのである。
十五、六日であったろうか。わたしが自宅で夕食をとっていたところ、百人を超える群衆が押し掛けて面会を求めた。
ちょうど居合わせた吉植庄一郎《よしうえしょういちろう》が機転を利かせ、原敬は留守であるからと群衆を政友会本部に連れて行った。夜通し話を聞いたり、説諭したりして朝飯を食わせて帰したという。吉植は政友会員で、後にわたしの内閣で文部参事官を務めることになる男である。

十九日には、政友会本部に五百人ばかりの群衆が押し寄せ、門を押し破って侵入。本部に詰めていた腕っ節の強い者らが追い返した。ずいぶん負傷者が出た。わたしの屋敷にも押し掛けることにしていた連中もいたらしいが、本部で撃退されてこちらは無事だった。我が家には浅や貞、住み込みの使用人もいたので、後からその子細を訊いてゾッとしたのであった。

二十日。なんとか山本権兵衛を首相とする内閣の組織が決まった。

＊　＊

第一次山本内閣で、わたしは内務大臣に任命された。

初登庁の日、内務省の玄関に、二人の男が立っていた。見知った顔であった。

高橋光威と児玉亮太郎であった。

高橋との出会いは、わたしが大阪新報にいた時に福岡日日新聞から引き抜いた時だった。以後、第一次西園寺内閣で内務大臣をしていた時には秘書官を務めてくれた。衆議院議員でもある。そして、今回の内閣では、内務省参事官を務めることになった。

児玉亮太郎はわたしが逓信大臣に就任した時に秘書官に任命した男である。伊藤内閣が倒れ、わたしが大臣を辞任して北浜銀行に入ることになったとき、真剣に『お供したい』と言ったのだった。

わたしは、陸奥宗光が閣僚を辞するたびに〝お供〟をしたことを思い出したが、『必ず戻って来るから、その時にまたわたしを助けてくれ』と諭したのであった。

児玉は今回、わたしの秘書官を務めることになった。

「またお世話になります」

高橋はにこやかに言った。

「この日を待っていました」

児玉は感無量と言いたげな顔をしていた。

二人と固く握手を交わした。

「君たちが揃って力を貸してくれるのは、たいそう心強い。よろしく頼む」

わたしは言葉を切り、微笑みながら二人の顔を見て、

「道はまだ途上。まだまだこれからだということを肝に銘じておいてくれたまえ」

と言った。

二人はその言葉の意味を理解したようで、真剣な表情で大きく肯《うなず》いた。

わたしは二人の背中を叩きながら執務室へ向かった。

＊　＊

山本内閣に反対し続けた尾崎行雄と岡崎邦輔ら二十四人は政友会を出て、政友倶楽部を結党した。彼らが抜けたため、政友会は議会で過半数を割ってしまった。

山本は政友会に入会した。閣僚の多くは政友会であり、藩閥政治を駆逐するための手を打ちやすくなった。

陸海軍大臣や文官の任用を改正して、軍の独走を妨げ、高官への道を広くした。

しかし――。

山本と、政友会の者たちの仲はギクシャクとしていた。会員たちは山本の軍人気質を毛嫌いし

たのである。

山本は、官僚に対する呼吸は知っていたが政界の事情には暗い。せめて党幹部とは意思疎通を図ってもらわないことには、物事がうまく進まない。

わたしは山本と政友会幹部らに腹を割って話し合う機会を設けた。首相官邸での午餐《ごさん》会である。幹部らは遠慮なく意見を申し述べたが、山本の方は表面的な返答しかしない。けれど、少しずつうち解けて、意思の疎通をみた。

二

桂太郎が死んだ。十月十一日のことである。胃癌であった。しばらく前から患っていたのだという。陸軍を使っての強引なやり口は、自分はもう長くないと思ったからであったろうか——。

三日前に見舞った時には、すでに死期が近いことが分かる状態であった。意識は鮮明で、こちらが話すことは理解していたが、言葉を話そうとすると、はなはだ不明瞭な音にしかならない。

「十分に休養したまえ。二、三日もすれば病の勢いも収まってくるだろう。そうすればまたわたしと議論を戦わせることもできる」

と言って右手を差し出すと、桂はわずかに微笑んでその手を取り、握り返して来た。

わたしの言葉が力を添えたか、それとも気休めだと知っての微笑であったか。

ニコポン宰相の名の通り、彼の微笑は策略の一つだったが、その時の握手と共に浮かべた笑みには裏などはなかった。

桂の邸宅に弔問に出かけ、彼の遺骸に手を合わせた後、慌ただしく横浜行きの汽車に乗った。県庁舎の落成式があったのである。

＊　＊

大正三年（一九一四）に入ってすぐ、シーメンス事件が起こった。ドイツのシーメンス社の社員が海軍の高官に賄賂を贈り、入札の情報を入手したことが露顕したのであった。

裏で山縣有朋が動いていたという噂もあった。西園寺内閣総辞職の裏に山縣有朋と長州閥、陸軍による工作があったという批判が冷めやらぬうちに、今度は海軍と薩摩閥に対する批判が高まっていった。

二月六日には両国国技館で演説会が行われ、翌日にその決議文を持って政友会本部に押し掛け、山本首相への面会を求め騒ぎ立てたので追い出した。

警視庁から登院の自動車に護衛の巡査を同乗させるよう勧められたが、わたしは断った。暗殺されたらされたで、政友会がそれを利用することもできると考えたからである。

今までは二頭立ての馬車を使っていたが、一月に自家用車としてダイムラーを購入していた。運転手は鉄道院の総裁をしていた時の専用車の運転をしていた者を引き抜いたのだった。

しかしその運転手は、政府の山本内閣の手の者から金をもらってわたしの動向を密告していたのでクビにした。

すぐに雇った次の運転手は五十嵐《いがらし》という男で柔道三段の猛者である。以後、護衛の話が出たら、五十嵐が護衛の役を務めると答えることにした。

十日。議会で内閣弾劾案が提出されたが、否決された。夕方に議事は終了した。しかし、門の外に三万人余りの群衆が押し寄せ騒ぎ立てていて、議院の建物を出ることができない。

そこで軍の出兵を要請した。だが、暗くなっても兵は来ない。

なるほど、誰かが手を回して軍の出動を止めているのだ。騒ぎを大きくして、山本内閣の責任を追及し、退陣に追い込むという手であろう。

こうなれば、いくら待っても兵は来ない。

ならばということで、わたしは安楽兼道《あんらくかねみち》警視総監を呼んで、警官を正門から右折する道路に集合させるように命じた。

警官が路上の群衆を左右に分けて現れた道路に向けて、議員を乗せた車列が突進した。

街灯に照らされて濃い陰影となった群衆が、蠢《うごめ》きながら怒号を上げている。

わたしは恐怖よりも高揚感を覚えていた。

日本はやっと、真の新しい世への一歩を踏み出そうとしているのだ。

やらなければならないことは山積している。時には強引に事を進めなければならないだろう。

混沌とした中であるからこそ、大胆な政策を実施できる。

しかし、民衆は自由民権運動の薫陶で、政に「否」を突きつけることができる者たちが増えた。

それについては板垣退助に感謝しなければならないけれど、わたしの政策に「否」を叫ぶ者も多くなるはずだ。

それでも構わない。

政治は民意に添うものでなければならないが、民衆に理解されなくてもやり遂げなければならないことというものがある。

もちろん、それは国や国民が成熟していないからこそ使える手であって、国の形が整った後にもそういうことをし続けるのは愚の骨頂。賢くなった国民はすぐに政府の手抜きを見抜いて、弾劾の声を上げるはずだ。

政治家は真摯に国のために働かざるを得ず、私腹を肥やすことばかり考える者は駆逐されるだろう。

そんな国を早く作らなければならない――。

わたしは身じろぎをしながら武者震いを誤魔化した。隣りに座る山本権兵衛に、わたしが怖がっていると勘違いされるのが嫌だったからだ。

＊　＊

世間の騒ぎは続いていた。十二日には青年会館の演説会に参加していた二千人余りのうち、二、三百人が市内を徘徊《はいかい》し、最後には室町警察を襲った。

暴徒に襲撃される政友会員もいた。

新聞はよく調べもせずに、誤報を掲載していた。わたしの自動車に暴漢二人が乗り込んで逮捕されたという記事は噴飯ものであった。

また、十六日には院内のわたしの事務所に新聞記者十数名が押し掛けて、「十二日の騒動で、新聞記者が巡査にサーベルで斬られた件について書面で謝罪せよ」と詰め寄った。

議会でも巡査による記者への傷害事件の質問が出た。鬼の首を取ったように居丈高な野党議員の質問は、しかし穴だらけであった。そもそもが新聞記事や伝聞をもとにしたもので、まったく裏をとっていない。わたしは次々に矛盾点を指摘し、不確かな情報を鵜呑みにしているその議員の愚かさを衆目に晒《さら》してやった。

よく調べもせずに偉そうな顔をしている奴を虐《いじ》めてやろうという気持ちはないではなかったが、国の進む道筋を決める場である議会では、もっと高度な議論を戦わせたいという理由が第一である。わたしは、下らない質問をしてくる者たちをこてんぱんに論破することを常にしていた。

そのおかげでわたしに対してつまらない質問をする野党議員は少なくなった。議論を封じているわけではない。綿密に調査した上で、こちらがぐうの音も出ないほどの質問、追加質問を用意すればいいのだ。わたしを追いつめられないのは知恵が足りないからである。

弾劾案は否決されたが、今度は貴族院が山本内閣を転覆させる手を打ってきた。衆議院を通った予算案のうち、海軍の予算を大幅に削減してきたのである。

三月二十三日。山本内閣は総辞職することとなった。

以後、後継の内閣はなかなか決まらなかった。

山本は、わたしを首相にと考えていたようだが、元老たちの賛意を得られなかった。山縣有朋が強く反対し、多くの元老が追従したらしい。

しかし、山縣が推す候補たちはある者は固辞し、あるものは組閣の段階で頓挫して身を引いた。

そんな中、盛岡の母が病に罹《かか》ったという知らせがあった。足がたいそう腫れ上がっているという。すぐにも盛岡へ向かいたかったがそうもいかず気を揉んでいると、嫌な知らせがあった。

次の首相は大隈重信だという。

よりにもよって大隈が再び首相となるか――。口惜しかった。

四月十三日。大隈が組閣の大命を拝した日、母の病が芳しくないので、浅と、弟の誠夫妻を盛岡へ向かわせた。

三

十五日、母の病状を診てもらうため、懇意にしている入沢医師に盛岡へ向かってもらった。高橋光威に供をさせた。

十七日に高橋と入沢医師が帰京した。医師によれば、母の病は心臓病。足の腫れはそれによる浮腫であった。今のところ小康状態であるが、高齢であるため、いつ変化があるか分からないという。

わたしは児玉亮太郎を伴い、夜の列車で盛岡へ向かった。

＊　＊

古川端の別邸で、浅と誠夫妻から母の様子を聞き、症状はだいぶ落ち着いてきたのだと安堵した。

母は思ったよりも元気であった。長話をしては病に障《さわ》ると思い、顔を見せて見舞いの言葉を告げてすぐに辞した。母はまだ話をしたい様子であったが、また明日来るからと宥《なだ》めた。

翌日も母を見舞い、二十日から交替で夜詰めをすることとした。

その夜はわたしの当番であったが、夜中の二時頃に母が突然目覚めて、「明日は蕎麦《そば》を打ってしんぜましょう」などと言った。熱があったから譫言《うわごと》であろうかと思ったが、どうやらわたしが蕎麦好きだということを思い出してのことだったらしい。

翌日の母は熱もあまり下がらず、浮腫が少し増したようであったが、気分はすこぶるよいらしく、蕎麦を打つのだと張り切った。しかし、入沢医師から後を頼まれた地元の医者、竹内と後藤が往診して少し衰弱が進んでいると言うので蕎麦打ちは諦めさせた。

二十三日になって、ずいぶん元気を取り戻し、わたしを相手に色々と話をした。

障子を開けた母の居室からは、廊下のガラス戸越しに春の庭が見渡せた。桜はまだ蕾《つぼみ》であったが梅は満開で水仙は緑の葉を天に向かって伸ばしている。

「あなたはずいぶん遠いところへ行ってしまいましたね」

母は痩せて、小さくなったように感じたが、声音は力強く、口調もはっきりしていた。

「だとすれば、わたしはまだまだですね」

わたしの言葉に、母は怪訝《けげん》な表情になった。

「わたしは民衆に寄りそう政治家でありたいと思っています。母上が遠くお感じになるとすれば、それはわたしが政治家としてまだまだであるということです」

廊下に足音がしたので後ろを振り返る。児玉が正座して頭を下げた。

母はわたしに去るように手を動かす。

「児玉さんがお迎えに来たのですから、お仕事でしょう。さぁ、もうお行きなさい」

「母上があまりにお元気でしたから、ご病気であることをすっかり忘れて長話をしてしまいました。それでは、今日はこれで失礼します」

頭を下げて母の部屋を出る。

「敬さん」

母が呼び止める。

わたしは母を振り返った。

「あなたはとうに楢山さまの年を越しています。あなたは楢山さまより賢うなりましたか?」

わたしは返答に迷った。

頭の中に、少年の日々が一瞬で過ぎ去った。

「おそらく」

明言は避けた。

しかし、母は「そうですか」と満足そうに言った。

わたしは一礼して廊下を歩いた。

後ろからついてくる児玉に訊く。

「なにかあったか?」

「まさに、原さんが仰ったことです。奥さまが、そろそろお話を切り上げさせないと、母上さまのお体に障ると」

「ならば浅が言いに来ればよかったのに」

「奥さまは、『わたしが言いに行くのは無粋です。あなたが行けば、なにも言わなくても、母上さまはお仕事だと思って気を利かせてくださるでしょう』と」

「なるほど。浅らしい配慮だ」

その後、わたしは浅から少し叱られた。

＊　＊

翌日、母の具合はさらにいいようで、往診に来ていた二人の医者は強心剤の注射を見合わせたと言った。

その次の日から、母の具合は少しずつ悪くなっていくように見えた。

四月二十九日、東京の政友会本部から帰京の日の問い合わせがあり、母の様子しだいではあるが、五月二日の晩か三日の朝に汽車に乗る予定であると返信した。

しかし四月三十日、高橋光威が盛岡に来て、大隈が政友会系の地方官の更迭を始め、臨時会議もあるので、本部はわたしの帰京を望んでいるという。

翌日、竹内、後藤の両医師に相談したところ、三日、四日は急変はありますまいと言う。それではということで、五月二日の朝、高橋と共に東京へ発った。

＊　＊

東京に着いた翌日から政友会の相談役会や議員総会に出席し、その翌日には臨時議会のために登院したりと、忙しく走り回った。

六日に衆議院に出席し、大隈重信の演説を聞いたが、芝居がかって一笑を禁じ得なかった。

毎日二度、盛岡から母の診察の様子を記した電報があった。

七日には『お熱あり　容態悪し』とだけの電報があり、続報を待っていたがなかなか来ない。そこでこちらから電報を打とうとしたら、電報局より、「ただ今盛岡よりの電報を配達中である」と言われ待っていたがそちらの返事も来ない。そこで電報局に電話をかけて、電報の内容を聞いた。

『引き続き御不良』

わたしは高橋光威を伴って盛岡行きの夜汽車に乗った。

＊　＊

盛岡に着き、すぐに母の元へ向かった。

耳元で母を呼ぶと、目を開いてわたしの顔を見た。小さく肯いたところを見ると、わたしであることは理解しているようだったが、言葉を発することはなかった。

浅がわたしに近づいて、

「一昨日は枕元にいる人たちに色々とお話をしたり、歌を唄ってお聞かせするとお喜びになっていらしたのですが」

と耳打ちした。

死に行く者がいる家は静かだ。親族が集まって別室に集っているというのに、遠くの座敷の時計の音が聞こえてくる。

生きているうちにとそっと顔を見て、また来ると言って帰る遠縁の者も多い。

夜になって人も減り、交替で夕餉《ゆうげ》をとり、仮眠をとって看病をする。

最初のうちは、回復して元のように元気な姿になってと、一縷《いちる》の望みのようなものを抱いていた。しかし、いつの間にか安らかに逝ってくれることを願い、それを見守る心づもりになっていた。

時々、息が止まっているのではないかと、はっとして名前を呼べば、薄く目を開ける。そういうことを何度繰り返したろうか。

東京のことも思い出さず、さりとて母との想い出を嚙みしめるかといえば、まるで頭に浮かばず、ただただ死に行く老母の顔を見つめていた。まるで何ものかによって記憶や思考を遮断されているかのようであった。

八日が終わり、九日に差しかかる頃。母の呼吸が変化した。女中に言って別室に詰めている者たちにその時が近いことを知らせた。

名前を呼ぶと、まだ目を開ける力は残っていた。わたしが綿に水を染み込ませて唇に当てると、それを吸ってくれた。

それから少しして、母の息が止まった。医者が脈を取り、瞳孔の反射を確かめて臨終を告げた。慟哭《どうこく》する者がいた。啜り泣く者もいた。

わたしはといえば、十歳の頃に父を亡くした日のことを突然に思い出していた。その日から母は、女の手一つでわたしたち兄弟姉を育ててくれたのだった。

今まで記憶を遮断していた何ものかが、突然去って、洪水の如く想い出が溢れだして来た。十六歳の年に東京に出て、今日までのことがあっという間に脳裏を流れ去った。

女たちが、着替えをさせるからと男たちを座敷から追い出す。

男たちは別室に入り、酒を酌み交わして母の思い出話などをする。

わたしは煙草を吹かしながら、ちょうど退官した時期で、しばらく看護ができ、臨終にも立ち会えたのはせめてもの幸せであったとしみじみと思った。

母は九十二歳。大往生というべき年齢であったが、その子供にとっては、さらなる長生きを望んでいたから、遺憾の至りではあった。

夜が明けて、各方面に電報を発し、母の死を知らせたので、早朝から弔問客がはなはだ多かった。

夜に入棺し、翌十日、葬儀万端の準備をした。十一日には、東京から電報があり、もったいなくも両陛下から御菓子一折が下賜されたことを知った。

菩提寺の大慈寺《だいじじ》で葬儀、法事を営んだ。

十八日、京都に滞在中の西園寺から手紙が来た。

西園寺は政治の第一線から退き、京都の別荘に引き籠もっていた。

手紙には、政友会員の奥田義人《おくだよしと》、元田肇《もとだはじめ》、奥繁三郎《おくしげさぶろう》の三人と会見したことのしだいが綴られていた。三人は西園寺に総裁留任を説得しに赴いたのであった。西園寺は健康上の理由でそれを断り、わたしを総裁としたい旨を告げ、三人とも同意をしたとのことであった。

いよいよ首相への道が明確になってきた――。手紙を読みながらそういう思いが浮かんだが、母の死の直後であり、まだ岩手でやらなければならないことが山積していたので、喜びに浸る思いからはほど遠かった。

二十五日に東京へ戻った。昼の汽車であったから、見知った景色が後ろに遠ざかるのを窓外に見ているうちに、しだいに悲しみが深まって行った。政友会総裁の件が頭に浮かんできたが、せめて東京に着くまでは悲しみに浸っていたいと思った。

ずっと堪えていた涙が一筋流れ、向かいに座っていた高橋光威がすっと目を逸らした。

四

東京へ戻ると、悲しみに浸っている暇はなかった。

政友会の中に様々な思惑が渦巻いていたからである。

議長会館において、奥田義人、元田肇と面会した。京都での西園寺との会見について説明を受けるためである。奥繁三郎はまだ京都から帰っていないとのことだった。

奥田と元田が言うには、西園寺は健康が回復したならば総裁に返り咲くつもりだという。それまでは総務委員を挙げて職務を代行するのがよかろうと言った。

わたしがもらった手紙とは異なる内容に、一瞬首を傾げかけたが、

『なるほど、そういうことか』

と、気持ちを引き締めた。

同席していた高橋光威は手紙のことを知っていたので、二人に気づかれないようにわたしに『いいのですか？』と問うような目配せをしてきた。わたしも隙を見て首を振り、高橋に口止めをする。

わたしを総裁にしたくない者たちがいるのだ。それも、目の前に。おそらく奥繁三郎は京都で西園寺を説得し続けているのだろう。

口振りからすると、西園寺がわたしに手紙を書いたことについては知らない様子だ。ならば、その件はしばらく秘密にしておくのが得策だと判断した。

高橋に命じて、この会見の覚書を書かせた。奥田、元田に読ませて署名させる。

「この件については、すぐに相談役会を開くよりも、個別に説明をしてからの方がよかろう。覚書を携えて、わたしが回ろう」

ということにし、奥田、元田も「それがよろしいでしょう」と納得した。

わたしは政友会の相談役らに、西園寺からもらった手紙と奥田、元田との会見の覚書を見せて回った。相談役らは一様に驚いたが、わたしは、

「奥田らは、西園寺侯に復帰してもらいたいという気持ちが強すぎて、侯との会談の内容を都合良く解釈してしまったのであろう」

と付け加えた。敵を攻め立てるばかりが兵略ではないのである。

根回しを終えたわたしは、幹事長の永江《ながえ》純一《じゅんいち》、協議委員長の杉田定一《すぎたていいち》と共に京都の西園寺を訪ねた。元田肇も一緒であった。

汽車の中で、元田は終始緊張した面もちであった。おそらく、根回しの情報が入っていたためであろう。西園寺からの書簡の存在も知ったに違いない。

覚書と書簡の内容の違いを、西園寺の前で問いつめられたらどうするか――。きっとそればかりに考えを巡らせ、言い訳を幾通りも考え、いずれにするかと思案しているのだろうと思った。

杜撰《ずさん》な策を弄せば、こういうことになると身に染みればよい。

まずはわたしと対面し、その後に幹事長らを交えての会談にしたいという西園寺の申し出通り、

一人で別荘を訪問した。

西園寺は手紙にあったようにわたしが総裁となるのが一番いいと言った。わたしは元田らの提案を勧めた。総務委員制をとり、わたしが相談役になるという案である。

しかし、西園寺はわたしが総裁に就任するという自身の案を曲げない。

そのことを確かめて、「では、幹事長らの意見も聞きましょう」と、電話をかけて待機している三人を呼んだ。

幹事長らが揃うとすぐに、わたしはもう一度、総務委員制を提案した。

しかし、真っ先に反対したのは元田であった。

掌を返したわけだが、それは元田なりの敗北宣言であったのだろう。

そして、西園寺の提案通り、わたしが後継の総裁となることで意見はまとまった。

十八日午前中、相談役会と協議委員会を開き、西園寺の推挙により、わたしが政友会の総裁になることを決議した。午後に臨時大会を開いて、協議委員会の決定通りに諸般の決議をして、わたしは政友会の総裁となった。

総務委員に元田肇と奥田義人を入れた。二人はなんとも複雑な表情をしていたが、なにも言わずに深く頭を下げた。

以前西園寺が絶対多数の党の党首が首相となるという法案を提出したが山縣に潰されている。だから、政友会の党首に就任したとしても、すぐに首相の座に就くことはできない。相変わらず前途は多難なのであった。

＊

＊

六月二十九日。衆議院の閉院式が行われた。

式の後、わたしは天機伺《てんきうかが》い——、陛下のご機嫌を伺うために参内した。侍従長と談話していると、閉院式を無事終了したことを奏上して来たらしい大隈重信と出くわした。

大隈は、

「しばらくぶりで議院に臨んでいるが、議論はしてはならぬと言われているので誠に困っている。さだめしおかしいこともあるだろう」

と言った。

「いやいや。なかなかお盛んではございませんか。ご老年に御座しますゆえ、議論などはなさらぬがよろしい」

「いや、なんとかせねばならん。特に、政党内閣などという益体もないものを企てる者らがおるでな。あんなものは、藩閥から弾かれた者か、賊軍出身の者ばかり。つまり、負け犬の集まり。烏合《うごう》の衆である。まともに政など行えぬ」

大隈の目が光った。

「それでは、政党政治を目指すものとして、そちらにお伺いして議論をいたしましょうか」

「ふん。原先生は議場で笑ってばかりおるから、そのうち一戦を試みたいと思っていたところだ」

「わたしとあなたでは、二十歳もの年の差があります。議場で先輩の老人と戦うのも大人げのうございますから」

と一笑に付した。

わたしたちが憎まれ口を叩き合った日の前日——。オーストリア＝ハンガリー帝国の皇位継承者フェルディナンド大公夫妻が、オーストリア領サラエボでセルビア帝国の若者に暗殺された。

その事件から一月後、オーストリア＝ハンガリーはセルビアに宣戦布告した。欧州大戦争（第一次世界大戦の、当時の呼び名である）の始まりであった。

オーストリア＝ハンガリーはセルビアに宣戦布告すると、ロシアが総動員を命じ、オーストリア＝ハンガリーの同盟国であったドイツがロシアに宣戦布告。ロシアはフランスに協力を求め、ドイツがフランスに宣戦を布告。ドイツがベルギーに侵攻すると、イギリスがドイツに宣戦布告――。

各国が結んでいた同盟のせいで、火薬庫の火事のように、連鎖的に戦火が広がっていった。

遠い欧州の戦争であったが、日本にも飛び火した。イギリスと同盟を結んでいたから、ドイツに宣戦布告したのである。八月二十三日のことだった。

日本は連合国側、ロシア、フランス、イギリス、アメリカなどの味方をした。敵は中央同盟側、オーストリア＝ハンガリー、ドイツ、オスマン帝国、ブルガリア王国などであった。

日本は、最初は中立を宣言していた。政友会、立憲同志会は参戦に反対。井上馨、山縣有朋も反対していた。連合国側も日本が中国大陸で勢力を拡大することや、ドイツ領である南太平洋の各所にまでそれを広げるのではないかと恐れて、日本参戦を反対していた。

しかし、大隈内閣はドイツへの宣戦布告を行ったのである。

日本が戦争に加わったときにはいつも思うことであるが、本土が戦火に見まわれることのない戦は、まるで危機感が無く他人事である。

戦場に肉親や知人、友人を送り出している者は気が気ではなく、政治家たちはまだしも戦果を気にするが、それ以外の民衆は相撲の勝敗を楽しむかのように翌日の朝刊を心待ちにする。それが勝ち戦であればなおさらであった。

日本軍は南太平洋のドイツ領を次々に占領した。連合国側が危惧していたことが現実となっていったのである。参戦に反対していた井上馨まで浮かれていた。

大隈内閣は意気揚々。

戦争が始まった大正三年は一時的に恐慌が起こった。

それにもかかわらず、この年に落成した三越の新館には多くの人々が詰めかけた。まるでオペラの舞台装置のような中央ホールや、日本初の動く階段、エスカレーターが人気であった。

戦争の連戦連勝から、大隈内閣の人気は強く、翌大正四年（一九一五）の第十二回衆議院総選挙では与党が票を伸ばし、政友会は第二党に落ちた。

しかし、与党が第一党となったことには、大隈人気以外の理由もあった。

買収と選挙干渉である。

買収については財閥の連中に巨額の金を出させたという噂もあった。選挙干渉は内務大臣が警察に命じ、選挙事務所への嫌がらせや脅迫、警官自身が買収に動くということもあったようだ。

議席数を伸ばした与党は、六月一日、二個師団増設案を成立させた。首相の席にふんぞり返っていた大隈の目がわたしの方へ向いた気がした。

また政府は中華民国に対する二十一箇条の要求をするなど、強硬姿勢を示した。

一時期は低迷していた景気は、この年の後半から好転した。それには大隈内閣の救済政策があったことは、認めよう――。

商人らは実利を上げた。日本は参戦国であったが、戦地からは遠く離れていたので商品の輸出が急激に増大し、国内は空前の好景気に沸いたのである。戦地となっている、あるいは戦地に近い友好国は、日本に軍事物資を求め、ヨーロッパからの製品が届かなくなったアジアやアフリカの各国からも注文が殺到した。

意外だったのは玩具業界の好景気である。ゼンマイ仕掛けの玩具は、ドイツが最先端であったが、戦争のために輸出が停止した。そこで日本に注文が殺到したのである。

金儲けばかりではなく、造船業、化学工業、金属鉱業などの技術も向上し、発展していった。

それやこれやであちこちに〝にわか成金〟が誕生した。料亭などに行くと、下品に金をばらまく経営者をよく見かけた。

もちろん、財閥も莫大な財貨を蓄えていった。

すべてがうまく行き、順風満帆であると思われた大隈内閣に綻《ほころ》びができた。

内務大臣の議員買収工作が暴露され、この先を危ぶんだ多くの閣僚が辞表を提出した。大隈も責任を取ってそれに続いたが、陛下が大隈の辞表を却下。

大隈はなんとか首相の座に留まり内閣改造を行った。陛下は大隈がお気に入りであった。大隈には、陛下は辞表をお受け取りにはならないという読みがあったのだとして、狂言辞任という者もいた。

改造された内閣は、大隈の信奉者で固められていて、民衆の批判を買った。

大隈は、新しい内閣もそう長くないと判断したようで、加藤高明《かとうたかあき》を後継にしようと工作している様子だった。しかし、元老の意見と合わず火花を散らしているという話が聞こえてきた。

わたしはかつて、加藤高明の衆議院議員選挙当選に関わる板垣退助とのいざこざの調停に走り回ったことがあった。第四次伊藤内閣で外相を務めた男で、政治家として優秀であったから政友会への入会を勧めるためだったのだが、わたしの目論見は外れたのであった。

大正五年（一九一六）一月。大隈に対する民衆の怒りは爆弾を投げつけるという事件となった。大隈は以前にも爆弾による攻撃を受けて片脚を失っている。そのために怖じ気づいたということではないだろうが、辞任を意識しているようだという話が聞こえてきた。

五月。与党の同志会、野党である政友会と国民党の党首による三党首会談が開かれた。わたしと加藤高明、犬養毅による会談で、外交と国防について話し合われた。民衆は、大隈内閣が末期であることを予感していたから、新しい政府のための話し合いなのだと感じたようであった。野党と与党が膝をつき合わせて会談したことに好感を抱いたようであった。

辞表にも同志会党首加藤高明を後継者にしたい旨を記した大隈であったが、その望みは叶えられず、十月四日、退陣したのであった。

大隈の後を継いだのは寺内正毅《てらうちまさたけ》である。またしても長州の出の首相であった。さらに閣僚は、海軍大臣の加藤友三郎《かとうともさぶろう》以外は山縣の息の掛かった者たちで占められていた。

だが——。大正六年（一九一七）一月二十五日。国民党と憲政会が内閣不信任決議案を出し、衆議院は解散した。

前回の大敗をなんとか挽回しなければと、政友会員たちは、全力で選挙運動を行い、立候補者を助けた。

そして四月二十日、第十三回衆議院議員選挙が行われて、政友会は第一党に返り咲いた。しかし、絶対多数とはならなかった。

わたしは残念でならなかった。大正六年は特別な年で、この選挙で絶対多数を取り、そしてできれば春のうちに寺内内閣を倒し、その後を継いでおきたかった。

けれど、急いては事をし損じる。焦れば隙ができ、敵につけ込まれてしまう。そういう場面を何度も見てきた。

今年は、戊辰戦争から五十年目であった。

賊軍と呼ばれた藩の者たちにとって、屈辱の五十年。節目の年にその汚名を雪《すす》ぎたい。

浪岡の姉上が死んだ。古川端の別宅に離れを建て、住んでもらっていたのだが、一週間ほど前から体調を崩し、二日前に症状が急変。六月三日に亡くなったのであった。

電報で知らせがあり、わたしと浅は四日に盛岡へ帰り、五日が葬儀であった。

六日に後藤新平内相から電報があった。

わたしが臨時外交調査委員に任命されたのだという。寺内首相が代理で辞令を受け、後藤が預かっているという。わたしは礼の電報を打った。

＊　＊

五

九月八日は重要な日であった。

戊辰戦争殉難者五十年祭が挙行されるのである。

五十年忌であるからと、式典を行おうと奔走する人もいたが、一向に実行される様子がなかった。賊軍の藩の者が戊辰の五十年忌などと政府に目を付けられると考えたのか、賊軍だからと卑屈になっているのか――。

今でも盛岡における楢山佐渡さまの評価は二分されている。秋田攻めを非難する市民もあり、また、佐渡さまは素晴らしいご家老さまであったと絶賛する者もいる。そういうことが、五十年忌式典の計画が進まない原因であったろうと思う。

わたしは市長と助役に相談し、予算を援助して実現するに至ったのである。

わたしは裏方でよいと思っていたのだが、前日の夜に『ぜひ祭文を読んでほしい』と頼まれた。一度は断ったが、戊辰の戦に関する思いを語る好機であるとも思い、引き受けた。

しかし、苦吟するばかりでなかなかいい言葉が出てこない。

夜が更けて、書斎の戸がそっと開き、浅が中の様子を覗《のぞ》き込んだのが分かった。

わたしは筆を置いて背伸びをした。

「思いばかりが溢れて、なかなか言葉にならん」

「五十年祭の祭文を頼まれたのだそうですね」

浅は湯飲みを机に置く。

「うん」

と答えると、浅はわたしの肩を揉みだした。

「それに、未だ首相になれないこの身で、なにを語ればいいのかという気持ちもある」

「そのまま語ればいいのでは?」

「その通りなんだが、ただの政党党首と、一国の首相では言葉の重みが違うからな」

と溜息をついた。

「あら。どちらにしても、旦那さまのお言葉でしょう」

「それはそうだが、民衆が受ける印象は大きく違う」

「ならば、首相におなりになってから、民衆の前でお話しになればいいのです」

「だから、今年が戊辰の戦から五十年目の節目だと言っているだろう」

わたしは苛々と言った。

「けれど、あなたは政友会の総裁で、首相ではないのだから仕方がないではありませんか」

「うむ……」

「どうしようもないことは、どうしようもないのです。旦那さまもよくそういうことを仰います」

「確かにそうだが……」

「ならば、楢山佐渡さまや戊辰の戦で亡くなった方々の御霊に、『未だ首相になっておらず、理想の国を作れ上げられずにいます』と正直に謝ればいいではありませんか」

「辛辣だな」

「いえ。嘘偽りのないことでございます。けれど、御霊は旦那さまがどれほどのご苦労をなさっているかご覧になっています。褒めこそすれ、けっして叱ることはございません」

「うむ――。今の身分を考えるから卑屈な考えも出てくる。もう一度考えてみよう」

「中尊寺落慶供養願文というものをご存じですか？」

「ああ。奥州藤原氏初代清衡が、中尊寺の落慶供養のときに読み上げたものだ。それがどうした――」

と言ったとき、わたしの脳裏に供養願文の一部が蘇った。

若い日、東京へ出る前に楢山佐渡さまの父上、帯刀さまから聞いた一節である。ずいぶん経ってから書物を紐解いて熟読したことがあった。

『一音のおよぶ所、千界を限らず、抜苦与楽、あまねく皆平等なり。官軍夷虜の死のこと、古来幾多。羽毛鱗介の屠を受くるもの、過現無量なり――』

中尊寺の鐘の音が届く範囲では、生きとし生けるもの、官軍でも賊軍でも、あまねく平等に成仏するというような意味である。

戊辰の戦ばかりではない。東北の地は、何度も賊軍の地とされて中央から攻められて来た。何百年も前にすでに、その苦しみからこの地の者たちを解き放ち、寺の落慶、人の死に託《かこつ》けてではあったが、官軍、賊軍の別はないと宣言した人がいた――。

「よく知っていたなぁ」

「戊辰の戦の話を父から聞いていた時に教わりました。死が平等ならば生も平等。賊軍の出であると誹《そし》られても、卑屈になるなと」

「いい父上だ――。祭文の方向性が見えた気がする」

「それはようございました」

浅はにっこりと笑って書斎を出ていった。

わたしは一旦床に入り、夜明け頃に起き出して、一気に祭文を書き上げた。

＊　＊

八日の午後。雨の中、報恩寺において五十年祭は営まれた。

楢山佐渡さまが、お命を終えた寺である。

山門から続く杉並木に紅白の幕を垂らし、本堂の入り口には南部家の家紋であり当寺が使用を許された向かい鶴の定紋の幔幕《まんまく》。受付の者が控えていた。

線香の煙と香が漂う本堂の中央には白木の位牌が安置されて、菓子が盛られていた。

本堂に八百人余り、境内に数千人もの人々が集まった。戊辰の戦を戦った老人や、戦で命を落とした藩士の遺族などである。

午後一時、梵鐘《ぼんしょう》が鳴り響いて五十年祭が始まった。

読経の後、南部伯の祭文朗読があり、かつての盛岡藩士、金田《きんだ》一勝定《いちかつさだ》や谷河尚忠《たにかわひさただ》らが続けて祭文を読んでいった。

声を忍ばせて泣く声があちこちから聞こえた。

わたしは戊辰の戦に参戦できなかったのだが、あの時の盛岡の町の姿。人々の不安げな様子。そして、敗戦で戻ってきた侍達の魂の抜けたような顔などが蘇った。

そして、楢山佐渡さまのお姿――。

わたしが祭文を朗読する番となった。

祭壇の前に立ち、今朝書き上げた奉書紙を開いた。

「同志あいはかり、旧南部藩士戊辰殉難者五十年祭、本日をもって挙行せらる。かえりみるに昔日もまた今日のごとく国民誰か朝廷に弓を引く者あらんや。戊辰戦役は政見の異同のみ。当時勝てば官軍負くれば賊との俗謡あり、その真相を語るものなり。今や国民聖明の沢に浴しこの事実天下に明らかなり。諸子もって瞑すべし。余偶々郷に在り、この祭典に列するの栄をになう。すなわち赤誠《せきせい》を披瀝《ひれき》して諸子の霊に告ぐ。

大正六年九月八日　旧藩の一人　原　敬」

祭文を畳み祭壇に置き、参列者たちの方を向くと、涙を流す人々の顔が目に入った。

戊辰の戦には官軍も賊軍もなかった。この先の日本をどうするかという考えの違いが戦を生んだのだ――。

その言葉に、長年の鬱屈が晴れた者たちもいたようである。しかし、不満げな顔でわたしを見ている者たちもいないではなかった。

わたしに盛岡藩への完全なる肯定を求めていたのだろう。

そういう人々に、本当はこう語りたかった。

薩長に対する恨みを捨てずともよい。しかし、今は、いや、これからは、怨讐を棚上げにして進まなければならないのだと。

いつまでも五十年前で足踏みしていてはならない。

けれど、それしかできない人々もいることもわたしには分かっていた。薩長を憎み続ける者がいるように、奥羽越列藩同盟であった藩の者たちを賊軍と断じ続ける者たちがいる。

言葉で救える人々の数はたかが知れている。

けれど、わたし自身、いつも考えていることを口に出し、それで救われた人々の表情を見て、己も救われた気持ちになったのだった。

＊　＊

計画はなかなか進まなかったのに、五十年祭が挙行されると花火が上がり素人相撲などの催しもあって市内はたいそう賑わった。

民衆は祭神がどんな神であろうと関係なく、祭であればなんでも楽しむ。酒が飲めて浮かれ騒げれば、名目はなんでもいいのだ。

現金なものだと苦笑しながらも、古川端の別宅へ帰る道すがら、人々の楽しげな表情を見て、肩の荷が少し下りたような気がした。

六

十一月。きな臭くなり始めていたロシアに革命が起こった。三月に続き二度目である。

レーニン率いる革命政権が、今まで敵として戦っていた同盟国側に近づくのではないかという危惧があり、日本を含む連合国はパリで会議を開く。

十二月十五日。ロシアはドイツと休戦協定を結んだ。

日本は、ロシアの在留邦人を保護するためにウラジオストクに軍艦を派遣すること、連合国側からの要請でシベリアへ派兵することを検討した。

十二月二十七日の外交調査会の会議でわたしは、

「ロシアとドイツが手を結び我が国に攻め込んでくるならばともかく、こちらから進んで出兵し、うかうかと大戦に陥る道を選ぶべきではない。急務は国防を充実し、冷静に世界の形勢を見るべきで、小策を弄する時機ではない」

と主張し、委員の多数がそれに賛同した様子だった。

年が明けて大正七年（一九一八）一月。イギリスも同様の行動をとるらしいということで、政府は居留民保護の名目でウラジオストクへ軍艦を出した。外交調査会の意見は無視されたのである。

そして、シベリアへの出兵が盛んに論じられた。陸軍が強く要請し、政府はそちらに傾いていた。

わたしは外交委員会であくまでも反対であると主張してきたのだが――。

四月、米価の高騰による民衆の不満を抑えるために、外米管理令が出された。指定業者に外米を大量に輸入させたが、米価は下がらなかった。民衆の不満は膨れあがっていった。

国民の生活難に関する予算が組まれたが十分なものではなく、騒乱を抑えるために巡査を増員した。

この頃、台湾で巡業していた相撲取りが三人急死した。翌月、相撲の夏場所で熱を出し休場する力士が多数出たので〈相撲風邪〉が流行《はや》っていると話題になったが――。これが日本でのスペイン風邪流行の始まりだった。

六月二十五日、胃癌を患っていた兄の恭の病状がおもわしくないとの知らせがあった。

夜汽車に飛び乗って、翌日の午前中に盛岡に着いた。

すぐに医者から話を聞いた。なにもなければ二週間ほどは保《も》つであろうが、いつ悪化するか分からない状況であるという。

その後、病床の恭を見舞った。

「敬、すまんな忙しいところを」恭は痩せた頬に笑みを浮かべた。

「起きあがるのが辛いから、このままの恰好で失礼するぞ」

「そんなことは気にせず」

わたしは床の側に座る。

弟姉たちが死に、母が死に、そして今、死に行く兄を目の前にしている。

次々に親族、知人、友人たちが死んでいくのは、それだけわたしが年取ったということか。年を取るたびに見送る人の数が増えていく。

「こんなになる前に話を聞いてもらえばよかったのだが、まだ大丈夫だと先延ばししているうちにこのざまだ」

恭は苦笑した。

わたしは『大丈夫だ。きっとよくなる』と口にしそうになったが、そんな気休めの嘘は非礼であろうと、ただ小さく首を振った。

「わたしは呼ぶなと言ったのだが、彬がどうしてもと言うのでな。では、遺言を聞いてもらおうかと電報を打たせた――」

恭は土地のことや財産のことなどを語った。

「わたしの死後は、何事もお前に相談しながら進めることと伝えたいが、どうだ?」

「もちろんだとも。それから、良縁があればすぐに妻《めと》を娶ることを約束させよう」

「そうだな。あれは優しい子だが、少々頼りない。しっかりした嫁が来れば安心だ」

恭は言って天井を見上げ、微笑む。

その嫁を、そして彬の子も、自分は見ることはできないのだ――。きっとそんなことを考えているのだろうと思った。

その夜、わたしと何人かの立会人が同席し、恭は彬に遺言を告げた。

彬はしっかりとした口調で承服の言葉を告げた。

翌日、浅と弟の誠が盛岡を訪れた。

ちょうどいい機会だったので、浪岡姉が亡くなって空き家になっていた古川端の離れとその財産は、誠の三男の輝が相続することを話し合った。

わたしはいったん東京へ帰り、七月一日に盛岡へ戻った。

翌日辺りから恭の言葉は不明瞭になり、七月四日、恭は亡くなった。苦しむこともなく、眠るような最期であった。

＊　　＊

十三日に東京へ戻ると、寺内内閣はシベリア出兵を決めていた。

アメリカからシベリアに抑留されているチェコ兵を救出するための出兵を要請されていたのであった。

戦争が近いということで、軍事関連の企業の株価や米価が高騰し始めた。

実のところ、米価は前年から値上がりが始まっていたのだが、その原因は、大戦景気による貿易黒字であった。余った金の投機の対象が米だったのである。

好景気のおかげで懐を肥やしたのは財閥や一部商人のみで、民衆の多くはその恩恵に浴することなく、物価高に苦しんでいた。そこにさらなる米価の高騰である。

二十三日、富山で騒乱が起こった。魚津《うおづ》で起こったそれは、県内各地に飛び火した。

騒動がどのように展開していくか気にかかったが、まだ富山県内に収まっている。わたしは予定通り八月七日、盛岡へ避暑に向かった。

しかし、八月十日、名古屋と京都で騒乱が起こった。十三日には日比谷公園に二千人の民衆が集まり、演説会が行われた。しかし、聴衆が会場を囲んだ警官隊と衝突、暴動となった。

暴徒は警察署、派出所に投石を繰り返し、電車や自動車の通行を妨害、破壊し、家屋に放火した。暴動は翌日にも収まらず、米穀商店に押し掛けて、米を値下げするよう威《おど》した。

十五日に軍が出動。十六日に鎮圧。

北九州の炭坑でも暴動が起き、打毀《うちこわ》しや放火が相次いだ。

全国各地で米騒動が起こった。

同時にスペイン風邪の本格的流行も始まっていた。

治安悪化のために、第四回全国中等学校優勝野球大会が中止になった。

由々《ゆゆ》しき事態であったが、わたしの役職は外交調査委員である。東京に戻ったところでなにができるわけでもない。十八日に札幌において政友会の大会があるので、会は開催の方向で、宴は見合わせるようにと本部に連絡した。

幹事長からの返信、そのほかの者たちからの電報でも、京都、大阪、神戸方向はますます騒乱が激しく、大阪では戒厳令が布《し》かれたという。政府は騒乱に関する一切の新聞記事を差し止めたという。

これは大会を開催している場合ではないと、札幌の支部に前言撤回。大会は当分の間延期すると知らせた。

政府や皇室、財閥などから寄付金を出し、米価低下の策を講じ、しだいに騒乱は下火になっていった。

盛岡でも不穏な動きがあるようだということで、市長が訪れて寄付を求めた。南部家からも『寄付を求められたが、いかがすべきか』と問い合わせがあり、『快諾なさいませ』と答えた。

二十日に幹事長の横田千之助《よこたせんのすけ》が訪れた。

「寺内内閣はもう長くはありません。いつ組閣の大命が下ってもいいように、東京へお戻り下さい」

横田は、応接間の長椅子に座り、いよいよ時が来たのだと、勢い込んで言う。

「その件について、山縣と話をしたかね？」

「はい。山縣閣下は、それははなはだ困ると言うばかりで」横田は渋面を作る。

「遠回しに色々と質問しましたが、政友会や原さんの名は出ませんでした」

「さもありなん」わたしは苦笑した。

「では、今わたしが東京へ戻れば、民衆はどう感じると思う」

「なんらかの政治的な動きをすると期待するでしょう。ですから、今こそ東京にお戻りになり、政府への非難を公表して、彼らの無能を、無責任を詰問すべき時です」

「そうしなければ、民衆は満足せんだろうな」

「はい。民衆はそれを求めています」

「しかしそれは、弱り目に祟《たた》り目の者を足蹴《あしげ》にするようなものだと思わないか？」

「はぁ、しかし……」

「弱味につけ込んで叩きのめしたとしよう。相手はどうする?」

「逃げ出します」

「逃げるときの常套句《じょうとうく》は?」

「覚えていやがれ――、でしょうか」

「つまり、逃げる時、相手は敗北を認めていないのだ。相手に完全な敗北を認めさせ、『降参です。あとはよろしくお願いします』と言わせ、穏やかな政権委譲としたい」

「はぁ……」

横田は勢いを削がれて、少し不満そうな顔をした。

「米騒動を沈静化させてから退陣するのであれば、終わり方として美しかろう。わたしは彼らが穏やかに退陣することを望む。もし、彼らが潔く退くことを拒み、留任しようとするのであれば、最後の手段をとることになるだろう」

「なるほど。有終の美を飾らせてやろうということですね」

「そこで君に動いてもらいたい」

「なにをすればよろしいので?」

「角が立たない者を使い、寺内の真意を確かめてほしい」

「なるほど。それなら野田さんあたりがよかろうかと」

野田さんとは野田卯太郎。筑後国の豪農の家に生まれ、雑貨商から衆議院議員にまでなった男である。

「うん。適任だ。寺内が速やかに辞するというのであれば、わたしは口実を作っていい頃合いとなるまで盛岡に留まる。もし、早急に辞任するというならば、すぐに帰京し相当の手段を講じる。

君はすぐに帰って手筈を整えてほしい」

「承知いたしました」と横田は腰を浮かせた。

「すぐに駅へ行けば、夕方の汽車に間に合います。それでは、失礼します」

横田は慌ただしく一礼すると、応接室を飛び出して行った。

七

八月二十四日。野田卯太郎から電報があった。

首相は『原氏が帰京した時には、誰にも会わないうちに会見したい』と野田に告げたという。

『この件は極めて秘密を望む』とも。

野田の文面は、郵便局の者たちの目も気にしたのか、伏せ字や婉曲な表現もあったが、どうやら辞任を決意しているようだとわたしは思った。

この様子なら月末には帰京できるかと思ったが、首相に各方面と相談の上、都合を知らせるようにと、野田に伝言を依頼した。

政権はすぐ目の前にある。

しかし、意外なほど高揚感はなかった。

それは好ましいことである。剣術の試合でも、勝ちと分かった時に浮かれてしまえば、つまらぬ失敗をしでかして劣勢に回ってしまうことがある。

そういう失敗は古今、枚挙に遑《いとま》がない。

詰めの時には冷静でなければならない。

特に物事の出だしは、つまずかぬように用心に用心を重ねるべきなのだ。

寺内は未だ辞意を閣僚らに告げていないようで、大臣らも身の振り方に迷っているようだといういうことが聞こえている。

こちらには辞意を固めたように言いながら、本心は迷っているのかもしれない。ならば、途中で掌返しをされることも十分に考えられる。もっと情報を集めなければならない。

三十日。新潟の支部会に出席した高橋光威を帰路に呼び寄せて、わたしの本意を語り、東京の様子を探って伝えるよう命じた。

東京から次々に電報が届いた。

辞意は決意しているが、寺内は煮え切らない。わたしが説得する以外にない――。そういう電文もあった。

九月四日には外交調査会がある。そのために帰京するということであれば、民衆も余計な期待をしないだろう。

わたしは三日に盛岡を離れることにした。しかし、浅は体調が思わしくなく、しばらく滞在することにした。

＊　＊

四日の朝、上野駅に着いた。横田千之助と野田卯太郎が迎えに来ていた。駅には運転手の五十嵐が乗るダイムラーが待っていて、わたしは横田と野田から留守中の報告を受けつつ、首相官邸に向かった。

応接室で寺内に向かい合う。寺内はまず、外交調査会やロシアとの関係、満州の守備地について語りだした。それらについてやり取りを一通り終え、少しばかりの沈黙が流れた。

わたしは言葉を促すこともせず、寺内から語り出すのを待った。

寺内は指を肘掛けに遊ばせ、天井を向いて咳払いを一つすると、
と語りだした。

「わたしの病気は、暖かいうちはいいのだが、寒くなる季節は危険であると医者に言われた」

そのことは、以前会談したときに聞いていたが、わたしは小さく肯いた。

「このたびの騒乱の間に責任を取って辞任せよという声もあった。けれど、まずは騒乱を鎮圧して後に進退を考えるべきであると考えた。これについては、君も配慮をしてくれて、ありがたかった。しかし、今も言ったように体の具合が思わしくない。もし倒れでもすれば国家に大迷惑をかけることになる」

そこで寺内は大きく溜息をついた。

最後の一言を口にすることを躊躇《ため》っているのだろう。この先、わたしが首相を辞する時にも、このように躊躇いを見せるだろうか。

さばさばと潔く、『うむ。後は君に任せたよ』とだけ言って、官邸を出ていきたい。

寺内は長い間を空けて言った。

「――だから、御免をこうむることと決意した。山縣公の同意も得ている。西園寺侯には書面を送った。しかし、閣僚にはまだ話していないし、奏上もしていない」

つまり辞意は固めたが、内閣総辞職の準備はできていないということか。犬養にしても、寺内の辞職は認めても、その後をわたしが継ぐということに関しては承服しがたいに違いない。わたしは舌打ちしたくなった。

ならば、しばらくは知らぬ顔をして成り行きを見るしかない。

「閣下のご決意、ご立派であると感じ入りますが、お辞めになることは同時に残念にも思います。しかしながら、健康はなによりも大切です。十分に静養なさって元気を回復することは国家のた

めにも、あなたのためにも必要なことですから、わたしはあなたの考えに賛成します」

そう言うと、寺内は感極まったように唇を震わせて「ありがとう」と言った。

「わたしも帰京したからには、なんらかの決定をみたいところ」

と眼光を鋭くすると、寺内はぎょっとした顔になった。

「近日中に会合をもちましょう」

寺内が動きを見せるまで、わたしの仕事はない。こちらに政権を譲るならば、陛下からの組閣の大命を待てばいいし、山縣に屈してしまうようならば、遠慮なく鉄槌《てっつい》を振り下ろせばいい。ゆっくりと成り行きを見守るため、腰越《こしごえ》の別荘に出かけた。

八

別荘には、日々、政友会の者たちが訪れて東京の情勢を報告しに来た。わたしが命じたことだし、必死にあちこちから情報を掻き集めてくれるのはありがたかったが、休んでいる暇はほとんどなかった。

九月十一日——。

いよいよ山縣が、寺内の後継はわたし以外にないと諦めたらしいという知らせが入った。

前の月に逓信大臣の田健治郎《でんけんじろう》の秘書官が山縣と会見した時、『政友会が寺内内閣に表立って反対する時には、中立議員を結合させて、憲政会と手を結び、これを制する』と言っていたのに、何度か会談するうちに『今頃、憲政会と合同するのは時機を得ず』と変化していったという。さらに別の者には『寺内内閣の総辞職は致し方なし』という態度を示し、ついには、わたしを後継にするのはどうかという問いに、『原氏は駄目だ』とは答えなかったというのだ。

しかし十四日、寺内は辞意を内奏したのだが――、山縣と松方正義は西園寺を寺内の後継者として推した。

西園寺には、もう首相を務める意思はないことは、周知のことである。山縣はなんとしてもわたしに寺内の後を継がせたくないために、見苦しい足掻きを続けている。

西園寺は、陛下から組閣の大命が下っても、自らの病を理由に固辞すると人を介して知らせてきた。

九月十五日、やっと体調が回復した浅が盛岡から戻ってきた。

五十嵐の運転するダイムラーから降りた浅は、迎えに出たわたしに驚いた顔をして見せて、

「あら。お暇そうですこと。ホトトギスはまだ鳴きませんの？」

と言った。

自分が元気になったことを、きつい冗談で示したのだと思いながら、苦笑して手を振り、

「家康公に重ねるのは不遜《ふそん》だ」

と答えた。

徳川家康公は辛抱に辛抱を重ねて天下をお取りになったのは、確か六十一歳ほどであったろうか。わたしは六十二歳だからほとんど同じ年である。

今まで考えたこともなかったが、浅は知っていてそんな冗談を言ったのだろうかと感心したが、褒めるのも癪《しゃく》に障ったので黙っていた。

二十一日。寺内は辞職し、西園寺に組閣の大命が下ったが、『両三日の奉答のご猶予を』と願い出て退出したという。

二十三日、東京駅ホテルに滞在中の西園寺を訪問してそういう経緯を聞いた。

その日は山縣からも呼び出しがあった。

「西園寺侯は組閣の大命を断るつもりのようだから、君から説得してほしい」

と山縣は言い、わたしは溜息をついて答えた。

「先ほど西園寺侯に会って来ました。その時に『これから山縣閣下に呼ばれている』という話をしましたところ、『説得せよという命令を受けて、わたしを勧誘しに来るなよ』と仰せられました。閣下の説得をお受けになる望みはありません」

しかし、今の山縣の求めに対する西園寺の答えをはっきりと伝えなければならないと考えたわたしは、夕方にでも使者をよこすと言って、山縣邸を辞した。

再び西園寺の元を訪れて山縣との会談の子細を告げた。そして西園寺が山縣の説得に応じるわけにはいかないという返事をもらい、野田卯太郎を使者に立てた。

野田は山縣邸を辞した後、わたしの元に報告に来た。

「山縣閣下は、西園寺侯からのお返事を聞いてもなお、原さんとわたしに西園寺侯をさらに説得するようお求めになりました。わたしは『西園寺侯がもはや政局にお立ちにならないという決心は今に始まったことではありません』と駄目押しをして帰ってきました」

野田は苦笑いしつつ小さく首を振った。老人のしつこさに辟易《へきえき》している様子であった。

山縣が意思を翻さないのであれば、西園寺自身が彼と会談する手筈であった。明日、西園寺は山縣と会い、なんらかの結論を出すはずである。

一抹の不安を抱きながらも、わたしはホトトギスが鳴く時を待った。

＊　＊

二十五日。西園寺から電話があった。午後一時に東京駅ホテルに来てほしいという。

五十嵐が運転するダイムラーで東京駅に向かう。

赤煉瓦の巨大な駅舎を回り込み、ホテルの車寄せに止まったダイムラーを降りると、さすがに鼓動が速くなって行った。

ホテルの者に案内され、緋色の絨毯《じゅうたん》の上を歩き、西園寺の部屋の前で止まる。案内の者が扉を叩くと中から『お入り』と西園寺の声が聞こえた。

部屋に入る。窓際の椅子に腰掛けた西園寺が手招きした。

「寺内の後継は君ということになった」

西園寺は笑みを浮かべながら言った。

ほっとすると同時に、これからやらなければならないこと、やりたいことが雪崩《なだれ》を打って押し寄せて来た。

表情を変えずにいるわたしを不審に思った様子で、西園寺は眉をひそめる。

「わたしの言葉の意味が分かるかね？」

「十分に分かっております」わたしは息を吐きながら言った。

「重責を考え、気持ちを引き締めておりました」

「そういうことは、大命が下った後でもいいではないか。積年の思いがやっと叶ったのだ。今は、素直に喜んだらどうだね」

「そうですね――。しかし、頑なだった山縣公は、どのような経過でお心を変えたのでしょう」

「山縣公は、君しかいないことは分かっていたよ。気にしていたことは二つ」西園寺はにやりと笑った。

「政友会は憲政会と手を結ぶことはないだろうかということと、君が自分をどう思っているだろうかということだ」

「どうお答えになったのです？」

わたしはクスクス笑いながら訊いた。

「今までのことを気になさっているのかと訊いた。山縣公は『原くんと自分はなんら意見を異にしてはいない。政党に関する考え方が違うだけだ』と言い訳をした。だからわたしは、原くんは、組織を束ねる男です。それはそれ、これはこれと割り切ることができます。もし政権を受け継げば、常に閣下に教えを受けようとするでしょう。閣下からも時々、ご意見なさるのが望ましいと思います――。と答えた」

「なるほど。ありがとうございます。寺内内閣の後を継ぐことになったならば、そのようにいたしましょう」

「山縣公は、君を首相に推薦することについては、彼が言ったのではなく、あくまでもわたしの考えであるというふうに進めてほしいと言った」

「山縣公はまだ元老たちに対する面子《メンツ》を気になさりますか」

「侍は体面を大切にするものだからな。負け惜しみを受け入れてやるのが武士の情け」

「わたしはもう、戸籍上、平民ですが、武士の情けは多少知っております。仰せの通りにいたしましょう」わたしは言った。

「とはいうものの、山縣公は本心からわたしに首相を任せたいと思っているのではないでしょう。わたししかいないから仕方なくということであるはずです。とすれば、元老、貴族院の者たちも同様。就任早々、反対を声高に言う者も出て参りましょう。できるだけ山縣公に好感を持たれるよう努力はいたしますが、それで公の全面的な協力が得られるかといえば、はなはだあてになりません。ですからわたしは長期政権を望みません」

「どういう意味だね？　せっかく政権を手にするというのに」

「今まで何度も、見苦しく悪足掻《わるあが》きをする内閣を見て来ました。そういうことはしたくないということです。必要なことを手早く行う。太く短くということを肝に銘じておき、いたずらに長期政権を望んで道半ばで退陣ということにならないようにと考えています」

「なるほど。君の考えは至極もっともだ」

西園寺と今後のことを話し合って、わたしは西園寺の部屋を辞した。

芝公園の自宅に戻ると、浅はわたしの顔を見るなり、

「ホトトギスが鳴きましたのね」

と言った。

「にやけていたか？」

わたしは眉をひそめて頰を撫でた。

「いえいえ。にやけまいと頰に力が入っていましたから」

と浅は笑った。

＊　　＊

二十七日。組閣の大命を賜った。

まず寺内の元を訪れて、正式な引き継ぎは別の日に行うこととして、さしあたり、しておかなければならないことを訊き、西園寺の元へ行き、大命を拝した顚末を語り、午後、山縣を訪ねた。

西園寺との会談で内閣員のことについて話し合ったのだが、陸軍大臣を誰にするかがまとまらなかった。候補は何人かいたが、どういう人物なのか深くは知らない。そこで、未だに陸軍に強い影響力をもつ山縣に相談したのである。山縣に都合のいい人物を薦められる可能性が大きかっ

たが、彼を蔑《ないがし》ろにはしていないことを示すにはいい機会であった。

山縣は「今回は閣員の人選に口出しするつもりはなかったが、君がそういうのならば」と、嬉しそうな顔をして自分の意見を述べた。

組閣は翌日に終わり、親任式は二十九日に行われた。

寺内との引き継ぎを行ったのが三十日。

「それでは、後をよろしく」

と寺内が執務室を出て扉を閉めると、部屋の中にはわたし一人になった。

歴代の首相はすべて爵位をもっている。わたしの身分は平民。そういう意味でも新しい時代の始まりである。

室内をぐるりと見回した後、机に移動してゆっくりと椅子に座った。

座面の発条《バネ》はやや硬めで、背もたれ、肘掛けの具合もいい。

息を吸い込むと、煙草とインクと書籍のにおいがした。

やっとここまで来た。やっと一歩を踏みだした。

そう思った瞬間、少年の日に報恩寺の外を歩き回り、今まさに処刑されようとしている楢山佐渡さまに叫んだ言葉を思い出した。

『必ず、楢山さまが目指した国を作ってみせます』とわたしは約束したのだ。後で聞いたところによれば、佐渡さまは『柳は萌《も》えておりますな』と仰せになったという。

また、陸奥宗光の妻、亮子に、

『わたしが陸奥さまの考える国を作ってお目にかけますから、安心して身をお引き下さい、と仰せられて、宅（夫）の未練をばっさりと斬ってくださいまし』

と言われたこともあった。その時も佐渡さまに誓った己の言葉を思い出したのだが、それを果

たすのがどれほど大変か身に染みて感じていた。だから、

『後のことは、我らにお任せください。ただし――。陸奥さまがお考えになっている国を作れるかどうかは分かりません』

と答えたのだった。

今、わたしは佐渡さまのお考えになった国を作ろうとしているのだろうか。

今、わたしは陸奥宗光が考えた国を作ろうとしているのだろうか。

いや――。

誰かの理想のために生きてきたのではないと、今は思える。

すでにわたしは、わたしが理想とする国作りを模索している。

「そういうことなのだ」

呟いて、大きな両袖机の天板をそっと撫でた。

ともかく、藩閥政治に終止符を打った。

大隈重信が政党政治の初めと言われるが、彼の政党が藩閥であった。わたしが〝本格的〟な政党政治の始めとなる。

しかも、賊軍とされた盛岡藩の出である。

わたしは第一歩を踏みだしたと感じているが、日本もまた新しい世の第一歩を踏みだしたのだ。

第九章　平民宰相

一

人々はわたしを〈平民宰相〉と言う。

戸籍上、平民であるからそのことは嫌ではない。けれど、少しばかり罪悪感はある。元々は武家、それも家老であった家柄の生まれであった。若い頃、親戚の養子に出されそうになり、分家したのである。そして、東京で賊軍の藩の士族が虐《しいた》げられていることを知って、それならいっそ平民になった方がさばさばすると思ったからの平民という身分の選択であった。けっして大望を抱いてのことではなかった。

これまで話があっても爵位を得なかったのは、爵位を欲しがって目の色を変えてあちこちに運動する薩長の政治家らを嫌と言うほど見てきたからである。自分まで賤《いや》しく爵位を求めていたと思われるのは迷惑で、陰口が聞こえてくれば不愉快になるのは決まっているからだった。

民衆は何かにつけていいように尾鰭《おひれ》をつけて、わたしを持ち上げる。

いつであったか、貢と腰越の別荘に行く途中、新橋の駅前で〈平民食堂〉という看板を見つけて呆れたことがあった。話によれば〈平民酒場〉というのもあるらしい。

新聞記者たちは、わたしを持ち上げ、若い頃の苦労話を聞きたがったし、これからの展望についても威勢のいい言葉を求めた。

わたしは苦笑いしながら、

「君たちは、今は持ち上げていても、そのうちわたしに失望し、悪口を書き立てるようになるさ。世の中、そんな単純なものではないし、複雑な事情は幾通りもの見方ができるからね。日本は理想的な国家へ向かって歩き出したばかりだ。すぐにでも、戦争ばかり強い国ではなく、いかなる面においても欧米諸国と肩を並べられる国にならなければならない。豪腕を振るって政策を進めれば、君たちはたちまち批判するだろうさ」

と答えた。

家では浅とこんなやりとりをしたことがある。首相になって間もなく、夜半に浅が書斎に茶を運んできた時である。

留書帖（メモ）を元に日記をまとめていたわたしは、筆を置いて浅に訊ねた。

「少し前に、お前は『ホトトギスはまだ鳴きませんの？』と訊いたことがあったな」

「はい」と、浅は湯飲みを置いて笑った。

「旦那さまは『家康公に重ねるのは不遜《ふそん》だ』と仰いました」

言って、浅は机のそばの椅子に腰をかけた。

「家康公は天下を取るとすぐに、秀忠《ひでただ》公に将軍の座をお譲りになった。首相になったばかりでこんなことを考えるのも不吉だが、わたしの後を継ぐのは誰であろうな。結局、今の政界にわたし以外に首相となるべき者がいないから、山縣も元老たちも仕方なしに認めたのだ。わたしの次は誰か。それを考えると暗澹《あんたん》たる気持ちになる」

「楢山佐渡さまは、旦那さまを柳の若葉にお喩《たと》えなされたのでしょう？　旦那さまにとって、柳の若葉に喩えるべきは誰ですか？」

「高橋光威か、児玉亮太郎か、横田千之助か――。いずれにしても、粒が小さい気がする」

それを聞いて、浅はころころと笑った。

「なにを笑う。わたしは真剣に悩んでいるのだ」

「旦那さまがべそをかいて報恩寺の周りを歩いていた時、小粒どころか、まだ今の旦那さまの片鱗さえあったかどうか」

「だから、首相になるまでこれだけの時間がかかったのだ」

「高橋さん、児玉さん、横田さんは、報恩寺の周りをとぼとぼ歩いていた旦那さまよりも、ずっとずっと年上でございましょう」

「非藩閥の首相が途切れれば、またしても薩長閥が大きな顔をして政治を牛耳ることになろう」

「そうなったら、また奪えばいいことでしょう。人任せにせず、旦那さまが奪えばよろしゅうございます」

「まぁ、それはそうだが――」

「旦那さまが、今そういうことをお考えなのはきっと、今まで若い方々を育ててこなかったという負い目ではございませんか？」

「うむ……。そうかもしれないな」

「ならば、今からお育てあそばせ。目の前や未来のことばかりではなく、後進のことも考えるのが立派な政治家ではありませんか？」

「うむ。そうだな」

わたしは浅に一本とられっぱなしである。

「欧米諸国に負けない国家を作るのは、政治家ばかりではありません。彬さんだって、貢だって、立派な柳の若葉なのですよ」

また一本とられた。

「よく分かった。わたしの考えが浅はかだった」

「いえいえ。きっと旦那さまの周りには、素晴らしい柳の若葉が沢山繁っていて、少しばかり見通しが利かなかったのかもしれません」

浅は椅子を立ち、一礼して書斎を出ていった。

＊　　＊

現在、民衆が期待しているのは米価対策とシベリアの出兵をなんとかすることである。

欧州戦争がなんとかなれば、根本的な解決がなされるのだが――。

わたしは元々、シベリア派兵には反対であったから、すぐに派兵の数を減らす算段をした。陸軍は抵抗を示したが、アメリカよりシベリアからの撤兵の方針が出されて、日本も歩調を合わせざるを得なくなった。陸軍も渋々従うことを了解した。

そして、十月の末に光明が見えた。

三十日に、オスマン帝国が降伏したのである。そして、オーストリア＝ハンガリー帝国が休戦協定を締結。

ドイツは十一月十一日、連合国と休戦協定を結んだ。

その頃、日本はスペイン風邪大流行の最大期を迎えていた。

内務省衛生局は〈流行性感冒予防心得〉を公開して予防を呼びかけた。国民に、罹患者や咳をする人に近づかないことや、芝居、活動写真を見に行かないこと、咳やくしゃみをする時にはハンケチや手拭いで鼻と口を覆うことなどの注意を促したのである。

二十一日の午後、東京市の主催で、日比谷公園において休戦大祝賀会が開かれた。来会者六万人という盛会であった。夜になって提灯《ちょうちん》行列も行われ、その参加者は十万人以上。民衆がいかに戦争の終了を待ち望んでいたかがよく分かった。戦争で潤っていた連中はさぞかし残念に思っているだろうが、多くの庶民は物価高騰に苦しめられて来たのである。

休戦が特効薬のようにすべての問題を解決するわけではないが、近い未来への希望にはなる。

＊　＊

講和会議がフランスで行われることになり、誰を派遣するかが話し合われた。

相談した山縣や、国民党の犬養らは、わたしが全権としてフランスに赴くことを求めた。

講和会議は一日二日で終わるものではない。全権としてフランスに赴けば数カ月、日本を留守にすることになる。議会が十二月の後半から始まるから、途中で抜けなければならないのだ。長州閥の連中がなにか仕掛けようというのであれば十分な時間だ。

また、会議は外国語で行われる。わたしはフランス語を解するが、国際法に則り、専門用語が飛び交う会議では、話についていくことだけで精一杯。意見を述べることなど不可能だろう。また、話し合われる内容は、戦後の欧州をどう立て直していくかであって、日本が口出しできることは少なかろう。

こう言ってはなんだが、それなりの地位、あるいは実績がある人物であれば、誰が使節となっても構わない。

ということで、しばらく体調を崩しているということで気の毒ではあったが、わたしは西園寺に白羽の矢を立てた。

最初は固辞していた西園寺だったが、なんとか引き受けてもらえた。

占領していた旧ドイツ領の領有を認めさせたことは上々であった。

二

外交より、まずは国内のことである。

大正七年（一九一八）十二月二十五日、第四十一議会が召集された。首相としての最初の議会である。開院式は二十七日。陛下はお風邪を召し、臨御なされなかったので、わたしが勅命により勅語を捧読した。

この議会において、成立させておきたい法案が幾つかあった。

四大政綱――。教育の振興、産業の奨励、交通と通信網の整備、国防の充実に関わる法案である。

四つの柱を元にした政策を成功させることによって、日本を欧米諸国と肩を並べる国家とする。そのための第一弾である。

四大政綱は、わたしが若い頃から考えていたことを、まとめたものであった。

若い頃は一つの事象に一つの感慨しかもてず、わたしの中にバラバラに存在していたが、年をとるとともに、それらが有機的に繋がっていって四つのまとまりになったのである。

ちゃんとした人間が育たなければ、ちゃんとした国は作れない。そして、ちゃんとした国を作るためには、人々を正しく導く人材が必要である。我々の後を正しく継ぐことができる若者を育てなければならない。

産業については、欧米諸国に比べれば、日本はまだまだである。産業を振興させるためには、交通網の整備が必須である。大至急、鉄道網の整備、幹線道路の整備を行わなければならない。

そして、国防である。紳士の皮を被ってはいるが、欧米諸国は飢えた肉食獣である。日本はといえば、飢えを隠そうともせずに、隙さえあれば領土を広げようとする賤しい獣ではあるが——。

飢えと言えば米価である。

未だに高騰した米価は落ち着かない。産米には不足はないのだが、未だに美味い汁を吸い続けようとする者がいるのだ。

庶民の不安、不満を沈静化させるには、米の輸入に踏み切るしかない。それが報じられれば民衆は安心するだろうし、私腹を肥やしている輩《やから》も諦めるだろう。特効薬ではないが、人は希望が見えれば辛抱できるものである。政府は国民に我慢を強いるばかりではならない。未来への希望を示し、政府がそのために何をするのか、何をしているのかを明らかにしなければならない。

帝国大学の学部を増設し、専門学校等の大学への昇格や、都市計画法、道路法も改正した。

選挙についても、今まで選挙権は直接国税の納入額十円以上の者に与えられていたが、それを納入額三円以上と改正した。すべての成人に選挙権を与えるのが理想であるが、票を金で売り買いすることを当然と思う風潮があるかぎりそれはできない。まだまだ選挙に関する教育が行き渡ってはいないのである。国民の意識改革が行われなければ、普通選挙は採用できない。しかし、いつまでも富豪ばかりが投票する選挙であってはならない。〝納入額三円以上〟はわたしなりの妥協案であった。

しかし、普通選挙を求める民衆の声は高まりを見せていて、乱暴な動きに推移しなければいいがとわたしは危惧していた。政府転覆を標榜《ひょうぼう》する集団が、それを餌に同志を集めているとの情報もあった。

今回の議会では小選挙区制の法案を通した。原則は一区に一人の議員。人口の多少などを考慮して、一人、二人の増員をする――。小選挙区制は、民衆に人気のある政友会が有利なのである。

わたしが理想とする国を作るためには、やらなければならないことが多すぎる。だから、法案は議会をすんなりと通ってほしい。

数の力を得なければ、いつまでも益体もない議論が続くだけである。

もちろん、そんなことは国が成熟するまでの方便だ。いつまでも数の有利を振りかざして政治を行うのは、野蛮であるということは十分理解している。

＊　　＊

議会の最中の大正八年（一九一九）三月二十四日。前妻の貞子が急病との知らせが入った。この日は枢密院の会議、貴族院予算第一分科会などがあり、身動きがとれなかったから執事を差し向けた。

胸騒ぎがして、会議の途中にもふっと想い出が脳裏を過《よぎ》り、集中を妨げた。

その日の深更、貞子死亡の報告を受けた。

葬儀は二十七日であった。衆議院の閉院式の日であったから、岡松忠利と秘書官の山田敬徳を代理として送った。葬儀のほかに、遺産処分などにも力になるよう命じておいた。

貞子の死によって、一つの終止符が打たれたような気がした。

貞子と暮らした日々への終止符である。

今まで母や兄弟姉が死んでいった。そのたびに、わたしの中で何かが終わっていったような気がする。

五月七日。もう一つの終止符が打たれた。

エブラル神父が亡くなったという知らせがあった。

住み込みの弟子として衣食住の面倒をみてもらい、フランス語も学ばせてもらった。あの少年の日々にも一つのけじめがついてしまった。

恩人の葬儀は、皇太子殿下の御成年式御挙行の日と重なった。葬儀には山田秘書官を代理として送った。

スペイン風邪の流行はこの頃には収まっていたが、冬からまた流行《はや》り出すことになる。

この年の流行では、東京駅やわたしの故郷盛岡の岩手銀行の建物などを設計した辰野金吾《たつのきんご》が亡くなっている。

＊　＊

七月一日、わたしは盛岡に帰った。菩提寺である大慈寺の本堂再建がなったので、その入仏式への出席と、母と兄の法要を行うためであった。閣議があるので四日の夕方に帰京の汽車に乗った。

七月十六日。板垣退助が亡くなった。自由党員より葬儀委員長を依頼されて承諾した。野田卯太郎を副委員長にして諸事を指揮させることにした。

八月十八日、わたしは盛岡へ帰った。盛岡で政友会の東北大会が開かれるためである。大会は二十日、杜陵館において開催された。

集まったのはおよそ千人。盛会であった。

首相に就任して初の帰郷は先月であったが、入仏式への出席や母と兄の法要を営んですぐに東京へ戻ったから、地元の人々との交流はほとんどできなかった。盛岡の人々にとって今回が原敬の首相就任後初の帰郷ということになるのだろう。

演説会や歓迎会が続き、古川端の家に八百人を招いての園遊会も催した。

のんびりと体を休める暇もなく、二十三日には帰京の夜汽車に乗った。

九月二日。朝鮮総督として赴任した斎藤実が爆弾で暗殺されかけた。

斎藤は岩手県人である。わたしが請うてその任についてもらったので、怪我もなしとの知らせに胸を撫で下ろした。

＊

＊

十月七日、夜明け前に政友会本部が放火され焼失した。

わたしは閣議の前に、高橋光威と児玉亮太郎を伴い焼け跡に赴いた。周囲には焦げ臭いにおいが満ち、炭になった材木はまだ熱をもっているようで、消火の水を白い蒸気として立ち上らせていた。

すでに焼け跡の検分をしていた横田千之助――政友会の幹事長をしていたが、今は法制局長を務めている――がわたしの元へ駆け寄ってきた。

「酷《ひど》いことをするもんです」

横田は顔をしかめて手についた灰を払い落とした。

「戦争が終わったために好景気が終わり――」

わたしは瓦礫《がれき》の中から見覚えのある小さい木製の丸いものを見つけ、しゃがみ込んで拾い上げた。わたしが使っていた吸い取り紙器のつまみであった。台の方は焼けてしまったようだ。

「――しかし好景気のために高騰していた物価は依然収まる様子を見せない。その不満を与党にぶつけた者の犯行であろうな。あるいは、政府転覆を謀《はか》る輩にそそのかされた馬鹿者か――」

わたしは吸い取り紙器のつまみを焼け跡に放り投げて立ち上がった。

「騒乱の際に逮捕された者らにもそういう愚か者は多いといいますからね」

高橋が言った。

「煽動者におだてられ、その気になってとんでもないことをしでかす。指示したものはたいていうまく隠れて出てこない――。不愉快な話です」

児玉が言う。

そこに床次竹二郎《とこなみたけじろう》が走ってきた。内務大臣である。

「閣下。申しわけありません」

青い顔をして頭を下げる。内務大臣は警察も管掌しているので、責任を感じているのだ。

床次がちらりと横田へ視線を向けたのをわたしは見逃さなかった。

横田と床次はいわば好敵手。二人とも切れ者で、わたしの後継者は二人のどちらかだと言われているようだった。

床次の方が野心が強く、なにかにつけて横田の上を行こうとするのが、いずれ大きな亀裂を作る原因となるまいかと心配だった。

「警察の威信にかけて犯人を見つけるよう、警視総監に発破をかけます」

「あまり派手に動くのは好ましくない」わたしは首を振る。

「本部が焼かれた時だけ躍起になって捜査をさせると悪口を言われかねないからな」

「こうなると、閣下の御身が心配ですね」

横田はわたしを見る。

床次ははっとしたように、

「ただちに護衛をつけましょう」

と言った。

「それは御免こうむる」わたしは手を振る。

「本部を焼かれて怖じ気づいたという噂が立っては情けない」

「閣下らしいお考えです」

高橋が笑った。

「笑いごとではなかろう」

床次はむっとした顔をする。

「わたしも少々、腕に覚えがある。自力で駄目なら、運転手の五十嵐は柔道の猛者だ。暴漢が襲いかかってくればなんとかしてくれる。鉄砲で狙われたり、爆弾を投げつけられたりすれば、誰が護衛していても守りきれんだろう」

床次はそれ以上、護衛をつけることを勧めることなく黙り込んだ。

高橋が懐中時計を見て、

「閣下。そろそろ閣議のご用意を」

と言う。

わたしは肯いて、五十嵐の待つ車の方へ歩いた。

高橋と共に車に乗って、ふと、少し前に浅と話したことを思い出した。

「楢山佐渡さまのことは話したことがあったな」

「ええ。閣下のお師匠さまですね。柳の若葉のお話を伺いました」高橋は少し悔しそうな顔をする。

「わたしは、柳の若葉になれそうもありません。もっと早くにお会いしていれば違ったかもしれませんが」

「なにを言う。君がわたしの柳の若葉だと思っている」

「いえいえ。わたしはそんな器ではありません。閣下が富士山の頂きに登り詰めたとすれば、わたしは三合目あたりで青息吐息。一生かかっても山頂からご来光を仰ぐことなどできません」そこまで言って、高橋ははっとした顔をする。

「なにも閣下が後進を育てられていないということではありません。失礼ながら、閣下は賊軍と称された盛岡藩に生まれ、苦労して内閣総理大臣におなりになった。そのお姿は、言ってみれば光や雨です」

「光や雨？」

「そうです。閣下は光や雨となって、一枚や二枚ではなく、遍《あまね》く柳の若葉に降り注いでいるのです」高橋は言葉を切り、ちょっと照れたように笑う。

「わたしもそんな若葉の一枚であればと、精進して参ります」

高橋は浅と同じようなことを言う。してみると、わたしは本当に若い柳を育てているのかもしれない。

浅との話で、わたしは高橋らを〝小粒〟と言った。そのことを少し後ろめたく思った。

三

十一月三日。前首相の寺内正毅が亡くなった。心臓の病であったそうだ。米騒動で苦労したのだから、せめて二、三年はのんびりして欲しかったが、残念である。

この日、普通選挙の実現を主張する青年団の数名が面会を求めてきた。閣議中であったので時間がとれず、彼らは朝から夕方まで待っていた。

閣議から官邸に戻ってその話を聞き、今さら追い返すのも気の毒だったので、代表者三名と面会することにした。

やせっぽちの三人が応接室で待っていた。

いずれも、一張羅らしい背広を着ているが、似合っていない。

三人はわたしを見ると発条《バネ》仕掛けのように立ち上がって、ギクシャクと一礼した。

それぞれが名乗ったのだが、申し訳ないが名前を覚えていない。仮に、佐藤、岸田、望月としよう。佐藤は日に焼けているから外で働く労働者。岸田の指の爪の間には焦げ茶色の油のようなものが詰まっているから、工場の職工。望月は書生か学生風であった。

「憲政会の加藤閣下に面会を求めたのですが、拒否されました」

佐藤が腹を立てたように言った。

「加藤高明が駄目だったからわたしのところへ来たか。つまり、わたしは二番手ということだな」

微笑みながら言うと、三人はさっと顔色を変えた。

「いえ……。けっしてそのようなことは……」

佐藤は慌てて言ったが、言い訳は思いつかなかったようだ。

「前の議会で選挙改正について話し合ったとき、政友会の『納税額三円以上』を有権者とするという案に対して、憲政会は『納税額二円以上』という案をぶつけてきた。だから、加藤の方が話が分かると思った。そういうことだね？」

三人は黙り込んで下を向いた。

これで、出端を挫《くじ》くことに成功した。

「君たちは、普通選挙を実施すべきと主張しているようだが——。確かに今は一部の金持ちだけが議員を決める、不公平な選挙だ。失礼ながら、君たちは三円以上の納税をしているようには見えない。つまり、君たちの声は政治に反映されない。自分たちも日本国民なのだから、選挙に参加するのは当然の権利だ」

「はい。そう考えます……」

彼らが主張したいことをこちらが先回りして言ってしまったため、彼らの勢いはさらに削がれた。

「権利というものは、義務と一揃いで語らなければならない。義務を遂行しない者には、権利はない」

「微々たるものですが、我々も納税しています。義務を果たしているのだから、投票の権利はあるはずです」

望月が言った。

「いかにも。けれど、君たちは選挙の実態を知っているかね？　選挙となれば巨額の金が舞い飛ぶ。多額の納税をしている者でさえ、金で票を売る。日本には未だに徳川時代の悪癖が残っている」

「どういう意味です？」

岸田が訊く。

「徳川の時代、付け届けは当たり前の行為だった。便宜を図ってもらうため、物事を円滑に進めるために、金や物を相手に贈った。だから日本という社会には付け届けに罪悪感が希薄だ。金で動かない者でなければ、正しい投票はできない。しかし、誰が金で動かないかなど調べる方法はないが、金持ちならば多少の金では動かない者が多い。今のところ、納税額で有権者を決めるのが一番正解に近いとわたしは思う」

噴飯ものの詭弁《きべん》であるがわたしは真剣な顔で語った。

「では、なぜ納税額三円以上と、今までの基準からお下げになったのですか？」

「そのくらいの納税をしている者たちにも、己の利よりも世の中の利を考えることができる者たちが出てきたからだ。いいかね。生まれたばかりの子供に、すぐに遠駆け（マラソン）をせよと言っても無理なことは分かろう。まずは、ハイハイをして、物にすがって立ち、そして歩き――。物事には順序がある。普通選挙は時期尚早なのだ」

言葉を切って三人の顔を見た。わたしに丸め込まれつつあるのが分かった。

「選挙ばかりではない。九月十八日、神戸の川崎造船所で労働争議が起こった。八時間労働を求め、職工ら一万六千人が一斉に仕事を中止した。知っているね？」

「無論です」

と三人は肯いた。

「結局、労働者側が勝った。しかし、勝ち取ったのは八時間労働ではなく、従来通りの就業時間から八時間を引いた分を残業として手当てを支払うという取り決めであったが――」

「八時間労働は、国際労働規約に則ったものです。労働者の当然の権利です」

望月が言う。

「確かにその通り。しかし、それは、勤勉に働いている者たちが要求すべきことだ。川崎造船所の実態は知らないが、わたしが今まで見てきた工場、鉱山などの様子を見れば、八時間労働を要求できるような実態ではないところが多い。君たちの職場ではどうかね？」

わたしが訊くと、三人には心当たりがあるのか、表情が曇った。

「仕事中に無駄話をする。集中力がなく余計なことに気を奪われる。ろくに仕事をしないのに休憩時間を多く求める――。徳川の時代ののんびりした働き方の影響がまだ残っているのであろうが、そんなことでは欧米諸国に追いつき追い越すことはできないし、彼らが実態を見れば後進国だと大笑いするだろう」

三人は黙り込む。きっと、上司、先輩、同僚の中に、思い当たる者がいるのだろう。

「薩長が徳川を倒したら、民衆は呆気《あっけ》なく薩長にしたがった。薩長が諸外国の文化を大量に持ち込むと、それを無批判で貪欲に取り込んで行った。自由民権運動も似たようなものだ。しっかりとした土壌ができないうちに、西洋の思想が流入したものだから、自分たちに都合のいいことだけ取り上げて義務を無視して『自由、自由。権利、権利』と声高に主張する。君たちの周りに、満足な仕事を、あるいは学業をしないくせに、そんな寝言ばかりを言っている者はいないかね?」

三人は目を逸らして小さく肯いた。

「そういう風潮が後々まで残らなければいいがと危惧を感じる――。しかしながら、最終的には普通選挙が実施されるべきであるということについては、わたしも君たちと同意見だ。しかし、今は実施すべき時ではない。だが、運動は続けたまえ。君たちの運動が、民衆に選挙の大切さを知らせることになる。君たちの運動が民衆を育てるのだ。ただし、あくまでも非暴力でだ――。わたしの考えは以上だ。後ほど、加藤高明にももう一度意見を聞きに行きたまえ。野党は普通選挙に関しての運動が盛んになっていることに目をつけている。次の議会の争点にしようと考えているだろう。わたしよりも真剣に君たちの話を聞いてくれよう。だが、丸め込まれて利用されぬよう気をつけたまえ」

三人はわたしの顔を見つめて「肝に銘じます」と言って立ち上がった。

応接室を出ていく若者たちを見送り、執務机に座った。

四

このところ、わたしの身を案じる者が多い。

首相に就任したからであろうが、多くの者がわたしの暗殺を憂慮しているというのも、あまり気持ちのいいことではない。

十一月十二日の夜、突然三浦梧楼が我が家を訪れた。この年七十二歳の老人である。長州藩士であったが、藩閥政治に反対し続けてきた。枢密顧問官や宮中顧問官などを務めた男であった。

応接間に通された三浦は、

「近来の政界を見ると、何となく険悪の感があります。閣下の一身は国家のためにもお守りしなければならないと思っていますが、わたしの力の及ぶところではありません。わたしが今まで数々の事件に遭遇しても、七十余年間無事を保つことを得たのは、肌身離さずに持ち歩いたこの守り本尊のお陰であります」

言って三浦は金襴《きんらん》の守り袋をポケットから取りだした。普通のお守りよりも厚みがある。おそらく小さな厨子《ずし》に入った仏像なのだろう。『七十余年肌身離さず』というには、袋が真新しい。

「これをわたしの身代わりとして閣下に贈呈しようと持って参りました」

ああ、なるほど。だから袋を新しくしたのか。

わたしは元来、人事を尽くして天命を待つ主義であるし、国家のためであれば祈らずとも神は守ってくれるものであろうと思っている。それに、伊藤博文も守り本尊を肌身離さず持っていたが、ハルビンにおいて暗殺されてしまった。

わたしは一身を国家に捧げる覚悟であるから、護衛もつけず、護身用の武器も所持していない。運を天に任せているから肌身につける守り神など考えたこともなかったが――。

真剣な表情でわたしを見つめ、テーブルに長い紐のついた守り袋を滑らせる三浦の様子から、無下に断るわけにはいかないなと思った。心からわたしの身を心配してくれているのは、とてもありがたい。この守り袋を彼の厚意と思って、身につけることにしよう。

テーブルの上の守り袋を取って、両手で捧げ持った。

「このような大切なものを頂いてもよろしいのですか？」

「わたしは十分に生ききました」

三浦はにっこりと笑った。

「そう言われると、なんだか頂き辛くなりますが――。あなたの厚情、ありがたく思います」

言ってわたしは紐を首にかけ、胸の辺りに下がった守り袋をそっと手で触れた。

三浦は満足げに肯いた。

＊　＊

十二月には山縣有朋に心配された。

小田原から東京に出ていた山縣が今日帰るというので、宿を訪問した時のことである。

雑談中に突然、

「今君に死なれれば、万事滞ってしまう。この際、何事も堪え忍び、この難局を打破してもらいたい」

と山縣が言い出した。

「先日は三浦氏に心配されましたが、わたしに死相でも出ているのでしょうか」

わたしは苦笑しながら言った。

「いやいや。君はいたって意気軒昂《けんこう》そうに見える。けれど、政友会本部に放火するような輩がいるのだ。あの犯人はまだ捕まっておらぬのだろう。目下のところ、君の代わりになる者はいない。用心に越したことはない」

「いえ、閣下。たとえわたしが死んでも、後を継ぐ者はいます」

と口にして、いつであったか浅と話したことを思い出した。本当に、わたしの後を継いでくれる者、萌える柳はいるのだろうか――？

そういえば、萌える柳の候補者の一人、高橋光威が、これもまた候補の一人、床次竹二郎に対して不信感を抱く出来事が十一月にあった。

床次が博徒右翼団体結成の世話役になったのである。

乱暴な連中をバラバラにしておけば取締りも難しい。一つの大きな組織を作れば、それぞれの組が他を監視、密告をするという方法で牽制できる。また、暴動などが起きた場合、警察力だけで鎮圧できない時には協力させることができるという利点がある。

床次は、官僚であった頃、薩摩閥であったから、政界を牛耳る長州閥に冷や飯を食わされ、やっと重職についたあたりは、やりすぎの感もあった。切れ者ではないが、嘘はつかない。だから心配することはないと高橋を宥《なだ》めた。

＊　＊

この頃からスペイン風邪の二回目の流行が始まった。

第四十二議会が十二月二十四日に召集された。

この議会で普通選挙法案が議論されることを予想してか、あるいはどこかの党が情報を流したか、普通選挙を要求する運動が激化した。

年を越して大正九年（一九二〇）一月三十日に帝国議院新築の地鎮祭が行われた。広大な土地に、石造りの建物が建つ予定である。

はたして、その建物で行われる議会に、わたしは出席することができるだろうか。

ふと、三浦、山縣のことが頭を過った。

わたしの暗殺よりも、目下の問題は普通選挙派の動きである。

山縣は先日のわたしとの会談で、いざとなれば解散総選挙も致し方あるまいと言った。その時には唐突な話だと思ったのだが――。

普通選挙派の動きがさらに激しさを増していくことを予想しているのかもしれない。

これまでの幾つかの政権のように騒乱がもとで退陣に追い込まれるよりは、異が大きくなる前に解散総選挙で仕切り直しをするほうがいいという忠告であろう。

盛岡の有権者たちの、私への支持は盤石である。しかし、現在議席を確保している政友会員すべてが安泰というわけではない。

新しくなった議院に登院することはできようが、その時に首相であるかどうかは分からない。

西園寺と桂が交替で政権を担っていた時のように、わたしが倒れた後に首相の座についた者が、次にわたしに譲るとは限らない。

艱難《かんなん》辛苦の末に座った首相の座である。しかし、志は半ばだ。

切羽詰まった思いはないが、これが高じれば買収という手段も選択肢に入れてしまうかもしれない。

神主の祝詞《のりと》を聞きながら、わたしははっとした。

ずいぶん弱気になっている。

先々のことを考えて、計画を立てていくのはいい。けれど、いたずらに自身で不安を掻き立ててしまうのは愚の骨頂だ。

三浦と山縣が余計なことを言うから——。

わたしは人知れず、小さな苦笑を浮かべた。

＊　＊

一月十八日に大阪で三万人の集会があり、市内を練り歩いたという。二月一日には国技館において普通選挙の実施を求める団体の集会が開かれ、三万人の提灯《ちょうちん》行列が行われた。十一日は三万人が芝公園に集まり、国会から二重橋まで行進。上野公園でも集会があった。

暴動にまで発展することはなかったが、普通選挙派の民衆による示威運動は、野党に勢いを与えた。

二月十四日、憲政会や国民党その他から提案された衆議院選挙法改正案が日程に上った。しかし、各党で統一した案ではなく、微妙に異なった内容であった。

提案の説明演説の途中、憲政会員が騒ぎだした。時を同じくして、議場の外を囲んだ民衆が示威行動に出たというから、憲政会員が指示を出して先年のシーメンス事件のような騒動を起こそうとしたものだろう。

しかし、政友会員は挑発に乗らなかったため、憲政会員の空騒ぎに終わり、思惑は外れたのだった。

けれど、普通選挙派の勢いはさらに増して、新聞も普通選挙を認めようとしない政府を糾弾する論調を強めて行く。

もしかすると山縣は、野党が普通選挙派の団体を煽動して騒ぎを起こす情報をどこかで聞きつけていたのかもしれない。

議会は政友会が多数であるから、衆議院選挙法改正案を否決することはたやすい。

民衆による示威行動は、新聞が吹聴するほどに強大なものではないが、少しずつ悪化している。

今、数の力にものをいわせて法案を否決してしまえば、今後一年間、野党はこの問題を大々的に取り上げて、政府打倒へと民衆を煽動するだろう。暴動にも繋がりかねない。

現在の動きを見れば、普通選挙の実施を求めるというよりも、選挙権の納税資格を撤廃することによって、階級制度を打破しようという意図が透けて見える。

納税資格にしろ、階級制度にしろ、いずれ撤廃されなければならないものであるが、今、それをなすべき時機ではない。

使いたくない手ではあるが、解散総選挙もやむなし。

わたしは二十日の閣議にそう提案した。

大要、わたしの意見に一致をみて、この件はしばらく秘密にし、時期を見て衆議院を解散することとした。

＊　　＊

二十二日には普通選挙に賛成する代議士らが芝公園で集会を行い、騒乱となって負傷者が出たという。わたしは腰越の別荘に行って留守であったが、本宅に数十人が押し掛けてきて、警察官によって退去させられたと帰宅後に聞いた。書生の浅野や菅野は、「乗り込んできたら叩き出してやろうと思ったのに残念です」と鼻息を荒くしていた。

その頃は敷地に六畳と四畳半二間の巡査部屋があって常に巡査が詰めていたから、二人の出番はなかったのである。

二十六日。衆議院選挙法改正案は、各党の案の一致をみないということで否決。憲政会は反対の演説をし、抵抗を見せたが、わたしは「この問題の解決とならざるにより、国民の公平なる判断に訴えるべきである」と、議会の解散を宣言した。

議場は騒然となり、憲政会はわたしの演説に質問を試みたが、詔勅が降下されて、解散が決定した。

わたしはすぐに政友会代議士を集め、

「熟慮に熟慮を重ねたが、諸君には任期途中で気の毒ではあるが、国家のために解散を選ばざるを得なかった」

と述べ頭を下げた。一同は万歳を高唱した。

次に、政府に賛意を示した中立議員や新政会、公正倶楽部に赴いて挨拶をした。

また、解散の旨を葉山行在所に奏上。西園寺、山縣に電報で知らせた。

三月に入り、浅の数年来の体調不良の原因が診察によって幽門《ゆうもん》狭窄《きょうさく》であると分かり、胃腸吻《ふん》合《ごう》の手術を受けた。

五

三月三十日。閣議において陛下のご健康に関し、世間に公表する文書の検討が行われた。

陛下はご健康を害し、最近二回の議会もご出席が叶わず、勅語はわたしが捧読していた。

宮内省御用掛医学博士の診断書によれば、緊張を伴う御儀式などの臨御もご病気悪化の一因であるということも記され、今後十分なご静養が必要で、御精神の御興奮を避けるべきともあったから、ご公務を減らさざるを得ない。

となれば、陛下が公の場にお出ましになることはさらに難しくなる。すでに、議会にお出ましにならないということで、国民は陛下のご健康を案じている。いつまでもその件について政府が沈黙していることはできなかった。

しかし、診断書には陛下がご幼少の頃のご病気や、内分泌臓器の機能失調、具体的な病名などを記して説明されていたから、そのまま発表するわけにはいかない。

そこで、『御践祚《せんそ》以来の激務で御心身がご疲労の御模様あらせられる』ということと、幾つかの軽い病について触れ、侍医の意見により、本年は今しばらくご静養をなさるという文章を制作して発表することにした。

この頃、スペイン風邪の二回目の流行は終息を迎えていた。この流行では一回目より罹患する者の数は減ったが、死亡する患者が増えた。今までは医療関係者しかしなかったマスクがスペイン風邪の蔓延や罹患の防止に有効であるということで、庶民もこぞってかけるようになった。

四月の後半、手術後に入院していた浅が全治退院。これで浅を長く悩ませていた病はとりあえず根治した。

＊　＊

第十四回衆議院議員選挙は五月十日に行われた。当日は東北地方の一部に暴風雨のために投票が延期された地区があったほか、八王子で多少の騒乱はあったものの、おおむね平穏に終了した。

政友会は絶対多数を得て大勝した。

そして六月二十九日、第四十三回特別議会が召集された。

その夜。十時頃になって、秘書官長の高橋光威が訪ねて来た。応接間に案内した浅の話によると、だいぶ慌てた様子であるという。

部屋に入ると、高橋はさっと椅子を立って、

「衆議院の門が爆破されました」

と言った。

わたしは向かい合う椅子に腰掛け、テーブルの上の煙草入れに手を伸ばし、蓋を開けて敷島を一本取ると、燐寸《マッチ》で火を点けた。

高橋は立ったまま、わたしの言葉を待っている。

燐寸の燃えさしを灰皿に捨て、煙を吐くと、

「まぁ、座りたまえ」

と言った。

「死人、怪我人はなかったのだな？」

もし死傷者が出たのならば、高橋は最初にそれを言っている。

「はい。つい一時間前です。夜ですから通行人もいませんでした」

「ならば、電話ですむ用事ではないか」

「特別議会が召集された夜の爆弾事件です。政府転覆を目論む輩の仕業に違いありません。ですから、閣下の御屋敷を警護する警官を配備しなければと――」

「ああ。その相談に来たというわけか」

高橋に「まぁ、やりたまえ」と煙草入れを指した。

高橋は「いただきます」と言って敷島に火を点けた。指が少し震えていた。

「門を爆破しただけなのなら、それは威《おど》しだ。今のところ、大きなことを仕掛けてくることはない」

わたしがそう言った時、電話のベルが聞こえた。

高橋はどきっとした顔でわたしを見る。

廊下を小走りにこちらへ向かってくる足音が聞こえ、ドアがノックされて「床次さまからお電話です」という浅の声が聞こえた。

わたしは「ちょっと失礼するよ」と高橋に言って席を立った。

電話に出ると、床次が早口で言った。

『高橋くんから話は聞いていましょうか』

「衆議院の門については聞いた」

『捜査の手配をしていましたところ、今度は牛込辺りの電車線に爆弾が仕掛けられ、何人か負傷者が出たとの知らせが入りました』

「うむ――。怪我人が出たか」

『高橋くんからも、すぐに閣下のお宅の警備をと言われました。これから警官を――』

「無用だ」

『閣下の警護嫌いは存じていますが、今度ばかりは――』

「原は怖じ気づいたと爆弾犯を喜ばせるだけだ。電車線爆破で怪我をした人々には気の毒なことをした。しかし、威しに屈することはできない。君は犯人逮捕に全力を尽くすよう警察に指示したまえ」

『わかりました……。失礼いたしました』

わたしは電話を切り、高橋の元へ戻った。

「牛込で電車線が爆破されて、負傷者が出たそうだ」

わたしが言うと高橋は「えっ」と言って顔を青ざめさせた。

「床次も護衛をと言ったが、犯人を喜ばせるようなことはしないと答えた」

「閣下……」

「われわれは平然とした顔で、粛々と政治を行うのだ。いくら護衛をつけたとしても、暗殺されるときにはされる。護衛は万能ではないからな。名医が側にいたとしても、病で死ぬこともある。名医もまた、万能ではないからだ。人は死ぬ時には死ぬ。それまで寶積《ほうじゃく》の道を歩むのだ」

「寶積ですか――」

寶積とは、仏教の言葉で『人を守りて己を守らず』という意味である。

「わたしは見返りを求めず人のために尽くすと解釈している。己を滅して民のために働く為政者たちが常に心に置いておかなければならないものだと考える。事情を知らぬ者たちに誹謗《ひぼう》中傷されようと、数年後、数十年後、百年後に、『ああよかった』と思われることをし続けるだけだ」

「しかし、そんな先に再評価されても……」

「再評価など求めていない。わたしが決めた事業だということなど忘れられてもいいのだ。たとえば鉄道だ。わたしたちの敷いた鉄道のおかげで、新鮮な魚介類が山間の土地に運ばれることを考えてみたまえ」

「山田線のことですか？」

山田線は岩手県内陸の盛岡と沿岸の山田を結ぶ予定の路線である。

「そうだ。明治二十五年（一八九二）に公布された鉄道敷設法にはもう規定されていた」

「しかし――。口さがない憲政会の議員は、『山田線など人の住まない山中を通る線路だ。猿でも乗せるつもりか』などと言っています」

「議会でそういう質問をしてほしいな」わたしはにやりと笑った。

「鉄道規則では猿は乗せないことになっておりますと言ってやるのに――。こういうことに文句を言う奴はいつも外側にいる連中だ。交通の便のいい所に生まれ育ち、山奥に生まれた者の苦労を慮《おもんぱか》ることができない愚か者。そういう輩は、鉄道ばかりではなく、ほかのことについても自らの説がなによりも正しいと思いこんでいる。政治家になるべきではない者たちだ」

「確かに」

高橋は肯く。

「山田線ばかりではない。岩手では大船渡《おおふなと》線や、そのほか日本中、そういう土地は沢山ある。長い間、塩漬けや干物の魚しか食せなかった人々が、刺身を食えるようになる。歩いて何日も旅しなければならなかった親戚の元を訪ねる親子が、笑みを浮かべながら汽車の中で弁当を食っている。そんな景色さえあればいい。多くの人々が恩恵を得て、それがないことなど考えられなくなる。それはなにも物でなくともいい。目に見えない、法律や世の中の仕組みでもいい。我々はそういうものを作りだして行かなければならない」

思わず熱を込めて話してしまい、はっとして口を閉じた。

やはりわたしは死を意識し始めている。だからおそらく、柳の若葉――、後継者の一人になり得る高橋に熱く語ってしまったのだ。

高橋もなにか感じ取ったようで、心配そうにわたしを見ている。

「夕食の葡萄酒を飲み過ぎたようだ」と誤魔化した。

「まぁ、そういうことだ。君は泰然自若として、議会の資料を作りたまえ」

「はい。そのようにします」

高橋は煙草を灰皿で揉み消すと、立ち上がり応接室を出ていった。

玄関の方で見送る浅と、高橋が何か話しているのが聞こえた。

少ししてドアがノックされる。「お入り」と応えると、浅が中に入ってきた。

「高橋さんとどんな話をなさったのです？」

普段、そういうことを詮索しない浅が、珍しくそう訊いてきた。

明日の新聞には載ることだから、わたしは衆議院の門と電車線の爆破について語った。

「――それから、政治とはどういうことかなどを一言二言。なぜだ？」

「高橋さんに妙なことを訊かれて」

「なにを訊かれた？」

「閣下はお夕食の時に、葡萄酒を何杯召し上がりましたかと」浅は高橋の口真似をしながら言った。

「とても真剣なお顔で」

と浅は笑った。

「そうか。で、何杯と答えた？」

わたしはいつも通り、一杯しか飲んでいなかった。

「議会が始まるから景気づけだと仰って、二、三杯も」わたしの台詞《せりふ》の所はわたしの口真似をした。

「そうお答えしておきました。すると高橋さんはなんだかホッとしたようなお顔で『そうですか』と言ってお帰りになりました」

「上出来だ――。政治についてちょっと熱く語ったものでな。高橋はわたしが死に急いでいると感じているようだ」

「死に急いでいらっしゃるのですか？」

浅は口元に笑みを浮かべて訊いた。

「いや。生き急いではいるかもしれないがな。好んで早く死にたいとは思わない」

「いつかもお話ししましたが、首相でなくとも、どんな災難に巻き込まれるか分かったものではありません」

「うむ。その通りだ。お互いに覚悟しながら暮らすことにしよう」

「旦那さまは、万が一の時のことをお考えになり、外に女がいるのであれば、身綺麗にしておかれませ」

言われてドキッとした。

池永石である。京都の芸妓《げいぎ》で、大阪毎日新聞時代に知り合った。今は東京に出てきて千駄ヶ谷に住んでいる。

名が知れてから、よく揮毫《きごう》を依頼されるようになった。面倒だから適当にさらさらと書いて渡すのだが、手を抜けない相手もいる。そんな時には書の上手い石の元を訪れて、手ほどきを受けていた。

浅の言葉に答えるまで、ほんの少し間が空いたような気がした。

浅の眉間に見る見る縦皺が寄った。

「女がいるのですね？」

しまった。カマを掛けられた。

「いや、今は書を習いに、時々訪れるだけだ」

「今はと仰いましたね。ということは、以前は書を習う目的で通っていたのではないということですね？」

「いや、それは、その……」

「誤魔化すのはおやめなさいませ！」浅はぴしゃりと言った。

「激務の息抜きをしたいこともおありでしょう。世の中では、懐に余裕のある殿方は、女を囲うことが甲斐性のようにも申します。外に女を作ったことは咎《とが》めません。わたしとて、旦那さまに貞子さまという奥様がいると知りながらお相手をしていたのですから、偉そうなことは申せません。だからこそ、女がいるのならば、隠さずに仰せられませ」

「すまない……。昔は妾《めかけ》として囲っていたが、今はもう、本当に、書を習いに通っているだけだ」

　わたしは小さくなって頭を下げた。

　浅のくすくす笑いが聞こえた。

　恐る恐る顔を上げると、面白そうな顔で口元に手を当てて笑っている。

「隠し事をお話しになって、すっきりなさったでしょう？」と浅は訊いた。

「それに、ちゃんと聞いておかなければ、旦那さまになにかあった時に、お手当をお届けすることもできません。後から住所とお名前を書き出してくださいませ」

「うむ。分かった……」

　わたしが答えると浅は「失礼いたしました」と言って応接室を出ていった。

　大きく息を吐き、煙草をくわえた。

　浅はわたしに意地悪をしかけたのではない。万が一のことが起きたときの、妻としての務めのために、女の存在を訊いたのだ。そして、爆弾事件が起きたことによってわたしが緊張しているだろうと、手荒い方法でそれを緩和してくれた。

「もっとお手柔らかに頼む」

わたしが苦笑しながら燐寸で火を点けたとき、ドアの向こうで貢の声がした。

「お父さん。よろしいですか?」

「お入り」

わたしが応えると、貢がにやにやしながら入って来た。

「お父さん、怒られましたか?」

貢は、さっきまで高橋が座っていた椅子に腰をかけた。

「うむ。怒られた。よく分かったな」

「お部屋から漏れ聞こえるママちゃんの口調が、なんだか怒っているように聞こえたので」

貢は、正式に我が家の養子となった時からわたしを〝お父さん〟、浅を〝ママちゃん〟と呼んだ。

「ママちゃんは、怒ってもすぐにケロッとなさいますから大丈夫です」

わたしは息子に慰められてしまったと、苦笑した。

「よく知っているさ——。お前、よく怒られるのか?」

「今はさほどでも。幼い頃はしょっちゅうでした」

「うん。使用人らから時々話を聞いていた。お母さんは烈火の如く怒るということだったが、怖くはなかったか?」

「そりゃあ、怖かったですけど、反面、嬉しくも感じていました」

「嬉しかったと?」

「はい。だって、本当の息子だと思うからこそ、遠慮なく怒ってくれるのだと感じました」

「ああ——。そのように感じていたのか」

「はい」

「わたしはどうだ？」

「本当のお父さんですとも」

貢と浅の優しさが心に染みた。

老人になると涙もろくなる。わたしは堪えるのに必死だった。

六

大臣だった頃も、野党はむろんのこと、元老や貴族院からよく批判された。新聞に書き立てられたこともある。

首相になってからは褒められることよりも悪口を言われることがほとんどになった。

浅に愚痴ると、

「愚か者ほど声が大きいものです。そういう奴らには腹の中で舌を出していればいいのです。静かにおとなしく、あなたを応援、支援してくださる方々の方がずっとずっと多いのですよ」

と窘められた。

しかし、大きい声はよく聞こえるもの。声だけではなく、今回の爆弾事件のように実力行使をして来る者もいる。

わたしに対する不満は、普通選挙の法案を握りつぶしたというものだけではない。

改正法案に対する反対演説の中で、『婦人の中にも多額の納税をしている者がいるのに、なぜ選挙権をやろうと主張しないのか』ということを話したが、それが気に入らないという者もいる。

わたしは閣僚や地方官に知人を多く登用した。それが身内贔屓《びいき》だと批判を受けるが、近しい者たちであるからこそ、その実力を知っている。いかに有能であるかも、どのような欠点があるかも周知しているからこそ、役職につけるのである。知り合いであっても無能であれば、重要な役職につけることはない。

今回、山縣有朋の養子である伊三郎を関東長官としたのは、『山縣におもねったのだ』とか『長州閥に擦り寄る裏切り者』だとか悪口も聞こえてくるが、そんなことはない。伊三郎の実力を評価したのである。

その他にも、法学校時代、賄《まかない》事件で世話になった当事の司法卿大木喬任の息子、遠吉《えんきち》を司法大臣においた。

司法部の佐賀閥は早期になんとかしておかないと、裁判に公正さを欠くことになる。瓦解の足掛かりとして、大木を法相として送り込んだ。大木は佐賀の生まれであったが、妻が元仙台知藩事の伊達宗敦《むねあつ》の娘で、政友会員である。

しかし――、彼は右翼的思想をもっている。藩閥に有利な判断はしまいが、右翼についての判決が甘くならねばいいがという危惧はある。就任早々に舌禍による面倒を起こしたことも気になった。

東京市長に後藤新平を推薦したことも批判の対象となった。東京府知事は阿部浩。両者とも岩手県人である。盛岡藩閥を作ろうとしているのではないかという見当違いな馬鹿話も聞こえて来た。

また、薩長閥の連中は、政党政治にその座を奪われたことに腹を立てている奴がいる。『お気に入りを入閣させるなど、やっていることは同じではないか』と、目糞が鼻糞を笑うようなことを言うような藩閥派の者もいる。

確かに、こちらにも痛い所はある。特に、財界との結びつきを重要視して、政友会へ多くの財界人を勧誘したために、政治的な展望を持つ人材が乏しい。そして彼らは政治的な観点より、経済的な視点でものを見るのである。これについては後々改めていかなければなるまい。政治が経済優先、国民は二の次になりかねない。

高橋を相手に熱弁を振るってしまった山田線の決定は、我田引水をもじり、〈我田引鉄〉などと揶揄《やゆ》されるが、鉄道は必要なものであり、全国各地にいつかは敷設されるものである。財力があれば全国一斉に鉄道工事もできようが、予算には限界がある。どこかは早く、どこかは遅くなる。

岩手県沿岸の人々は二十八年も待たされたのだ。県央部と沿岸部の間に横たわる、南北は二百キロを超え、東西百キロにもなんなんとする北上山地。そこを横断して二つの地域を結ぶ道は、昔ながらの険しく狭い山道だけだ。人々は何日もかけて山越えをする。そこに計画され、建設されようとしている鉄道はたった二本――。これからは道路の整備もしていかなければならない。

中国に対しての政策についても批判がある。領土支配や勢力扶植を望まない政策に転換したために、右翼やそれに傾倒した庶民らが腹を立てている。中国支配を強めれば、アメリカの警戒を招くということを理解していないのだ。

ロシアに関わる諸事についても不満を持っている者が多い。特にニコラエフスクで起こった日本人捕虜の虐殺事件については、右翼から弱腰と罵倒されている。

パリ講和会議にしても弱腰であったとの批判がある。

皇太子殿下に洋行を勧めていることが気に入らないという者もいる。皇太子のお后に内定していたお方が色覚に問題があるということで、山縣有朋らが婚約辞退を求めるということが起こり、それがわたしにも飛び火している。そういう問題は、右翼の連中に苛立ちを与えているようであった。

軍閥の力を削ごうというわたしを敵視する軍人もいる。

わたしに対してさまざまな不満を持つ者がいて、政界においてはわたしを邪魔者と考える者も多数いる。

わたしの身近な者たちが、命の心配をするのももっともな話であろう。

しかし、だからといって手を緩めるわけにはいかない。

八月、児玉亮太郎が腎臓病のために療養に入った。鉄道省の勅任参事官を務めていた児玉は、

「大事なときに申しわけありません」と恐縮したが、

「そんなことは気にせずに、しっかりと療養して病を治せ。完治したならば、また全力で稼いでもらう」

とわたしは送り出した。

十二月三日。九月頃からリウマチのために伏せがちだった浅だったが、幾分軽くなったので修《しゅ》善寺《ぜんじ》へ湯治に出した。

スペイン風邪の三回目の流行が始まった。

＊　＊

皇太子殿下のお后候補に関わる騒動は、右翼団体を中心に大きくなり、山縣有朋への激しい攻撃が続いていた。

そして十二月二十七日。第四十四回議会で、またしてもわたしが勅語を捧読した。

議会では、年が明けても政府に関わる数々の疑惑が俎上《そじょう》に載せられた。

まずは東京瓦斯《ガス》収賄事件。東京府知事の阿部浩も関わりを疑われた。盛岡の作人館でわたしの

先輩であったから、わたしへの追及も厳しかった。

関東州阿片密売事件。関東州とは、日露戦争後ロシアから引き継いだ清国からの租借地で、遼東半島の先端部と、南満州鉄道に関わる地域を併せた土地である。

この事件で同地の開拓と植民を司る拓殖局長古賀廉造《こがれんぞう》が辞職した。佐賀の乱で賊軍となった鍋《なべ》島《しま》藩の男であった。わたしの引きでその地位までのぼり詰めたため、やはりわたしの責任を追及する声が大きかった。

そして満鉄疑獄事件。南満州鉄道の副社長が数社の企業買収によって得た賄賂を政友会の資金に回したというものである。

野党は徹底的に攻撃して来たが、政友会は絶対多数。黒であっても白にすることができる数である。

忸怩《じくじ》たるものがあった。そのすべてが黒であったわけではなかったが、確実に悪と分かっているものも、数の論理で白としてしまったのである。

＊　＊

大正十年（一九二一）一月二日。わたしは修善寺で湯治をしている浅を見舞った。

久しぶりに浅と二人きり、炬燵《こたつ》をはさんで向かい合った。

蜜柑《みかん》の皮を剝きながら、わたしは思わず溜息をついた。

「議会でずいぶん虐《いじ》められているようですね」

浅が、くすっと笑う。

「うん」と房を頬張る。

「わたしは今まで私腹を肥やすために悪を行ったことはない。しかし、未熟な国を引きあげるためとはいえ、これはやりすぎであろうという事案もあった」

浅も蜜柑を手に取った。

「大望を達成させるならば、汚い手も厭《いと》わないと仰っていたのではありませんか」

「そう決心して邁進《まいしん》してきたわけだが、現実は理想から大きくずれ始めている」

「誰かが足を引っ張るのですね」

ずばりと言われて答えに迷った。

「そう言われては身も蓋もない。人を見る目がないわたしの責任だ」

「人などというのは、長くつき合っても見極められるものではありません。それに、時と共に人は変わります。周りの様子が変われば、人も変わりますし」

「うむ。それは分かっているつもりなんだがな――。言って聞かせても人はなかなか変わらんものだ」

「亡くなった方をどうこう言うのは悪うございますが、あなたは貞子さまのことをどうにもできなかったではありませんか」

突然前妻の名が出てきたので、驚いて浅を見つめた。

浅は真っ直ぐわたしに目を向けている。

なにも約束したわけではなかったが、貞子の話題は二人の間で禁忌のようになっていた。それをあえて出すのは、喧嘩も厭わないという浅の決心だろう。

確かにわたしは、貞子の我が儘《まま》をどうにもできなかった。そのことで人は思うようにならないのだと痛感したではないか。

「そうだな――」

わたしは、貞子を引き合いに出した浅を咎めることなく、小声で言った。

「嫌になったのならお辞めになればよろしいのです。蓄えは貢さんが一人前になるまで養うくらいはありますし、残りで二人が慎ましい余生を送れます。ちょっと旅にでもと贅沢がしたくなったら、わたしが三味線を弾いて小金を稼ぎます」

そう言われた瞬間、肩の力が抜けた気がした。

そうか、なるほど。今まで自分は、自分の正面に続く太く真っ直ぐ続いた道しか見ておらず。浅の言うような枝道には気づかなかった。いや、気づいてはいてもあえて見ていなかったのだ。いざとなれば、無責任に何もかも放り出して、隠遁《いんとん》してしまえばいい。

「いや。今辞めれば、また藩閥が幅を利かせることになる。二進《にっち》も三進《さっち》もいかなくなったら、お前が言うように政治家を辞めることにして、今しばらくは思うようにやってみる」

「あら残念」と浅は肩をすくめた。

「わたしは旦那さまが明日にでも辞表を捧呈なさってくださると期待していましたのに」

「政治家を辞めてほしいか？」

「はい。わたしはただの人になった原敬さまと暮らしとうございます」

浅はにっこりと笑った。

それは本音なのだろうと思った。笑みを浮かべてはいるが、わたしのことが心配で泣きたくなるようなこともあるだろう。けれど、きっと浅は人前では首相の妻を演じている。

いや――。わたしの前でさえ、首相の妻を演じているのだ。己の気持ちは脇に置いて、どうすればわたしを助けられるかをいつも考えている。そして時に厳しい言葉で叱咤《しった》する。

わたしが政治家を引退した時、浅は重い重い荷を背中から下ろし、ただの原浅としてわたしに寄りそうことができるのだ。

「ありがたいなぁ」思わず呟いた。

「すまないなぁ」

わたしの言葉に、浅は小首を傾げた。

「なにがすまないのです？」

「いや。なんでもない」

わたしは首を振った。

夫婦水入らずの夜は更けていった。

＊　＊

二月二十日の夜。

政友会員の岡崎邦輔と平岡定太郎《ひらおかさだたろう》が別々に我が家を訪れ、同じことを言って帰った。

「閣下。お命を狙っている者がいるという知らせがありました」

しかし、何者がどういう理由でわたしの命を狙っているのかと詳しく訊くと、そこまでは摑《つか》めていないという。

漠然とした情報で、そういうものであれば今まで飽きるほど聞いてきたし、脅迫状も束になるほど送られて来る。

匿名、偽名であれば、人は驚くほど大胆、残酷な文面が書けるようで、捕らえてみれば平々凡々の人物、あるいは日頃虐《しいた》げられている立場の者ということになるのではなかろうかとも思う。

名を伏せなければなにもできない臆病者か、政敵か、無政府主義者か、右翼か——。いずれにせよ、心当たりは、ありすぎるほどあるが、だからこそ用心のしようがない。

二人には厚意を感謝しつつも、今まで言い続けていたように、「運は天に任せているから警備はつけない。狂犬のような者でないかぎり、本当に暗殺を実行しようとはしないだろう」と言って帰した。

しかし――。

二人の訪問はいいきっかけであるから、万が一のため、遺書を記しておこうと思った。

とはいえ、なにを書けばいいのか――。

まずは、位階勲などの将叙は、絶対に望まないということは記さなければならない。

それから葬儀は故郷、巖鷲山の見える盛岡で行うこと。香典や花は受け取らないこと。墓には氏名のみを記すこと。

金銭については潔白にしておかなければならない。党の資金は速やかに後継総裁へ引き継ぐこと。

わたしには殖利の考えはなかったから、財産といえば芝公園と盛岡の屋敷くらいのものだ。貯蓄は政治資金などもあるが、それらは必要とする者たちに分けて、残りは党へ寄付させよう。浅ならばうまくやってくれるだろう。

ああ――。ずっと書き綴っている日記は、当分の間、世に出さないように付け加えておかなければなるまい。色々と差し障りのあることも書かれているから。

わたしは書斎に入り筆を執った。

七

修善寺での浅の言葉で気持ちがすっきりしたわたしであったが、遺書を書いてしまうと、覚悟が決まった。

皇太子殿下の洋行に反対する右翼の抗議運動が喧《かまびす》しく、政府への圧力も日々強まっていた。不敬なことであるから口には出せぬが、殿下は遠からず践祚なさることになる。その前に、御目で実際に欧米諸国をご覧になり、日本となにが違うのかをご自分でお確かめにならなければならない。

皇太子殿下の洋行は国家のために絶対に必要なことである。どんなに威されようとこれは曲げるわけにはいかなかった。

二月二十二日。山縣有朋から辞表が送られてきた。皇太子殿下のお后候補の件について、各方面からの攻撃に耐えきれなくなったもののようであった。松方正義も辞表を捧呈していた。

三月三日。皇太子殿下が海外御巡遊にご出発。殿下の御乗艦香取《かとり》は横浜から出港する。横浜までは宮廷列車にお乗りになるので、東京駅前には数万の民衆が集まり、万歳を唱えて奉送した。

わたしは横浜の波止場まで列車に陪乗し、港からは小艇に陪乗し香取へ赴いた。

小艇の中で、

「長い御航海でございますから、御退屈のこともございましょう」

と殿下に申し上げると、

「陸上よりも船中の旅が長くなろうが、色々と旅の無聊《ぶりょう》を慰めるものもある。活動写真の写真機も用意しているから心配は無用だ」

と快活に仰せられ、洋行をお喜びのように拝察された。

艦上で、小艇に陪乗してきた者たちと、わたしの音頭で万歳三唱したのち、拝辞した。

波止場から御乗艦香取が離岸し、海上を滑り出すのを見送った。

東京―横浜間の沿道は人で埋め尽くされている様子だった。

横浜に碇泊《ていはく》している船舶は満艦飾をなして、一斉に汽笛を鳴らす。横須賀から飛行機三機が飛来して、上空を旋回した。

ご出発までに不祥事がないようにと厳重な警戒をしたが、何事もなくご出港を見送れたので、大いに安堵したのであった。

スペイン風邪の三回目の流行が終息しつつあった。一回目、二回目よりも罹患者、死者ともに少なかった。四回目の流行があったとしても、今回よりも酷いことにはならないだろう。しかし、三回の流行で、日本の人口の四割強のおよそ二千三百八十万人が罹患し、約三十九万人が死んだ。

誰から聞いた話であったか、スペイン風邪という呼び名は誤りであるという。この風邪の流行始めがスペインだったということでその名がついたのだが、実のところ最初に発生した国はどこか分からないのだそうだ。戦争の最中に、自国で感染症の流行が起こったなどという情報を流せば戦況が不利になりかねない。機密事項なのである。だから、参戦していた欧米各国は風邪の流行をひた隠しにした。

風邪の流行当時中立を保っていたスペインが流行の報道をしてしまったために、スペインが流行の最初とされてしまい、悪魔のような流行性感冒に国名を冠されてしまったというのである。おそらく百年、二百年の後もその名が消えることはないだろう。まったく気の毒なことである。

＊　　＊

三月十日。修善寺で湯治をしていた浅が、腰越の別荘に移った。そして、二十二日、芝公園の我が家へ帰ってきた。

台所の奥さん――、飯炊きの高見いえの、心づくしの料理で、小さな快気祝いを開いた。書生や使用人らも交えて、賑やかな宴であった。

三月二十七日。日曜日ではあったが、議会の閉院式が行われた。疑獄事件や不祥事で野党に攻撃され続けた議会ではあったが、なんとか乗り越えた。袋叩きにされて、這々《ほうほう》の体《てい》で逃げおおせた感があった。しかし、郡制の廃止など得たものはあった。

五月に入り、山縣、松方の辞表は却下された。皇太子殿下のお后問題は一段落したわけだが、世間ではまだあれこれと言う者もいた。

辞表却下のお礼と、欧州に御座す皇太子殿下の御近況を奏上するため陛下をお訪ねした。

陛下はことのほかご気分がよろしいようで、わたしに、

「ところで、原は植木を好むか?」

とお訊ねになった。「好みます」と申し上げると、

「しばらくここで待て」

と御諚《ごじょう》があり、御自ら廊下に出られて草花一鉢を手ずから下賜いただいた。

万が一の場合と、不吉な予想を巡らせていたが、ご機嫌もご容体も良好と拝し奉り、少しばかり安堵したのだった。

七月八日。閣議においてイギリスが提議した太平洋極東会議をアメリカにおいて開催したいという報告が出た。

日本は南太平洋の旧ドイツ領を引き継いだ。そこを起点に日本は太平洋に勢力を拡大するのではないか。そういう恐れを抱いた欧米が、日本に釘を刺そうという魂胆であることは明白であった。

わたしは、まずもって会議の範囲を交渉する必要があると指示を出した。

八

八月四日。わたしは浅と貢を連れて夜汽車に乗り盛岡へ出発した。

翌日の朝に盛岡に到着し、古川端の別宅に入った。

この日、内田康哉《うちだこうさい》外相から、長距離電話があり、

『アメリカの代理大使が訪れて、太平洋極東会議を十一月十一日より開催したいとの打診がありましたが、いかがいたしましょう』

と言う。わたしは少し早いと思ったが「それでいいだろう」と答えた。

「ほかの国からはどのような人物が参加するのかは分かるか」と問うと『未だ、なにも知らせはありません』という答えであった。

わたしは翌日から政友会の支部や支持者、友人、知人に挨拶をして回った。八日に開く予定の園遊会への招待も兼ねていた。

生きている人々を訪問した後、わたしは寺に向かった。菩提寺や親戚筋の寺は盆に参詣するつもりだったから、この日に赴いたのは聖壽寺であった。楢山家の菩提寺である。

蜩《ひぐらし》の声が降り注ぐ小高い丘を登る。

本堂の脇の墓地である。丘の斜面に墓石が立ち並んでいるが、頂上付近に幾つかの墓石が集まっている所がある。楢山家の人々の墓所であった。

背の高い楢山佐渡さまの墓石の前に立ち、夏の花を手向《たむ》け、線香を立てて手を合わせた。

木の葉の天蓋で日が遮られているのでずいぶん涼しかった。

あの日、萌え始めた柳は、ずいぶん老木になってしまいました――。

わたしは目を閉じて、心の中で墓石に語りかける。

日本の国は楢山さまが望んだような国になっているでしょうか――?

国作りは幼い頃に考えていたよりもずっとずっと難しく、はたして理想の国に向かっているのかどうか分からなくなることがあります。けれど、国の基礎は確実に固まりつつあると信じています――。

いつまで首相の座にいられるか分かりませんが、後進が受け継いで、しっかりとした国を作ってくれるものと思います。ですが、問題はその後進のことです――。

柳は萌えていましょうか?

わたしは不肖の弟子でありましたから、首相になるまでにずいぶん時間がかかりました。その間、自分のことで必死だったので、後進を育てることを怠っていたように思います。育てることと、引き立てることを勘違いしていたようにも思います――。

遅蒔《おそま》きながら、後継者について真剣に考えてまいりたいと思います――。

わたしは目を開けて灰白色の墓石を見つめた。

「柳は萌えておりましょうか?」

声に出して呟いたが、聞こえてきたのは蜩の声と、涼風に揺らぐ葉の音ばかりであった。

＊　　＊

八日。古川端の別邸で園遊会を開いた。案内したのは千七百人余りであったが、来会したのは千五百人ほどであった。

翌日、東北大会出席のために北海道へ向かった。貢も一緒であった。貢は一等車は久しぶりだとはしゃいでいた。

徳川の時代には北方警備のための番屋があったり、明治になってからは開拓民として入植したりと、北海道には旧盛岡藩人が多く暮らしている。

そういう人々の歓迎を受け、各所で演説をし、十二日の夕方に古川端の別邸に戻った。

翌日、親戚関係の寺に盆詣でをし、最後に菩提寺の大慈寺に参詣した。

十四日には日詰町の知人宅の新築祝いに招かれて出かけた。行きは汽車、帰りは国道を自動車で戻った。

その日の夜には市長が企画した官民合同の歓迎会が秀清閣で行われた。

求められて九十余名の参会者の前で演説を行った。

今は、世界の中で、日本がどういう位置にいるのかを正しく自覚すべきだと語った。戦争には勝っても、国際連盟体制下で五大国（アメリカ・イギリス・フランス・日本・イタリア）の中に加わっていても、欧米諸国は日本を野蛮で危険な国としか見ていない。いかにしてそういう国々の信頼を得、同等の国として認められるかが大きな問題なのである。

それはまた、日本国内についても言える。中央と地方の関係である。日本の中で岩手はどういう位置にいるのか。現在の位置に甘んじるのか。高みを目指すのならば、なにをすべきか。それを考えていかなければならない――。

今はまだまだ国を作る途上で、交通網の整備も、欧米諸国に比べて遅れている。まずは、中央を整備してそこから地方へ延ばしていくことをしなければならないから、地方都市には辛抱を強いている。しかし、必ずや鉄道も道路も整備される時が来る。その時までに怠らず準備を整えておかなければならない――。

そういうことを語った。

十八日。浅と貢を残して東京へ戻った。

九

九月二日朝。皇太子殿下御乗艦が館山《たてやま》に入港した。わたしは無電で無事のご帰還の祝辞を言上した。

翌日の朝、わたしは皇太子殿下を奉迎するために横浜へ赴いた。

御召艦香取の艦上において拝謁を賜る。

甲板上でシャンパンを掲げわたしの発声で万歳三唱――。

殿下はずいぶん逞《たくま》しくおなりになったと感じた。やはり、洋行は間違いではなかった。

わたしは皇太子殿下を陛下の摂政にと考えていた。今の殿下はその力を十分にお持ちだ。

だが、その思惑もまた、右翼のものたちには気に入らないようであった――。

午後、東宮御所において、殿下より外遊のご感想を国民に知らせるようにと命じられた。

その時にお預かりした文書や外遊中のお手紙などを拝見するに、お考えも成長なされたと感じられた。

欧州大戦において瓦礫《がれき》の街と化した都市もご訪問なされた殿下は、世界平和の切要なるを感じたとお書きになっている。

軍部が調子に乗らなければ、日本は理想的な帝を頂く、本当の大国になっていくだろう。

殿下のご帰還から間もなく、思いがけない話が舞い込んだ。

貴族院議員の副島道正《そえじまみちまさ》の息子種忠がイギリスに留学するという。「船の予約をしたのだが、船室の寝台に余裕があるので閣下のご子息も留学させてはいかがか」というのである。

急な話ではあるが、洋行を終えた皇太子殿下の変貌振りを目の当たりにした直後である。

貢は第一高等学校の入学試験を三度しくじり、慶應大学の経済学部予科に入ったばかりで少々くさっている様子だった。

貢も海外を見れば、一回りも二回りも大きくなって帰って来るだろう。そう思って、本人に話す前に浅に相談をした。

「イギリスでございますか」浅は書斎の椅子に座り、眉根を寄せて溜息をついた。

「何年の留学でございますか？」

「六年。七年目には徴兵検査のために帰国することになる」

「距離も時間も、ずいぶん長うございますね。けれど、本人が行きたいと思うのであれば叶えてあげとうございます」

「よし」わたしは肯き、書生の浅野に言いつけて、貢を呼んで来させた。

ドアをノックして入ってきた貢は、浅も部屋にいたのでギョッとした顔をした。

「わたしはなにかヘマをしましたか？」と恐る恐る訊く。

「重要なものはなにも触っていませんが」

年が明けてすぐに、貢に書斎を使う許可を与えていた。四度目の入学試験が間近であったからだ。

「叱るために呼んだのではない。まず座りなさい」

と、わたしは浅の隣の椅子を指した。

貢はまだ疑わしそうな顔をして椅子に座り、体を小さくした。

「実は、お前に留学の話がある」

副島から告げられた話をする。

丸められていた貢の背中は、話が進むにつれて伸びていく。そして、話を終えると、

「それは素晴らしい！」

と手を叩いた。

「では受けるかね？」

「もちろんですとも」

「航海はイギリス船だ。日本語は通じないから不便だぞ」

「いえいえ。その方が英語の勉強になります」

貢は大乗り気である。

ちらりと浅を見ると、口元は微笑んでいたが、目元は寂しそうであった。

後日、副島に「よろしくお願いします」と伝えた。

その日、わたしと浅、貢は腰越の別荘へ向かった。

貢は興奮気味に、イギリスから帰ったらなにをしたいかについて語った。

ずいぶん背伸びをした内容であったが、まだまだ貢は世間知らずである。外国を知れば考え方も変わるだろう。

貢の話が途切れるまで黙って聞いて、わたしは口を開いた。

「貢。お前が留学している間に、わたしやママちゃんになにかあっても、帰って来てはならんぞ。そのまま向こうで勉強を続けるのだ」

貢の顔が強張った。

「そんな――。すぐにでも帰って来ます」

「東京と盛岡ならば一晩で往き来できる。しかし、イギリスから日本まで船でどれだけかかると

思っている。たとえば危篤との電報を受けたとして、帰ってくるまでに葬儀は終わっている。死に目には会えぬから時間だけを無駄にする。往復分の時間を海に捨ててしまうことになるのだ。留学するからには、親の死に目には会えぬという覚悟が必要だ。それができぬのならば、今からでも留学をやめるのだな」

「はい……。分かりました。覚悟をします」

貢は真剣な顔で言った。

＊　＊

欧州大戦の反省を踏まえ行われる、太平洋極東会議――、ワシントン会議は海軍の軍縮を中心の議題とするからまずは加藤友三郎海相を送ることにした。

加藤海相が留守の間、わたしは海軍大臣臨時事務管理となることを決した。実質、文官の軍統制である。

現在、病のために職を退いているが、前の陸相田中義一《たなかぎいち》とは、軍の改革について話し合ったことがあった。

世間が軍閥を批判する声を利用して潰しにかかるのでは、以後、世間の声ばかり気にする骨抜きの軍となる。それでは軍として役に立たない。

必要なのは、内部からの改革である。

いたずらに権力を振りかざし暴走することのない軍へと、内側から少しずつ変えていくのである。

田中の後を継いだ山梨半造《やまなしはんぞう》もわたしの意思は理解してくれている。

しかし、軍閥の重鎮たちはわたしのそういう動きが気に入らない。今度の、海軍大臣臨時事務管理についても眉をひそめている。

右翼と軍閥に睨まれている状況であるから、近しい者たちがわたしの命を心配するのも無理はない。

二十七日。加藤海相、徳川家達《いえさと》貴族院議長の両全権大使ほか、ワシントン会議に出席する随行員が発表された。

世間では、徳川が重大な役割を与えられたと意外の声が上がったが、徳川家と新政府の痼《しこ》りがやっと無くなったのだと好評であった。

二十八日。安田財閥の安田善次郎《やすだぜんじろう》が凶漢に殺された。犯人は安田に恨みや政治的意図があったわけではなく、厭世《えんせい》的に殺意を生じたものらしい。凶賊は自ら命を絶った。

恨みが無くとも人を殺す者がいる。生きるのが嫌になったから、誰かを道連れにして死ぬ——。

こういう事件があれば、真似をする者らも出てくる。用心のしようがない。

＊　　＊

十月一日。わたしは長野へ出かけた。夜、公会堂で演説をし、翌日の午後に帰京。

三日には神奈川県知事と横浜ドック会社の労働者紛争について話し合った。

また、フィリピン総督に就任するアメリカの将軍が来日したので、晩餐会を開いた。

ワシントン会議に関しての訓令案を閣議で協議したり、田中前陸相と海相不在中の管理に関する問題を話し合ったり、甲府へ赴いて演説をしたりと、忙しく日々を過ごした。

十五日、ワシントン会議に参加する一行が出発した。

会議において軍縮が決まれば、また軍閥の連中の反感を買うだろうが、わたしの心配事は別にあった。

様々な手続きを急いで終わらせ、ついに十九日、貢がイギリスに旅立つことになったのである。

わたしは浅と親戚、貢の友人たちと共に横浜へ赴き、貢を見送った。

ゆっくりと港を出ていく船の甲板の上で、貢はいつまでも手を振っていた。

姿が見えている間は去りがたく、わたしと浅もいつまでも手を振り返した。

船出したからには、おいそれと戻っては来られない。

貢の留学中に、わたしの身に何かあれば、これで永久の別れになってしまうだろう。

そういえば、わたしが立身を志して盛岡を発つ時、二度と戻って来られないのではないかという不安を感じた。ならば今、貢も同じ思いを感じているのではないか？

親であるわたしと浅が感じている思いを、今は亡き母も感じていたのではないか？

同行の者たちが、わたしと浅がいつまでも桟橋に立っているので、帰るに帰れない様子なのに気づいた。わたしは、船に大きく一つ手を振ると、歩き出した。

＊　　＊

十月二十五日。柳の若葉が一つ散った。

児玉亮太郎が病没したのである。

去年の八月から療養生活に入り、しだいに病状が悪化していったから、この日が来ることは覚悟していた。しかし、わたしの後を継ぐべき者が一人減ってしまったこと――、いや、長年共に理想の国を目指してきた同志が亡くなってしまったことは、大きな衝撃であり、悲しみであった。

よほど憔悴《しょうすい》していたのだろう。二十七日の告別式では多くの者に「大丈夫ですか」と声をかけられた。

しかし、悲しみにひたる間もなく、わたしには動かなければならないことがあった。皇太子殿下の摂政と、御成婚問題である。

まずは殿下に摂政にご就任いただく。そして、山縣がこじれさせてしまったご成婚問題を解決する。それが終われば、わたしは政界を引退してもいいと考えていた。

近頃は家でもよく「もう辞めたい」と愚痴ることが多くなった。

まだまだやりたいことがあったが、寄る年波には勝てない。頭は固くなるし、頑固にはなるし——。政治家は柔軟な考えができる若い者がなるべきなのだ。とんでもない老人になってまで現役の政治家でいるべきではない。

浅とのんびりと暮らしながら、政治には口を出さずに後進を育てる。相談には乗っても、こちらの考えを押しつけることはすまい。

理想の国にはほど遠いが、すくなくとも基礎の一部は作り上げた。

あと十年、いや、五年早く首相になっていれば、もっと理想に近づけていたろうが、それは言っても詮ないこと。

まぁ、上々の仕事をしたのではないか——。

いやいや、今は引退のことは考えまい。

辞めることを前提にすると、仕事が甘くなる。

十一月三日。わたしはベルギー大使の晩餐会に招待された。

大使館はかつての大久保利通《おおくぼとしみち》の邸宅であった。晩餐会には大久保の二男も出席しており、邸内を案内してくれた。その際に、暗殺された大久保の遺骸が置かれた部屋も見学した。

日頃身近な者たちが暗殺のことを心配するものだから、なにやら緊張した。

大久保が暗殺されたのは確か明治十一年。わたしは二十二歳で司法省法学校の学生だった。

家に戻って浅に話すと、

「旦那さまも普通の人の神経をお持ちでほっとしました」

と笑った。

翌日、十一月四日。

明日京都で行われる政友会の大会に出席するため天皇陛下に京都への出張のお許しを得るために皇居へ出向いた。

首相官邸において閣議を行い、来訪者と面談して、大会のための諸々のことを済ませ、夕方に芝公園の自宅に戻った。

台所の奥さん高見いえの夕食を浅と共にとった。貢が横浜から船出してからの食卓は寂しかった。

「貢さんは今頃どの辺りでしょう」

浅が言う。

「もうそろそろフィリピンではないかな」

「まだそんな所ですか」

浅は溜息をつく。

「船出からそろそろ半月だが、貢は六年帰って来ないのだ。今からそんなじゃ、これから先、どう暮らす」

「わたしもイギリスへ行きます」

浅は決然として言った。

「行ってもいいが、せめて貢が向こうに馴れてからにしてくれ」わたしは笑った。

「その時にはわたしも政治家を辞めて一緒に出かけよう」

そう言うと、浅はテーブルを挟んで右手の小指を突き出した。

「約束です」

わたしは使用人たちの目がないことを確かめて、浅の小指に自分の小指を絡ませた。

「約束だ」

なんとなくいつもの葡萄酒一杯を口にする気にならなくて残すと、浅は「あら珍しい」と驚いたような顔をした。

夕食を終わらせるとわたしは、浅に手伝わせ、京都へ向かう身支度を整えた。

上着とズボンはフランスで仕立てたものであった。

わたしは留書帖に〈出発〉と記し、日の落ちた戸外に出た。すでに五十嵐が車を玄関に回していた。

見送りに出た浅や使用人、書生たちに手を振って、東京駅に向かう。

駅長室に入ると、書記官長の高橋光威や元田《もと だ》肇《はじめ》鉄道相、小川《お がわ》平吉《へいきち》国勢院総裁、中橋《なかはし》徳五郎《とく ごろう》文相ほか、幾人かの代議士と、駅長の高橋善一《ぜんいち》が待っていた。

七時半近く。わたしたちは駅長室を出て改札口に向かった。

高橋駅長が先頭を歩き、その後ろにわたし。高橋光威らはその後ろについた。何気なく後ろを振り向くと、少し離れて日比谷警察署の者たちがついて来ていた。

右手に小荷物受取場。右側の三等客待合室から汽車待ちの客たちが顔を出して手を振った。右前方、ホールの向こう側の一、二等の待合室からも客が出てきた。それらに気を取られていた時、すぐ目の前の太い円柱の陰から人影が躍り出た。

マントを着た若者である。手元で何かが照明を反射した。

短刀だ――。

暴漢との格闘に備え、身構えようとした。しかし、体が思うように動かない。

しまったな。年には勝てぬか――。

若者がわたしの体に激しく衝突した。右胸に重苦しい痛みが生じた。わたしは若者ともつれるようにして床に転がった。

遠くで悲鳴が上がり、怒号が聞こえ、若者がわたしの体から引き離されたのが分かった。

誰かがわたしに話しかけたから『大丈夫だ』と言って立ち上がろうとしたが、声も出ず、体に力が入らなかった。

わたしの体が持ち上げられ、どこかに運ばれていくのが分かった。

終章　柳は萌ゆる

玄関に立ち尽くした高橋光威さんは、青い顔をして「浅さま……。首相が……、首相が」としか言えませんでした。けれど、その様子でなにがあったのか分かったわたしは、すぐに高橋さんと共に五十嵐の車に乗って東京駅へ急ぎました。

体中の血がどこかに行ってしまったかのように、全身が冷たく感じます。頭の中は空っぽで、まったくなにも考えられませんでした。

ただ、なにがあっても取り乱さないようにという宅（夫）の言葉だけが耳の奥に響いていましたから、あの世で恥ずかしい思いをしないよう、首相の妻であることを演じなければと思いました。

東京駅に着き、「早く、早く」と急《せ》かす高橋さんの言葉を無視して、走り出したい気持ちを抑え、駅長室へ歩きました。

何人かの医者、看護婦、見知った代議士の方々が神妙な顔をしてわたしに頭を下げました。

わたしは体の震えを堪《こら》えながら会釈して、テーブルの上に横たえられた宅の側に歩み寄りました。わたしが着く直前まで応急処置をしてくれていたのでしょう。宅の上半身はシャツがはだけられて、右胸の傷の周りが血で汚れていました。

顔色は白く、目は閉じられておりました。眠っている表情とはちがいます。頰の筋肉が緩んでいるのでしょう。似てはいるものの別人のように感じました。

どのようなことが起こったのかは車中で高橋さんから伺っておりました。最期まで慌てず騒がず――、あるいは慌てる暇も騒ぐ暇もなかったのかもしれませんが、少なくともみっともない姿は見せずに済んだ様子。

ならば、わたしも宅に恥ずかしくないよう振る舞いましょう――。

わたしは酒精（アルコール）綿を取って傷を清めました。首からかけた紐を辿ってみると、頭の脇に錦の守り袋がありました。いつだったか、三浦梧楼さまから頂いた守り本尊。

あなたは宅を守ってくれなかったのですか――と、わたしは守り袋を睨みました。

顔をあげると、おそらく気付けのために持ってきたのでしょう、机の上の葡萄酒の瓶を見つけました。わたしは歩み寄って瓶を取り上げ、ラッパ飲みで一口含むと、宅の唇に自身の唇を重ねて口移しで流し込みました。末期の水の代わりでございます。

そして耳元で囁きました。

「約束を破っては駄目じゃないですか」

その途端、涙が流れそうになりましたが、わたしは堪えました。

宅の喉が動いて、葡萄酒を飲み込んだように感じました。

わたしは駅長室の皆さまを見回しました。

「宅は――」声が震えないように用心いたしました。

「もはや政治のお力にはなれません。官邸には用のない人でございますゆえ、芝の方へお運びいただきたく存じます」

「しかし――」

と、誰かが仰いました。

けれど、すぐに高橋光威さんが、

「寝台人力車を！」

と叫び、駅員さんが外に走って行きました。

わたしは宅のシャツを整え、側の長椅子に置いてあった毛布をその体にかけました。

さぁ、家へ帰りましょう――。

心の中で呼びかけながら、毛布で顔を覆いました。

宅の体が駅の外の寝台人力車へ運ばれます。

人伝《ひとづて》に話が広がっていたのでしょう。駅前には人だかりができていて、警察官がその列を整理していました。

わたしが宅の隣りに乗り込むと、人力車は走り出しました。護衛の警察官たちが人力車と共に走ります。

群衆が宅の名を呼んでいます。

泣いている若者の姿も多ございました。

わたしは耳元で、

「ほら、ここにも柳は萌えておりますよ」と囁きました。

「人数だけなら楢山さまにお勝ちになりました」

宅の頭が、微かに微かに肯いたような気がいたしました。

冬の風がたいそう冷とうございました。

了

〈主な参考文献〉

原敬日記（全九巻）　原奎一郎／編　乾元社
原敬――外交と政治の理想（上下）　伊藤之雄　講談社選書メチエ
評伝原敬（上下）　山本四郎　東京創元社
真実の原敬――維新を超えた宰相　伊藤之雄　講談社現代新書
鬼謀の宰相　原敬　中村晃　勉誠社
原敬をめぐる人々　原奎一郎　山本四郎　編　ＮＨＫブックス
続　原敬をめぐる人々　原奎一郎　山本四郎　編　ＮＨＫブックス
図説日本の歴史　岩手県の歴史　責任編集　細井計　河出書房新社
図説盛岡四百年　下（Ⅰ）明治・大正・昭和編　郷土文化研究会
原敬の暗殺と大衆運動勃興　明治・大正の宰相〈7〉　豊田穣　講談社
ふだん着の原敬　原　奎一郎　中公文庫
盛岡藩校　作人館物語　長岡高人　熊谷印刷出版部

明治、大正の東京の情景は、雑誌【荷風！】日本文芸社の各巻を参考にさせていただきました。この雑誌は大変素晴らしいものでした。

右記の書籍を参考にし、原敬記念館の田崎農巳さんに相談に乗っていただきましたが、小説でありますので、あえて曲解、拡大解釈をしている部分があります。（著者）

本書は書下ろしです。

装画／浅野隆広
題字／伊藤康子
装丁／加藤　岳

[著者略歴]
平谷美樹（ひらや よしき）
1960年岩手県生まれ。大阪芸術大学卒。中学校の美術教師を勤める傍ら、創作活動に入る。2000年『エンデュミオンエンデュミオン』でデビュー。同年『エリ・エリ』で第1回小松左京賞を受賞。14年「風の王国」シリーズで第3回歴史時代作家クラブ賞シリーズ賞を受賞。主な著書に「修法師百夜まじない帖」「貸し物屋お庸」「江戸城御掃除之者！」「草紙屋薬楽堂ふしぎ始末」「鉄の王」「よこやり清左衛門仕置帳」各シリーズ、『でんでら国』『鍬ヶ崎心中』『柳は萌ゆる』『大一揆』など多数。

国《くに》萌《も》ゆる　小説《しょうせつ》 原敬《はらたかし》

2021年10月15日　初版第1刷発行

著　者／平谷美樹
発行者／岩野裕一
発行所／株式会社実業之日本社
〒107-0062
東京都港区南青山5-4-30　CoSTUME NATIONAL Aoyama Complex 2F
電話（編集）03-6809-0473　（販売）03-6809-0495
https://www.j-n.co.jp/
小社のプライバシー・ポリシーは上記ホームページをご覧ください。

ＤＴＰ／千秋社
印刷所／大日本印刷株式会社
製本所／大日本印刷株式会社

ISBN978-4-408-53795-5（第二文芸）